AIMEZ-VOUS SAGAN..

SOPHIE DELASSEIN

Aimez-vous Sagan..

BIOGRAPHIE

FAYARD

*À Julie Bouaniche
et Marie Belhassen.*

1

L'enfant providentiel

En 1954, au cours des semaines qui précèdent la publication de *Bonjour tristesse*, son auteur, une mineure de dix-huit ans, est sommée par son père de se choisir un nom de plume. Si ce premier roman remportait quelque succès, dit Pierre Quoirez, sa vie familiale risquerait d'être troublée par une foule d'intrus qui trouveraient sans mal ses coordonnées dans l'annuaire téléphonique. Il suggère donc à sa cadette de recourir à son imagination, et d'imagination, son « petit pruneau », comme il l'appelle, n'en manque guère. N'est-elle pas parvenue à analyser et à raconter, en quelque deux cents pages et avec un talent certain, les affres d'une famille recomposée ? « Vous savez, expliquera-t-elle à son éditeur de sa voix encore fluette, c'est une histoire inventée de toutes pièces. » Avant que ses feuillets ne partent à l'impression, elle a l'idée d'aller piocher son pseudonyme dans l'un des volumes de la *Recherche du temps perdu*, au cœur de cet univers proustien qui lui est familier. Ainsi, au fil des pages, rencontre-t-elle le personnage de la Sagante, ancienne épouse de Boni de Castellane remariée à Hélie de Talleyrand-Périgord, prince de Sagan. Françoise Quoirez, que ses proches surnomment affectueusement Francette ou Kiki, répondra désormais au nom de Françoise Sagan. « Comme ça sonne bien ! » songe-t-elle. Mais ce changement d'identité marque peut-être la fin de cette enfance, tendre et délicieuse, qui fut la sienne jusqu'alors.

Les parents de Françoise Sagan, Marie Laubard et Pierre Quoirez, font connaissance au début des années 20 lors d'une cérémonie de mariage célébrée à Saint-Germain-en-Laye. Très jeune, instruite, rieuse et distraite, Marie est issue de la petite noblesse terrienne du Sud-Ouest. Installés depuis plusieurs générations dans cette région aride du Lot – entre Cahors et Figeac –, les siens jouissent d'une grande respectabilité due à leur rang. Madeleine Duffour, la mère de Marie, une fille de médecin orpheline à l'âge tendre, y a épousé Édouard Laubard, heureux héritier d'une filature aménagée dans le moulin de Salvagnac, une affaire suffisamment rentable pour lui permettre de s'abandonner aux délices de l'oisiveté tout en faisant convenablement vivre sa femme et leurs quatre enfants. Dans les ruelles de Cajarc, chef-lieu du canton du Lot, on salue cet élégant gentilhomme, qui chemine lentement à bord de sa charrette à cheval, splendide dans son costume d'alpaga blanc.

Au village et dans ses environs, son frère Jules, qui possède quelques vignobles ainsi qu'une ferme à Seuzac, fait aussi partie des notables. Personnage haut en couleur, cet éternel et séduisant célibataire passe le plus clair de son temps à charmer ses voisines, leurs sœurs, leurs cousines et pourquoi pas leurs mères, tandis que son métayer s'emploie à faire fructifier ses biens. À l'heure de sa dernière heure, Jules proclamera dans un souffle : « J'ai mené une belle vie, ça m'est égal de partir[1]. »

À Cajarc, les Laubard restent gravés dans les mémoires, et le nom de Sagan ne parviendra pas à éclipser totalement celui de sa famille maternelle. Aujourd'hui encore, tous les 14 Juillet, face au monument aux morts, on évoque la mémoire de feu Maurice Laubard, l'un des frères de Marie qui fut tué à la bataille de la Marne lors de la guerre de 14-18.

Pierre Quoirez, le père de Françoise Sagan, est quant à lui un brillant garçon à la fois autoritaire, colérique et très farceur. Il a sans doute hérité du talent de son propre père. Françoise Sagan, qui n'a pas connu ce dernier, rapporte néanmoins cette anecdote : « Pendant trente ans, par exemple, s'étant pris d'affection pour un fauteuil précis, pas plus beau qu'un autre, il avait décidé, pour qu'il ne soit pas profané en son absence, de l'accrocher au plafond avec un système de poulies, un cadenas et une clef dont il ne se séparait jamais. Quand il partait pour l'usine, tôt le matin et tôt l'après-midi, il hissait son siège jusqu'au plafond et l'y accrochait. (…) Ma pauvre grand-mère recevait ses amis proches ou ses relations lointaines sous ce fauteuil de Damoclès, en donnant les explications les plus confuses[2]. » Né en 1900 à Béthune, Pierre Quoirez est issu d'une famille d'industriels, des petits bourgeois dont les origines remontent aux conquérants espagnols de Charles Quint. Il a deux sœurs que Françoise ne connaîtra pas car elles décéderont à la fleur de l'âge. Dans le nord de la France, sa famille possède des

mines, des scieries et des usines détruites par les
guerres successives. Pierre Quoirez, qui ambitionne
probablement de reprendre un jour les rênes des entre-
prises familiales, apprend son métier à l'Institut industriel du Nord dont il sortira bientôt diplômé.

Lorsque Pierre et Marie se rencontrent à Saint-
Germain-en-Laye, ils n'ont que peu de temps pour se
séduire ; Pierre doit rentrer aussitôt après les festivités
à Béthune dans la grisaille et la monotonie de sa ville
natale, de même que sa promise s'en retourne chez
elle, à Cajarc. On les imagine, chacun de son côté,
espérant recevoir quelque lettre enflammée oblitérée
du Lot ou du Pas-de-Calais. Un jour, n'y tenant plus,
Pierre enfourche sa moto et part affronter la route
chaotique qui le sépare de celle qu'il aime. Enfin, au
terme d'un long périple, il entre dans Cajarc et coupe
le moteur devant le 45, Tour-de-Ville. C'est ici, dans
une maison de trois étages à la façade de pierres grises
et recouverte d'un toit d'ardoises – comme seuls en
possèdent les nantis du pays –, qu'habite Marie. La
demeure est sans conteste l'une des plus majestueuses
du Tour-de-Ville, ce boulevard circulaire où les platanes bicentenaires semblent danser la ronde et où il
fait bon déambuler dans la tiédeur du soir. Malgré sa
robuste constitution et la vigueur due à sa jeunesse,
Pierre a souffert du voyage : le corps rompu mais le
cœur ardent, il se présente face à la demoiselle Laubard. Il a vingt-quatre ans à peine, elle en a seize lorsqu'ils se marient à Cajarc le 3 avril 1923. Et, selon la
formule consacrée, ils resteront unis jusqu'à ce que la
mort les sépare.

Les jeunes époux louent d'abord un modeste logement parisien, non loin de la place des Ternes, avant

de s'installer dans un vaste appartement situé au quatrième étage de l'immeuble bourgeois du 167, boulevard Malesherbes, dans le XVIIe arrondissement. «Nous étions très heureux l'un près de l'autre, l'un par l'autre, dira Marie Quoirez. Nous avions tous les deux le sens de la fête et comme nous avions quelques moyens, nous nous sommes bien amusés[3].» Françoise Sagan portera un regard différent mais tout aussi tendre sur ce couple modèle : «C'est curieux, ils ne s'entendaient bien que lorsqu'ils se disputaient. Bref, au moment où ils prouvaient leur différence, ils s'appréciaient davantage[4].»

Pierre Quoirez est engagé à la Compagnie générale d'électricité, où il fera toute sa carrière, quant à Marie, elle élève ses enfants : Suzanne, l'aînée, née en 1922. Puis Jacques qui voit le jour trois ans plus tard. La famille s'agrandit encore avec l'arrivée de Julia Lafon, une jeune femme de vingt-deux ans, originaire de Cajarc, qui entre au service des Quoirez en 1931. Elle y restera plus de cinquante ans.

Est-ce à la fin des années 20 ou après 1930 que survient le drame? Marie attend un troisième enfant, qu'elle veut prénommer Maurice, en hommage à son frère mort sur le front. Mais ce nourrisson ne vivra pas. Au deuil, à la tristesse et au désarroi s'ajoute l'inquiétude : et si elle ne pouvait plus avoir d'enfant… Sa crainte sera dissipée quelques années plus tard. À l'automne 1934, Marie est enceinte. Deux mois avant l'accouchement, elle descend dans le Lot. C'est une coutume. «Ma grand-mère tenait à ce que tous les membres de sa famille naissent dans le même lit, expliquera Françoise Sagan. Ma mère, mon frère, ma sœur, moi-même, nous sommes tous nés dans le même lit, dans la même chambre[5]. » La délivrance a lieu trois semaines avant terme. Au milieu de la nuit du 20 au 21 juin 1935, dans l'une des quatre chambres du premier étage, Marie Quoirez s'en remet à la sage-femme du village, Mme Brunet, qui loge juste en face. Il est 23 heures précises lorsque naît Françoise, Marie, Anne Quoirez ce 21 juin 1935 avec le solstice d'été. Le jour où Jean-Paul Sartre[6] fête ses trente ans. Elle sera baptisée peu de temps après en l'église de Cajarc. Françoise est l'enfant providentiel et, à l'inverse de Suzanne et Jacques qui ont reçu une éducation austère, la petite dernière sera excessivement choyée. « Je dis parfois qu'elle était facile, expliquait Marie Quoirez. Évidemment, elle a toujours eu tout ce qu'elle désirait. Son frère et sa sœur ont été charmants. Non seulement ils ne lui en voulaient pas, mais ils la gâtaient autant que nous[7]. »

Celle que l'on surnomme Francette ou Kiki fait ses premiers pas à Paris, boulevard Malesherbes. Quand elle entre ou sort de l'immeuble, la gardienne, Mme Claerman, offre à la petite des bonbons rouges qu'elle garde toujours dans son armoire. Pour elle, l'écrivain Françoise Sagan reste la ravissante enfant qu'elle a connue. Dans l'appartement, la fillette parcourt le couloir, long de vingt-deux mètres, juchée sur un âne à roulettes, et tente de battre des records de vitesse. À la maison règne pourtant la discipline. Françoise Sagan expliquera qu'étant la plus petite, elle devait attendre son tour pour raconter sa journée lors des discussions à table. Impatiente de s'exprimer, elle sentait les mots se bousculer dans sa bouche. Son débit rapide, son bégaiement viennent de là. De cette prime enfance, elle garde aussi en mémoire les promenades quotidiennes au parc Monceau avec Julia Lafon, mais plus nombreux sont les souvenirs de vacances chez les grands-parents maternels à Cajarc. « Nous vivions à Paris tout le temps et nous passions un mois d'été chez ma grand-mère, raconte Françoise Sagan. Enfin, les enfants, parce que mes parents, eux, allaient baguenauder à Deauville en Torpedo. Ils avaient tous les deux le sens de la fête et le goût des Bugatti[8]. »

À Cajarc, où « si l'on n'y est pas né, l'on s'y ennuie »[9], affirme Françoise Sagan, les enfants ne voient pas le temps filer. Le simple fait d'aller tirer de l'eau au puits pour la rapporter dans des brocs est une fête. Les dimanches matin, on se joint aux familles du village dans la petite église où le curé dit consciencieusement sa messe. Ici encore, on ne songe qu'à se protéger de la chaleur sèche et accablante qui s'abat sur la campagne à la mi-journée, alors on s'accorde une sieste, on va se baigner au Bletz ou on reste s'amuser dans le jardin clos de la maison du Tour-de-Ville. Mais ce carré de verdure devient vite trop étroit aux yeux de Francette qui éprouve le besoin d'élargir son terrain de jeu. Elle explore en solitaire les routes qui mènent aux sommets des Causses, ces plateaux calcaires qui dominent le village. « Les Causses, pour moi, écrira-t-elle, c'est la chaleur torride, le désert, des kilomètres et des kilomètres de collines où seules émergent encore des ruines de hameaux que la soif a vidés. Les Causses, c'est un berger ou une bergère qui passe ses journées solitaires avec ses moutons, et dont le visage est gris, de la couleur de la pierre, à force de solitude. C'est aussi

les quelques fermes où l'on débarque, les soirs de
chasse, et où l'on boit un vin nouveau généralement
imbuvable. C'est l'extraordinaire tranquillité d'esprit,
l'extraordinaire et fréquente gaieté de ces solitaires per-
pétuels [10]. »

Françoise est un vrai garçon manqué. Plutôt que de
jouer sagement à la poupée, elle préfère se perdre dans
les Causses ou grimper aux arbres. Souvent, elle se
joint à la bande des gamins de Cajarc qui la voient
grandir d'été en été. Ils sont une dizaine, parmi lesquels Charles et Jeannot Roque, les fils du garagiste, le
jeune Bramel, Philippe Klein et Bertrand Duphei-
gneux. « Quand Françoise était petite, raconte Jeannot
Roque, elle venait toujours en vacances chez ses
grands-parents. C'était avant la guerre, du temps où les
Parisiens n'allaient pas encore passer l'été au bord de
la mer. Au village, nous étions une bande de garçons et
il n'y avait qu'une seule fille : Françoise. Elle était
bien plus jeune que nous et nous suivait partout. Elle
cherchait à s'imposer, elle participait à nos bagarres.
Elle était drôle, gentille, elle parlait déjà très vite [11]. »
Ainsi cette blondinette aux cheveux fins, toute frêle
dans ses robes blanches et ses sandales de cuir, court à
en perdre haleine pour jouer aux gendarmes et aux
voleurs à travers les Causses. Lorsque la confrontation
a lieu avec une bande « rivale », la guerre éclate. Françoise n'en est pas effrayée, au contraire, elle se jette au
cœur de la mêlée. Cette fillette téméraire se prend pour
une grande ; elle n'a que trois ou quatre ans et elle feint
de l'ignorer avec obstination. Essoufflée, les joues
roses, les genoux en feu et la robe décousue, elle rentre
chez ses grands-parents ; sans doute, se dit-elle alors,
que ces jeux sont bien épuisants et somme toute peu

enrichissants. Munie d'une tartine, elle s'installe dans un vieux fauteuil de rotin et reste penchée de longues minutes sur un ouvrage trop épais et fort sérieux qu'elle parcourt avec toute l'attention que requièrent les grandes œuvres. Si l'on jette un œil par-dessus son épaule, on s'aperçoit que le texte est à l'envers. C'est qu'elle brûle d'apprendre à lire.

L'enfance, synonyme d'insouciance et d'irresponsabilité selon Françoise Sagan, cette enfance radieuse, s'assombrit subitement. Juin 1939 : Kiki fête ses quatre ans, la France se prépare à entrer en guerre. La gamine observe ces bouleversements avec de grands yeux étonnés. Pourquoi sa mère d'ordinaire si gaie fond-elle en larmes en écoutant les nouvelles qui leur parviennent du poste de radio ? « C'est parce que la France est menacée », tente de lui expliquer Jacques, son frère aîné. Pourquoi son père en habit kaki enlace-t-il les siens en guise d'adieux ? Et que signifient ces déménagements, ces bombardements et ces familles en fuite ?

« C'était la grande panique, raconte François Sagan. On nous a installés chez ma grand-mère, dans le Lot[12]. » Suzanne, Jacques et Françoise restent à Cajarc, tandis que Pierre et Marie traversent imprudemment la France en direction de Paris et du boulevard Malesherbes. Il leur faut rassembler les affaires nécessaires à un véritable exode car, ainsi l'ont-ils décidé, tant que durera cette guerre, ils habiteront à la campagne. De ce voyage inopiné à travers l'Hexagone naîtra une légende que tous les membres de la famille – et notamment Françoise qui a hérité de l'humour caustique de son père – s'amuseront à colporter : dans un moment de panique ou de légèreté, Marie aurait tenu coûte que coûte à revenir dans la capitale pour sauver d'un désastre son extravagante collection de chapeaux estampillés Paulette, une modiste de renom. L'intéressée s'en défendra longtemps sans parvenir à faire cesser la rumeur. Françoise Sagan donnera à cet exil une autre explication moins loufoque : « Pour nous éviter les horreurs de l'Occupation, mon père nous a installés en zone libre[13]. »

Quelles sont les convictions politiques de ses parents ? Le chef de famille a opté pour un parti pris anticommuniste ; quant à son épouse, elle se prétend de droite par tradition familiale. « Mes parents étaient vaguement antisémites avant la guerre, puis, pendant la guerre ils ont caché des juifs, confiera-t-elle au micro d'André Halimi. C'était normal puisque c'était épouvantable. Après, ils sont redevenus vaguement antisémites, alors que pendant la guerre, ils ont tous failli nous faire tuer, les enfants et eux-mêmes, pour cacher des gens qu'ils estimaient[14]. » Quant à la petite Françoise, du haut de ses cinq ans, elle simplifie la situation : les Allemands sont les méchants. Les Américains, les Anglais et les résistants, les gentils.

Une fois réunie, la famille quitte Cajarc pour emménager à quelques kilomètres de là, dans la pittoresque ville de Cahors où Suzanne et Jacques poursuivent leurs études au lycée. La vie semble reprendre son cours jusqu'en 1940, année où le chef de famille est appelé sous les drapeaux. Il revêt l'uniforme de lieutenant de réserve du Génie et quitte les siens pour rejoindre son régiment sur la ligne Maginot. Il y sera démobilisé dix mois plus tard à l'heure de la débâcle.

Dans l'intervalle, à Cahors Marie Quoirez et Julia Lafon usent de mille ruses pour dénicher une nourriture de plus en plus rare et de plus en plus chère depuis les restrictions du mois d'août 1940. L'acquisition à prix d'or d'un sac de légumes secs est une victoire. Réunies autour de la table, les femmes et les jeunes filles de la maison passent des heures à séparer les haricots des charançons.

Après de longs mois d'absence, Pierre rentre à Cahors, mais pour peu de temps. L'ancien directeur du bureau parisien des ateliers de construction électrique de Delle (appartenant à la Compagnie générale d'électricité), est muté dans l'Isère, à Saint-Marcellin, avec une mission : l'élaboration d'une voiture électrique. C'est sur cette machine infernale que Françoise apprendra à conduire. « Mon amour de l'automobile date de mon enfance, racontera-t-elle. Je me revois, à l'âge de huit ans, assise sur les genoux de mon père, "conduisant", prenant à pleines mains le volant noir. Depuis, j'aime la voiture, aussi bien pour ce qu'elle est que pour le plaisir qu'elle me procure. J'aime la toucher, m'asseoir dedans, la respirer… C'est un peu comme un cheval qui comprend vos envies, qui répond à vos désirs[15]. » Pierre Quoirez dirigera jusqu'en 1950 environ cette antenne de la CGE et son usine de Pont-en-Royans. Pour l'heure, il plie bagages, avec sa famille, pour aller s'installer à Lyon, en zone libre. Cours Morand, ils occupent un appartement très lumineux et si spacieux que chaque enfant dispose de sa propre chambre avec vue sur le Rhône. On pourrait s'y sentir en sécurité sans ces bombardements qui secouent fréquemment le quartier. Dans ces moments-là, Marie ne se hâte jamais de rejoindre les sous-sols, contrairement

aux autres familles de l'immeuble, car l'odeur des
caves l'indispose. Françoise se souvient cependant
d'un jour où le pilonnage se fait si insistant que sa mère
ordonne à tous de la suivre aux abris. Les enfants en
profitent pour disputer une partie de cartes au beau
milieu des voisins qui sanglotent et des murs qui
s'écroulent. Dans ce décor souterrain et apocalyptique,
Marie s'évanouit à la seule vue d'une petite souris.

À Lyon, les journées s'écoulent lentement. À vrai
dire, on s'ennuie un peu. Pierre dirige ses usines,
Marie, qui a le goût des grandes tablées, invite régulièrement les collègues de son époux et le cercle des Parisiens venus comme eux trouver refuge à Lyon. Jacques
poursuit ses études dans une école de jésuites et
Suzanne, qui a été admise aux Beaux-Arts, écume les
soirées dansantes, avant ses fiançailles avec Jacques
Defforey qu'elle épousera en 1946 à Saint-Marcellin.
Quant à Kiki, elle passe ses après-midi avec Julia
Lafon qui l'emmène se promener au parc de la Tête-
d'Or, comme elle le faisait avant guerre dans les allées
verdoyantes du parc Monceau. Mais, pour la petite
Françoise, le moment est venu d'effectuer sa première
rentrée scolaire. Cette fillette, éprise de liberté et de
nature, apparaîtra bientôt comme une élève rebelle.
Toutefois, ses années sur les bancs du cours Pitra, une
petite école catholique libre installée dans un ancien
couvent, se déroulent dans un climat favorable : « Le
cours Pitra, c'était délicieux : il y avait tout le temps
des alertes, alors on nous ramenait chez nous. On
travaillait peu. On chantait comme tout le monde :

"Maréchal, nous voilà, devant toi le sauveur de la France." Il n'y avait pas moyen d'y couper. On nous distribuait des biscuits vitaminés et des petits chocolats roses. Et puis, je passais le reste du temps à la campagne parce que j'étais du genre anémique. Je devais manger du bifteck[16].» Cette campagne évoquée par Françoise Sagan, c'est l'Isère, et plus précisément Saint-Marcellin, où Pierre et Marie Quoirez ont loué la Fusillère, une belle demeure entourée d'un parc. Ils s'y rendent pour les week-ends et les grandes vacances. Saint-Marcellin, haut lieu de la Résistance, sera le village refuge de bien des familles juives. Monique Serf, mieux connue sous le nom de Barbara, la longue dame brune de la chanson, y vivra aussi ses années de guerre, mais dans de très modestes conditions. L'écrivain et la chanteuse ne se lieront d'amitié que bien des années plus tard, au temps de leurs gloires respectives.

Ici, comme à Cajarc, l'air que Françoise respire lui met un peu de rose aux joues et elle se fait sans difficulté de nouveaux camarades de jeu. Marion Guy conserve un souvenir vivace de sa jeune amie : « Mon père livrait du bois à la CGE où M. Quoirez était son principal interlocuteur. Ainsi ai-je connu Françoise que l'on appelait Francette à cette époque. Elle était un bon compagnon de jeu. Comme mon grand-père était armurier et que mon père possédait une scierie, je fabriquais des fusils avec des planches de bois pour que nous puissions jouer à la guerre. Quand nous étions chez elle, nous montions à cheval, Je me souviens qu'elle parlait très vite et que son père lui demandait toujours d'articuler[17].» Françoise fréquente aussi Bruno, le fils de Charlie Morel, un industriel de Pont-en-Royans, ami des Quoirez. Ses parent occupent

le majestueux château de la Saône où ils organisent
souvent de grands dîners. C'est ici que Louis Neyton,
un garçon de dix ans plus âgé que Françoise, la rencontre : « Je me souviens qu'elle étonnait tout le
monde par sa vivacité d'esprit et par son regard[18]. »
Mais à l'époque, le meilleur ami de Kiki est sans nul
doute ce grand blond, fainéant, nommé Poulou, un
vieux cheval que Pierre Quoirez a adopté afin de lui
éviter la boucherie. Françoise profite des moments où
il broute pour grimper sur ses oreilles. Il lui faut
attendre qu'il daigne relever l'échine pour se laisser
glisser jusqu'au creux de sa croupe et se replacer dans
le sens de la marche à la force des bras. L'« étalon » et
sa petite maîtresse se mettent alors en route sous les
regards envieux des gamins du village pour aller se
perdre dans les chemins et les bois environnants. Seul
Bobby, le chien bâtard qui a su lui aussi se faire adop-
ter, est autorisé à les escorter. Françoise Sagan immor-
talisera Poulou dans l'un de ses livres de souvenirs.
C'est lui qui a fait naître en elle la passion des chevaux. « Il était, autant que moi, insensible au soleil,
écrit-elle. Tête nue, nous montions et descendions les
collines, traversions les prés, en biais, interminablement. Et puis des bois. Des bois qui avaient une odeur
d'acacia et où il écrasait des champignons de ses gros
fers, cliquetant sur les cailloux. À la fin du jour, souvent, je n'avais plus de souffle. Le soir baissait.
L'herbe prenait une couleur gris fer, inquiétante, qui le
faisait galoper tout à coup vers son fourrage, vers la
maison, à l'abri[19]. » De temps en temps, Francette rend
visite à son père à la CGE où la secrétaire, Madeleine
Gabin, lui apprend à taper à la machine à écrire. Il lui
arrive aussi d'aller chez une veuve nécessiteuse censée

lui inculquer quelques notions de piano. «Elle avait fait un petit clavier avec des dièses à l'encre de Chine, se souvient-elle. Je devais m'entraîner sans le son. J'ai renoncé au solfège à ce moment-là[20].» Les vacances à Saint-Marcellin ne se résument pas aux baignades dans l'étang voisin, aux parties de tennis, aux jeux dans le parc et à quelques dîners sur la terrasse.

On ne peut oublier la guerre… L'été 1941, Francette fête son sixième anniversaire, le jour de l'invasion allemande de la Russie, dans un climat d'espoir et de joie retrouvée car Pierre Quoirez présume que les Allemands vont être enfin arrêtés. Durant ces années-là, Pierre et Marie Quoirez ont changé. Ils ont une attitude exemplaire. Au péril de leur vie, ils cachent dans l'appartement du cours Morand M. et Mme Goldberg, un couple de juifs en fuite. Pierre Quoirez, apprenant que leur nom signifie «Montagne d'or», leur suggère d'inverser les syllabes traduites et de se faire appeler «M. et Mme Dormont» afin de tromper l'ennemi. Quand les Allemands viennent «visiter» l'immeuble à la recherche des deux fuyards, Marie joue à merveille la comédie. Le père de Françoise n'hésite pas non plus à protéger les employés juifs de son entreprise. «M. Quoirez, raconte André Collenot, ancien contremaître, a été convoqué un jour à Lyon où un officier de la Wehrmacht l'a sommé de s'expliquer sur certains de ses collaborateurs. "Vous employez des israélites", hurlait-il. M. Berthier, l'un de nos chefs de service qui assistait à la scène, m'a affirmé qu'il n'avait jamais vu un tel sentiment de haine chez aucun homme. Sans rien laisser paraître de son émotion, M. Quoirez niait catégoriquement. "Comment osez-vous dire qu'il n'y a pas de juifs, et ce Schneider de l'usine de Pont-en-

Royans ?" L'affaire est grave. Par chance, elle n'aura
pas de fâcheuses suites. Samuel Schneider rejoindra le
maquis et Pierre Quoirez, par bravade, le remplacera
par un autre israélite, Jean David[21]. »

À la mi-juin 1944, de nombreux partisans prennent
le maquis du Vercors où, le 3 juillet, est restaurée la
République française et sont abolis les décrets de
Vichy par le commissaire de la République Yves Farge,
membre du Front national, une organisation de résistance proche du Parti communiste. La région de Saint-
Marcellin devient une zone particulièrement sensible
et dangereuse. Un jour, Marie et ses deux filles vont
même risquer leur vie. Tandis que les Américains
approchent, les Allemands reviennent bombarder la
région et elles sont prises entre deux feux au moment
où elles se baignent dans un étang. Un avion militaire
allemand les mitraille. Françoise se souvient de sa
sœur et d'elle-même courant comme des lapins, de
l'herbe fumante sous les balles et de sa mère qui répé-
tait : « Suzanne, je t'en prie, habille-toi. Je t'en prie,
habille-toi. Tu ne vas tout de même pas te promener
comme ça ! »

À la même époque, un autre incident effraie la
famille. Un jeune homme qui se fait passer pour un
résistant a garé sa camionnette chez les Quoirez sans
mentionner ce qu'elle contenait. Françoise Sagan
raconte cette soirée qui a failli mal tourner : « Au
milieu du dîner, ma mère dit : "Tiens ! il y a un garçon
qui est venu ranger sa camionnette à la maison." Mon
père, malgré tout, va voir : la camionnette était bourrée
d'armes. De quoi nous faire tous fusiller. Mon père a
emmené la camionnette dans un champ perdu et il est
revenu fou furieux, en râlant comme un pou. Les Alle-

mands sont venus – trois de leurs officiers avaient été tués sur la route –, ont fouillé la maison, le garage, ont tout fouillé. Nous étions tous dos au mur et nous avions des frissons. Après, l'autre est venu réclamer froidement sa camionnette. Il est tombé sur mon père qui lui a flanqué une correction atroce[22]. »

L'été 1944 sonne l'heure de la Libération. Les Américains, superbes, sillonnent les routes de France, portant haut l'étendard de la victoire. Les Quoirez reçoivent quelques-uns de ces héros charismatiques sur la terrasse de la Fusillère. Naturellement, Françoise, qui ne veut rien manquer de ce spectacle réjouissant, participe à la liesse : elle saute sur les genoux des soldats américains, visite leurs chars, mâche des chewing-gums par paquets et se gave de beurre de cacahuètes, quitte à se rendre malade. Elle prend aussi part à la chaîne humaine que forment les habitants de Saint-Marcellin et des bourgs environnants sur la route qui mène de Grenoble à Valence. « Pour moi, finalement, c'est un jour d'été comme les autres ; peut-être plus euphorique, plus extravagant et plus passionnant, écrira-t-elle. Je ne comprends pas, vraiment pas, tout ce que cela veut dire, sinon que les Allemands sont partis, que les parents n'auront plus peur et que tout va redevenir comme avant, un avant que je ne me rappelle plus, que je n'arrive pas à imaginer mais que je sais resplendissant, encore plus resplendissant que le présent – qui l'était déjà pas mal[23]. »

Françoise Sagan a été préservée des horreurs de cette guerre grâce à son jeune âge d'une part et grâce au tempérament très « Régence » de ses parents d'autre part. Ce n'est qu'après la Libération qu'elle mesure l'ampleur du désastre. Elle est frappée par deux scènes. La première, c'est une femme tondue que l'on exhibe sur la place du village. Sa mère s'indigne : «Comment pouvez-vous faire ça ? C'est honteux, vous vous conduisez comme les Allemands. Vous avez les mêmes procédés. » Françoise conclut : «Ça a été la première fois que le Bien m'est apparu beaucoup plus ambigu que je ne l'imaginais[24]. » La deuxième, c'est ce reportage sur les camps de concentration qu'on projette à l'Éden, le cinéma de Saint-Marcellin, juste avant *L'Incendie de Chicago*. Découvrant ces images de charniers, elle s'effraye et demande si «c'est vrai», si «c'est possible». «J'ai eu des cauchemars, se souvient-elle. Partout il y avait des photos de camps de concentration. Les plus affreuses étaient les plus prisées d'ailleurs. C'est à ce moment-là que j'ai décidé, confusément, sans doute, que je ne laisserais plus jamais dire un mot ni sur un juif ni sur un opprimé[25]. »

Françoise Quoirez devenue romancière évoquera la guerre, par bribes dans ses livres de souvenirs, au fil des entretiens accordés à la presse et dans trois de ses romans, sa «période guerrière», comme elle l'appelle : *De guerre lasse*[26], qui raconte l'histoire de deux résistants actifs dans le Vercors, *Un sang d'aquarelle*[27] et *Les Faux-Fuyants*[28].

Après ces longues années d'absence, Marie Quoirez est heureuse de retrouver son boulevard Malesherbes et le tumulte parisien. Kiki, elle, regrette déjà la Fusillère, cette maison campée en pleine nature qui fut le décor éblouissant d'une partie de son enfance. Les Quoirez y reviendront encore à la saison chaude, notamment durant l'été 1946 pour y célébrer le mariage de Jacques Defforey et Suzanne Quoirez, dont Françoise est la demoiselle d'honneur. À Paris, Francette entre au cours Louise-de-Bettignies, une école privée située à l'angle des rues Jouffroy et Daubigny, à quelques pas de chez elle. Cet établissement catholique que dirige Mlle Oudot, une vieille demoiselle compassée, est réservé aux filles de bonnes familles. L'enseignement est prodigué par des femmes douces mais austères qui veillent à ce que les élèves assistent aux professions de foi en l'Église Saint-François-de-Sales et aux cours de catéchisme. Seule consolation pour Françoise, le bâtiment donne sur un parc où les élèves s'ébattent durant la récréation. Le reste du temps, avec ses cheveux longs nattés en couronne, ses petites jupes et ses socquettes blanches dont elle a honte, elle chemine en rang avec ses trente-six camarades de classe. À Louise-de-Bettignies, Françoise se lie entre autres avec Jacqueline Mallard et Solange Pinton. Cette dernière conserve le souvenir d'une élève étonnamment cultivée : « J'ai rencontré Françoise en 1949, nous étions dans la même classe de troisième. Elle rendait de très bonnes compositions de français. Dans l'une d'entre elles, elle avait même cité Gandhi. Une autre fois, elle a rédigé une dissertation d'un seul jet sous la véranda et elle a obtenu un 18/20 ! C'était une plume : elle possédait une écriture personnelle, pleine de références et elle avait déjà des goûts littéraires très marqués. À l'époque, elle avait énormément lu : Stendhal, Proust, etc. Je la trouvais insolite, fine, charmante et désinvolte[29]. » Quant à Jacqueline Mallard, son autre condisciple, elle évoque une adolescente « pas comme les autres ». « Elle était dilettante, mais excellente en dissertation où elle obtenait des notes très élevées. Je me souviens que le professeur de français, Mlle Charezieux, lisait même ses rédactions à haute voix. L'image que je garde de Françoise, c'est celle d'une jeune fille installée au fond de la classe, le nez plongé dans un bouquin pendant les cours et se balançant sur sa chaise[30]. »

En grandissant, la cadette des Quoirez devient un élément perturbateur. Il semble qu'elle soit en proie à une crise d'adolescence. Même à Cajarc elle ne ressent aucun bien-être. « J'appuie mon visage à la fenêtre, écrit-elle, je me dis que je ne grandirai jamais, que la pluie ne cessera jamais. Je n'ai plus envie de jouer à cache-cache, j'ai envie au contraire de me montrer, mais il me semble que personne ne me regarde. J'ai quinze ans. Je suis devenue "la Parisienne"; je m'en sens fière et honteuse à la fois le jour de fête sur le foirail, j'espère anxieusement que le fils du quincaillier ou celui du boulanger m'invitera "quand même" à danser[31]. » La jeune fille est mal avec elle-même et avec son entourage : elle finit par se faire renvoyer de l'école quelques mois avant les grandes vacances pour avoir pendu le buste de Molière par le cou à l'issue d'un cours qu'elle avait jugé ennuyeux. « J'étais assez infernale[32] », reconnaît-elle. Ne sachant comment annoncer la nouvelle à ses parents, elle opte pour la politique de l'autruche. Chaque matin, elle se prépare à l'heure habituelle, fait mine de prendre le chemin du collège pour ne revenir qu'en fin d'après-midi. Au long de ses journées buissonnières, elle dévore des livres empruntés à la bibliothèque municipale dans un bus, puis elle flâne sur les quais de la Seine et dans les ruelles du Marais. « C'était charmant, c'était le printemps, se

souvient-elle. Je me promenais à pied, j'allais en autobus jusqu'à la Concorde. Il y avait les quais et je lisais
des heures entières. Je lisais et je parlais avec les gens
sur les péniches. »

À la fin de l'année, Marie s'étonne de ne pas recevoir le bulletin scolaire de sa fille, laquelle feint de n'y
rien comprendre. Empêtrée dans ses explications, Françoise irait presque jusqu'à accuser les responsables de
l'établissement de manquer de sérieux. Sa mère étant
occupée à boucler les valises des grandes vacances,
l'adolescente obtient un sursis. À la rentrée, elle tente
sa chance en allant à la rencontre de Mlle Oudot qui,
de nouveau, la conduit à la porte. Penaude, elle retourne
boulevard Malesherbes : « Il paraît que je suis renvoyée de l'école. » Son père saisit son téléphone pour
en savoir davantage. L'incident sera vite pardonné et
oublié. Pierre Quoirez se console à l'idée que ce ne
sont pas les résultats scolaires de sa fille qui sont en
cause, mais la discipline. Peut-être songe-t-il tout simplement qu'elle lui ressemble. « Mon père était très
cynique, raconte Françoise Sagan. Il se moquait des
gens. Il était complètement amoral mais aussi fantasque et très original. Il disait toujours ce qui lui passait par la tête, et parfois, ça créait des conflits[33]. »
Comment la réprimander ? Si Pierre Quoirez n'a ni
l'autorité, ni l'envie de remettre sa fille dans le droit
chemin, les religieuses s'en chargeront. Il décide de
l'inscrire au couvent des Oiseaux où l'on ne badine
pas avec la discipline.

Le profil de la jeune Françoise Quoirez n'inspire
guère confiance à la directrice qui daigne la prendre à
l'essai. « Ses parents étaient dépassés, raconte sœur
Odile-Marie, ils ne savaient plus ce qu'ils devaient en

faire. Elle s'était déjà fait renvoyer parce qu'elle était
foncièrement rebelle, une rebelle-née comme on dit.
On sentait qu'elle entrait chez nous à contrecœur.
Pourtant, Dieu sait que nous n'abusions pas de la piété
et que la discipline n'était pas rigide ! Il se trouve que
j'étais la maîtresse générale de sa classe et que j'enseignais le français. J'ai corrigé ses devoirs... Je me souviens qu'elle avait une plume, certes, mais on ne
distinguait guère le fond de la forme. Le fond était
hétéroclite. Elle lisait beaucoup, c'est vrai, mais un
peu n'importe quoi. Elle lisait trop, trop jeune et sans
discernement. J'ai beaucoup parlé avec elle, elle est
même revenue me voir après avoir été renvoyée. Je ne
sais pas pourquoi d'ailleurs. J'avais pitié d'elle, je sentais qu'elle était très mal dans sa peau, elle bafouillait
énormément. J'ai tout de même été attendrie par le
personnage : une jeune fille à la dérive qui refusait de
se laisser guider ou de se faire aider. En tout cas, tous
les professeurs étaient malheureusement d'accord pour
la renvoyer du couvent des Oiseaux. J'ai dit à ses
parents que nous avions tenté un essai et qu'il n'était
pas concluant. Ils avaient l'air accablé[34]. »

Donnant sa version des faits, Françoise Sagan révélera qu'elle a été exclue de cette institution religieuse
pour «manque de spiritualité». Elle se serait amusée
à provoquer les religieuses en déclamant quelques
vers de Jacques Prévert. Bien plus tard, au début des
années 60, par l'intermédiaire du mannequin Bettina,
Françoise Sagan aura l'occasion de rencontrer le poète.
Elle évoquera cet épisode de sa jeunesse dans un fou
rire. Elle racontera aussi cet événement dans *Derrière
l'épaule*[35], un livre publié en 1998. «Il n'était pas de
très bon goût, je l'avoue, de le réciter dans un lieu

consacré au Seigneur : "Notre Père qui êtes aux cieux, restez-y, et nous resterons sur la terre qui est parfois si jolie." »

Au couvent des Oiseaux, elle s'est terriblement ennuyée. « Quand j'arrivais le matin pour la première messe de 7 heures, raconte-t-elle, tous les vendredis, je rencontrais les noctambules, tous les fêtards de la rue de Berri et de la rue de Ponthieu, plus ou moins bien installés dans les poubelles avec des bouteilles de champagne et en smoking, très Scott Fitzgerald, et je me disais : "Mon Dieu, ils s'amusent beaucoup plus que moi, ceux-là !" Ils riaient aux éclats, parlaient de ce qu'ils allaient faire dans la journée, des courses de chevaux, de n'importe quoi, et, moi, j'allais suivre mes cours de religion pendant quatre heures ! Je me disais que ce n'était pas juste[36]. » C'est à cette période délicate que Françoise Quoirez se forge une personnalité. Elle fait ses choix : elle perd la foi. Son séjour aux Oiseaux, ajouté aux lectures de Camus, de Sartre et de Prévert, et à une visite à Lourdes, est fatale à sa croyance : « Il y avait tous ces pauvres gens qui attendaient un miracle et il ne s'est rien passé. D'ailleurs, je ne me serais pas contentée d'un miracle : il m'en fallait cinquante. J'ai renoncé à Dieu d'une manière éclatante, comme on fait à cet âge-là[37]. »

Les pensionnats religieux conviennent de moins en moins à son caractère mais ses parents s'obstinent. « Ma mère espérait vaguement que je recouvrerais l'idée de Dieu, ce qui n'était pas bête après tout. Et puis, on ne discutait pas beaucoup, à cette époque-là, les décisions des parents[38]. » Son passage au Sacré-Cœur-de-Bois-Fleuri à La Tronche, près de Grenoble, est épouvantable et fulgurant. Dans ce pensionnat privé et catholique l'uniforme bleu marine et blanc est de rigueur, la vie est rythmée par les messes et les prières. Françoise n'est pas à son aise, elle attend avec impatience que son père vienne la chercher en fin de semaine. Elle ne restera pas davantage à La Tronche. Surveillante au Sacré-Cœur-de-Bois-Fleuri, sœur Marie-Raymonde Vandalle se souvient d'une élève atypique : « Elle avait des idées avancées. Les fréquentations de ses parents n'étaient pas habituelles dans nos milieux. Plus tard, j'ai eu du mal à la reconnaître sur les photos quand elle a publié son premier roman. Moi, ça m'a amusée de voir *Bonjour tristesse* en librairie mais je sais qu'il a beaucoup choqué autour de moi. Nous n'avons pas mis ce livre dans la bibliothèque de la communauté. Personnellement, je ne l'ai pas lu. J'ai fait vœu d'obéissance [39] ! »

Quelques mois après son exclusion, on retrouve Françoise Quoirez à Villard-de-Lans. Parce qu'elle est du « genre anémique », elle se refait une santé dans ce village du Vercors, où Denise et Marcel Malbos ont fondé et dirigent la Clarté, une petite école privée catholique campée en pleine montagne. Ici, il n'y a pas plus de dix élèves par classe. Cette année-là avec Françoise, Mlles Sévelinges, Stéphirian et Plandée étudient autour d'une table. Les cours ressemblent à des discussions. Par ailleurs, l'enseignement religieux se réduit à la messe du dimanche, à laquelle Françoise participe volontiers car, pour elle comme pour ses camarades, c'est l'occasion d'une balade. Pendant les après-midi de liberté, certaines d'entre elles partent skier. Le soir, les filles restent dans leurs chambres ou se réunissent pour une veillée, s'amusant à improviser toutes sortes de numéros. « Ses parents nous l'ont amenée parce qu'il fallait qu'elle change d'air, raconte Denise Malbos. Elle n'est restée qu'un trimestre, de janvier à Pâques, ensuite elle est rentrée à Paris préparer son bac. C'était une brillante élève en français. Je me souviens qu'elle avait rendu un très bon devoir sur *Dom Juan*. Pour être tout à fait certains de nos appréciations, nous donnions aussi les devoirs à corriger à un professeur agrégé du collège Champollion de Grenoble. Il avait lui aussi jugé ce travail remarquable. Pour les autres matières, elle n'était pas très enthousiaste, elle ne faisait pas tout ce qu'elle pouvait. Pour ma part, je lui enseignais le latin, où elle obtenait des résultats moyens. Ce n'était pas un foudre de guerre, mais une fille qui promettait. Nous avons tout de même été étonnés de la voir dans *Paris-Match* quelques années plus tard, surpris qu'elle ait sorti un livre. Françoise avait du charme, une personnalité marquante. Elle était bien dans sa peau, non pas timide mais plutôt secrète. Nous gardons un très bon souvenir de son passage chez nous[40]. »

Auprès de ses camarades et professeurs, Françoise se distingue par une désinvolture affichée et surtout par cette solide culture. Elle est férue de littérature : elle a le goût de lire, le souhait d'écrire et un désir furtif et secret de connaître la notoriété. « J'ai eu, comme tout le monde, envie d'être géniale, célèbre, ce qui est à la fois enfantin et normal, raconte-t-elle. Je voyais la célébrité comme un immense soleil rond qui se promenait au-dessus de nous[41]. » Sa sœur et son frère étant bien plus âgés qu'elle, Françoise trompe la solitude en écrivant à douze ans une première ébauche de roman qui débute par l'accident de voiture de son héroïne, Lucile Saint-Léger (que l'on retrouvera des années plus tard dans *La Chamade*), mais aussi quantité de poèmes vaguement inspirés de Rimbaud et des pièces de théâtre, selon elle épouvantables. «Je me rappelle avoir, dès l'âge de douze ans, accablé ma mère de pièces historiques et dramatiques dont ma lecture la poursuivait jusqu'au fond de son lit[42]», ironise Françoise Sagan.

Dans le domaine de la lecture, Françoise Sagan évoque aussi un «parcours du combattant le plus classique qui soit[43]». Seule la littérature enfantine l'a fait périr d'ennui. Sa passion des livres remonte à la guerre. Puis viendront *Les Nourritures terrestres* à treize ans, *L'Homme révolté* à quatorze, *Les Illuminations* à seize. Ces découvertes ont tant d'importance à ses yeux que tout au long de sa vie elle saura les situer. André Gide, c'était dans le Dauphiné sous un peuplier et dans une odeur d'acacia. «*Les Nourritures terrestres* furent la première de ces bibles écrites de toute évidence pour moi, presque par moi, le premier livre qui m'indiqua ce que j'étais profondément, ce que je voulais être : ce qui m'était possible d'être[44].» *L'Homme révolté* de Camus, elle l'a dévoré à La Clarté entre deux descentes à ski. Quant à la rencontre avec l'œuvre d'Arthur Rimbaud, elle se fait par *Le Bateau ivre* étudié en classe, mais Françoise retient surtout *Les Illuminations*, qui l'ont enchantée lors d'un été à Hendaye avec sa famille. Cet apprentissage se poursuit notamment à Cajarc, où la bibliothèque est reléguée au grenier de la maison familiale du Tour-de-Ville. On y trouve pêle-mêle les ouvrages de Pierre Loti et Claude Farrère, de Lucie Delarue-Mardrus, Colette, Dostoïevski et Montaigne. Seule, Kiki passe ses après-midi d'été sous ce toit d'ardoises où la chaleur est encore plus accablante qu'au-dehors. Confortablement installée dans une vieille bergère recouverte d'un antique velours, transpirant à grosses gouttes, elle épuise le contenu de la bibliothèque : *Le Sabbat* de Maurice Sachs et puis tout Cocteau, Sartre, Camus, Nietzsche, Faulkner, les poèmes de Shakespeare, Benjamin Constant... Surtout elle s'éprend de l'œuvre de Marcel Proust. « Je découvris que la matière même de toute œuvre, dès qu'elle s'appuyait sur l'être humain, était illimitée ; que si je voulais – si je pouvais – décrire un jour la naissance et la mort de n'importe quel sentiment, je pouvais y passer ma vie, en extraire des millions de pages sans jamais arriver au bout, sans jamais toucher le fond, sans jamais pouvoir me dire : "J'y suis arrivée"[45]. »

Pour préparer ses deux « bachots », Françoise entre au cours Hattemer situé rue de Londres, à Paris. C'est le temps où le pouvoir de séduction des filles se mesure au nombre de Vespa qui les attendent aux portes du lycée. Le temps aussi des interminables discussions avec Florence Malraux, la fille de l'écrivain, que Françoise vient de rencontrer sur les bancs de l'école et qui restera l'une de ses meilleures amies jusqu'au début du troisième millénaire. Les épreuves du baccalauréat sont divisées en deux parties. La première année, au mois de juillet, les candidats passent le français, les langues et les sciences, tandis que l'année suivante est consacrée à la philosophie et aux autres matières. Pour être admis aux oraux, il faut obtenir la moyenne aux écrits. Les élèves recalés ont la possibilité de se représenter en octobre, à la cession de rattrapage. C'est le cas pour Françoise Quoirez qui, chaque fois, remporte les écrits avec succès, grâce au français et à la philosophie, mais échoue aux oraux. « Les oraux se passaient moins bien. Quelle était l'industrie du Var ? Je ne savais pas. Je ne parlais pas non plus un mot d'anglais et, une fois, énervée par ma propre impuissance, je me suis livrée à une pantomime endiablée devant l'examinatrice, pour lui montrer *Macbeth*. Je l'ai menacée d'un poignard, j'ai marché l'air sinistre autour de sa chaire, j'ai grimpé d'un bond, j'ai égorgé devant elle des enfants innocents, enfin j'ai tout fait. Elle était stupéfaite, terrifiée et elle m'a donné un 3/20[46]. » En français où elle excelle toujours, elle obtient 17/20 en dissertant sur cet épineux sujet : « En quoi la tragédie ressemble-t-elle à la vie ? » Elle aura les mêmes facilités en philosophie, cette matière qu'elle découvre au cours de M. Berrod. « Françoise était l'une de mes élèves préférées en raison de sa vive intelligence, de sa façon de comprendre la philosophie avec une optique pourtant un peu littéraire, dira-t-il. Elle m'apparaissait, en fait, plus remarquable par sa facilité que par sa profondeur de pensée. La morale l'intéressait plus que la philosophie pure[47]. » Ayant donc manqué les cessions de juillet, elle est contrainte de passer ses grandes vacances enfermée à l'institut Maintenon, une sorte de « boîte à bac » où elle retrouve sa copine Solange Pinton, du cours Louise-de-Bettignies. « Françoise était très joyeuse, raconte-t-elle. Elle a commencé tôt à faire la fête avec son frère Jacques qui était plus vieux qu'elle[48]. » Elle s'y lie aussi d'amitié avec Véronique Campion dont elle restera proche durant de longues années.

Françoise décroche donc son deuxième bachot en octobre 1952, grâce à un devoir de haut niveau sur Pascal, et s'inscrit aussitôt en propédeutique, classe prépa-

ratoire aux études littéraires. Mais à la Sorbonne les
amphithéâtres sont si bondés qu'elle ne peut y pénétrer. Plutôt que d'étudier le jour, elle sort la nuit. Françoise Quoirez, qui a déjà le goût de la fête, se laisse
guider par son frère dans les rues, les bars et les caves
du Saint-Germain-des-Prés des années 50. Elle passe
nombre de ses après-midi à fumer et à écouter du jazz
au Club Saint-Germain-des-Prés, où l'on entre par un
escalier à l'angle de la rue Saint-Benoît et de la rue de
l'Abbaye. Après guerre, le maître des lieux, Freddy
Chauvelot, y a installé un bar décoré d'un vieux manège
de bois récupéré en Bretagne et d'un piano. Le lieu,
co-dirigé à ses débuts par les principaux acteurs de
Saint-Germain-des-Prés, Juliette Gréco, Anne-Marie
Cazalis et Marc Dœlnitz, est surtout réputé pour ses
nuits thématiques : « Nuit de l'Innocence », « Nuit
1925 »… Ici, les plus grands musiciens noirs américains se sont retrouvés : Duke Ellington, Charlie Par-
ker, Max Roach… Parfois, Françoise délaisse ce club
pour celui du Vieux Colombier situé sous le théâtre du
même nom ; on y croise Marcel Aymé, Orson Welles,
Martine Carol ou Fernand Ledoux, venus écouter la
formation de Claude Luter.

La petite bande constituée de Françoise et Jacques
Quoirez, Florence Malraux et Véronique Campion
s'étoffe de jour en jour. C'est à cette époque, au Vieux
Colombier, qu'Anne Baudouin, une jolie jeune fille
qui deviendra peintre, rencontre Françoise : « Je l'ai
connue au Club, elle était avec Véronique Campion
que l'on surnommait "Vérinoque", se souvient-elle.
J'ai tout de suite été séduite par sa personnalité : elle
était à mourir de rire, son esprit allait à toute allure.
C'est quelqu'un de très important dans ma vie. Elle

écrivait *Bonjour tristesse* mais elle ne m'en avait même pas parlé, certainement par pudeur. Nous sortions ensemble et nous nous sommes aussi retrouvées à la Sorbonne dans les mêmes amphithéâtres. Enfin, de toute manière, la faculté était synonyme de fête. Moi, j'étais un peu gourde à l'époque. Alors, elle m'a proposé de me présenter son frère, Jacques, qui m'a invitée à sortir un soir, m'a fait boire des punchs délicieux au lait chaud. Jacques était très drôle, très séduisant, un bel homme à la fois masculin et précieux. Il avait un tel charisme que même les hommes étaient subjugués[49]. » Jacques Quoirez aura été, jusqu'à sa mort accidentelle, sans doute la personne qui aura le plus compté dans la vie de Françoise Sagan. « Cela posait des problèmes à nos amis, dit-elle, car nous étions parfaitement complices. J'aurais sacrifié n'importe quel homme et lui n'importe quelle femme[50]. »

Tout occupée à sortir, à faire la tournée des boîtes de nuit, Françoise manque la propédeutique. Véronique Campion donne une autre explication à cet échec : « Je pense que Françoise écrivait son livre et qu'elle espérait bien que cela marcherait[51]. » Pour l'heure, Françoise fête la fin des cours boulevard Malesherbes avec ses amis. À ses camarades de classe viennent se joindre Bruno Morel, Louis Neyton, ses copains d'enfance rencontrés durant la guerre à Saint-Marcellin, et Noël Dummollard, un jeune décorateur. « Noël, Bruno et moi étions à Paris à l'occasion d'un mariage, raconte Louis Neyton. On s'y ennuyait terriblement, alors Bruno a proposé que nous filions à la fête que donnait une amie à lui. L'amie en question, c'était Françoise. Il y avait une trentaine de personnes, des gens de son âge et d'autres légèrement plus âgés. Moi, j'avais dix ans de plus qu'elle. La sauterie se passait chez ses parents, autant dire que c'était une fête assez sage : on buvait raisonnablement. Elle était issue d'une famille très bourgeoise… Entre Françoise et moi, le courant est vite passé. J'avais quelques atouts : je mesurais presque deux mètres, je jouais au rugby, j'avais de la conversation, mon père était agent de change… et puis je la faisais rire et ça, ça marche toujours avec les filles. On ne s'est plus quittés, au grand dépit de quelques collets montés qui étaient là et qui me trouvaient un peu vieux pour Françoise. Quand la fête a touché à sa fin, vers 18 ou 19 heures, nous nous sommes éclipsés discrètement et nous sommes partis dans ma Peugeot 203 blanche pour faire un tour au bois de Boulogne. Là, nous avons flirté. Je l'ai ensuite raccompagnée chez elle en faisant bien attention de ne pas attirer sur moi le courroux paternel[52]. »

Quelques jours plus tard, Louis est rentré à Bordeaux, Françoise reste à Paris avant de partir en vacances sur la côte basque. D'Hossegor, Louis reçoit cette première lettre en juin 1953.

> *Mon cher Louis,*
>
> *Heureusement que tu m'as écrit. Depuis ton départ, j'erre dans Paris comme une âme en peine. Notre dernière soirée était trop heureuse ou trop triste, si triste à la fin. Je me rappelle ton visage, un peu indistinct, les arbres noirs et les coups de fusils sinistres dans la nuit. Il ne faut pas nous oublier. D'ailleurs, je n'y pense pas. Tu es drôlement coiffé, tu as les yeux presque jaunes, tu es beau, tu t'appelles Louis, tu es inoubliable. (…)*[54].

2

Le roman de Sagan

« Sur ce sentiment inconnu dont l'ennui, la douceur m'obsède, j'hésite à apposer le nom, le beau nom grave de tristesse. C'est un sentiment si complet, si égoïste que j'en ai presque honte alors que la tristesse m'a toujours paru honorable. Je ne la connaissais pas, elle, mais l'ennui, le regret, plus rarement le remords. Aujourd'hui, quelque chose se replie sur moi comme une soie, énervante et douce, et me sépare des autres. » Ainsi s'ouvre *Bonjour tristesse* dont l'héroïne, Cécile, est une fille de dix-sept ans. Orpheline de mère, elle passe ses vacances d'été en compagnie de son père, Raymond, accompagné de sa fiancée du moment, Elsa Mackenbourg. Dans une villa isolée face à la Méditerranée, ils coulent des jours paisibles, du moins jusqu'à l'arrivée d'Anne Larsen, une amie de la défunte mère de Cécile. Belle, brillante et intègre, Anne bouleverse l'existence de ce trio, frivole et nonchalant. Elle évince Elsa, projette d'épouser Raymond et entreprend aussitôt d'exercer son autorité de future belle-mère sur Cécile : elle la contraint entre autres à réviser ses classiques de la littérature en l'enfermant dans sa chambre et s'oppose à la relation, charnelle et légère, qu'elle entretient avec un jeune garçon prénommé Cyril. Cécile se rebiffe et élabore un stratagème malicieux pour se débarrasser de l'intruse. Anne Larsen finit par capituler : elle s'enfuit dans un mouvement de colère qui lui sera fatal. À la villa, le téléphone sonne : on apprend qu'elle s'est tuée en voiture sur la route de l'Esterel. Loin de la Méditerranée, Cécile et Raymond gardent le silence sur la tragédie. « Seulement quand je suis dans mon lit, à l'aube, avec le seul bruit des voitures dans Paris, ma mémoire parfois me trahit : l'été revient avec tous ces souvenirs, confesse Cécile. Anne, Anne ! Je répète ce nom très bas et longtemps dans le noir. Quelque chose monte en moi que j'accueille par son nom, les yeux fermés : bonjour tristesse. »

Sur les tables du café le Cujas, durant son année de fac, Françoise Quoirez a rédigé l'ébauche de ce roman : « Quand j'avais un moment sans clarinette ou sans discussions intellectuelles, je rentrais dans un bistrot où le patron débonnaire me laissait siroter interminablement un café imbuvable. Désœuvrée mais exaltée, j'écrivais des sornettes et les réécrivais sans cesse. Je commençais, au fil de ces sornettes, à remplir un petit cahier bleu, très lisible. C'était *Bonjour tristesse*[1]. » Puis l'été est là et avec lui les résultats des examens : Françoise les a manqués, avec des notes très basses. Il n'y aura pas de session de rattrapage à la rentrée, de toute manière elle n'envisageait pas de regagner les amphithéâtres de la Sorbonne. En juillet 1953, elle se dit que le climat est doux à Paris et qu'il sera meilleur encore à Hossegor où ses parents ont loué la villa Loïla. Elle ne songe plus qu'à s'étirer, en bikini rayé et les cheveux en bataille, sur les plages landaises. D'Hossegor, Françoise Sagan écrit régulièrement à Louis

Neyton – qu'elle surnomme tendrement «Chéri» –,
pour lui donner les détails de son emploi du temps esti-
val : «À 9 h et demie je mange une pêche, à 11 h je me
baigne, à 2 h je lis ou je joue au bridge en famille, à 5 h
bain, à 7 h apéritif; je mange aussi aux heures normales[2].» Au fil de cette correspondance, on apprend
aussi que chaque matin, elle guette la venue du facteur,
espérant qu'il lui apporte des nouvelles de son fiancé.
Mais elle ne reste pas aussi longtemps que prévu à
Hossegor. Un soir, elle entend dire que son père rentre
à Paris pour affaires et elle décide de l'accompagner.
Le 10 août au matin, ses parents la trouvent plantée au
bas de l'escalier avec sa valise à la main et son air
déterminé. Ils s'étonnent, ils s'inquiètent : seule, leur
fille ne risque-t-elle pas de périr d'ennui dans Paris
désert? Ils ignorent qu'elle compte bien y retrouver
Louis et qu'elle projette d'achever *Bonjour tristesse*.
Et en effet, à la fin de cet été 1953 l'ouvrage en question est terminé, tapé à la machine et enfermé dans un
tiroir en attendant son heure.

Il serait prématuré de le soumettre à quelque éditeur; Françoise doute encore tellement de ses qualités !
«Quand j'ai commencé mon livre, confie-t-elle, j'étais
dans une grande angoisse. Je n'osais pas relire le lendemain ce que j'avais écrit la veille, tant j'avais peur
d'être humiliée en trouvant cela mauvais. Je me disais
que je pouvais sûrement faire mieux et j'étais tentée de
tout jeter au panier[3].» La romancière en herbe n'est
plus étudiante, pas vraiment écrivain. Dans l'intervalle, elle poursuit son exploration méticuleuse des
clubs de Saint-Germain-des-Prés, dansant, appréciant
le whisky et fumant trop de cigarettes. La journée, elle
griffonne des nouvelles qu'elle envoie à Pierre Laza-

reff, directeur du quotidien *France-Soir*, lequel ne donnera jamais suite. Marie Quoirez reste et restera la seule lectrice de ces courtes histoires : « Kiki me lisait les nouvelles qu'elle envoyait aux journaux, raconterat-elle. Aucune n'a été publiée, mais je me rendais compte que ma fille avait de l'imagination[4]. » Celle-ci s'essaye également à la poésie, rédigeant quelques vers qui lui laisseront toujours un sentiment d'insatisfaction.

La grande rencontre, celle qui déterminera sa carrière d'écrivain, a lieu au mois d'octobre 1953. Françoise Quoirez se rend aux studios Billancourt de Boulogne où le metteur en scène Jacqueline Audry tourne une adaptation de *Huis clos*, la pièce de Jean-Paul Sartre. Amie du couple que forment Sartre et Simone de Beauvoir, Jacqueline Audry s'est liée d'amitié avec la bande des existentialistes. Un jour, flânant du côté de Boulogne, Françoise parvient à se faufiler sur le plateau où elle se heurte aussitôt au courroux de Jacqueline Audry qui avait ordonné que nul n'y pénètre. Face à la candeur de sa jeune interlocutrice – qui, prise de panique, se présente sous le nom de « Mlle Personne » –, sa colère se dissipe et elle finit par lui accorder le droit d'observer la scène et même de revenir sur les lieux quand bon lui semble. Bientôt, le metteur en scène et sa jeune admiratrice seront suffisamment proches pour que Françoise Quoirez lui demande ce qu'elle pense de *Bonjour tristesse*, ce roman oublié dans un tiroir depuis l'été et dont le titre est tiré d'un poème de Paul Eluard « À peine défigurée[5] » :

Adieu tristesse
Bonjour tristesse
Tu es inscrite dans les lignes du plafond
Tu es inscrite dans les yeux de ceux que j'aime

Séduite par la plume de sa protégée, Jacqueline
Audry confie sans tarder le manuscrit à sa sœur Colette,
professeur de lettres au lycée Molière et membre du
comité de rédaction de la revue *Les Temps modernes*.
Celle-ci apprécie également le style de ce court roman.
« C'est surtout l'extrême élégance de son écriture qui
m'a frappée. Elle était déjà elle-même, sans lourdeur ni
complaisance. Une élégance qui supposait une grande
lucidité[6] », se souvient Colette Audry. Rendez-vous est
pris au bar Bac, un bar-tabac de la rue du Bac où l'en-
seignante conseille au jeune auteur de modifier la chute
de l'histoire, de la rendre plus énigmatique. Lorsque
Raymond et Cécile apprennent qu'Anne Larsen s'est
tuée en voiture, ils doivent ignorer (et avec eux le lecteur), s'il s'agit d'un accident ou d'un suicide. Pour
finir, la femme de lettres suggère au jeune auteur de
soumettre *Bonjour tristesse* à deux maisons d'édition :
Julliard et Plon. L'auteur corrige l'issue de son récit et
fait soigneusement taper ses cent soixante pages par
une dactylo confirmée qui les lui rendra en trois exemplaires avec tous ses compliments. C'est Véronique
Campion, mécène d'un jour, elle aussi passionnée par
les aventures de Cécile, qui règle la note de 200 francs
laissée par la secrétaire. Ce roman fait l'unanimité.
Tout comme Véronique Campion, Florence Malraux,
dont le père, illustre, dira de Françoise : « À force
d'avoir du chien, elle a du charme », le trouve passionnant. Pour l'anecdote, Françoise Sagan raconte souvent

qu'à cette époque – souvenir exact ou enjolivé ? – elle serait allée consulter une diseuse de bonne aventure installée rue de l'Abbé-Groult. « Vous écrirez un livre qui passera les océans », lui aurait-elle prédit.

Elle range chacun des exemplaires dans des pochettes de couleur jaune sur lesquelles elle note ses coordonnées : « Françoise Quoirez, 167 boulevard Malesherbes, Carnot 59-61. Née le 21 juin 1935. » Et, suivant à la lettre les recommandations de Colette Audry, ce 6 janvier 1954 elle dépose le premier dossier aux éditions Julliard, situées au numéro 30 de la rue de l'Université où Marie-Louise Guibal réceptionne le manuscrit, puis elle s'en va confier le second à Michèle Broutta, secrétaire du comité de lecture chez Plon, rue Garancière. Elle tente aussi sa chance chez Gallimard. L'écrivain « maison », Raymond Queneau, notera ce rendez-vous manqué dans ses *Journaux*[7] : « Au début du succès de Sagan, comme je m'étonnais qu'elle ne nous ait pas apporté son manuscrit, puisqu'elle était une amie de la fille de Malraux, Claude Gallimard me dit que si, elle l'avait apporté, mais qu'elle avait demandé une réponse rapide, alors "on" (c'est-à-dire Mme Laigle) lui avait répondu fort insolemment "Qu'est-ce qu'elle se croyait ? Ici les auteurs attendent trois mois", etc. Et Sagan était repartie avec son manuscrit. Gaston[8] continue à se lamenter sur le succès de Sagan, mais personne ne parle plus jamais de la responsabilité de sa non-publication rue Sébastien-Bottin. » Chez Plon, on se lamente aussi d'avoir laissé filer ce qui deviendra l'un des best-sellers de la décennie. À la seule lecture du premier chapitre, Michèle Broutta s'empresse de faire passer le manuscrit à Michel Déon, lecteur aux éditions Plon et chroniqueur litté-

raire de l'hebdomadaire *Paris Match*. Le futur académicien est si convaincu de la qualité de ce récit qu'une
semaine plus tard il en recommande vivement la lecture au directeur littéraire, Charles Orengo, qui va
l'ignorer pendant presque un mois. Pour finir, ce dernier annoncera à Françoise qu'elle pourrait bien être
publiée à condition de modifier certains passages. Elle
s'y refusera.

René Julliard[9] est un homme élégant et immédiatement reconnaissable à ses grosses lunettes cerclées
d'écaille. Il aime les femmes, le casino, les voitures,
l'opéra et le luxe. Il se déplace à bord d'une belle américaine avec chauffeur ou de son avion privé qu'il
pilote lui-même. Ce dandy de l'édition a le goût du
risque et le sens des affaires, ce sont les raisons de son
succès. Sa seconde épouse, Gisèle d'Assailly, qui travaille à ses côtés, a pour mission d'organiser dans leur
duplex deux réceptions par semaine, principalement de
septembre à décembre, pendant la saison des prix littéraires, pour flatter des libraires et des journalistes
influents. Ainsi son affaire, rondement menée, riva-
lise-t-elle depuis 1946 avec les plus grandes maisons
d'édition et notamment Gallimard.

René Julliard peut se vanter d'avoir obtenu pour ses
auteurs pas moins de cinq Renaudot, trois Femina,
trois Interallié et trois Goncourt avec *Histoire d'un fait
divers* de Jean-Jacques Gautier, *Les Forêts de la nuit*
de Jean-Louis Curtis et *Les Grandes Familles* de Maurice Druon. En outre, son entreprise abrite des revues
influentes telles que *Les Temps modernes*, *Les Lettres*

nouvelles, Les Cahiers Renaud/Barrault. Sa ligne édi-
toriale est claire. «Je n'avais pas de collection classique, expliquait-il, pas d'auteurs de base, je n'ai jamais
repris un auteur qui ait débuté ailleurs. J'ai voulu que
ma maison reste la plate-forme des jeunes auteurs [10].»
Julliard est aussi un homme de communication, il a été
le premier à mettre en place un service de relations
publiques que dirige la très efficace Yvette Bessis. «Je
fais de la publicité surtout pour contenter les auteurs,
disait-il, sachant pertinemment que seul compte le
bouche à oreille. La publicité peut sans doute accélé-
rer cette propagande verbale et la confirmer, sans
jamais la susciter [11].» La méthode René Julliard consiste
principalement à publier quantité de premiers romans
qui paraissent invariablement sous une couverture
blanche ornée d'un liséré vert. Ainsi entre 1945 et
1956 a-t-il donné sa chance à plus de quatre cents premiers romans. «Il pratiquait la politique du "coup de
filet" qui consiste à attirer le maximum d'auteurs nouveaux, en leur donnant des à-valoir réduits, analyse
son confrère Robert Laffont. Un manuscrit retenu était
en général publié dans les deux mois qui suivaient.
Il était imprimé à la hâte, sans préparation particulière, sous couverture et dans un format standard. Les
ouvrages nouveaux étaient adressés par unité et d'office à un maximum de libraires, en même temps qu'ils
étaient présentés à la presse. On attendait alors les
réactions des critiques comme celles du public. Dès
qu'un livre retenait l'attention, on s'occupait particulièrement de lui par tous les moyens possibles, publici-
taires et commerciaux. Les autres étaient réduits à
poursuivre leur carrière en solitaires [12].»
    Dans la maison Julliard, le roman de Françoise Quoi-

rez avance à grande vitesse. À peine a-t-il entamé la lecture de *Bonjour tristesse* que Pierre Javet, ancien secrétaire de Gaston Gallimard devenu directeur littéraire chez Julliard, le confie à François Le Grix en le priant de rendre son rapport dans les meilleurs délais. Dès le lendemain, le 12 janvier, François Le Grix, lecteur scrupuleux et efficace, dépose son compte rendu[13] : « Il est possible que le seul résumé de ce récit en ait fait apparaître le charme, l'ensorcellement assez particulier, fait à la fois, comme vous l'entrevoyez, de perversité et d'innocence. Fait aussi d'indulgence et d'amertume envers la vie ; de douceur et de cruauté ; poème autant que roman peut-être, en de certaines pages, mais sans rupture de ton, sans qu'aucune note sonne jamais faux ; et roman surtout, dont la psychologie, pour osée qu'elle soit, demeure infaillible car ces cinq personnages, Raymond, Cécile, Anne, Elsa, Cyril, sont fortement typés et nous ne les oublierons plus. » Et d'ajouter : « La plume de Mlle Quoirez court joliment sans défaillir. Cela nous empêche de remarquer les impropriétés nombreuses qu'il conviendrait de faire disparaître de ce texte si heureux. » Le lecteur suggère par ailleurs de troquer « Bonjour tristesse » contre « Bonsoir tristesse », et dans le titre et dans le texte.

Le moment est venu pour René Julliard de se pencher sur ce petit roman dont ses collaborateurs chantent les louanges à l'unisson. Dans la bibliothèque de son appartement perché au quatrième étage du 14 rue de l'Université, il aime à parcourir les manuscrits à la nuit tombée. Il ouvre la chemise jaune au retour d'un dîner chez le président du Conseil économique, Émile Roche, et passe la nuit sur ces feuillets, muni d'un stylo et avec, à l'esprit, la sensation forte de tenir là un excellent ouvrage. Vers 4 heures du matin, il est pris de panique. Et si l'un de ses confrères avait réagi plus vite que lui… Il décroche son téléphone, appelle les télégrammes : «Vous attends sans faute à mon bureau à 11 heures.» Mais Françoise Quoirez, qui a sans doute passé une de ces nuits agitées à sillonner Saint-Germain-des-Prés, achève sa grasse matinée sous la garde de Julia Lafon qui a reçu la consigne de ne la réveiller sous aucun prétexte. C'est à l'éditeur de se plier à son emploi du temps. Enfin, un nouveau rendez-vous est fixé à 17 heures, cette fois dans l'appartement de René Julliard. Le temps d'absorber un bon verre de cognac pour conjurer le trac, de demander à Florence Malraux de l'accompagner et à Véronique Campion de l'attendre au café de Flore, Françoise gravit au pas de charge les quatre étages du 14 rue de l'Université. Après les présentations, René Julliard la questionne trois heures durant dans sa bibliothèque. Il veut savoir si ce récit est simplement autobiographique ou si, comme il l'espère, il se trouve en présence d'une véritable romancière douée d'imagination. Pour la première fois de sa vie, Françoise sort victorieuse d'un examen oral. Il ne reste plus qu'à se mettre d'accord sur les termes du contrat. Avant de laisser filer l'enfant prodige, René Julliard lui propose une avance. «25 000 francs*! lance Françoise un peu au hasard. – Je vous en offre le double!» rétorque l'éditeur.

Au café de Flore, où Véronique Campion s'impatiente sur une banquette de moleskine, la jeune fille aux cheveux ébouriffés déboule, folle de joie et bien

---

* Toutes les sommes sont indiquées en francs de l'époque.

décidée à fêter l'événement. Ce jour-là, elle rentre un peu tard, un peu enivrée boulevard Malesherbes. Les mots se bousculent plus que d'ordinaire dans sa bouche pour annoncer qu'elle est «écrivain», que «papa doit signer le contrat». Avant que Pierre Quoirez, qui vient d'éclater de rire, ne s'intéresse à ce document, Marie ramène sa fille à la réalité en la priant, à l'avenir, d'arriver à l'heure pour le dîner, d'aller se recoiffer et se laver les mains avant de passer à table. Enfin, son père accepte d'apposer sa signature sur le contrat à la seule condition qu'elle emprunte un nom de plume. «Mon père était d'excellent conseil, dira Françoise Sagan. Quand il a lu le manuscrit de *Bonjour tristesse*, c'est lui qui m'a demandé de prendre un pseudonyme. Il avait trouvé que c'était un charmant petit bouquin, mais il était le seul Quoirez dans l'annuaire. J'ai été ravie de trouver le nom de Sagan dans Proust. C'est un nom qui n'a cessé de faire mon bonheur. Sagan, Sagan, c'est bien, non[14]?» Le contrat sera signé le 21 janvier 1954.

René Julliard fait tirer 4 500 exemplaires de *Bonjour tristesse*, sur lesquels il ajoute un bandeau promotionnel où figure un portrait de l'auteur – afin de souligner sa précocité – et un sous-titre, *Le Diable au cœur*, référence au *Diable au corps* de Raymond Radiguet qui a remporté un vif succès et scandalisé en son temps. Le roman arrive en librairie le 15 mars. René Julliard prend personnellement en main l'affaire *Bonjour tristesse* car il entend la mener au succès. Selon sa propre estimation, il devrait s'en vendre au minimum 20 000 exemplaires. Durant les trois premières semaines, il ne se passe pas grand-chose mais, très vite, les libraires en commandent d'autres. René Julliard et Pierre Javet, qui sont en vacances, laissent à Rolande Prétat la responsabilité d'ordonner un retirage de 3 000 copies. La quantité est rapidement insuffisante, de nombreuses librairies de France en recommandent par lots de 300 exemplaires. De retour à Paris, Julliard décide d'en tirer 20 000 de plus. Ce n'est qu'un début. Le 1er mai, 8 000 livres sont vendus, puis 45 000 en septembre, 100 000 en octobre, 200 000 à Noël. Le bouche à oreille, cher à l'éditeur, fonctionne d'autant mieux que le livre a mauvaise réputation. On dit que les jeunes filles le lisent en cachette de leurs mères.

En ce printemps 1954, alors que l'actualité est dominée par le plaidoyer de l'abbé Pierre à l'Assemblée, les critiques paraissent dans la presse. La première est signée Michel Déon que Françoise Sagan se met à fréquenter assidûment après que Louis Neyton l'a quittée. « Françoise avait surtout eu jusque-là des passions physiques, se souvient Véronique Campion. Avec Déon, c'était différent. Il était plus âgé qu'elle, il avait de la présence. Et puis, ils avaient en commun le goût de la littérature… Ça a dû durer un an[15]. » Le futur académicien ouvre la voie dans *Paris Match*[16], l'hebdomadaire que dirige Georges Belmont, sous le titre : « *Bonjour tristesse* révèle un écrivain de dix-huit ans ». « Une romancière de classe est née, écrit-il, peut-être une nouvelle Colette à en juger par les qualités précoces de l'œuvre. La critique attendra Françoise à son second roman. » Pour Paul-André Lesort, journaliste au quotidien *Combat*[17] : « Son roman est bref, bien troussé, écrit dans un langage précis et net où les incorrections et les adjectifs passe-partout, quand il s'en trouve, ne sont pas apparents, où les réflexions et les dialogues sont empreints parfois d'un humour savoureux, sans aucune de ces incertitudes, aucun de ces échecs ou de ces soudaines beautés qu'on découvre dans celui de certains débutants qui semblent avoir toujours trop à dire. Françoise Sagan n'a pas trop à dire. Elle sait parfaitement ce qu'elle veut. Comme son héroïne qui a découvert avec ravissement la simplicité des mécanismes humains et l'art de manœuvrer les êtres, elle a su utiliser cette découverte de la manière la plus efficace. Ceci dit sans ironie.» Le premier à mettre Françoise en difficulté, c'est Hervé Bazin qui, dans *L'Information*[18], s'interroge : «Étoile filante ou "nova"?» «Françoise Sagan dispose d'un style net, fluide, transparent, qui enchâsse bien l'image et sait rester économe, écrit-il. Sa langue est pure, sans tic, ses dialogues justes, sa construction souple. Petit grief : elle manie le passé, coupé d'imparfait, avec une constance qui lasse parfois l'oreille. (…) On pourrait, certes, lui faire d'autres petits reproches. Mais, quoi! Elle débute, joignant au don majeur de la pénétration celui d'évoquer en peu de mots, de faire vibrer la touche.»

On commente ici ou là les qualités et les défauts de *Bonjour tristesse* sans jamais donner la parole à Françoise Sagan dont le public ignore tout. Pierre Desgraupes est l'un des premiers à la questionner sur ses intentions profondes dans son émission radiophonique *Rendez-vous à cinq heures*. Françoise Sagan revient sur ses notes «lamentables» à la Sorbonne et explique que la rédaction de son premier roman lui a permis de se prouver qu'elle n'était pas «complètement stupide». Pierre Desgraupes, après avoir résumé l'argument du livre, lui pose l'inévitable question sur le caractère autobiographique de *Bonjour tristesse*, et dans le cas contraire : « Comment vous est venue l'idée ? », demande-t-il. Françoise Sagan lance : « Je ne sais pas comment. C'est une espèce de débat entre l'ordre et le désordre et après ça s'est précisé peu à peu à mesure que j'écrivais. »

Fin mai, les membres du prix des Critiques (dont le premier lauréat fut Albert Camus) se réunissent pour délibérer. Parmi eux, Émile Henriot de l'Académie française, Gabriel Marcel de l'Institut, Mme Dominique Aury, Marcel Arland, Georges Bataille, Maurice Blanchot, Jean Blanzat, Roger Caillois, Henri Clouard, Jean Grenier, Armand Hoog, Robert Kanters, Robert Kemp, Thierry Maulnier, Maurice Nadeau et Jean Paulhan. Françoise Sagan restera longtemps nostalgique de l'époque où sévissaient ces journalistes littéraires de haut niveau. « Lors de mes débuts en littérature, les critiques influents en France, qui s'appelaient Émile Henriot, Robert Kemp, André Rousseaux, Robert Kanters, écrivaient leur "papier" à propos d'un livre, mais sans parler d'eux-mêmes. On ne savait pas dans quelle humeur ils l'avaient abordé, ni dans quelles circonstances ils l'avaient lu, mais ce qu'ils en pensaient objectivement. Ils parlaient donc de l'intrigue, des personnages, de la moralité, du style [19] ». Au cours des premiers tours de scrutin préalables à l'attribution de ce prix 1954, la discussion est animée. D'abord, des voix vont à Paul-André Lesort pour *Le vent souffle où il veut*, puis à Jean Gabriès, auteur de *Saint Jacob*, à un recueil de poèmes d'Yves Bonnefoy, ainsi qu'à

André Dhôtel et à Jean Guitton. Ces suggestions sont
finalement écartées et, très vite, le jury se trouve divisé
en deux camps. Le premier (dont font partie Jean
Paulhan et Marcel Arland) défend ardemment *Les Jardins et les Fleuves*, un roman réaliste d'Audiberti dont
l'action se déroule dans les milieux du théâtre d'avant-
garde. Il affirme que ce prix aiderait cet écrivain
fécond à accroître le nombre de ses lecteurs, réduit
à une petite centaine. En face, Gabriel Marcel défend
tout aussi ardemment le roman de Sagan en émettant
toutefois une réserve : « Ce qui me gêne, c'est que le
livre risque de porter un coup fatal au prestige de la
jeune fille française à l'étranger[20]. » Gabriel Marcel
saura convaincre nombre de ses confrères puisque, au
terme de quatre tours de scrutin seulement, le 25 mai,
le prix est attribué à Françoise Sagan pour *Bonjour
tristesse* par huit voix contre six à Audiberti. Ainsi
succède-t-elle à Pierre Gascar, à qui ce prix a porté
chance puisqu'il a obtenu le Goncourt la même année.
En allant chercher sa récompense qui s'élève à
100 000 francs, Françoise Sagan apparaît à la fois
excitée et émue. Yvette Bessis et René Julliard assistent à la première confrontation entre le jeune auteur et
les éminents critiques qui ont tant parlé et fait parler
d'elle ces derniers temps.

Dans les jours qui suivent, ces mêmes critiques
justifient ce choix dans leurs journaux respectifs. « En
attribuant leur prix, note Émile Henriot, à deux voix de
majorité, à Mlle Françoise Sagan, pour *Bonjour tristesse*, les critiques littéraires, constitués hier en jury,
se sont mis d'accord sur le talent, mais non certes pas
pour recommander au grand public ce livre immoral,
où l'on voit dessiné avec beaucoup d'art le portrait

d'un monstre. *Bonjour tristesse* est un petit chef-
d'œuvre de cynisme et de cruauté[21]. » Puis c'est au tour
de Marcel Arland, rédacteur en chef de *La Nouvelle
Revue française*, de juger l'œuvre primée : « Une pointe
de Claudine, une autre de Radiguet (toutes deux légèrement émoussées) ; çà et là, ces petites licences de
syntaxe ou d'orthographe par où un jeune auteur entend
marquer sans doute qu'il a quitté le collège. Bref, rien
n'y manque ; le cocktail n'emporte pas la bouche.
Mais que de palais les plus nobles (j'en prends pour
témoins Robert Kemp, Henriot ou Gabriel Marcel)
s'en trouvent agréablement chatouillés. C'est donc un
succès[22]. » Dans les colonnes du *Figaro littéraire*,
André Rousseaux dresse un tendre portrait : « Françoise Sagan est de ces filles qui, circulant librement
sur la terre des hommes, posent sur la chair des
hommes un regard lucide et prompt, prêt à fixer dans
un éclair la mesure de leur désir, de leur inquiétude, de
leur mépris. On eût dit, au temps de leurs grands-
mères, qu'elles n'ont pas froid aux yeux. Elles ont pris
dix ans d'avance – sinon toute une vie par rapport à
certaines innocentes de naguère – pour tout connaître,
et pour tout dire si on les laissait parler. Françoise
Sagan ne fait peut-être rien d'autre, si ce n'est que,
romancière-née, elle projette dans la vie de ses personnages son aptitude à tout dire et à juger beaucoup[23]. »
Dans la presse, d'une manière générale, la filiation est
évidente : l'éclosion de Colette est survenue l'année de
la disparition de George Sand et celle de Françoise
Sagan a lieu quelques mois après la mort de Colette.
On compare aussi Françoise Sagan à Charlotte Brontë
pour *Les Hauts de Hurlevent* ou à Laclos, l'auteur des
Liaisons dangereuses.

Jamais, cependant, *Bonjour tristesse* n'aurait battu de tels records de vente et provoqué pareil scandale si l'écrivain François Mauriac n'avait publié «Le dernier prix», un article à la une du *Figaro* le 1er juin 1954 : «Voici par exemple ce prix des Critiques décerné, la semaine dernière, à un charmant monstre de dix-huit ans. [...] Le jury du prix des Critiques a-t-il eu tort de couronner ce livre cruel ? Je n'en conviendrai pas. Le mérite littéraire y éclate dès la première page et n'est pas discutable.» À aucun moment François Mauriac ne prend la peine de nommer Françoise Sagan, comme si elle était suffisamment illustre pour que ses lecteurs puissent reconnaître l'écrivain qui se cache derrière le «charmant monstre de dix-huit ans», la «petite fille trop douée» ou encore la «terrible petite fille».

Peu après la parution de cet article qui lance véritablement le livre, Sagan et Mauriac se retrouvent à la même table lors d'un dîner organisé par René Julliard et réunissant le gratin du monde littéraire. Les convives, rassemblés sur une péniche, attendent avec curiosité cette rencontre qui, selon la rumeur, risque de faire grand bruit. Gérard Mourgue est ce soir-là dans l'assistance. «Ils se parlèrent librement, raconte-t-il. Mauriac perçut immédiatement la timidité de petite bête aux abois de Françoise, mais aussi cette force intérieure : elle parlait le même langage que lui. Certes, elle le parlait avec un accent nouveau, dégagé – j'allais dire délivré – du christianisme, tel qu'il le connaissait et le pratiquait, mais cette attention passionnée aux êtres qui l'entouraient, cette façon de les cerner d'un trait qui les rendait inoubliables était la sienne. Étonnant tête-à-tête[24].»

Au micro de Pierre Desgraupes, Françoise Sagan a clairement exprimé, peut-être mieux qu'aucun critique, l'intention de son roman : il s'agit d'un débat entre l'ordre et le désordre. Mais l'opinion publique ne l'entend pas de cette oreille. Le personnage de Cécile, cette enfant de dix-sept ans qui vit librement sa sexualité et y prend plaisir sans être châtiée d'aucune manière, est jugé scandaleux. « Je me répétais volontiers des formules lapidaires, déclare l'héroïne de *Bonjour tristesse*, celles d'Oscar Wilde, entre autres : "Le péché est la seule note de couleur vive qui subsiste dans le monde moderne." Je la faisais mienne avec une absolue conviction, bien plus sûrement, je pense, que si je l'avais mise en pratique. Je croyais que ma vie pourrait se calquer sur cette phrase, s'en inspirer, en jaillir comme une perverse image d'Épinal : j'oubliais les temps morts, la discontinuité et les bons sentiments quotidiens. Idéalement, j'envisageais une vie de bassesses et de turpitudes. » À travers Cécile, c'est Françoise Sagan que l'on montre du doigt. La romancière qui avouera, bien des années plus tard, n'avoir jamais vraiment compris les raisons de ce scandale, ne peut ignorer longtemps le désordre que son personnage provoque. Dès le 17 mars, deux jours après la sortie de son livre, elle se rend incognito dans une librairie du boulevard Saint-Germain pour acheter son propre roman. La libraire, qui en tire un exemplaire du comptoir où elle l'a caché, lui déconseille fortement la lecture de cet ouvrage écrit, du moins le pense-t-elle, par une petite dévergondée.

Bientôt, comme l'a prédit la voyante, le succès sera

mondial (vingt et une traductions), l'indignation aussi. En Espagne et au Portugal, le livre sera interdit. Plus tard, à Varsovie, en janvier 1958 au cours d'un congrès, Léon Kruczkowski, président de la Commission culturelle du Comité central, décrétera néfastes les romans signés Françoise Sagan. Il affirmera que la publication de ses livres, qui ont par ailleurs remporté un grand succès en Pologne, est un faux pas de la maison d'édition. Au même moment, en Afrique du Sud le gouvernement fera publier la liste des trois mille ouvrages prohibés. On y trouvera Guy de Maupassant, Émile Zola, Tennessee Williams et Françoise Sagan. La possession ou la vente des livres de ces auteurs seront justiciables d'une amende ou d'une peine allant de cinq à douze ans de prison en cas de préméditation. À Rome, en mai 1958, dans *L'Osservatore della domenica*, l'hebdomadaire du Vatican, on pourra lire : «Les romans de Françoise Sagan sont un poison qui doit être tenu loin des lèvres de la jeunesse. Il est très regrettable que les personnages de Françoise Sagan soient dépourvus de toute moralité.»

De son côté, la romancière reçoit nombre de lettres d'injures boulevard Malesherbes où le climat a changé. «Mes parents supportaient plus ou moins les échos de ma gloire et regardaient cette boule de neige se transformer en une avalanche à laquelle je me sentais incapable d'échapper[25]», racontera-t-elle. Le téléphone sonne sans arrêt. Marie Quoirez éprouve quelques difficultés à se faire à l'idée que cette Françoise Sagan que l'on réclame au bout du fil n'est autre que sa fille cadette. Mais cette situation est aussi l'occasion de complicités. Kiki reçoit les journalistes dans l'appartement familial. Cachée derrière la porte, sa mère assiste

au tout premier entretien d'un critique qui s'avère aussi
bégayant que sa fille. Cette rencontre la fait pleurer de
rire. Quant à son mari, il est plutôt à son aise dans ce
vacarme qui rompt la monotonie d'une existence bourgeoise. À la CGE, il se promène avec des exemplaires
de *Bonjour tristesse* sous le bras, les distribuant fièrement à ses collègues.

Françoise Sagan, qui a eu le talent d'exprimer la soif
d'indépendance des jeunes filles de l'après-guerre,
devient la figure de proue de sa génération. Comment
vit-elle cette célébrité, subite et violente ? Le sait-elle
elle-même ? Mille fois questionnée à ce sujet, elle donnera des réponses contradictoires.

Dans l'euphorie de la publication, en 1955, elle se
montre assez positive et elle évoque son succès comme
une chance : « Je ne sais pas pourquoi il est si difficile
de parler de la chance. Je la connais pourtant assez
bien, elle est venue habiter avec moi il y a un an et
depuis ne m'a pas quittée. Je parle naturellement de la
chance insolente et excessive, celle qu'on salue par
son nom au passage. La mienne a des côtés extraordi-
naires. Je pense surtout au fait d'avoir des lecteurs qui
est la chose la plus agréable qui soit […][26]. »

Un an plus tard, dans l'hebdomadaire *L'Express*[27],
elle se montre plus amère. Ses conseils aux écrivains
débutants en disent long sur la manière dont elle a
vécu cette période : « Vous allez devenir un objet. (…)
On dira n'importe quoi de vous, de votre vie, de vos
aventures. On vous fera mille allusions aux grands
écrivains qui, eux, étaient méconnus. On dira aussi que

vous n'avez pas écrit votre livre vous-même. » Et de conclure : « Enfin, si vous pouvez, partez à la campagne. »

Dans un ouvrage consacré à Sagan et publié en 1958, Béatrix Beck pose la question *Pour ou contre Françoise Sagan*[28] : « Certains qualifient de succès et de scandale la vogue immense des livres de Françoise Sagan. C'est à croire qu'ils ne les ont pas lus, ou n'ont rien lu d'autre. C'est pousser bien loin l'injustice ou l'hypocrisie que d'être ou de se prétendre choqué par ces histoires tellement normales, courantes et saines. Oui, saines. Quoi d'étonnant à ce qu'une fille vivant seule avec son père essaye de l'empêcher de se remarier ? Tel est le sujet de *Bonjour tristesse*. […] C'est un breuvage ni brûlant, ni glacé, ni amer, ni fade : une fraîche orangeade. L'orangeade se laisse boire par tout le monde. »

La lauréate du prix des Critiques, celle par qui le scandale arrive, est aussi une mineure qui passe simplement ses grandes vacances à Hossegor avec ses parents. Comme l'année précédente, Françoise arpente les plages landaises. Le paysage est le même, à la différence près qu'à la villa Loïla les Quoirez reçoivent la visite régulière de journalistes, comme Colette Hymann du journal *Elle* et Michel Déon pour *Paris Match* : « Quand elle n'est pas au volant de sa voiture, elle marche, les mains dans les poches de son blue-jean, ou se brûle au soleil de la plage, écrira-t-il. Le soir, elle retrouve quelques amis, va jouer à la boule où elle a de la chance et danse souvent tard dans la nuit au Bar basque. C'est sa seule distraction avec ses disques qu'elle a tous emportés[29]. » À Hossegor, elle révèle que son prochain roman est déjà entamé et qu'il devrait s'intituler *Solitude aux hanches étroites*, un titre une fois encore extrait d'un poème de Paul Eluard. Il s'agit d'une jeune fille de dix-neuf ans qui arrive à Paris et fait la connaissance d'un homme de trente-cinq. Il va, certes, lui apprendre la vie mais il est marié : c'est sans issue. Françoise Sagan sait déjà que la critique ne sera pas tendre. « Je crois que mon second roman sera meilleur que le premier, dit-elle. Mais je ne me fais aucune illusion. Tous ceux qui ont chanté mes louanges m'attendent au tournant pour mieux m'enterrer. Mais, si j'ai vraiment du talent, ce sera à moi de prouver que je suis capable de passer par-dessus[30]. »

Au retour d'Hossegor, Françoise Sagan, qui conduit[31] une superbe Jaguar XK 140 qu'elle s'est offerte avec ses premiers droits d'auteur, est victime d'un accident rue de Courcelles. Un autobus heurte sa voiture et la projette contre un lampadaire. Aux urgences de l'hôpital Marmottan où elle a été transportée, on constate qu'elle a eu une chance insigne de s'en sortir sans une égratignure, ce qui n'est pas le cas de la Jaguar ; le diagnostic est sans appel : bonne pour la casse. Françoise Sagan vient de s'acheter ce nouveau modèle sport qui affiche 180 km/h au compteur. Il s'en est donc fallu de peu qu'elle ne puisse partir, comme prévu cet été-là, en Italie pour une série de reportages commandée par Hélène Gordon-Lazareff, directrice de l'hebdomadaire féminin *Elle*. Il s'agit de trois articles à paraître à la rentrée sous les titres de : « Bonjour Naples[32] », « Bonjour Capri[33] », « Bonjour Venise[34]. » Françoise Sagan, reporter occasionnel, écrit qu'à Naples « les rues sont

jaunes ». Elle les a sillonnées à bord d'un fiacre, visi-
tant les boutiques de Santa Lucia, le fameux Palazzo
Reale, le Castel Nuovo qui donne sur la baie de
Naples, y a dégusté les spécialités : pizzas et macaro-
nis. Elle est aussi allée écouter du bel canto à l'Opéra
de San Carlos et, en sortant de la ville, elle a pu admirer les ruines de Pompéi et d'Herculanum et le golfe
de Palerme. Pour finir, elle s'est rendue au pied du
Vésuve. À Capri où cette fois « à six heures du soir, la
mer devient blanche », elle s'est promenée dans les jardins de l'empereur Auguste, les églises médiévales de
Santa Costanza et San Giacomo ; elle a pris son café
sur la piazza, circulé à bord de taxis-tombeaux et vu
Capri du large, à bord d'une navette. Elle conservera
longtemps le souvenir des nuits au Number Two, une
boîte atypique où un chanteur-pianiste, Hugo Shanonn,
qui partage son temps entre New York et Capri, anime
la soirée pendant que sa femme l'évente. « Quitter
Capri est très, très désagréable : on voit l'île s'éloigner,
on sait qu'on ne verra jamais une mer plus belle, une
terre plus douce, on a peur de tout ce qui est là-bas,
après la mer », conclut-elle. Puis c'est Venise qui lui a
semblé « grise par ses pigeons et ses pierres, verte par
ses canaux, rose par leurs reflets conjugués ». Ses
reportages réjouissent tant Hélène Gordon-Lazareff
qu'elle commande quelques mois plus tard à la romancière une autre série, cette fois au Moyen-Orient.
Escortée du photographe de presse Philippe Carpentier, Françoise Sagan part à l'automne pour un périple
qui doit la mener de Jérusalem à Damas et de Damas à
Bagdad. Elle avoue à Véronique Campion que Philippe Carpentier, âgé de vingt-quatre ans, est « zinzin
et tendre ». La directrice du magazine n'avait proba-

blement pas imaginé qu'une aventure pourrait naître de cette rencontre. Plutôt que de travailler, ses deux envoyés spéciaux ont sillonné le Moyen-Orient en Plymouth et ont passé leurs soirées à s'amuser. Le reportage ne sera pas à la hauteur des précédents. De retour à Paris, Françoise Sagan fera un récit distrait de ce voyage : « Je suis trop peu restée à Jérusalem, Damas, Beyrouth et Bagdad pour avoir eu le temps de me lasser de l'exotisme et de découvrir la similitude entre ces lieux et tous ceux que je connais. (…) C'est assez mêlé ! La foule, la misère, les maisons jaunes, poussiéreuses, la maladie à tous les coins de rue, le petit nombre d'Européens et quelques rutilantes voitures américaines, des soirées d'ambassades comme toutes les soirées d'ambassades du monde[35]. » Quant à sa visite de Jérusalem, elle n'en retient qu'une conversation avec un représentant de l'ONU qui s'est montré « très enthousiaste du travail et des relations sociales des Israéliens ». On comprend entre les lignes que toutes ces histoires l'ont profondément ennuyée.

L'éditeur E.P. Dutton & Co, qui a acquis les droits de *Bonjour tristesse* pour le marché américain, réclame la présence de « son » auteur. Depuis sa parution outre-Atlantique, le 1er mars 1955, le roman caracole en tête de la liste des best-sellers. Il s'en est vendu 43 000 copies en moins d'un mois. Il atteindra le million au bout d'une année. Alertés par le phénomène, au début de l'année 1955, des reporters du magazine américain *Life* partent pour la France à la rencontre de ce jeune écrivain téméraire, mais Françoise Sagan a quitté Paris pour Megève où elle reçoit un télégramme de René Julliard la priant de rentrer au plus vite. La réponse est brève : « Inutile gagner argent si impossible le dépenser. » Elle s'exécute finalement et *Life* publie un reportage de six pages. La sortie de *Bonjour tristesse* aux États-Unis est accompagnée de critiques dithyrambiques. Dans le *New York Times*, on jure qu'il est promis à un très grand succès et, dans les colonnes du *New York Herald Tribune*, la journaliste Rose Feld titre sans détour : « Une jeune femme de 18 ans a écrit un roman extraordinaire ». « Certains trouveront *Bonjour tristesse* choquant et immoral, note-t-elle, mais personne ne pourra nier le talent de Françoise Sagan. Sa maturité est simplement prodigieuse. » Les Américains sont naturellement curieux et impatients de faire la connaissance de celle qu'ils surnomment déjà « Mlle Tristesse ». Le 13 avril à l'aéroport d'Orly, la romancière embarque avec sa sœur Suzanne – qui laisse à Paris son mari et ses deux enfants – à bord du Constellation, cet avion de la compagnie Air France qui, en dix-sept heures et avec une seule escale à Terre-Neuve, traverse l'Atlantique. Elle projette d'écouter de la musique noire dans le quartier de Harlem, de visiter Hollywood et de rencontrer quelques écrivains américains comme William Faulkner ou Tennessee Williams. Mais ce voyage n'a rien d'un circuit touristique : Françoise Sagan est très attendue. À sa descente d'avion, elle est accueillie par Hélène Gordon-Lazareff et un certain Guy Schoeller – personnage qui comptera bientôt dans sa vie. « Mes journées étaient minutées comme celles d'un aimable forçat et mon anglais était limité à mes notes de baccalauréat, c'est-à-dire 7/8, ma conversation en demeurait disons amère et neutre. (…) On me posait cinquante fois les mêmes questions sur l'amour, la jeune fille, la sexualité, sujets nouveaux à l'époque mais déjà assommants[36]. » Le premier soir, Françoise Sagan participe à un grand cocktail organisé en son honneur par Hélène Gordon-Lazareff et, dès le lendemain, la plupart des journaux américains publient à la une la photographie de celle qu'ils considèrent déjà comme le plus grand écrivain français du moment ; sa timidité et sa modestie les impressionnent d'autant plus. Entre les mains de son éditeur américain, Françoise est une curiosité, un monstre de foire. Elle profite à peine de la très luxueuse suite réservée à son nom à l'hôtel Pierre dont les fenêtres donnent sur Central Park. Elle doit se plier à un emploi du temps contraignant : interviews en chaîne, conférences de presse, émissions de télévision, séances photos et encore des soirées, des bals… Les questions pleuvent :

« Que pensez-vous des hommes américains ?

– Attendez, je viens à peine d'arriver, répond-elle.

– Avez-vous vécu toutes les scènes d'amour que vous décrivez ?

– S'il fallait ne raconter que ce qu'on a vécu, aucun romancier n'aurait décrit la mort ! »

Correspondant pour le quotidien *France-Soir*, Daniel Morgaine recueille sur place les premières impressions de la Lolita *made in France*. « New York m'a donné un choc. C'est une ville extraordinaire qui ne ressemble à aucune autre, lui confie-t-elle. Une ville vivante… si vivante que les gens paraissent morts[37]. » Daniel Morgaine, qui occupe un appartement situé entre Park Avenue et Madison Avenue, va lui offrir tout au long de ce séjour ses rares bouffées d'oxygène. En son honneur, il organise des soirées et lui fait visiter *New York by night*. Françoise apprend les rudiments du boogie-woogie au Palace, un immense dancing pouvant contenir cinq mille personnes, et le mambo sur la piste du Savoy Balroom, deux boîtes situées à Harlem. Le quartier qu'elle rêvait de visiter lui apparaît exactement tel qu'elle l'imaginait. « Les Noirs n'apprécient que très peu l'intrusion des Blancs. Mais le Français garde la cote », observe-t-elle. De son côté, Guy Schoeller lui offre son bras pour l'emmener à la découverte des boîtes de jazz new-yorkaises, dont le Small Paradise. Bien qu'elle passe des soirées délicieuses, Mlle Tristesse est excédée par le rythme infernal de ces journées, les visages croisés par centaines, les gens qui lui parlent une langue qu'elle ne comprend pas et auxquels elle répond inlassablement « *Its so kind of you* »... À propos de son anglais, Françoise Sagan racontera cette histoire cocasse survenue dans la librairie française de Madison Avenue : « On mit quinze jours à s'apercevoir que je dédicaçais mes livres "*With all my sympathies*", ce qui signifie en anglais "Avec toutes mes condoléances" et non pas "Avec toute ma sympathie" que j'accordais généralement aux Français[38]. »

Lors d'une soirée organisée au consulat général de France, où l'attend tout ce que New York compte de célébrités – gens de la presse et de la diplomatie, vedettes de Broadway et de Hollywood – elle décide de s'enfuir. C'est sa sœur Suzanne qui recevra à sa place les éloges du consul, le comte de Lagarde, qui la compare cérémonieusement à Colette. Recluse dans ses appartements de l'hôtel Pierre, c'est presque un appel au secours qu'elle lance à Florence Malraux en

lui demandant de venir la rejoindre. Elle lui fait aussitôt parvenir un billet Paris-New York. Au tandem
Françoise et Florence, qui se ressemblent comme des
sœurs, se joint Bruno Morel, lequel termine aux USA
ses études d'ingénieur. Une fois réunis, ils partent tous
trois à la conquête du désert de Death Valley et s'of-
frent une randonnée à dos de mule dans les profon-
deurs du Grand Canyon (Colorado) avant de partir à
l'assaut de Las Vegas où Françoise découvre l'univers
du jeu qui lui deviendra bientôt familier. Pendant ce
temps à Paris, dans une interview accordée au quotidien *Combat*, René Julliard dresse un bilan éblouissant : « C'est effarant, dit-il, au train où ça va, *Bonjour
tristesse* rapportera 300 000 000 de francs à Françoise
Sagan. En Amérique, c'est un succès sans précédent.
Le livre se vend à raison de 15 000 exemplaires par
jour. Au cours de son séjour à New York, plus de
300 personnes assaillaient son hôtel dans l'espoir de
la voir pour la solliciter… ou lui soutirer de l'argent
et elle a dû fuir devant la marée envahissante. » Et
d'ajouter sur les raisons du succès : « Je suis incapable
d'y répondre. C'est d'autant plus inexplicable que,
même en Allemagne, j'ai réussi à ce que l'on conserve
le titre français[39]. » Le 19 mai, une dépêche en provenance de Londres annonce que le roman reçoit un
excellent accueil outre-Manche, au même titre que *Les
Carnets du major Thompson* de Pierre Daninos et qu'un
florilège des *Fables* de La Fontaine. *Bonjour tristesse*
est en tête de la liste des best-sellers. Depuis son bureau
parisien, René Julliard s'occupe aussi de vendre les
droits d'adaptation de *Bonjour tristesse*, à la scène et à
l'écran, à Ray Ventura qui les cède à son tour à Otto
Preminger, que Françoise Sagan rencontre bientôt à

Los Angeles. Elle n'est pourtant pas autorisée à signer
un document pareil. En effet, la loi française interdit
aux mineurs, et même à leurs parents, de valider
des contrats dont les droits dépassent la somme de
75 000 francs sans avoir préalablement demandé l'autorisation du tribunal civil. La conseillère juridique de
Françoise Sagan, Me Suzanne Blum, s'adresse en son
nom au tribunal de la Seine où elle obtient gain de
cause auprès du président Drouillat le 2 juin, celui-ci
estimant que les contrats en question sauvegardent les
intérêts de la mineure. Une première entrevue à Los
Angeles est donc organisée entre Françoise Sagan et
Otto Preminger. Elle se déroule dans un climat de respect réciproque. La romancière semble apprécier l'art
d'Otto Preminger et trouve l'homme plutôt intelligent.
Ils parlent du film, bien entendu. Pour le rôle principal,
le cinéaste lance les noms d'Ingrid Bergman et d'Audrey Hepburn, mais cette dernière fera rapidement
savoir qu'il n'est pas question pour elle d'incarner
Cécile qu'elle juge amorale. Quelques jours plus tard à
Paris, Françoise Sagan commente son entretien avec
Otto Preminger. Son projet l'a finalement peu convaincue. «Je pense qu'ils vont tous se marier à la fin et
avoir beaucoup d'enfants», ironise-t-elle au micro de
Micheline Sandrel. Aux États-Unis, on parle aussi
d'une pièce de théâtre inspirée de *Bonjour tristesse* qui
pourrait se monter à Broadway, avec, dans les rôles
principaux, Charles Boyer pour interpréter Raymond
et Leslie Caron et Deborah Kerr pour les premiers
rôles féminins. Après Los Angeles, Françoise Sagan et
Bruno Morel partent pour Hollywood où, dans cette
Amérique somme toute puritaine, ils ne trouvent à
louer qu'une très modeste chambre dans un bordel de

Malibu. À Hollywood, les mondanités se poursuivent.
Lors d'un dîner chez le producteur Samuel Goldwyn,
Françoise Sagan rencontre Marlon Brando. Puis, en
touriste, elle se rend sur le tournage des *Dix Comman-
dements* de Cecil B. DeMille, où elle fait la connaissance de l'acteur Yul Brynner, le Pharaon. Elle en
conservera de bons souvenirs, mais son vœu le plus
cher est d'être présentée à Tennessee Williams. La
romancière parle de l'écrivain dans presque toutes ses
interviews, tant et si bien qu'il finit par se manifester.
Par la voie d'un télégramme, il invite Françoise Sagan
à venir chez lui, à Key West, en Floride. Accompagnée
de sa sœur Suzanne, de Bruno Morel et de Colette
Hymann, journaliste à *Elle*, elle prend aussitôt un
avion pour Miami où elle loue une voiture et s'installe
au Key Wester, un hôtel vétuste. En fin de journée
arrive Tennessee Williams suivi de son ami Franco. Ils
ne sont pas seuls. «Derrière eux, raconte Françoise
Sagan, une femme grande et maigre dans un short, des
yeux bleus comme des flaques, un air égaré, une main
fixée sur des planchettes de bois, cette femme qui était
pour moi le meilleur écrivain, le plus sensible en tout
cas de l'Amérique d'alors : Carson McCullers[40].» Les
deux bandes vont vivre quinze jours ensemble. Un
étrange séjour au souvenir de Françoise Sagan. Tandis
que Carson McCullers achevait la rédaction de «Qui a
vu le vent», la dernière nouvelle du recueil posthume
Le Cœur hypothéqué, la plupart des autres passaient
des heures sur la plage, buvant du gin pur comme s'il
s'agissait d'eau fraîche, ou bien se promenaient en
bateau, riant de leur pêche infructueuse. Un reporter de
la revue américaine *Esquire* dérobe un cliché sur
lequel on aperçoit Françoise Sagan se faisant bronzer

en monokini dans la propriété de Tennessee Williams à Key West. Dans l'entretien qui accompagne la photographie, elle se dévoile : «Je suppose que l'on croit que ma vie est une débauche continuelle. Je ne m'en soucie pas. Moi, j'ai toujours désiré deux choses : éprouver un grand amour et devenir un grand écrivain. »

Françoise Sagan et Tennessee Williams, l'un comme l'autre détestés par la frange puritaine du public américain, se reverront de temps à autre ; une fois à Rome, une autre à New York et bien des années plus tard à Paris, au mois d'octobre 1971. Au printemps, André Barsacq, directeur du théâtre de l'Atelier, à demandé à Françoise Sagan de lui proposer une pièce pour la rentrée parce qu'il a un «trou» dans sa programmation. L'auteur de *Bonjour tristesse* n'en possède aucune dans ses tiroirs, mais lance l'idée d'adapter Tennessee Williams et ensemble ils tombent d'accord sur *Sweet Bird of Youth* (*Le Doux Oiseau de la jeunesse*), une pièce créée le 10 mars 1959 au Martin Beck Theater de New York sur une mise en scène d'Elia Kazan, avec Paul Newman dans le rôle de Chance Wayne et Geraldine Page dans celui d'Alexandra Del Lago, princesse Kosmonopolis. «Mon œuvre est la seule manière de m'atteindre», disait Tennessee Williams. Malgré les ovations ce soir-là à New York, il est sorti déprimé de cette première du *Doux Oiseau de la jeunesse*. John Steinbeck, qui souhaitait le féliciter après le spectacle, a été refoulé et Williams est parti se réfugier à Key West. Il s'agit d'une pièce en trois actes mettant en scène une vieille actrice malade (Alexandra Del Lago) et un play-boy (Chance Wayne) qui a perdu ses illusions. Sans se connaître, ils échouent tous les deux dans le golfe du Mexique, au Royal Palm Hotel. Alexandra Del Lago est au lendemain d'une première qui marque son retour à l'écran ; quant à lui, c'est un raté qui revient dans sa ville natale où il est indésirable. Ils vont se servir l'un de l'autre avant de se séparer sur cette dernière réplique de Chance Wayne : « Je ne demande pas votre pitié, mais juste votre compréhension. Même pas ça, non. Juste que vous vous reconnaissiez en moi, et que vous reconnaissiez notre ennemi commun, en nous tous, le temps. »

Assistée d'un traducteur, Françoise Sagan travaille sans relâche à l'adaptation française des dialogues. « Je ne savais pas ce qu'était faire une adaptation, explique-t-elle. Je croyais que c'était facile. J'ai appris la patience et l'application pour la première fois de ma vie. C'est qu'on a beaucoup plus de problèmes, de scrupules et d'hésitations que pour soi. J'aime tellement Tennessee Williams : je ne voulais pas le trahir[41]. » L'auteur américain a eu vent du projet que concocte son amie française. « Françoise Sagan a traduit *Doux Oiseau* pour Paris, écrit-il à une amie. La pièce y sera créée le 1er octobre, m'a-t-elle appris dans une très gentille lettre, et j'espère que tu y assisteras avec moi ; il y aura de grandes vedettes et une soirée ensuite – enfin, avant la parution des critiques[42]. » Trois jours avant la première, avec Edwige Feuillère dans le rôle principal, l'auteur annonce sa venue à Françoise Sagan par un télégramme. Celle-ci a assisté à toutes les répétitions. La mise en scène est signée André Barsacq, lequel a, par le passé, monté en France deux pièces de Tennessee Williams : *Un tramway nommé désir* (adapté par Jean Cocteau et Paule de Beaumont) et *La Descente d'Orphée* dont il signa lui-même l'adaptation. André Barsacq parle de ses ambitions artistiques : « Nous avons voulu éviter le réalisme folklorique, le mélodrame, et accentuer, au contraire, l'aspect tragique de l'affrontement de ces deux personnages, avec cette menace éternelle suspendue au-dessus d'eux ; le temps qui s'enfuit, et surtout la jeunesse qui les quitte[43]. » Ce soir de première, l'écrivain américain écoute les comédiens de sa loge où il est assis au côté de Françoise Sagan. On raconte que son rire tonitruant éclate systématiquement dans les moments drôles, ce qui gêne les spectateurs, mais personne n'ose rien dire compte tenu qu'il s'agit de l'auteur lui-même. Durant l'entracte, il disparaît. On le retrouve dans un bar voisin. Revenant au théâtre à la fin de la représentation, il est présenté au public contre son gré. De retour dans sa chambre d'hôtel après cette soirée perturbée, il complimente Sagan, affirmant que sa traduction est épatante. « Tu ne t'es pas senti trahi ? questionne anxieusement Sagan. – *No, darling*, je me suis senti aimé. Mieux que tout, tu vois : aimé. » Dans un entretien accordé au magazine *Harper's Bazaar*, Tennessee Williams tiendra ces tendres propos à l'égard de sa jeune amie française : « Peut-être n'a-t-elle pas aujourd'hui, à ce stade de son développement, la troublante et profondément déconcertante qualité visionnaire de son idole littéraire Raymond Radiguet, mort si jeune après une grande et brève œuvre. Pas plus qu'elle n'a encore écrit quoi que ce soit de comparable à *La Ballade du café triste* de Carson McCullers, mais j'ai le sentiment que si j'avais rencontré Mme Colette

à vingt ans, j'aurais remarqué en elle le même froid
détachement et la même chaleureuse sensibilité que
ceux que j'ai observés dans les yeux pailletés d'or de
Mlle Sagan[44]. »

3

Une certaine jeunesse

Après ce périple éprouvant et mouvementé outre-Atlantique, Françoise Sagan est ravie de revoir la tour Eiffel, ce 15 juin 1955. De ce séjour promotionnel elle conserve un souvenir doux-amer : « Mon bouquin a été mis à tous les usages : cinéma, théâtre… On en a fait une véritable machine à sous[1]. » Délivrée des contraintes médiatiques et mondaines, la romancière quitte presque aussitôt Paris afin d'achever le roman qu'elle avait entamé avant de s'envoler pour le Nouveau Monde. Accompagnée de son frère, Jacques Quoirez, Françoise Sagan s'élance à bord de sa toute-puissante Jaguar X 440 sur la nationale 7, direction Saint-Tropez. Dans les années 50, le petit port jouit d'une belle quiétude. Il a encore le charme des villages de la Méditerranée où de vieilles dames tricotent en rangs serrés, attendant le retour des pêcheurs. Arrivés sur place en un temps record, le frère et la sœur se mettent en quête d'une villa à louer. Ils en visitent une dizaine avant de jeter leur dévolu sur une vaste bâtisse de trois étages, la plus proche du port de la Ponche. Les deux complices s'empressent ensuite de troquer leurs vêtements de ville contre des espadrilles, des shorts et des chemisettes couleur locale, le tout acheté sur place chez Vachon[2]. Les habitudes sont vite prises. Chaque matin, Françoise et Jacques sirotent leur café à l'Escale, un lieu sombre aux « effluves de bois, d'insecticides et de limonades[3] », tenu par la vieille Mado. À midi, à l'heure de l'apéritif, la terrasse ensoleillée de l'hôtel de la Ponche est plus indiquée. Françoise Sagan deviendra une fidèle de cet établissement que dirigent Albert et Margot Barbier. Ils lui réserveront toujours la chambre 22 qui ouvre sur une terrasse. Ici, les clients verront à l'occasion Boris Vian écrire face à la mer ou Pablo Picasso devant un verre de pastis. Ils apercevront Françoise Sagan suivant tant bien que mal Juliette Gréco au piano un soir de fiesta, ou disputant des parties de gin-rummy en misant des haricots jusqu'au petit matin. Françoise Sagan, qui est aussi farceuse que son père, y organisera en 1960, avec Jean-Claude Merle[4], une conférence sur l'apiculture. L'événement est annoncé avec le plus grand sérieux dans la presse locale et des affiches ornent les murs de Saint-Tropez, si bien que le jour venu, la salle est comble. La romancière arrive avec ses amis, tous vêtus en abeilles avec des maillots de bain rayés noir et jaune achetés à la boutique Chose. Pendant une bonne demi-heure, Françoise Sagan improvise un discours extravagant et hilarant sur la reine des abeilles. Le charme n'opère pas, l'humour est jugé douteux ; les apiculteurs quittent la salle en grommelant.

À l'hôtel de la Ponche, on est ébahi par ces Parisiens fantaisistes. On dit aussi que Brigitte Bardot se promène nue dans les couloirs pendant le tournage d'*Et Dieu créa la femme* de Roger Vadim. La mort de ce dernier, survenue au mois de février 2000, plongera

Sagan dans la nostalgie. « C'était le temps béni de
Saint-Tropez, dira-t-elle. Nous traînions dans le village, vide. Un seul bistrot était ouvert, nous mangions
des croissants à six heures du matin. On suivait le tournage au fil des jours, en passant. Bardot et Trintignant
s'étaient réfugiés sur une plage éloignée. Vadim, avec
Christian Marquand, rejoignait notre bande d'amis :
Bernard Frank, Florence Malraux, Alexandre Astruc,
Annabel et quelques autres. Il était détaché, aussi dépen-
sier que moi. Il aimait autant la compagnie des femmes
que leur conquête. Il aimait plaire sans manifester pour
le sexe un intérêt particulier[5]. »

À Saint-Tropez, Brigitte Bardot et Françoise Sagan
se sont rencontrées. C'était au petit matin sur une
plage, chacune promenant son chien. Les deux femmes
ont été plébiscitées par le public quasiment au même
moment et avec la même fougue. Françoise Sagan
en 1954 avec *Bonjour tristesse* et Brigitte Bardot deux
ans plus tard, lorsque *Et Dieu créa la femme* sortit sur
les écrans et fit, lui aussi, scandale. Ce matin-là sur le
sable tropézien, les deux femmes se reconnaissent et
échangent quelques mots, pas davantage car elles sont
aussi timides l'une que l'autre. Françoise Sagan dira
qu'elle a été frappée par la discrétion de l'actrice et par
la beauté de sa chevelure. Brigitte Bardot, elle, songe
que la romancière, dont elle apprécie le style, « est
bouclée à l'intérieur de sa tête », ce qui signifie dans
son langage qu'elle admire son intelligence. Bien que
fréquentent les mêmes lieux et les mêmes individus
(Roger Vadim, notamment), elles conserveront toujours cette distance. Cependant, lorsque, en 1974, Brigitte Bardot – qui vient de faire ses adieux au cinéma –
fêtera ses quarante ans au Club 55 à Saint-Tropez, elle

souhaitera la présence de Sagan à ses côtés. Ce jour-là, elles s'entretiendront longuement pour les besoins d'un article commandé à la romancière par la rédaction de *Jours de France* :

«Françoise Sagan : Au fond, on est affreusement saines toutes les deux. Parce que nous avons reçu une éducation bourgeoise ?

Brigitte Bardot : C'est vrai. Je sais que je suis saine. Par moments, je me dis que cette simplicité, c'est un peu ridicule, démodé, mais il n'y a rien à faire, je suis comme ça, j'avoue que je ne comprends pas : pourquoi se détruire lentement ? Autant se suicider tout de suite. La drogue, c'est la mort lente, un esclavage total, et comme je déteste être esclave de quoi que ce soit, sauf de l'amour... J'aime l'amour d'un homme que j'aime.

Françoise Sagan : Moi aussi, on a vraiment 40 ans, hein ?

Brigitte Bardot : Oui, et à 40 ans on est comme ça ! [...]»

De cet échange naîtra un an plus tard un livre illustré : *Brigitte Bardot racontée par Françoise Sagan et vue par Ghislain Dussart*[6]. «En 1954, il s'agissait d'être vertueuse et Bardot ne l'était pas, fait observer l'auteur. En 1975, il s'agit d'être licencieuse et Bardot ne l'est toujours pas. Elle ignore ces deux termes. Comme tout animal doué de raison, elle n'a rien à voir avec la civilisation chrétienne et ses tabous et en même temps rien à voir avec la destruction ou la haine de ces tabous. Brigitte Bardot est une femme qui se trouvait bien dans l'eau tiède de la Méditerranée, il y a vingt ans, et qui s'y trouve toujours bien. »

Cet été-là, Françoise Sagan et Jacques Quoirez sont rapidement rejoints par leurs amis, ceux qui constituent le « clan Sagan ». Cette expression, très répandue à l'époque, ne convient guère à la romancière. « Les deux qualités principales que je demande à mes amis sont l'humour et le désintéressement. L'humour, cela signifie l'intelligence et l'absence de prétention ; et le désintéressement, c'est la générosité, la bonté[7]. » Juliette Gréco cherche le point commun de tous ces gens qui gravitaient autour de Françoise Sagan : « Peut-être un goût du jeu, du rire et de la farce dans ce qu'elle a de beau et d'enfantin[8]. » Aux amis de toujours, Bruno Morel, Florence Malraux, Véronique Campion ou Anne Baudouin, se sont mêlés de nouveaux comparses depuis *Bonjour tristesse* : l'écrivain Bernard Frank, le compositeur Michel Magne, le mannequin Annabel Schwob de Lurs et son futur époux Bernard Buffet, Juliette Gréco, Roger Vadim, Christian Marquand et Jacques Chazot. Sur les clichés de Saint-Tropez, à la table de Françoise Sagan on voit des invités occasionnels : la journaliste Madeleine Chapsal ou le chanteur Charles Aznavour. Son intelligence, sa personnalité à la fois charismatique et accessible, sa célébrité et sa générosité, aussi, attirent toutes sortes d'individus dont la sincérité passera avec plus ou moins de succès l'épreuve du temps. Dans la bande, Jacques Quoirez est très apprécié. Voilà un véritable boute-en-train ! Sur les plages de Saint-Tropez, par exemple, il a lancé la mode des batailles de yaourts. Cela commence gentiment par quelques projectiles lactés et s'achève dans l'excitation générale par un bain de mer collectif. La jeune Anne Baudouin est de toutes ces fêtes, de tous ces voyages. « Nous dansions par exemple chez Castel, à Paris, et l'un de nous proposait de partir pour Saint-Tropez comme ça, sur un coup de tête au beau milieu de la nuit, se souvient-elle. Moi j'avais une Alfa et Jacques Quoirez une Lamborghini. Il me disait : "Tu me suis, quand je double, tu doubles." Nous foncions sur la nationale 7, le pied au plancher. Nous logions à l'hôtel de la Ponche où nous dormions peu, du moins la nuit, parce que nous faisions la tournée des boîtes : chez Ghislaine, à l'Esquinade… C'était la grosse fête, beaucoup buvaient pas mal. En ce qui me concerne, je m'enivrais surtout pour ne pas avoir le trac ; Françoise était très impressionnante, intellectuellement supérieure. Elle avait besoin d'être entourée de gens qui aient le sens de la repartie[9]. » Anne Baudouin restera la confidente de Jacques Quoirez jusqu'à la mort de ce dernier, le 21 septembre 1989. Elle dresse le portrait d'un ami drôle et séduisant : « Un jour, pour mon anniversaire, j'avais organisé une grande fête dans les dépendances d'un château en dehors de Paris. Je me souviens que Jacques est entré dans la demeure en voiture en faisant éclater les portes vitrées. Une autre fois, un couple d'amis était parti pour un week-end en amoureux. Jacques a loué un hélicoptère et il est allé leur jeter des petits sacs sur lesquels il avait écrit "bonne bourre"[10]. »

Dans ce « clan Sagan » Bernard Frank occupe une place privilégiée. « Nous avons cohabité au gré de nos maisons, de nos mariages divers, mais sans être séparés par autre chose que le temps qui passe[11] », explique la romancière. Ces gens de lettres vivront une amitié légendaire, ce qui autorisera l'auteur des *Rats* à affirmer : « Françoise Sagan et moi, c'est un peu comme Jean-Paul Sartre et Simone de Beauvoir[12]. » En 1954,

lors d'un cocktail aux éditions Denoël, rue Amélie,
Florence Malraux a fait les présentations et Françoise
Sagan est immédiatement tombée sous le charme :
«C'était un jeune homme hirsute, il avait de gros
sourcils, une belle voix, de belles mains, et se montrait
sarcastique avec la petite Sagan que, depuis, il n'a pas
quittée, à part quelques aventures sentimentales, et elle
aussi[13].» Comme la majorité des Français, Bernard
Frank a lu *Bonjour tristesse* avant d'en connaître l'auteur. Il a trouvé le livre bien troussé sans imaginer
qu'il provoquerait pareil scandale. Face à la jeune fine
blonde, il est fasciné. Non pas par son éclatante notoriété mais par sa dextérité au volant, lui qui ne conduit
pas. En échangeant quelques mots avec elle chez
Denoël, il se dit que la vie ne doit pas être triste aux
côtés de cette enfant désobéissante. Il laisse passer
quelques mois, le temps de trouver un prétexte pour la
rappeler. Au téléphone, il annonce qu'il entend relan-
cer la *Revue blanche* et lui propose d'y collaborer,
pourquoi pas de la diriger avec lui. Elle répond : «Oui,
si vous voulez !» Le projet tombera rapidement à l'eau
mais il aura scellé une longue amitié. De ses amis elle
dit qu'il est «le plus intelligent, le plus brillant, le
plus fatigant». Et d'ajouter : «Pour moi, c'est l'un des
auteurs les plus doués de sa génération[14].» Sans doute
Bernard Frank a-t-il envié Sagan pour ses gros tirages
et ce «capital de sympathie» que lui a toujours
accordé le public. «Je trouvais tout à fait éblouissant
qu'un écrivain puisse devenir une star, explique ce
dernier. Il y eut deux stars dans la littérature de cette
époque à très peu de temps de distance, Sartre et
Sagan.» De son côté, la romancière a probablement

aspiré à la reconnaissance du sérail littéraire dont jouit Bernard Frank.

En dehors de son amitié pour Bernard Frank et d'une certaine tendresse pour Michel Déon ou François Mauriac, Françoise Sagan fréquente peu les intellectuels. Les dîners et les cocktails littéraires l'ennuient. Lorsqu'elle daigne s'y montrer, le plus souvent elle fait grise mine. D'après Simone de Beauvoir, elle préférait même fuir ses confrères. Dans *La Force des choses*[15], l'un des volets de son autobiographie, elle témoigne : «J'aimais bien son humour léger, sa volonté de ne pas s'en laisser compter, de ne pas faire de grimaces ; je me disais toujours en la quittant que la prochaine fois nous nous parlerions mieux ; et puis non, je ne sais trop pourquoi. Comme elle se plaît aux ellipses, aux allusions, aux sous-entendus, et qu'elle n'achève pas ses phrases, il me semblait pédant d'aller jusqu'au bout des miennes, mais il ne m'était pas naturel de les briser et finalement je ne trouvais plus rien à dire. Elle m'intimidait comme m'intimident les enfants, certains adolescents et tous les gens qui se servent autrement que moi du langage.»

En revanche, de Jean-Paul Sartre Françoise Sagan dira : «Lui est à part.» Elle considère que les romanciers ont trop souvent tendance à se replier sur eux-mêmes et Sartre n'a pas ce défaut-là. Elle a rencontré l'auteur de *Huis clos* à la fin des années 50. Sagan se souvient de ce jour où, un peu gênés, ils se sont croisés sans se saluer devant un hôtel de passe de la rue Vavin. Il est vrai que ni l'un ni l'autre n'était seul. Le soir même, ils dînaient ensemble avec leurs compagnons officiels : Jean-Paul Sartre avec « le Castor » et Sagan avec Guy Schoeller, son époux du moment. Puis vingt ans s'écoulèrent sans qu'ils cherchent à se revoir. En 1979, à l'occasion du soixante-quatorzième anniversaire du philosophe – Sartre et Sagan sont tous les deux nés un 21 juin à trente ans d'intervalle –, elle rédige une « Lettre d'amour à Jean-Paul Sartre » qu'elle tient à lui lire avant de la publier simultanément dans *Le Matin de Paris* et dans la revue *L'Égoïste*, dirigée par son amie Nicole Wisniak. Le contenu de la lettre se résume par ces mots : « Ce siècle s'est avéré fou, inhumain, et pourri. Vous étiez, êtes resté, intelligent, tendre et incorruptible. Que grâces vous soient rendues. »

Jean-Paul Sartre, devenu aveugle à la fin de sa vie, se fait lire le texte et invite aussitôt Françoise Sagan à déjeuner. Il tient vivement à la remercier. Celle-ci passe le chercher à son domicile du boulevard Edgar-Quinet et, main dans la main, ils se dirigent vers la Closerie des Lilas. « Vous savez, lui dit-il, on m'a lu votre lettre d'amour une fois. Ça m'a beaucoup plu. Mais comment demander qu'on me la relise pour que je me délecte de tous vos compliments[16] ? » La romancière a l'idée de la lui enregistrer, ce qu'elle fait en six heures – tant elle bégaye. Le vieil homme prétendait qu'il l'écoutait parfois, surtout les soirs de déprime.

Dès cet instant et jusqu'à la mort de Sartre, ils dîneront en tête à tête tous les dix jours. Il l'attend à l'heure dite dans l'entrée de son appartement avec son duffle-coat sur le dos. Sagan se souvient qu'elle lui apportait du whisky en cachette et lui coupait sa viande avec beaucoup de respect et de tendresse. Il disait : « Vous

êtes quelqu'un de très gentil, non ? C'est bon signe.
Les gens intelligents sont toujours gentils [17]. » Il appréciait ces instants passés avec son admiratrice car elle
ne lui parlait jamais de leurs relations communes. Selon
lui, leurs discussions étaient celles de deux voyageurs
sur le quai d'une gare. « On parlait de la vie, on parlait
de l'amour, raconte-t-elle. Des femmes principalement.
On ne parlait vraiment de rien, ni de mes livres, ni des
siens, on disait des bêtises, c'était très gai [18]. » Le père
de Françoise Sagan, Pierre Quoirez, a disparu à l'époque
où débutait cette amitié avec Sartre. Le philosophe a
pris le relais. Puis Jean-Paul Sartre est mort à son tour.
« J'allais à son enterrement sans y croire [19] », conclut
Françoise Sagan.

À la compagnie des intellectuels elle préfère celle de
Jacques Chazot [20], un pilier de la bande, son ami jusqu'à
sa mort survenue le 13 juillet 1993. Il avait 65 ans. Bouleversée par sa disparition, la romancière avoue : « Je
ne crois pas à la vie éternelle ni à la réincarnation, je
suis athée depuis mes quatorze ans, mais je n'arrive pas
à croire que je ne reverrai jamais mes amis ; les souvenirs vous sautent à la gorge à l'improviste, et l'on se
retrouve contre un mur, les yeux fermés, bafouillant un
prénom ou un autre [21]. » Ex-danseur étoile à l'Opéra-
Comique, Jacques Chazot avait posé pour le sculpteur
Giacometti avant de devenir le modèle du peintre Bernard Buffet. Celui qui avait la réputation d'être le plus
Parisien des Parisiens était, en effet, un mondain doté
d'un très beau carnet d'adresses : Roger Vadim et Brigitte Bardot, Coco Chanel, Yves Saint Laurent, Mélina

Mercouri et Michèle Morgan, entre autres, lui étaient fidèles. Le créateur de « Marie-Chantal », personnage irrésistible et pincé, était aussi un dandy, un homme de goût et d'esprit. François Mauriac se disait fasciné « par sa jeunesse de cœur, son esprit et son brio ». Dans la vie de Jacques Chazot, Françoise Sagan a toujours occupé une place à part. « Parler d'elle est pour moi pratiquement impossible, note-t-il dans son *Pense-bête*. Elle est la femme que j'admire le plus au monde et que j'aime le mieux. » Pour Françoise Sagan, Jacques Chazot est sans conteste « l'homme le plus drôle de Paris ». Dans l'un de ses livres de souvenirs, elle consacre un chapitre au rire, où il est question de lui : « Un homme qui, en quarante ans, ne m'a fait pleurer que de rire. (…) Son humour comporte de l'extravagance, de la cocasserie, un faux bon sens, une imagination et un sens du dérisoire joints à une absence réelle de recherche, qui rendent ses plaisanteries non seulement désopilantes mais réjouissantes, du mot réjouir : qui vous réchauffe le cœur d'avoir ri[22]. » Avec Jacques Chazot, Françoise Sagan entretient, comme avec Bernard Frank, une relation d'amitié qui dure des années. « C'était une relation d'une qualité rare, confie Jacques Chazot, un amour total. Je continuais à avoir parallèlement des aventures masculines ; il n'y avait entre nous aucune jalousie, aucune possessivité. Simplement, nous étions bien ensemble. La complicité totale, la tendresse, l'amour sans les doutes, sans les orages de la passion. Nous avons même pensé tous les deux à nous marier. L'ennuyeux était que ce n'était jamais au même moment[23]. » Un soir, Françoise Sagan demande solennellement la main de son ami le plus cher, ce qu'il refuse, étant à ce moment-là très épris d'un jeune garçon. Il lance distraitement : « Oui, mais plus tard. » Cependant, la proposition n'est pas tombée dans l'oreille d'un sourd. Quelques mois plus tard, c'est à lui de tenter sa chance. Mais à sa demande en mariage Sagan répond cruellement : « Non, ce soir je ne suis pas déprimée. » Ce rendez-vous manqué laissera bien des regrets à Jacques Chazot : « Je n'ai jamais cessé de penser, depuis, que j'étais peut-être passé à côté de quelque chose d'important qui aurait changé ma vie[24]. » Ils ne se marieront donc jamais, en revanche leurs deux noms s'inscriront sur la même affiche, celle de *L'Échange d'un regard*, un ballet romantique qu'ils créeront ensemble à l'Opéra de Marseille. L'idée leur est venue tandis qu'ils passaient d'ennuyeuses vacances à Klosters, bloqués dans un chalet pris dans une tourmente de neige. Leurs journées sont bercées par *La Moldau* du compositeur tchèque Friedrich Bedrich Smetana. Jacques Chazot met son amie au défi de rédiger l'argument d'un ballet sur cette œuvre. Un défi qu'elle relève aussitôt ; en dix minutes, l'argument est écrit. La scène se passe dans une salle d'opéra à Prague. Une jeune femme et un officier se regardent et s'aiment immédiatement. L'avenir les séparera à tout jamais. Le 12 février 1966, pour la création du ballet, une partie du clan Sagan se donne rendez-vous à l'Opéra de Marseille : autour de Gaston Defferre, les mannequins Annabel et Bettina, Bernard Buffet, Yves Saint Laurent, Régine, Marie Bell…

Avec Michel Magne[25], un autre pilier du clan, le style Françoise Sagan prend une nouvelle forme. Elle entre en chanson poussée par ce garçon original et extraverti qui a débuté sa carrière de musicien en jouant de l'harmonium à la messe du dimanche dans la cathédrale de Lisieux, sa ville natale. Il suivra des études musicales aux conservatoires de Caen puis de Paris. En 1948, il découvre et expérimente les sons synthétiques des ondes Martenot, des ondiolines et claviolines ; ce qui fait de lui un pionnier en matière de musique électronique. Seul sur scène, le « concert inaudible » qu'il donne à la salle Gaveau, le 15 juillet 1954, restera célèbre pour la simple raison que l'intensité des infrasons a rendu le public malade. En 1954 toujours, il compose sa première musique de film pour *Le Pain vivant* de Jean Mousselle. François Mauriac lui a dit un jour : « Ne vous faites pas d'illusions, mon cher Magne, votre musique, à force d'être comique, est essentiellement dramatique. Mais ne changez rien, elle fonctionne comme cela. »

En 1955, Michel Magne rencontre Françoise Sagan. « J'avais lu *Bonjour tristesse* par curiosité parce que tout le monde en parlait autour de moi, raconte-t-il. C'est un chef-d'œuvre de poésie, de sensibilité. C'est plein de soleil, d'amour, tout cela voilé d'un peu de mélancolie. Ça m'inspirait de la musique. Depuis longtemps je cherchais un parolier et soudain je pensais que se serait merveilleux si Françoise Sagan voulait bien écrire quelque chose pour moi[26]. » Il téléphone directement à la romancière qui lui fixe rendez-vous dès le lendemain chez ses parents, boulevard Malesherbes. Il sonne à la porte au moment où elle sort de son bain. Lovée dans un grand peignoir, elle s'installe au fond d'un fauteuil pour l'écouter. « Elle ressemblait à une collégienne studieuse qui promet de travailler mieux encore, observe le compositeur. Dès cet instant, j'ai eu envie de la revoir. Je ne pouvais plus rien faire d'autre que d'attendre derrière mon téléphone[27]. » Dans le minuscule appartement très encombré qu'il occupe rue Lepic, près du moulin de la Galette, Michel Magne n'aura pas longtemps à attendre l'appel de l'auteur de *Bonjour tristesse* puisque dès le lendemain midi, la sonnerie du téléphone retentit : Françoise Sagan propose de le retrouver le soir même au café-restaurant-bar les Trois Mailletz, situé rue Galande, dans le Ve arrondissement. On y entre de plain-pied dans une salle ornée de poutres et de pierres. Puis un escalier très étroit conduit aux caves où sont installés l'estrade et le piano. Dès 1945, le cabaret a connu un engouement comparable à celui du Tabou. Dans les années 50, on y assiste aux débuts de Léo Ferré ou de Catherine Sauvage. Le lieu est surtout réputé pour ses soirées consacrées au jazz. Rue Galande, les noctambules viennent applaudir Bill Coleman, Billie Holiday, Claude Luter, Stéphane Grappelli ou Lil Armstrong, l'épouse de Louis Armstrong qui se laisse parfois tenter par un bœuf. Ce soir-là, il n'y a plus grand monde lorsque Sagan et Magne descendent l'escalier et se dirigent vers le vieux Pleyel. Le compositeur s'installe au piano, tandis que Françoise Sagan griffonne quelques vers. « À 3 heures du matin, nous décidons d'écrire une chanson et cela nous procure un vif plaisir[28] », se souvient-elle. « Françoise a tout de suite compris ma musique et moi, j'avais compris sa poésie, poursuit Michel Magne. Il suffisait que je joue une mesure pour qu'elle trouve le titre et le premier vers d'un poème. Et il suffisait qu'elle assemble des mots pour que je trouve une mélodie. » Ils composent, cette nuit-là, *Sans vous aimer*, une chanson qu'Annabel créera sur la scène du Carrol's, au début de sa courte carrière de chanteuse.

Annabel situe leur rencontre en 1955. «Je chantais dans une boîte de la rue de Ponthieu quand Michel Déon m'a présentée à Françoise qui était un peu là par hasard, se souvient-elle. Elle m'a attendrie ; elle était assez timide, très enfantine, elle n'avait pas du tout la grosse tête. Elle était trop intelligente pour ça, la gloire l'amusait. Elle m'a plu[29]. » C'était avant son mariage avec Bernard Buffet, qu'elle apercevra pour la première fois en compagnie de Françoise Sagan et dont elle s'éprendra plus tard.

Mais ces premières chansons co-signées Sagan/ Magne et chantées par Annabel seront surtout popularisées par Juliette Gréco. En 1955, celle-ci connaît l'œuvre encore mince de Sagan et Sagan aime la voix grave de la scandaleuse Gréco, mais ces deux gloires ne se sont encore jamais croisées. C'est Florence Malraux qui a l'idée de les présenter et, aussitôt, elles se trouvent des points communs. «En un sens, confie Juliette Gréco, le drame de Françoise Sagan est un peu semblable au mien. Si elle s'ennuie, c'est que les gens tentent de lui prendre tout sans rien lui donner. Il y a ceux qui désirent son âme, ceux qui demandent de l'argent, ceux qui réclament son influence… Pour un être jeune, c'est terrible[30]. » La muse de Saint-Germain-des-Prés fixera les chansons sur un 45-tours tout simplement intitulé *Juliette Gréco chante Françoise Sagan*. L'aventure n'ira pas sans complications. Lors des répétitions dans son appartement de la rue de Verneuil, Juliette Gréco suscite l'admiration du compositeur et de l'auteur. Mais lorsqu'elle arrive au studio Blanqui, rue de Clichy, pour la séance d'enregistrement, Françoise Sagan ne tarde pas à se rendre compte que l'atmosphère est tendue entre Michel Magne et l'interprète. « Si vous n'êtes pas contente, lui lance-t-il, faites-la faire par Michel Legrand ! » Une fois les esprits apaisés, ils parviennent enfin à saisir deux chansons : *Sans vous aimer* et *Vous mon cœur*.

La première parle d'amour sur une mélodie légère : « Sans vous aimer / Sans avoir jamais pu / Je m'en vais oublier cet été / À jamais disparu. » La seconde, *Vous mon cœur*, est une ballade sentimentale : « Vous ma vie / Vous mon cœur / Vous qui souriez / Vous qui m'embrassez / Vous, un jour / Vous, pourquoi / Vous me quitterez / Mon cœur. »

Au studio Blanqui, Juliette Gréco enregistre six chansons, dont deux, jugées trop provocantes, seront interdites par la direction de la firme Philips et resteront inédites. Il s'agit de *L'Adultère* : « Jaloux mari, pauvre mari / Pourquoi venir me chercher ici ? / Nous nous étions si bien cachés / Pour t'épargner l'adultère » et de *Oui mais*, *oui mais* « Dans mon jardin / Tu gis mort / les yeux ouverts / Sur ton sort ».

Le 16 juin 1956, une fête est donnée à la Microthèque d'Argenteuil à l'occasion de la sortie du 45-tours *Juliette Gréco chante Françoise Sagan*, sur lequel figurent quatre titres : *Sans vous aimer*, *Le jour délaisse le ciel*, *Vous mon cœur* et *La Valse*. La romancière revient spécialement de Saint-Tropez où elle est en vacances depuis un mois. Elle y retournera aussitôt après la fête à bord de sa Gordini – un bel engin bleu qui succède à sa Jaguar noire. Lorsqu'elle arrive à la Microthèque, en tailleur blanc et le teint hâlé, elle concède quelques réponses lapidaires aux journalistes qui l'assaillent de questions : « J'ai entendu la musique de Michel Magne, je l'ai aimée, j'ai écrit des paroles ; j'aimais Juliette Gréco, je lui ai donné mes chansons, elle les chante et voilà[31]. » De son côté, Juliette Gréco, en robe blanche elle aussi, est rayonnante et concise : « Avant de connaître Françoise, je la jugeais mal. Mais lorsqu'elle m'a proposé ses chansons, j'ai compris qu'elle était inépuisable. Et puis, elle écrit dans un très bon français ! » Dans un terrible brouhaha, Michel Magne accompagne Juliette Gréco qui s'est hissée sur le piano pour interpréter les chansons en question. La séance tourne à la plaisanterie. Les convives se souviendront que Gréco a terminé la soirée en chantant *Il était une bergère* dans une version revisitée. Elle s'est ensuite enfuie pour Nice où débute le tournage de *L'Homme et l'Enfant*, film dans lequel elle partage la vedette avec Eddie Constantine.

Quelques années plus tard, Juliette Gréco interprétera à nouveau des chansons de son amie Françoise Sagan, en particulier *Le Doux Oiseau de la jeunesse*, sur une musique de Frédéric Botton cette fois. Il s'agit du thème de l'adaptation française de la pièce de Tennessee Williams par Sagan : « Le doux oiseau de la jeunesse / Était un oiseau égaré avec des besoins de tendresse / Et des envies de cruauté / Volant, volant de toit en toit / Volant, volant de toi à moi. »

Pour la romancière, la chanson est un « art captivant », « une sorte de travail relativement agréable ». « La chanson littéraire est souvent très séduisante, considère-t-elle, mais je pense que les chansons sont surtout faites pour être chantées. Et il est évident qu'une chanson qui ne peut être chantée que par un nombre restreint, à cause de la difficulté des paroles ou de la musique, n'atteint pas son but[32]. » Cet art captivant, elle va l'exercer épisodiquement tout au long de sa vie. Après Juliette Gréco, Sagan rêvait d'être chantée par Mouloudji ou par Yves Montand. Ses vœux seront exaucés. Le tandem Sagan-Magne écrit quatre chansons pour Marcel Mouloudji, gamin de Paris proche des existentialistes : *En dormant* (1956), *Ciel et Terre* (1956), *Va vivre ta vie* (1956) *et Les Jours perdus* (1957). « L'univers des chansons de Françoise Sagan correspond à cette résignation qui existe dans cette manière que j'ai de chanter, dira Marcel Mouloudji. Quand j'ai lu ses premiers textes de chansons, je les ai trouvés aussi intéressants que ses meilleurs romans. Je les ai chantés avec beaucoup de plaisir. Tout ici me touchait. Elle faisait presque uniquement des chansons d'amour. Et rien n'est plus difficile à écrire. Il y avait un ton Sagan, un style Sagan, et je regrette bien qu'elle n'ait pas composé davantage[33]. » Mouloudji est particulièrement sensible à *Va vivre ta vie*, une chanson sur le thème de la rupture et de la solitude : « Va vivre ta vie / Puisque tu crois encore que la vie / Ça se vit au dehors / Mais c'est à deux qu'on fait la vie / Comme c'est à deux qu'on fait l'amour. »

Quant à Yves Montand, il interprétera la bande originale d'*Aimez-vous Brahms ?*, un film d'Anatole Litvak d'après un roman de Sagan. Georges Auric est l'auteur de la musique, Sagan signe les paroles : « Quand tu dors près de moi / Tu murmures parfois / Ce nom-là oublié / De cette femme que tu aimais / Et toute seule près de toi / Je me souviens tout bas / De ces choses que je crois / Mais que toi, couché / Tu ne crois pas. »

Bien des années plus tard, en 1999, la romancière sera aussi chantée par Johnny Hallyday, devenu un monstre sacré de la chanson populaire. Dans son album, *Sang pour sang*, où figurent, parmi ses auteurs, Michel Mallory, Philippe Labro, Zazie, Miossec et Vincent Ravalec, il glisse *Quelques Cris* de Sagan. «Le premier cri que j'ai poussé / C'était un cri de nouveau-né / Le jour où ma mère me mit bas / Nu sanglant entre les draps / L'éclat du soleil me fit peur.»

«Un jour, raconte Marc Francelet, mon copain Johnny Hallyday me demande de lui présenter Françoise Sagan. J'organise un dîner dans un restaurant thaïlandais. Françoise se fait attendre. Nous attaquons l'apéritif. Bref, quand Françoise Sagan arrive avec une bonne heure de retard, je vois mon Johnny tout émoustillé qui se lève et lui dit : "Bonjour Françoise, j'ai lu tous tes romans !" Inquiétude de ma part. Et elle avec autant d'enthousiasme : "Tu sais, Johnny, j'ai écouté tous tes disques !" Au cours du repas, Johnny lance à Sagan : "Toi et moi nous sommes deux êtres déracinés" et il lui demande de lui écrire une chanson. Nous sommes sortis du restaurant vers une heure du matin et à six heures, la chanson m'arrivait par fax. Elle avait travaillé dessus le reste de la nuit. C'était *Quelques cris*[34].» Johnny Hallyday propose le texte à plusieurs compositeurs sans grand résultat. Au moment de commencer à travailler sur l'album, son fils David Hallyday – qui en écrira les musiques – s'en souvient et lui demande de le lui confier. «La chanson de Sagan a été le point de départ de l'album, expliquera Johnny Hallyday. Sept compositeurs s'étaient cassé le nez sur ce texte, alors j'ai dit à David : "Laisse tomber, on n'y arrivera jamais." Il est quand même parti avec les paroles et deux jours après, il est revenu avec cette musique. Ensuite, on a voulu que le choix des auteurs soit homogène, qu'il soit à ce niveau-là[35].» La chanson grimpera au sommet des hits.

C'est en compagnie de Michel Magne que Françoise Sagan vivra l'une de ses plus grandes émotions musicales. Fin 1956, la romancière effectue son deuxième voyage aux USA où *Un certain sourire* (sous le titre *A Certain Smile*), sort le 17 août 1956. Le 23 octobre de la même année, Sagan et Magne embarquent à bord du Constellation qui s'envole vers New York. Outre-Atlantique, l'auteur de *Bonjour tristesse* est devenu, selon un sondage, «l'un des grands produits d'exportation» français au même titre qu'Édith Piaf et le N° 5 de Chanel. Durant les premiers jours, la romancière accepte quelques mondanités : elle participe notamment à une réception que donnent Tatiana et Alexander Liberman dans leur hôtel particulier de Lexington Avenue, où elle fait la connaissance de Truman Capote et Marlène Dietrich. Avant d'arriver à New York, Sagan et Magne caressaient le rêve d'écouter chanter Billie Holiday : «Elle était pour Michel Magne comme pour moi la Voix de l'Amérique, non pas encore pour nous la voix douloureuse et déchirée de l'Amérique noire, mais plutôt la voix voluptueuse, rauque et capricieuse du jazz à l'état pur[36].» On leur apprend que la chanteuse n'est plus autorisée à se produire sur une scène new-yorkaise depuis le jour où elle a consommé des stupéfiants en public. Elle chanterait à présent dans une boîte du Connecticut. Les deux complices sautent dans un taxi et couvrent trois cents kilomètres d'une traite pour arriver dans un bar sordide. Billie Holiday apparaît enfin sur scène. À l'issue de la soirée, ils se présentent à elle. La diva, touchée d'apprendre que deux Français ont parcouru une si longue distance pour elle, leur propose une rencontre le lendemain à 2 heures du matin chez un certain Eddie Gordon qui tient une boîte dans le sud de la ville. Dès lors, les deux jeunes gens vont vivre à son rythme, se réveillant autour de minuit au son de cette voix « gaie, désespérée, sensuelle ou cynique selon son gré ». Michel Magne racontera fièrement que certains soirs Billie Holiday lui demande de l'accompagner au piano. « Nous y bercions nos fatigues et notre abandon, notre ivresse, en une nuit tiède et scandée comme la mer[37] », ajoute la romancière.

Deux ans plus tard, Sagan apprend que Billie Holiday est annoncée au Mar's Club, impasse Marbeuf à Paris. Elle est frappée de voir à quel point la chanteuse a maigri et vieilli. Celle-ci se montre ravie de retrouver sa charmante admiratrice blonde. Billie Holiday va mourir quelques mois plus tard, le 17 juillet 1959, dans la solitude d'une chambre d'hôpital.

À son retour de ce deuxième voyage aux États-Unis, Françoise Sagan publiera *New York* aux éditions Tel, un texte illustré de photographies de Bischof, de Cartier-Bresson, de Rosseli, etc. « Le cœur de New York bat plus vite que celui de ses hommes au bord d'une crise dite cardiaque mais en fait passionnelle, écrit-elle. Passion de New York, de ses rues droites, de ses alcools, de son odeur, de son rythme. Le sang bat trop vite aux poignets de ces Américains naïfs, fatigués, persuadés que le temps est fait pour être gagné. Gagner du temps sans savoir le perdre, quelle douce folie. »

Le clan Sagan ne serait pas complet sans Régine. Bettina, qui a été mannequin vedette chez Jacques Fath, se souvient de cette époque : « J'ai rencontré Françoise Sagan à la fin des années 50 mais je l'ai mieux connue en 1961. Je n'allais pas très bien à ce moment-là et toute sa bande m'a très gentiment accueillie. Pour nous tous, le personnage central, c'était Régine. Elle était en quelque sorte notre maman de la nuit[38]. » Aux douze coups de minuit, tous les soirs sauf exception, les enfants terribles se retrouvent parfois chez Castel mais le plus souvent au Whisky à gogo où Régine officie. Elle n'a pas encore ouvert son propre établissement et elle fait ses classes ici, rue de Beaujolais, où elle s'occupe de tout, du bar au vestiaire, et sans rechigner. Françoise Sagan a tôt réalisé son rêve de devenir écrivain ; elle est riche, entourée, et elle n'est plus sous l'autorité parentale depuis qu'elle a emménagé avec son frère dans un appartement rue de Grenelle. Rien ni personne ne peut plus l'empêcher de s'enivrer ni de passer ses nuits dehors. Fatalement, ces deux grandes noctambules que sont Françoise Sagan et Régine finissent par se rencontrer. Lors d'un dialogue publié quelques années plus tard dans *Paris-Match*, Sagan rappelle cette première entrevue : « J'avais trouvé une sœur. J'étais à l'aise. Il ne pouvait rien m'arriver de grave chez toi ou avec toi. C'était important parce qu'à l'époque, les gens étaient comme des fous, avec leurs photos et leurs autographes[39]. » Dans les clubs dirigés par Régine il règne toujours une ambiance « démocratique » ; ici, on fait abstraction des codes sociaux et c'est ce qui plaît à la romancière. Que ce soit au Whisky

à gogo, au Jimmy's ou au New Jimmy's, Régine se souvient que Françoise Sagan restait des heures entières à
discuter sur une banquette avec Bernard Frank, Antoine
Blondin ou Pierre Bergé. En expert, Massimo Gargia
analysera ce que représentait le clan Sagan dans les
années 60 : « En fondant un groupe à la mode dans
lequel il était quasi impossible d'entrer, elle railla les
mondains avec un snobisme intellectuel et artistique
qui terrifia la jet-set tout en la fascinant. Durant toute
cette époque, on aperçut Sagan aux abords des QG de la
jet-set, et pas seulement chez Régine, n'entrant jamais
dans la salle mais se contentant de bavarder dans l'entrée, satisfaite de sa propre compagnie[40]. »

Dans son livre de souvenirs, *Appelez-moi par mon
prénom*, Régine évoque quelques moments mémorables, comme ce soir où Françoise Sagan eut l'idée
d'organiser un grand dîner afin de réconcilier Annabel
et Juliette Gréco qui avaient été amies mais se crêpaient
le chignon depuis quelques mois. Sont notamment
conviés Bernard Buffet, Georges Cravenne, Hélène
Lazareff, Carmen Tessier qui signe « Les potins de la
commère » dans *France-Soir*. « Au menu : vodka,
caviar et tziganes, écrit Régine. À huit heures et demie
tout le monde s'embrasse sur la bouche ; à onze heures,
c'est l'ivresse quasi générale et mortelle. Personne, ou
presque, ne tient plus debout et moi, je suis à quatre
pattes. À minuit, je dis : "On va tous descendre à la
boîte." Françoise Sagan racontera que lorsque je suis
arrivée, le prince Alexandre de Yougoslavie a voulu me
baiser la main et que je ne l'ai pas reconnu[41]… »

Régine se souvient encore de cette nuit où Françoise Sagan a lancé au hasard d'une conversation : «Au fait, j'ai fait une bêtise. Qui peut me prêter… ?» Elle énonce une somme. La maîtresse des lieux la rassemble aussitôt et la lui donne. Françoise, la joueuse, lui en sera éternellement reconnaissante. En retour, lorsque Régine rentre trop tard et qu'elle craint la colère de son mari, Roger Choukroun[42], Sagan lui signe des mots d'excuses.

Pierre Bergé fait la synthèse de ce qu'était le clan Sagan : «Au fond, ces gens-là avaient un besoin constant de s'étourdir, d'inventer leur propre réalité. Ils menaient une existence virtuelle. Ce n'était pas encore la jet-set, c'était plus culturel que ça. C'était Saint-Germain-des-Prés, Boris Vian, Miles Davis, Juliette Gréco. On voyageait en Constellation. Ces gens se fréquentaient ou ne se fréquentaient pas. Ce n'est pas parce qu'on a le même âge qu'on s'aime. Mais Sagan, elle a toujours navigué partout grâce à son exceptionnelle intelligence. Elle était respectée parce que respectable. Femme de gauche, elle attirait aussi bien le respect de Nimier que de Blondin, homme de droite. Elle a vécu une vie bien plus aventureuse que moi. Elle partait la nuit en voiture, alors que je pensais qu'il valait mieux dormir[43].» Bien des années plus tard, dans *Globe*, interviewé par Jean-François Kervéan, Bernard Frank décrit, à son tour, l'état d'esprit de cette jeunesse. Il révèle surtout combien Françoise Sagan a influencé son époque : «Notre histoire fut particulière comme toutes les histoires. On ne peut pas vraiment la raconter puisque, comme une passion, elle a brûlé. C'est Françoise qui en a été l'actrice principale, le metteur en scène et le philanthrope. Et nous avons joué un rôle, petit ou grand, dans cette histoire, nous étions contents qu'elle le fût. Sans elle, l'histoire n'aurait pas été aussi digne. Nous étions les fous de cette reine si démocratique. Nous étions fous de Sagan. »

La vie à Saint-Tropez est rythmée par les poursuites en voiture dans les ruelles, les grands dîners, les grasses matinées et les bains de mer. Au milieu de cette agitation, Françoise Sagan trouve tout de même le temps et le courage de s'isoler pour rédiger son deuxième roman. « Ça m'est égal qu'il y ait du monde dans la maison, l'important c'est que je sois seule dans la pièce où je travaille[44] », précise-t-elle. Le livre ne s'intitule pas *Solitude aux hanches étroites*, comme elle l'avait d'abord imaginé, mais *Un certain sourire*. Selon Pierre Javet, directeur littéraire des éditions Julliard : « C'est un bon livre, vraiment. Plus mûr, d'une écriture plus serrée. Et une belle histoire d'amour[45]. » Il arrivera en librairie le 15 mars 1956 et sera dédié à Florence Malraux. C'est l'histoire de deux couples : Dominique et Bertrand, Françoise et Luc. Installée dans la petite chambre d'une pension de famille, Dominique partage son temps entre la faculté de droit et ses sorties avec Bertrand, un garçon de son âge, également étudiant. Ils vivent une histoire d'amour assez conventionnelle. « La confiance, la tendresse, l'estime ne me paraissaient pas dédaignables et je pensais peu à la passion, songe Dominique. Cette absence d'émotion me semblait être la manière la plus normale de vivre. Vivre, au fond, c'était s'arranger pour être le plus content possible. » Sa rencontre avec Luc, l'oncle de Bertrand, marié à Françoisc, suffit à bouleverser ses principes. Dominique et Luc, tous deux dotés d'une « intelligence triste », sont irrésistiblement attirés l'un par l'autre. Ils deviennent rapidement amants sans que la culpabilité effleure jamais leurs esprits. Pourtant, après une escapade de deux semaines dans un palace de Cannes, Luc préfère tout avouer à Françoise. Et Dominique se retrouve seule avec ses bleus à l'âme – « Je ne m'empêchais pas de sourire, je ne pouvais pas. À nouveau, je le savais, j'étais seule. J'eus envie de me dire ce mot à moi-même. Seule. Seule. Mais enfin, quoi ? J'étais une femme qui avait aimé un hommc. C'était une histoire simple ; il n'y avait pas de quoi faire des grimaces [46]. »

Tout au long de sa carrière, Françoise Sagan répétera qu'il n'y a aucune ressemblance entre ses personnages de fiction et ses proches. De même elle affirmera sa différence avec ces portraits de femmes qui jaillissent de sa plume. Néanmoins, en 1956 la romancière a l'âge de son héroïne et leurs préoccupations ne sont pas très éloignées. Lorsque Dominique se dit : « Si je m'ennuyais, du moins m'ennuyais-je passionnément », l'on songe immédiatement à Sagan. Et ce milieu dans lequel évolue son héroïne est aussi le sien. « Luc m'emmena dans un bar, rue Marbeuf, et nous commençâmes à boire méthodiquement, raconte Dominique. En dehors de mon goût pour le whisky, je savais que c'était le seul moyen pour moi de parler un peu. »

Compte tenu du succès colossal de *Bonjour tristesse*, la critique attend le deuxième roman de Françoise Sagan avec autant d'impatience que de méfiance. Pour les journalistes et gens de lettres, le moment est

venu de vérifier s'ils se trouvent en présence d'une
étoile filante ou d'une nova. Dans son édition du
11 février, soit un mois avant la parution, *France-Soir*
présente les personnages d'*Un certain sourire*, le nouveau roman de Sagan, en exclusivité. Dans l'ensemble,
les critiques sont partagés. Pour André Rousseaux
du *Figaro littéraire*, «le talent de Françoise Sagan est
hors pair. Cet écrivain, cette romancière, s'affirme de
nouveau dans *Un certain sourire* et avec autant d'autorité». En revanche, la critique de *L'Express*[47] est
plus réservée : «Ce monde clos de la comédie bourgeoise, maris, maîtresses, épouses, amants, elle n'en
est pas encore sortie. En sortira-t-elle ? Il serait détestable qu'elle se forçât à en franchir les limites si c'est
là, pour le moment, son univers.» Claude Mauriac a
suivi avec intérêt la sortie de ce roman dans *Le Figaro*.
Il fait observer que les critiques étaient élogieuses dans
la presse généraliste mais désastreuses dans les revues
littéraires. Dans les colonnes de *La Nouvelle Revue
française*[48], Bernard de Fallois prétend par exemple :
«Françoise Sagan n'a rien à dire, mais elle frappe.»
Claude Mauriac tire ses conclusions : «Plus que le
talent dont témoignent ses romans, c'est leur tirage qui
leur fait injure.»

L'auteur d'*Un certain sourire* ne fait pas l'unanimité, loin de là. À Gréoux-les-Bains où il passe ses
vacances, Jean Giono confie à Georges Losfeld : «Les
deux livres que Françoise Sagan a publiés jusqu'ici ne
contiennent pas une matière romanesque supérieure à
un épisode de quinze pages de Balzac. Vous avouerez
qu'il n'y a pas grand-chose à se mettre sous la dent.
Parmi les jeunes athlètes de la littérature, je vois des
coureurs de cent mètres et pas un seul spécialiste de

marathon. Quand Françoise Sagan aura écrit un roman de huit cents pages, alors on pourra juger[49]. » À l'occasion de la parution *d'Un certain sourire*, l'écrivain Alain Bosquet publie, dans *Combat*[50], une « Lettre ouverte à Françoise Sagan ». Il relève toutes les fautes de grammaire ou de syntaxe et les répétitions ou les emplois abusifs d'adverbes. S'il y a du vrai dans cet article assassin, on peut se demander s'il n'est pas dicté par un soupçon de jalousie. Il conclut : « Il est trop tôt pour vous dire ce que vous deviendrez. Vous n'êtes pas encore Simone de Beauvoir ; une suffit, d'ailleurs. Vous n'êtes pas encore Marianne Andrau ; vous n'avez pas le sens du merveilleux. Vous n'êtes pas encore Marguerite Yourcenar ; vous n'avez ni ses exigences ni sa culture. Forcez-vous à croire que la littérature est un art et demande un gros, un long, un lent travail. On vous souhaite le bonheur et la réussite la plus rare : des tirages plus bas et des lecteurs d'un niveau plus élevé. »

Les remous provoqués par le deuxième roman de Sagan n'empêchent pas son auteur de passer le plus clair de son temps dans les boîtes de nuit tropéziennes. Quant à ces critiques mi-figue, mi-raisin, elles ne découragent pas le public : il se vend 35 000 exemplaires en quatre mois, 550 000 au total. *Un certain sourire* grimpe rapidement au sommet des listes de best-sellers. Il dépasse même les lauréats des prix Goncourt et Femina : *Les Eaux mêlées* de Roger Ikor et *Le Pays où l'on n'arrive jamais* d'André Dhôtel, avant d'être traduit en plus de vingt langues. La version américaine d'*Un certain sourire* sera tirée à 150 000 exemplaires qui se vendront dès le premier jour.

Françoise Sagan continue de faire la fortune de sa

maison d'édition. De crainte sans doute que cet auteur ne lui échappe, René Julliard lui adresse une lettre datée du 4 juillet 1956 dans laquelle il lui annonce qu'il modifie son contrat. À présent, elle ne percevra plus 12 % sur le montant des livres vendus, mais 16 %. La voyant dépenser sans compter, comprenant qu'elle est entourée de pique-assiettes, Julliard lui suggère amicalement d'être plus prévoyante. En vacances à l'hôtel Splendide d'Aix-les-Bains où ils ont leurs habitudes, René Julliard et Gisèle d'Assailly reçoivent la réponse de Françoise Sagan. « M'inquiétant moi-même de l'importance de mes dépenses, écrit-elle, je vous prie de bien noter qu'à compter de ce jour, je confie à M. Marcel Honoré, 94 faubourg Saint-Honoré, Paris 8e, le soin de gérer mes intérêts. Vous voudrez bien avoir l'amabilité de considérer M. Marcel Honoré comme mon mandataire et lui confier mes contrats et autres documents me concernant. Vous voudrez bien également lui faire connaître l'état actuel de mon compte, les mouvements ultérieurs de ce compte et, d'une manière plus générale, répondre à ses demandes d'information comme vous le feriez pour moi-même. Je donne en outre mission à M. Honoré de vous donner des ordres de virements de fonds de mon compte dans toute banque désignée par lui. J'espère que vous passez de bonnes vacances et je vous adresse mes amitiés ainsi qu'à Madame Julliard. Je vais tâcher d'aller vous voir[51]. »

Comme *Bonjour tristesse*, *Un certain sourire* sera porté à l'écran par un metteur en scène américain. Sous le titre *A Certain Smile*, le film sortira en 1958. Dès le mois de mai 1956, la 20th Century Fox a acheté pour une somme colossale les droits d'adaptation du roman. Jamais un livre n'avait été vendu aussi cher aux USA. Avant même de voir le film, Françoise Sagan pressent que le résultat ne la satisfera pas. « Je n'ai pas de droit de regard sur le scénario, expliquait-elle tandis que quelque part en France Jean Negulesco tournait son adaptation. Les Américains ont acheté les droits, Dieu sait ce qu'ils en feront. Mais je ne m'en mêlerai pas quoi qu'ils fassent. Je n'ai pas envie de me disputer pendant des jours et des jours [52]. »

Le film que réalise Jean Negulesco est loin d'être à la hauteur du roman de Sagan. Aux États-Unis la censure est si puissante que les deux scénaristes, France Goodrich et Albert Hackett, ont dû modifier sensiblement le caractère de l'héroïne. Là où Dominique était libre, maligne, amorale, jouisseuse et buveuse de whisky, elle devient, incarnée par Christine Carrère, candide, pleine de principes et farouche. « Mon Dieu, il m'a embrassée ! » s'exclame-t-elle après que Luc (Rossano Brazzi) lui a effleuré les lèvres. Quant à Bertrand (Bradford Dillman), il reste insipide et ennuyeux, mais il l'était déjà dans le livre. À la fin du film, Luc, le séducteur aux tempes grisonnantes, se révèle un pauvre type que Françoise ne quitte pas tant elle a pitié de lui. Joan Fontaine joue à merveille le rôle de Françoise, la seule à conserver toute son intelligence et sa sensibilité. Mais c'est le mélange des accents qui rend le film ridicule. Christine Carrère parle anglais avec un accent français, Rossano Brazzi avec un accent italien, le père de Dominique a un accent russe. Ici ou là, les acteurs se lancent un « bonjour » ou un « au revoir » improbables dans cette version américaine. Pour finir, le facteur parle français avec un accent anglais ! « Oun lettre pour vious, mam'zelle », articule-t-il.

Dans *France-Observateur*[53], Jacques Doniol-Val-
croze dénonce la supercherie : « Il est pénible de voir ce
film se couvrir d'un titre célèbre et se prétendre l'adaptation d'un récit pour dire exactement le contraire de ce
qu'il signifiait et dans un style rose bonbon et sirupeux
qui est aux antipodes du style Sagan. » « Cette absence
continuelle d'intelligence et de goût, écrit Éric Rohmer,
nous indigne encore plus que les multiples retouches
apportées à la substance même du roman dont la fin –
naïve imitatrice de celle de *Bonjour tristesse* – compte
assurément parmi les plus mélodramatiques et siru-
peuses que le genre des superproductions ait jamais
commises[54]. » « Un certain sourire ou un ennui certain », titre enfin *Le Canard enchaîné*.

Sur l'instant, Françoise Sagan se refuse à tout commentaire. Bien après le lancement du film, elle révélera
que cette adaptation lui a paru détestable : « *Un certain
sourire* était une catastrophe. Je suis rentrée dans la
salle, j'ai vu Christine Carrère sourire niaisement, tandis que Rossano Brazzi pêchait le goujon sur la plage
du Carlton, à Cannes… J'en suis sortie au bout de dix
minutes[55]. » La romancière dit alors ce qu'elle pense de
cette adaptation avec une vraie franchise : « Je n'ai vu
Jean Negulesco qu'une seule fois, en fait, et il m'a
raconté, par le menu, le sujet d'*Un certain sourire*, qu'il
filmait, certes, mais que j'avais, tout de même, écrit.
"Dites donc, ça finit très mal, cette histoire." Mon ironie l'a fâché. On ne s'est plus revus. Le film a été un
cauchemar. Que voulez-vous, il arrive parfois que l'on
ait besoin d'argent, ne serait-ce que pour payer ses
impôts. Alors, il m'est arrivé de vendre les droits de
mes livres aux Américains qui payent bien, mais qui

n'acceptent plus, une fois le contrat signé, la moindre ingérence de l'auteur[56]. »

Un mois après la parution en France d'*Un certain sourire*, le 21 juin 1956, Françoise Sagan souffle ses vingt et une bougies à Saint-Tropez. Pour fêter sa majorité, elle choisit l'Esquinade, une cave créée par les frères Roger et François Félix avec trois fois rien. Cette nuit-là, l'alcool coule à flots et une immense pièce montée arrive vers minuit. La romancière est entourée de ses amis : Jeannot Roque, Michel Magne, Bernard Frank, Véronique Campion, Florence Malraux, Annabel, Marcel Achard et Alexandre Astruc. Ce dernier a rejoint Sagan à Saint-Tropez pour écrire à quatre mains le scénario d'un film, *La Plaie et le Couteau*, dont le titre est emprunté à un poème de Baudelaire : « Je suis la plaie et le couteau. Et la victime et le bourreau ». L'auteur des *Mauvaises Rencontres* l'a convaincue de travailler avec lui sur cette histoire qui met en scène trois personnages : un psychiatre, Éric, sa femme, Anna, et un critique d'art prénommé Bruno. Lorsque Anna s'éprend de Bruno, Éric réalise qu'il aime sa femme. Quand elle reviendra vers lui après cette escapade, il sera trop tard. Éric se sera suicidé. Pour la distribution, Astruc et Sagan évoqueront les noms de Curd Jürgens et de Lucia Bosè, Jeanne Moreau, Annie Girardot, Robert Hossein ou Christian Marquand. Mais le scénario ne sera jamais porté à l'écran. « Les producteurs ne l'ont pas jugé assez commercial, expliquera Sagan. Ils ont trouvé je ne sais quoi, que les caractères étaient trop complexes, pas assez précisés[57]. » Sagan se fâchera avec Astruc et bientôt le scénario de *La Plaie et le Couteau* servira de canevas à un film intitulé *La Proie pour l'ombre*. Une brouille passagère, car le cinéaste continuera d'aimer et d'admirer son amie romancière. « Je connais Françoise depuis un demi-siècle, confiera-t-il à *Paris Match*[58] en 1978. Je l'ai vue gaie, heureuse, insouciante, comme accablée de chagrin ; je l'ai vue se débattre contre la mort sur un lit d'hôpital et j'ai toujours été frappé non pas par l'ivresse dans laquelle, paraît-il, elle s'étourdissait, non pas par le monde dans lequel, disait-on, elle se perdait, mais par la prodigieuse adéquation qu'il y avait entre sa manière d'être et ce qu'elle décrivait. (…) Depuis vingt-cinq ans, elle défriche le même petit lopin de terre et d'où se sont élancées les lianes souples qui peuplent ses livres et qu'il faudra bien se décider un jour à mettre à leur place vraie, à la toute première place parmi les créations romanesques de ce temps. »

Le whisky sour – mélange de bourbon, de sucre et de citron – met tout le monde de bonne humeur lors du vingt et unième anniversaire de Sagan. Pour que l'événement soit véritablement inoubliable, elle souhaite se rendre dans le seul lieu qui lui était interdit jusque-là : le casino. « Il y avait une grande table de chemin de fer, j'ai navigué entre elle et la roulette. Ils sont restés mes deux jeux favoris[59]. » Dans la salle feutrée du Palm Beach de Cannes, observant la table à distance, elle apprend les règles du chemin de fer. Elle comprend qu'avec seulement deux cartes on peut gagner jusqu'à 50 000 000 francs. « Je m'imaginais jouer mon destin comme ça, en deux coups », racontera-t-elle. Elle se dirige vers la roulette où elle mise sur le 3, le 8 et le 11 qui deviendront ses chiffres de prédilection. En outre, elle préférera toujours le noir au rouge, l'impair au pair et le manque à l'impasse. Ce qui l'attire dans le jeu, outre l'atmosphère des casinos, c'est le courant qui passe autour des tables avec des inconnus devenus pour une heure des partenaires et, surtout, l'idée qu'en ces lieux l'argent retrouve sa vraie fonction : « Quelque chose qui circule, qui n'a plus ce caractère solennel, sacralisé, qu'on lui prête ordinairement[60]. » Ce soir-là, elle gagne un « chiffre plein » à la roulette et s'en va perdre la somme sur une table de chemin de fer. Elle comprend alors qu'autour d'une table de jeu, il est préférable de cacher ses sentiments : « Ayant vu en l'espace d'une soirée se peindre sur les visages – avec l'intensité, l'excès qu'y mettent certains mauvais acteurs – la méfiance, la crédulité, la déception, la fureur, l'emportement, l'entêtement, l'exaspération, le soulagement, l'exultation, et même, encore plus mal jouée, l'indifférence, je décidai que, quoi qu'il m'arrivât par la suite, j'opposerais au destin, quels que soient ses coups et ses caresses, un visage souriant, voire affable[61]. »

Depuis le soir de sa vingt et unième année, Françoise Sagan ne cache pas sa fascination pour le jeu. Et si elle choisit, sur les conseils de Juliette Gréco, de se faire interdire des « verts pâturages des plaisirs interdits » quinze ans plus tard, elle aime à raconter qu'elle demande parfois à des amis de jouer à sa place ou qu'elle profite d'un séjour à l'étranger pour retrouver l'atmosphère si spéciale des salles de jeu. À Londres, par exemple, où elle se rend en février 1968 pour rencontrer son éditeur britannique qui lui doit une belle somme d'argent sur ses droits d'auteur. Pendant le dîner chez Annabel's, elle apprend, confie-t-elle à un journaliste, qu'à l'étage supérieur il y a le Clermont Club, un cercle de jeu dont la réputation a dépassé les frontières britanniques. Elle s'installe autour de la grande table où de vieilles dames extravagantes et autres amateurs de courses jouent leur fortune au chemin de fer. Ici, elle apprend que la monnaie est la guinée mais elle en ignore la valeur. On lui apporte un petit tas de plaques en échange d'un papier qu'elle signe les yeux fermés. Ayant tout perdu en moins d'une heure, elle signe un second papier. Elle est aux anges : « Une ambiance merveilleuse, ouatée, feutrée. Des gens polis et distingués qui vous ramassent votre argent en s'excusant. » Seulement, la chance n'est pas de son côté : « Au début, j'ai commencé par tout perdre : Équemauville, ma voiture, mes meubles[62]… » Au bout d'une heure, elle demande le total de sa dette. Elle s'aperçoit, affolée, qu'elle ne doit pas moins de 160 000 francs. « Je n'avais pas l'ombre du quart à la banque, se souvient-elle. (…) Pour payer cette dette de jeu, il me fallait successivement abandonner mon appartement actuel, confier mon fils à ma mère, trouver un studio à côté et travailler pendant deux ans à la fois pour le fisc et le Clermont Club, à l'exclusion de tous tiers. Adieu vacances, voitures, sorties, vêtements et insouciance. » Elle tente alors sa chance au banco, elle gagne et continue de jouer jusqu'au moment où il ne lui reste plus que 50 livres à payer. Elle règle la note à la caisse et s'en va en titubant de fatigue jusqu'à sa chambre du Washington Hotel, dans le quartier de Piccadilly. Éprouvée par cette soirée chargée en émotions, elle demandera au ministre de l'Intérieur de lever son interdiction quand celle-ci arrive à terme, le 2 octobre

1970, car, expérience faite, le casino de Deauville lui semble tout de même moins risqué.

« Qu'on ne voie pas pour moi, dans le jeu, un mauvais compagnon, dit-elle. De même que mes amis ont toujours été pour moi de vrais amis, le hasard a toujours été pour moi un vrai compagnon. Je touche du bois, je gagne plutôt au jeu[63]. » Ce sera le cas cette nuit du 8 août 1959. Cet été-là, Françoise Sagan, accompagnée de Véronique Campion, a trouvé à louer à Équemauville – à trois kilomètres d'Honflcur, à douze kilomètres du casino de Deauville – le manoir du Breuil ; une allée bordée d'ormes conduit à la demeure délabrée et solitaire, haute de deux étages et entourée d'un parc de huit hectares. On racontait que le propriétaire, un homme singulier, dansait le soir sur un carré de parquet tandis que sa femme, paralysée, restait seule dans sa chambre, au premier. « Je découvris deux états de fait hélas concomitants : à savoir que la mer était au diable, mais, en revanche, le casino de Deauville toujours ouvert. Mes journées ensoleillées furent remplacées par des nuits blanches[64]. » Au casino de Deauville, Françoise Sagan joue comme à son habitude le 8 à la roulette : elle gagne et repart du casino à 8 heures du matin avec 8 000 000 de francs en poche. Le même matin, le propriétaire du site l'entreprend : « Ce vieux et charmant monsieur m'a tout de suite suppliée de lui acheter le tout, le manoir, la ferme et les huit hectares, pour 8 millions. Il voulait faire l'inventaire, mais j'étais crevée. Je lui ai laissé mes gains et je suis montée me coucher[65]. » Bernard Frank explique avec humour pourquoi Françoise Sagan a choisi la Normandie : « C'en était assez des shorts, des vachonneries en tout genre[66]. » À cette époque, vers la fin des années 50, Sagan était lasse du port de Saint-Tropez, devenu à ses yeux trop et mal fréquenté.

Dans son livre de quarante-trois visites à quarante-trois écrivains de langue française[67], Jérôme Garcin décrit la maison d'Équemauville : « Sur un plateau boisé qui domine de quatre-vingts-dix mètres l'embouchure de la Seine, on a une vue panoramique sur l'estuaire et Le Havre. Tout autour, de vieilles demeures silencieuses et cossues protègent les secrets de familles bourgeoises derrière des murs de pierre et de brique. Bruits rassurants des tondeuses dominicales, rires si propres des parties de croquet, effluves mêlés du gigot et des roseraies. Lieu-dit La Côte-de-Grâce. Françoise Sagan habite ici le manoir du Breuil, qui accueillit autrefois Lucien et Sacha Guitry, Yvonne Printemps, et les "Mousquetaires", qu'elle surnomme "les joyeux barbus à bretelles", Alphonse Allais, Albert Camus, Tristan Bernard, Jules Renard. »

Équemauville fut le seul bien immobilier qu'elle acquit. À Paris, Sagan ne possède rien et ne possédera jamais aucun des appartements qu'elle occupera. Elle reste une éternelle locataire, déménageant souvent, sans doute en réaction à la sédentarité de ses parents qui ont vécu pendant cinquante-cinq ans dans l'appartement du boulevard Malesherbes. « J'adore changer de cadre, j'adore regarder passer de nouveaux nuages », dit-elle. Cette vie de bohème lui inspirera l'un des rares poèmes qu'elle osera publier et que l'on trouvera dans *L'Égoïste* : il s'intitule *Les Maisons louées* :

De tes maisons louées, tu laisses derrière toi
Deux trois ans de ta vie et un peu de ta voix
Tu en as tant quitté et laissé à l'arrière
De ces maisons louées devenues familières

Cette passion du jeu et celle du cheval, née dans l'enfance, elle les réconcilie, en fréquentant en spectatrice assidue les champs de courses. « Le cheval, dans tous les sens du mot, me transporte », dit-elle. Pour fêter ses trente ans, durant l'été 1965, la romancière s'offre Maloy, un hongre tout blond âgé de quatre ans. Une nuit, au New Jimmy's, la transaction s'opère. Robert Westhoff s'associe à Françoise Sagan pour acheter son cheval à André A. Cartier. Vendu à 2 000 francs, l'étalon est une affaire inespérée ! Quelques jours plus tard, les heureux propriétaires assistent au Tremblay aux exploits de cette belle bête qui participe à la première course à 80 contre 1. Juliette Gréco accompagne Sagan et Robert Westhoff dans les tribunes. Leur favori prend la tête et garde cette position durant les deux tiers de la course. Mais Maloy, qui est entraîné par M. Sartini, perd subitement sa place de leader pour arriver finalement bon dernier. Ce sera d'ailleurs son trait de caractère : Maloy achèvera au trot toutes les courses de galop.

Sagan n'est pas découragée pour autant. Elle acquiert un nouvel étalon, à la fin des années 70, grâce à l'entraîneur Noël Pelat. Elle devient propriétaire d'Hasty Flag, fils d'Herbager, qui galope depuis trois ans. Selon l'entraîneur, le cheval est fait pour sauter. Qu'à cela ne tienne, on le prépare à l'obstacle. Mais il arrive toujours en bas du classement. « Il faut dire, raconte la propriétaire, que mes conseils à Hasty Flag avant la course,

dans le box selon les conventions, n'étaient pas des plus
excitants : "Ne va pas trop vite, lui disais-je. Fais attention à toi, mieux vaut revenir entier et dernier que premier et blessé. Ne prends pas de risques…", etc.,
conseils que je chuchotais, craignant le ridicule que
cela m'eût attiré[68]… » Lors d'un Grand Prix, Hasty
Flag s'écroule devant la première haie, met le jockey à
terre et remonte la piste à l'envers. De quoi faire douter
sa maîtresse. Pourtant, au printemps suivant, Hasty
Flag est inscrit au Grand Prix de haies de printemps
doté de 150 000 francs. À l'époque, Sagan a des soucis
d'argent. Le speaker annonce d'emblée que son cheval
est en tête. Il creuse même l'écart. Et sa propriétaire,
qui le suit depuis les tribunes avec des jumelles, assiste
émue à son arrivée en tête : « Ah ! je me souviens
encore d'Hasty Flag ! Comme il était beau, modeste et
brillant sous son écume de soleil. Comme il faisait beau
et venteux ce jour-là à Auteuil. Et comme c'est vrai,
tout à coup, que certains instants justifient tous les
autres[69]. »

4

D'accident en accident

Françoise Sagan s'isole au moulin de Coudray[1], une belle bâtisse plantée au cœur de Milly-la-Forêt qu'elle loue au couturier Christian Dior. En ce début d'année 1957, sous l'œil admiratif de Popov, son berger allemand, dans le silence de cette demeure au parc gorgé d'eau et égayé de petits ponts, elle achève son troisième roman à paraître chez Julliard début septembre. La romancière hésitera longtemps sur le choix du titre : *Les Paupières mortes*, *Le Salon Maligrasse* ou *Ceux privés d'ombre*. C'est finalement dans *Bérénice* de Racine qu'elle trouvera le titre de ce livre dédié à un certain Guy Schoeller : *Dans un mois, dans un an*.

Dans un mois, dans un an, comment souffrirons-nous,
Seigneur, que tant de mers me séparent de vous,
Que le jour recommence, et que le jour finisse
Sans que jamais Titus puisse revoir Bérénice ?

Au moulin, Françoise Sagan jette aussi sur le papier les premiers dialogues d'une pièce de théâtre dans l'espoir de divertir son entourage en proie à la déprime. « Il faut dire qu'il y avait cette histoire de canal de

Suez, qu'il n'y avait plus de pétrole et que nous étions restées bloquées à Milly tout l'hiver. Nous vivions ces événements de manière intense[2] », se souvient Véronique Campion. Ici, c'est un peu le Tout-Paris des arts et de la nuit qui vient retrouver la romancière pour des parties de campagne. Le week-end du 13 avril, elle est entourée de Jacques Quoirez, l'écrivain et journaliste Voldemar Lestienne, Véronique Campion et Bernard Frank. Le dimanche midi, Mélina Mercouri, Jules Dassin et l'agent littéraire Alain Bernheim viendront se joindre à la bande des intimes. Le couple que forment Mélina Mercouri et Jules Dassin force déjà l'admiration de la romancière. « Cet Américain russe aux yeux bleus, et cette Grecque aux yeux d'or s'amusent follement ensemble. J'ai vu les Dassin tout faire ensemble, sauf s'ennuyer. Je les ai vus se disputer, pleurer, se réconcilier, travailler, se reposer, s'inquiéter, regarder, lire ensemble. Mais autant je les ai vus bâiller séparément, autant je ne les ai jamais vus bâiller lorsque le destin – qu'ils ont soumis, au demeurant – les réunissait. (…) La planète Terre roule sous leurs pieds dorés, rapide, irrésistible et l'on est au bonheur d'y danser avec eux[3]. »

Au sortir d'un bain brûlant, à l'heure de la messe, Françoise Sagan se rend au village où elle fait la tournée des commerçants. Elle choisit des pâtés en terrines et un poulet pour ce repas dominical. Mais les aiguilles de l'horloge tournent ; il est déjà 14 heures et la table dressée reste désespérément inanimée. Les invités se font tant attendre qu'au moulin de Coudray on ne s'impatiente plus, l'on s'inquiète. Enfin, le téléphone sonne. C'est Jules Dassin qui s'excuse pour le retard. Il explique qu'ils ont été victimes d'une crevaison tout près d'Orly et suggère poliment de commencer le repas sans eux. Mais pour l'hôtesse et ses compères, il n'en est pas question. Françoise Sagan propose de partir à la rencontre de ses invités afin d'ouvrir à la Peugeot 203 de Jules Dassin le chemin qui mène au moulin de Coudray. Véronique Campion, Bernard Frank et Voldemar Lestienne courent se serrer aux côtés de Sagan dans son cabriolet Aston Martin flamboyant. Seul Jacques Quoirez reste à demeure. Passant là par hasard, un paysan observe le bolide à l'instant où il s'échappe du parc pour emprunter la route nationale. « Ils étaient trois devant, raconte-t-il. Derrière, il y avait un grand jeune homme. Ils riaient et bavardaient tous, sauf la demoiselle au volant. Elle ne disait rien. Elle regardait devant elle. Elle avait l'air appliqué comme à l'école. Elle s'est engagée doucement sur la route, puis elle a démarré très vite vers Auvernaux[4]. » Ayant parcouru une petite dizaine de kilomètres, l'Aston Martin croise enfin l'automobile de Jules Dassin. D'une voiture à l'autre, on se fait de grands signes, puis Françoise Sagan dessine un rapide demi-tour et dépasse la Peugeot. À ce moment précis, l'un des passagers aurait voulu défier la conductrice : « Ta voiture, c'est un veau ! » Et c'est vrai qu'elle a sensiblement accéléré. « Françoise filait comme une flèche, raconte Jules Dassin. Elle fonçait à beaucoup plus de cent kilomètres à l'heure. En quelques secondes, elle prit deux à trois cents mètres d'avance. »

Il est 14 h 15. Sur la nationale 448, entre Le Plessis-Chenet et Auvernaux, c'est l'accident. Après un bond spectaculaire et une embardée, la voiture zigzague sur la route en mauvais état. Sagan ne parvient pas à reprendre le contrôle du véhicule qui finit sa course folle, retourné dans un champ, après avoir fait deux tonneaux[5]. «Comme un fou, je me suis précipité vers la voiture dont les roues tournaient encore dans le vide, raconte Jules Dassin. Des cris de douleur s'échappaient de la carcasse. J'ai essayé de dégager ses occupants, mais les portes étaient bloquées. Fort heureusement, Mélina Mercouri eut la présence d'esprit d'alerter la gendarmerie et de réclamer par téléphone les premiers secours. Il fallut retourner la voiture. Françoise, ensanglantée, avait une plaie à la tête. Ses passagers, eux, semblaient moins atteints[6].» Interrogé au sortir de l'hôpital, Voldemar Lestienne, qui était assis à l'avant entre Françoise Sagan et Véronique Campion, donnera sa version des faits : «On n'allait pas encore très vite quand la voiture s'est mise à flotter. Françoise n'a pas poussé un cri. Elle a pris l'air attentif, corrigeant la voiture sans coups de freins, à coups de volant. On a évité un arbre et un tas de cailloux[7].» Véronique Campion, quant à elle, ne conserve aucun souvenir de l'accident.

Les trois passagers sont éjectés du véhicule par la violence du choc. Quant à la jeune romancière, elle reste coincée et inanimée sous une tonne et demie de métal, la cuisse écrasée et la poitrine brisée. Pendant que Jules Dassin et Alain Bernheim tentent d'extirper délicatement son corps de l'amas de ferraille, tout autour la campagne silencieuse s'anime aux sons stridents des voitures qui freinent brutalement en apercevant la catastrophe. «J'ai pu m'extraire tout seul et aider ensuite les sauveteurs à dégager Françoise[8]», racontera Bernard Frank. Les gendarmes arrivent sur les lieux plus d'une heure après le choc pour découvrir l'enfant star couchée sur un manteau noir en bordure de la nationale. «Détail étrange, raconte Alain Bernheim,

Françoise, qui n'a jamais un exemplaire de *Bonjour tristesse*, en désignait un tombé dans l'herbe, à quelques centimètres de sa main[9]. » Entre-temps, Jacques Quoirez, qui s'inquiétait de ne pas voir revenir au moulin sa sœur et ses amis, a suivi le même trajet jusqu'au moment où il a aperçu la voiture fumante et sa cadette, apparemment sans vie. À 15 heures, la fourgonnette noire des gendarmes transporte la jeune femme et ses amis moins gravement blessés aux urgences de l'hôpital de Corbeil : on recense un bassin fracturé, un bras cassé et quelques blessures nombreuses mais superficielles.

Qu'en est-il de Françoise Sagan ? « Elle va mourir, c'est une question de minutes », annonce le médecin de garde. Jacques Quoirez, hagard, se voit remettre le sac à main de sa petite sœur qui contient sa carte grise, son permis de conduire, une boîte d'allumettes suédoises et une brosse à cheveux. Un archiprêtre arrive à l'hôpital, lui ôte la chaîne en or qu'elle porte autour du cou, dépose un crucifix entre ses mains et procède à l'extrême-onction. On dit qu'il a prié longtemps, très longtemps, jusqu'à l'entrée en scène du professeur Juvenel, un ami chirurgien que le frère de Françoise Sagan a fait venir de toute urgence. Celui-ci ausculte rapidement la patiente, fait aussitôt cesser la cérémonie funèbre et ordonne qu'on la transporte sans plus attendre à la clinique Maillot située à l'orée du bois de Boulogne, à Neuilly-sur-Seine. L'ambulance, escortée de la Jaguar rouge de Jacques Quoirez (un cadeau de sa sœur), et de deux motards détachés par le préfet de Seine-et-Marne, quitte Corbeil direction Neuilly. Tout au long du trajet, le professeur Juvenel s'interroge sur ses chances d'en réchapper. Son souffle diminue sensiblement, son cœur bat si faiblement. « J'aimais mon frère, confessera Françoise Sagan. (…) C'est peut-être pour lui que j'ai choisi de vivre dans l'ambulance, lorsque mon cœur, après un temps d'arrêt, se remit en marche[10]. »

La presse est déjà informée. Une horde de journalistes français et autres correspondants anglais, américains, suisses et allemands guette l'ambulance aux portes de la clinique Maillot. Naturellement, lorsqu'elle déboule à 18 h 15, c'est sous une pluie de flashes. L'événement fait tant de remous que l'on craint des débordements. Afin d'éviter que des fans ou des paparazzis ne tentent de s'introduire dans la chambre 36 où se trouve la romancière, on place un agent de police devant sa porte de jour comme de nuit. Après s'être longuement penché sur le corps de l'accidentée, le professeur Juvenel diagnostique une double fracture du crâne, un enfoncement de la cage thoracique et une fracture du bassin. Par précaution, craignant une perforation intestinale, il appelle en renfort le professeur Patel, gastro-entérologue spécialiste des lésions abdominales à l'hôpital Lariboisière. À son chevet défilent le professeur Lebeau, chef du service de neurologie de Lariboisière, et le docteur Schwartz, médecin traitant de Françoise Sagan. Aux douze coups de minuit, ils décident de surseoir à l'opération et pratiquent un pneumothorax qui permet à la patiente de mieux respirer. Ils lui font subir un électroencéphalogramme afin de vérifier qu'elle ne souffre pas d'un traumatisme crânien. La jeune femme, recouverte d'un bandage ne laissant apparaître que sa bouche et un œil, passe une première nuit plutôt sereine grâce aux piqûres de morphine qui lui sont administrées à hautes doses.

Dans la matinée, elle entrouvre parfois les yeux pour replonger aussitôt dans l'inconscience. Jacques Quoirez ne s'éloigne pas un instant de sa cadette, il ne dort plus. Très vite, leur sœur, Suzanne Defforey, et leur père, Pierre Quoirez, qui a appris la nouvelle par la presse alors qu'il était en voyage d'affaires à Milan, les rejoignent. Quant à Marie, sa mère, elle quitte précipitamment Cajarc pour retrouver les siens à Neuilly. Dans les couloirs de la clinique, le dandy lettré Guy Schoeller attend fébrilement le rétablissement de son amie et apporte soutien et réconfort à la famille. On y croise aussi Annabel et les visages familiers de Jules Dassin, d'Anatole et Sophie Litvak ou d'Alexandre Astruc. Les bouquets de fleurs envoyés par ses admirateurs s'amoncellent dans les couloirs de l'hôpital. La maison Julliard fait livrer une somptueuse corbeille d'hortensias au nom de tout son personnel. Mais René Julliard est loin de Neuilly. Parti pour une croisière dans les Caraïbes, il navigue au large de la Colombie lorsqu'un radiotélégramme alarmant de son collaborateur Michel Bouis lui parvient : « Françoise Sagan accident automobile dimanche après-midi traumatisme crânien médecins d'abord très inquiets à présent moins pessimistes pronostic réservé 3 jours. » Il en recevra d'autres, régulièrement. Le lendemain, c'est Pierre Javet qui lui donne des nouvelles de sa romancière vedette : « Sagan état nettement amélioré stricte surveillance nécessaire mais pouvons espérer guérison complète. » Le troisième radiotélégramme est signé Guy Schoeller : « Ai vu Françoise à 15 heures état aussi satisfaisant que possible serons définitivement rassurés demain affectueusement.» Le dernier message, de Michel Bouis, rassure l'éditeur qui, comme on l'imagine, en a perdu le sommeil.

À la clinique, les vœux de rétablissement affluent. Ils sont pour la plupart envoyés par des admirateurs anonymes, toutes nationalités confondues. Dans le lot se sont glissés les télégrammes de personnalités qui tiennent à lui renouveler leur affection : François Mitterrand, Bernard Buffet, l'écrivain Arthur Adamov ou encore l'actrice Jean Seberg, retenue par Otto Preminger pour incarner Cécile dans son adaptation au cinéma de *Bonjour tristesse*. Depuis l'hôpital de Corbeil, où il est encore en observation, Bernard Frank rédige une missive à celle qu'il surnomme tendrement son espiègle Lili. Dans cet épais courrier, le colis d'un routier contient son porte-bonheur, une médaille de la Sainte Vierge en fer-blanc, dont il se défait pour l'offrir à la conductrice blessée. «Je suis sûr que vous aurez un prompt rétablissement», écrit-il.

La crise en Jordanie et l'interruption des services postaux, qui dominaient l'actualité ces jours derniers, sont reléguées au second plan. Il semble que le pays tout entier soit suspendu au souffle de cette femme de lettres adulée autant que décriée. Heure par heure, les médias tiennent les Français informés de l'état de santé de la romancière et la consternation qui s'est répandue dans l'Hexagone s'étend rapidement au reste du monde. Aux États-Unis, la chaîne CBS annonce la nouvelle et retransmet même une interview de l'écrivain réalisée lors de son premier voyage outre-Atlantique deux ans plus tôt. Elle évoquait justement sa passion de la vitesse, expliquant combien il était jouissif de sillonner à vive allure les routes d'Amérique à bord d'une Thunderbird. Ce jour-là, le commentateur l'avait mise en garde, lui précisant que la vitesse était limitée à 40 miles (60 km/h) et qu'elle risquait la confiscation de son permis de conduire. Au journal télévisé toujours, le couturier Christian Dior – propriétaire du moulin de Coudray –, qui séjourne alors à Los Angeles, dit publiquement toute sa peine : «Ce serait une grande perte pour la France si elle ne se remettait pas. C'est qu'elle a un talent admirable.»

Aux États-Unis, il s'est vendu deux millions d'exemplaires de *Bonjour tristesse* et, au moment de l'accident, *Un certain sourire* est haut placé dans la liste des best-sellers ; le *New York Herald Tribune*, le *New York Post*, le *New York Telegram* consacrent leur une à l'événement et publieront chaque jour le bulletin de santé de Françoise Sagan. En Angleterre, les kiosques à journaux étalent également des couvertures à l'effigie de cet écrivain qui reflète l'état d'âme des jeunes gens de l'époque. Lorsqu'elle s'est rendue à Londres à bord d'un ferry-boat, au mois de décembre 1955, à l'occasion de la sortie de *Bonjour tristesse*, les Anglais l'ont aussitôt adoptée et l'ont affectueusement surnommée : «la Française malicieuse» ou *typical French girl*. Là-bas, on se souvient encore de la chronique littéraire de Nancy Spain qui notait dans le *Daily Express* : «C'est une jeune femme timide comparable à un oiseau.» À Londres, elle avait rapidement abandonné les journalistes pour aller danser dans une cave d'Oxford Street.

Dans les milieux littéraires romains, c'est également un choc d'apprendre que «la Sagante» se trouve entre la vie et la mort. Trente-quatre lycéens italiens, membres du Cercle Françoise Sagan[11], ont même affrété un car et acheté des centaines de fleurs qu'ils déposeront à son chevet.

En France, chacun y va de son commentaire. «Si vous vous étiez tuée, Françoise, dans cet accident – trop exploité par vos amis, vous seriez devenue définitivement "Mlle Radiguet", écrit Hervé Bazin dans les colonnes de *Paris-Presse*. Vous auriez pris place parmi des destins exemplaires qui n'ont pas connu la défaite.» Le même jour, l'édition de *Paris Match* présente une photographie de Françoise Sagan un peu floue et très lugubre en couverture. Dans son article, le journaliste Jean Farran compare la jeune romancière à l'acteur américain mort prématurément un an et demi plus tôt sur une autoroute de Californie qu'il parcourait à 150 km/h à bord d'une Porsche. «Héros romantiques, Dean et Sagan sont frère et sœur», titre l'hebdomadaire. «Mais qu'y a-t-il au-delà du style Dean-Sagan, au-delà des chandails, des scotchs, des pieds sur la table, des cheveux dans les yeux, des portes de voitures qui claquent, de Buffet, et des chanteuses noires? Qu'y a-t-il donc au-delà de ces puérilités qui ont réussi à faire d'eux des idoles? Il y a cet embarras à vieillir qu'on appelle exagérément le mal de vivre. Dean et Sagan sont des héros romantiques. Ils sont frère et sœur. Ils se ressemblent. Ils ont le même air un peu sournois, les mêmes yeux angoissés et profondément humains[12].»

La vitesse est un sujet de fascination pour Françoise Sagan. Elle y consacrera même un chapitre dans l'un de ses livres de souvenirs : « Elle aplatit les platanes au long des routes, elle allonge et distord les lettres lumineuses des postes à essence, la nuit, elle bâillonne les cris des pneus devenus muets d'attention tout à coup, elle décoiffe aussi les chagrins : on a beau être fou d'amour, en vain, on l'est moins à deux cents à l'heure [13]. » Pour tromper l'ennui, Sagan s'entoure de gens distrayants, passe ses nuits à danser, s'approche des tapis verts et s'offre des bolides qu'elle conduit pied au plancher. À ce jour, on lui connaît deux Jaguar, une Gordini, une Buick et une Aston Martin. La voiture fait partie de la mythologie Sagan. Elle symbolise sa liberté. Parce que l'inconscience est le maître mot de son existence et parce qu'elle ne s'en cache pas, cet accident est aussi, aux yeux des Français, la conséquence prévisible et tragique d'une vie menée tambour battant. Françoise Sagan racontera avec beaucoup d'humour la vision que l'on veut bien donner d'elle à l'époque : « Ma vie était devenue une sorte de bande dessinée. Je me levais, je posais le pied sur un verre de whisky, je sautais dans ma Jaguar, j'écrasais quelques personnes, j'allais déjeuner chez Lipp ou ailleurs avec une bande de cloportes qui vivaient à mes crochets. Puis, je reprenais ma Jaguar, j'écrasais quelques personnes, j'allais chez Chanel, je ravageais le magasin (je payais rubis sur l'ongle en tirant les billets de ma poche) et je rentrais chez moi où je retrouvais une autre bande de cloportes. Enfin, je repartais la nuit semer la zizanie et la destruction. J'étais devenue une chose comique [14] ». Ce n'est pas la première fois que le public apprend, par voie de presse, que Françoise

Sagan se prend pour un as du volant. « Je conduis ma Gordini avec les pieds nus. Je me sens ainsi en communion plus intense avec la mécanique », aurait-elle déclaré en 1956. La même année, au mois d'août, sur la route de Macon, elle est passée près de la mort lorsque sa Jaguar a percuté un arbre. Par chance elle s'en est sortie avec quelques ecchymoses. On ne compte plus les excès de vitesse vrais ou faux qui alimentent les rubriques « potins » des journaux.

Après le drame survenu à Milly-la-Forêt, l'opinion publique est divisée. Sagan aura beau prétendre qu'elle est « prudente en voiture », que « cet accident est un accident idiot », que « cette route a été fatale à nombre d'automobilistes », les Français ne se rangent pas tous de son côté. En rouvrant les yeux, elle trouvera dans son courrier, au milieu des vœux de prompt rétablissement, quelques lettres d'insultes. « Au début, ça me frappait beaucoup, puis j'ai trouvé ça ridicule, dit-elle. Les gens excédés par ma publicité, par moi, par mes photos, je ne peux pas leur écrire : "Vous vous trompez. Croyez-moi, ce sont les journalistes." Et puis, ça m'est égal[15]. »

Le lendemain de l'accident, les autres victimes sont encore en observation à l'hôpital de Corbeil. Leur état sera rapidement jugé satisfaisant ; ils regagneront leur domicile deux jours plus tard. Quant à leur amie, elle va un peu mieux. Toutefois le communiqué du professeur Juvenel est réservé : « Je suis satisfait de la malade sur le plan de la chirurgie générale. Elle respire mieux. Reste le traumatisme crânien sur lequel on ne

peut encore se prononcer[16]. » À son réveil, la malade
ne conserve aucun souvenir de l'accident. Que fait-elle
sur un lit d'hôpital ? C'est la question qu'elle se pose.
Son frère est forcé de lui montrer des clichés de l'Aston Martin écrasée pour qu'elle réalise l'ampleur du
choc. « Es-tu certain que je n'ai tué personne ? » s'inquiète-t-elle. Malgré cette nette amélioration, les médecins préfèrent encore laisser passer une journée avant
de se prononcer, d'autant qu'ils ont décelé d'autres
fractures, dont une au thorax. « On ne peut pas diagnostiquer, mais pronostiquer, déclare le docteur Lebeau
dans la soirée du 16 avril. Hier, son état était dramatique. Aujourd'hui, il paraît sérieux. Françoise Sagan
est atteinte d'une fracture thoracique et de diverses
autres fractures, dont une au poignet gauche, qui ne
mettent pas ses jours en danger. » Le 17 avril, Jacques
Quoirez donne lui-même des nouvelles de sa sœur :
« Il faut encore attendre dix jours pour être absolument
sûr que Françoise sera sauvée. Mais les quarante premières heures les plus dangereuses sont passées[17]. »
Marie Quoirez affirme que sa fille semble recouvrer
ses esprits. « Françoise nous a paru très lucide, dit-elle.
Les médecins ont pu lui ôter les pansements qui lui
recouvraient le visage et lui laver les cheveux. Elle a la
figure encore très enflée, mais elle m'a parlé clairement[18]. »

Le 18 avril, Françoise Sagan est sauvée. L'amélioration de son état est indiscutable. Les médecins lui
posent des agrafes afin de réduire sa fracture de la clavicule et la mettent en garde : elle devra cesser toute
activité pendant six mois et ne pourra reprendre une
vie normale avant un an. Alimentée jusqu'ici par intraveineuses, elle se nourrit toute seule à présent. Pierre

Quoirez se dit soulagé par l'état de santé de sa fille chérie, elle est tirée d'affaire. Elle a même accepté de se faire photographier ; sur un cliché largement diffusé, elle apparaît pâle, fatiguée, avec un œil poché, mais elle esquisse un sourire. Le 26 avril, alors que l'on sait maintenant qu'elle sortira de l'hôpital à la fin de la semaine pour aller se reposer chez ses parents au moins une quinzaine de jours, elle subit une dernière intervention bénigne à l'épaule droite. Les praticiens sont formels : elle ne conservera aucune séquelle de l'accident. Le 30 avril, enveloppée dans une robe de chambre bleu clair et recouverte d'une couverture écossaise, Françoise Sagan quitte la clinique Maillot sur une civière. Elle se laisse porter, offrant au passage un regard rassurant aux objectifs. L'ambulance s'enfuit en direction du bois de Boulogne. Certes, elle est entièrement valide, mais elle va encore subir les conséquences de l'accident. Pendant des mois, la romancière souffrira d'une polynévrite, une inflammation des nerfs, que seul le Palfium 875 parvient à soulager. Ce succédané de la morphine est une drogue puissante dont les patients deviennent rapidement dépendants. Grâce aux ordonnances du docteur Schwartz, elle en absorbe une dose chaque fois que la douleur devient insoutenable. S'il ne s'en trouve plus dans les pharmacies françaises, Jacques Quoirez part en Belgique se réapprovisionner, dissimulant les ampoules par dizaines dans la capote de sa Jaguar. « Pour ma sœur, réalisera-t-il, je faisais sans m'en rendre compte du trafic de stupéfiants [19]. » La romancière accidentée paraît si « accro » au Palfium 875 qu'elle réclame bientôt un séjour en clinique pour une cure de désintoxication. Dans l'établissement du docteur Morrel, à Garches, elle tente

jour après jour de résister au Palfium 875. Telle est la
méthode du praticien : mettre le « poison » à la disposition du malade pour lui apprendre à s'en passer tout
seul. Lors de ce séjour en enfer, elle lit jusqu'à plus
soif : une histoire de la révolution de Michelet qu'elle
trouve « très belle, très lyrique », mais aussi quelques
auteurs américains dont Henry James, des poèmes
d'Apollinaire et surtout *L'Âge de raison* de Jean-Paul
Sartre qui aurait pu lui inspirer la trame de *Dans un
mois, dans un an*. « Des gens qui vivent à Paris, com-
mente-t-elle, et tout s'enchevêtre, comme ça. Je n'y ai
pas du tout pensé en écrivant mon livre, mais c'est un
peu ce genre de schéma que je voulais faire [20] ». Pendant ce séjour, dans la solitude de sa chambre, elle
écrit un journal poignant, *Toxiques* [21]. Ce livre, illustré
par son ami Bernard Buffet, donne la dimension de sa
souffrance.

Elle s'y raconte, elle dit qu'elle n'a jamais eu l'occasion de se retrouver seule, face à elle-même, elle
songe aux amies qui lui manquent, à l'escalier du Jimmy's qu'elle a si souvent emprunté, et ce souvenir la
rend à la fois gaie et nostalgique. Elle revoit son Aston
Martin qu'elle conduisait un peu vite autour de la
porte Maillot. Elle a quantité de flashes mais la réalité
est plus forte. « Je me livre à cette bataille absurde
contre le temps et le N° 875 », écrit-elle. Elle étouffe,
elle est en proie à des crises terribles. Elle tente de
retarder le moment maudit où elle saisira l'ampoule.
« Tout ce que je fais pour moi et contre moi est assez
épouvantable », poursuit-elle. Avant que de sortir de la
clinique, elle achève son journal par ces phrases lucides
et déchirantes : « Je me suis habituée peu à peu à l'idée
de la mort comme à une idée plate, une solution

comme une autre si cette maladie ne s'arrange pas. Cela m'effraye et me dégoûte mais c'est devenu une pensée quotidienne et je pense être à même de la mettre à exécution si jamais… ». Tous ses amis affirment à l'unisson qu'avant l'accident elle était résolument contre les drogues dures. Certes, elle a beaucoup changé depuis l'accident, ses amis en témoignent : non pas qu'« elle se prenne pour Françoise Sagan », mais la souffrance l'a fait mûrir. « Avant l'accident, se souvient Annabel Buffet, elle était une petite fille qui mangeait la vie, qui aimait la campagne. Elle avait un côté animal dans tous les sens du terme. Après l'accident, elle n'était plus la même. Quelque chose s'était cassé[22]. »

L'accident a eu lieu en avril ; la romancière cessera de ressentir des douleurs au mois d'octobre. Bien des années après, elle commentera cet événement marquant de sa vie avec calme et détachement. « J'ai l'extrême-onction maintenant, quoi qu'il arrive, je vais droit au ciel, il n'y a pas de problème. Quand on l'a, c'est pour la vie, si je puis dire. Cet accident m'a rappelé certaines choses : que je n'étais pas invulnérable, que la maladie rendait solitaire… J'ai boité pendant un an ou deux. Après je me suis mariée. Bref, je suis allée d'accident en accident[23]. »

Aux souffrances physiques s'ajoutent les tourments des procédures consécutives au sinistre. La justice tente de définir si l'accident est dû à une défaillance humaine, à un problème mécanique ou à l'état de la route. Tandis que la romancière se trouvait entre la vie et la mort à la clinique Maillot, sur la nationale 448 des gendarmes rendaient leur rapport : « Il est impossible de se prononcer avec certitude quant aux causes de l'accident tant que les experts n'ont pas examiné la voiture actuellement placée sous scellés. Apparemment, on ne décèle aucune défaillance de la mécanique. En attendant que les spécialistes se soient prononcés, la cause présumée de l'accident demeure pour nous une vitesse excessive étant donné la nature de l'état de la route. » Ce jour-là, M. Delaunay, juge d'instruction au parquet de Corbeil, ouvre une information contre X pour blessures involontaires. En octobre de la même année, soit quelques mois après l'accident, Françoise Sagan revient sur les « lieux du crime » avec son avocat, Me Jacques-Arnold Croquez, le juge d'instruction Delaunay et son greffier, un expert en accidents de la route, M. Roches, deux brigades de gendarmerie et les passagers : Véronique Campion, Voldemar Lestienne et Bernard Frank.

« À quelle vitesse rouliez-vous au moment de l'accident ? demande l'expert.

– À 90 à l'heure, répond Sagan.

– À 80 km/h, dit Véronique Campion.

– Entre 90 et 130, rétorque Bernard Frank.

– À 100 au maximum », rectifie Voldemar Lestienne.

Au garage du Plessis-Chenet où dort la carcasse de l'Aston Martin, Me Jacques-Arnold Croquez constate une défaillance du véhicule : « Pour une cause qui restera à établir, le levier de changement de vitesses s'est rompu brutalement lorsque la conductrice voulut rétrograder. » Et Sagan de confirmer : « Il s'est rompu alors que je rétrogradais… » Mais les experts estiment que si la voiture roulait bien à 80 km/h, la conductrice n'a pas eu à rétrograder pour freiner et que le levier n'aurait pas dû casser. Dans l'état où se trouve la voiture, il est difficile de déterminer si le levier s'est brisé avant ou pendant le choc. Inculpée de coups et blessures involontaires par inattention, maladresse et inobservation des règlements, Françoise Sagan est jugée au tribunal correctionnel de Corbeil. Bernard Frank, représenté par Me Stephen Hecquet, tout comme Voldemar Lestienne, s'est constitué partie civile dans ce procès et a réclamé 1 million de francs de provision. «Curieusement, nous en voulions beaucoup à Voldemar Lestienne d'avoir porté plainte, mais pas du tout à Bernard Frank», explique Véronique Campion[24]. En octobre 1958, Sagan fera appel du jugement de dernière instance, mais, le 10 juin 1959, la 20e chambre de la cour d'appel lui donnera tort en confirmant ce jugement.

Un second conflit oppose cette fois Françoise Sagan au professeur André Juvenel. À plusieurs reprises, le praticien a fait parvenir sa note d'honoraires d'un montant de 1 million de francs à sa patiente, qui ne l'a jamais réglée. «200 000 ou 300 000 francs, ça aurait été normal, a-t-elle déclaré. Mais je refuse de payer 1 000 000. J'en ai assez de verser des sommes exorbitantes sous prétexte que je gagne beaucoup d'argent. Du reste, j'estime que les soins qui m'ont été donnés n'ont pas été ceux que j'aurais dû recevoir. Il m'a fallu consulter ensuite d'autres médecins.» Le professeur Juvenel riposte: «Mlle Sagan ne m'a jamais dit qu'elle était en désaccord avec moi sur le montant de mes honoraires. Je lui ai plusieurs fois écrit; elle n'a jamais daigné me répondre[25]. » La jeune femme prétend en outre ne pas disposer de cette somme, mais son éditeur, René Julliard, proteste : « De l'argent, Françoise en a autant qu'elle veut. Chez moi, elle a une sorte de compte en banque, avec plus de 2 millions à son crédit. Je le lui donne au compte-gouttes à cause des nombreux parasites qui profitent d'elle, mais si demain elle avait besoin de 50 millions, je lui en ferais l'avance immédiatement. »

Afin d'éviter les procès, les avocats – Me Floriot pour André Juvenel, et Me Jacques-Arnold Croquez pour Françoise Sagan – tentent de se mettre d'accord. En vain. C'est donc au tribunal de la Seine, devant la première chambre civile, qu'ils se retrouvent le 28 mai 1959. Me René Floriot attaque Françoise Sagan : « Une enfant gâtée de la fortune qui, ayant gagné près de 500 millions et jetant l'argent à poignées, refuse de régler les justes notes d'honoraires du chirurgien qui lui a sauvé la vie. Quand je pense qu'elle ne lui a pas seulement envoyé une vue en couleurs de Saint-Tropez avec le mot "merci"[26] ! » Me Croquez contre-attaque : « D'abord, ma cliente n'a pas gagné 500 millions, il s'en faut. De plus, ce n'est pas une raison pour qu'elle se laisse exploiter : on a eu trop tendance à le faire jusqu'à présent. Le professeur Juvenel avait d'abord fixé ses honoraires à 500 000 francs, puis, réflexion faite, ayant sans doute appris par les journaux les tirages de Françoise Sagan, il a demandé 1 million. C'est vraiment trop facile. » Et d'ajouter : « Nous demandons des experts car les honoraires sont excessifs. La brouille de Françoise Sagan avec son médecin est née d'une initiative de celui-ci : il voulait qu'elle allât dans une clinique psychiatrique en Suisse. Ma cliente a estimé qu'elle avait peut-être reçu un coup sur la tête, mais que cela ne justifiait pas une telle cure. » À l'issue des plaidoiries, le tribunal a ajourné sa décision au 10 juin. L'affaire connaîtra son épilogue devant la cour d'appel : 1 million de francs, plus les intérêts, que le sauveur de Françoise Sagan finira par toucher.

Été 1957. Les amis de la romancière la suivent à Beauvallon dans une villa que lui prête l'homme d'affaires René Mer. Guy Schoeffer y passera une dizaine de jours avant de s'envoler pour le Kenya ; Annabel, Jean-Paul Faure et Michel Magne sont ses invités permanents. Elle n'est pas encore remise de l'accident, loin de là. Le 21 juin 1957, c'est sur son home-trainer que Françoise Sagan a fêté ses vingt-deux ans. Roger Vadim et Christian Marquand lui ont apporté des roses par dizaines et une collection complète de Tintin. Pour dédramatiser la situation, Jacques Quoirez a préparé une jambe en plâtre dans laquelle il a planté vingt-deux bougies d'allumage de voiture. À Beauvallon, de jour comme de nuit, son amie Annabel veille sur elle et ne cesse de passer des compresses sur ses jambes percluses de crampes. Malgré ces douleurs, Françoise Sagan fait d'incessants va-et-vient entre le golfe de Saint-Tropez et le Lavandou, où Otto Preminger tourne *Bonjour tristesse*.

Les droits d'adaptation cinématographique du premier roman de Sagan ont été cédés par René Julliard pour la somme de 5 millions de francs au chef d'orchestre Ray Ventura, qui a réalisé une très belle opération en les revendant par l'intermédiaire d'Alain Berhneim à la firme Columbia pour 60 millions de francs. La firme a aussitôt engagé Otto Preminger pour réaliser le long métrage. La romancière et le cinéaste se sont croisés aux États-Unis deux ans plus tôt, en 1955. Ce jour-là, Preminger aurait supplié l'auteur de *Bonjour tristesse* de jouer Cécile à l'écran. Pour toute réponse, elle aurait pouffé de rire. Puis il prend contact avec Audrey Hepburn qui décline la proposition. Désespérant de rencontrer la comédienne capable d'incarner Cécile, le réalisateur lance un concours à travers l'Europe et les États-Unis. Il demande à Hélène Gordon-Lazareff de faire paraître un avis dans un numéro d'*Elle*. Sur les mille cinq cents candidatures, il en retient une quinzaine, parmi lesquelles celle de Mijanou Bardot, la sœur de B.B. Mais, aux essais, pas une seule d'entre elles ne se montre à la hauteur. Dans *Elle* toujours, Hélène Gordon-Lazareff propose un référendum à l'issue duquel les Français élisent Gisèle Francome qui s'envole aussitôt pour New York afin de tourner des bouts d'essai. Otto Preminger soupire : elle n'a pas le piquant de Cécile. Avant qu'il jette son dévolu sur Jean Seberg, il aura étudié le cas de près de dix-huit mille candidates et aura parcouru 35 000 kilomètres à travers le monde dans l'espoir de dénicher l'oiseau rare. De guerre lasse, le cinéaste songe à abandonner le projet quand il rencontre à Chicago une jeune étudiante à Marshal Town (Iowa), âgée de dix-huit ans. Jean Seberg a fait 800 kilomètres pour se rendre à Chicago et participer au concours. C'est elle qu'il cherchait. Il lui donne d'abord sa chance dans son adaptation pour l'écran de *Jeanne d'Arc* avant de la plonger dans l'atmosphère de *Bonjour tristesse*.

Aux États-Unis, en Angleterre et en France, la nouvelle de cette nomination est annoncée comme un événement culturel. Aux USA, c'est Ed Sullivan, l'un des animateurs de radio les plus populaires, qui la confie à ses quelque soixante millions d'auditeurs. Au même moment, à Londres, Otto Preminger convoque dans les salons de l'hôtel Manchester les journalistes britanniques les plus influents. En France, enfin, Georges Cravenne, l'agent de publicité, fait part de ce choix aux radios, aux agences, aux télévisions, etc.

La « mère » littéraire de Cécile et la future Cécile se rencontrent en mars 1957 dans les salons d'un palace parisien lors d'une cérémonie aussi mondaine que médiatisée. « Nous avons toutes trois, Jean, Cécile et moi, le même âge. Nous saurons très bien nous entendre », déclare l'auteur de *Bonjour tristesse*. La recherche de l'actrice principale a été particulièrement compliquée, l'écriture du scénario ne sera pas simple non plus. Otto Preminger demande sans cesse à ses scénaristes de modifier des passages entiers, les contraignant à s'éloigner chaque fois davantage du roman. Enfin, au début de l'été 1957, le premier tour de manivelle est donné à La Fossette, la villa qu'Hélène Gordon-Lazareff a mise à la disposition du cinéaste. L'équipe est au grand complet : Jean Seberg incarne Cécile, Deborah Kerr Anne Larsen, David Niven joue Raymond et Mylène Demongeot campe Elsa Mackenbourg, la blonde frivole. Françoise Sagan s'invite souvent au Lavandou. Tantôt elle observe les personnages qui ont jailli de sa plume par l'œil de la caméra, tantôt elle entre dans un trou de souris pour regarder sans déranger. « Je la voyais souvent sur le tournage, se souvient Mylène Demongeot. Je ne venais pas la saluer parce que je ne l'aimais pas beaucoup. Sa médiatisation me semblait excessive[27]. » Au passage, Sagan taquine le réalisateur qui comprend mal son humour noir. « Si vous avez besoin de quelqu'un pour tourner la scène de l'accident de voiture, n'hésitez pas à m'appeler », lui lance-t-elle. Après avoir longuement discuté avec Jean Seberg et Otto Preminger, Françoise Sagan émet déjà quelques réserves : « Le scénario me paraît bon… Quant à Jean Seberg… n'est-on pas a priori toujours surpris par le choix de l'acteur ou de l'actrice chargée d'incarner un personnage de roman ? Tout le monde l'imaginait autre. Je n'en suis pas moins convaincue que bientôt on ne verra plus la Cécile de *Bonjour tristesse* qu'à travers les traits de Jean Seberg[28]. »

Sur le plateau, Françoise Sagan retrouve son amie Juliette Gréco qui interprète à l'écran la chanson *Bonjour tristesse* sur une musique de Georges Auric et Arthur Laurens et des paroles de Jacques Datin et Henri Lemarchand : Je vis seule dans ma chambre / L'ennui connaît l'adresse / Sa plainte monte à l'aube / Vers moi, Bonjour tristesse.

À New York, *Bonjour tristesse* est présenté en avant-première au cinéma le Capitole pour les acteurs et une foule qui sortira dubitative et déçue de la salle obscure. Jean Seberg est passée inaperçue lorsqu'elle a fait son entrée vêtue d'une cape, encadrée de son père et de son frère. Outre-Atlantique, l'aventure se solde par un échec. « Jean Seberg ressemble autant à une nymphe française qu'un verre de lait à un pastis », note le chroniqueur du *New York Herald Tribune*. La critique juge désastreuse l'adaptation du roman, mais aussi le choix des acteurs et leur interprétation.

À Paris, où *Bonjour tristesse* sera montré en mars 1958 en avant-première au Rex en présence des acteurs (Françoise Sagan, en voyage à Milan, se fera représenter par ses parents), l'accueil ne sera pas plus chaleureux. « Le CinémaScope ressemble à un flacon dont le goulot serait trop large, écrit Claude Brule dans *Paris-Presse*[29], il laisse s'évaporer le subtil et acide parfum que les 180 pages du roman avaient su retenir. » En résumé : le roman était d'une limpidité admirable, le film est d'une complexité inutile, avec des scènes en couleurs et des flash-back en noir et blanc. On parle de trahison, de lenteur, de banalité, de malaise. Quant à Françoise Sagan, elle ne cache pas sa déception : « Je suis très mal placée pour parler de ce film en tant que film. Pour ma part j'estime qu'il n'a que très peu de rapport avec mon livre[30]. » Jean Herman, l'une des plumes de la revue *Cinéma*[31], en fait une bonne analyse : « La Méditerranée prise dans l'émail de la baignoire se fige, le chemin de chèvres de Sagan devient un pénible endroit où les amoureux poussent, les bras en croix, des rires de soubrette qu'on trousse à toutes les touffes de thym. »

Ce film donnera l'occasion à François Mauriac, dans son *Dernier Bloc-Notes*[32], de se dévoiler. On comprend enfin pourquoi cette terrible petite fille, comme il l'appelait hier, le séduit tant : « Je lis une critique sévère touchant *Bonjour tristesse* d'après le roman de Françoise Sagan. Ce qui nous est montré dans ce film, c'est une conception de la vie et du bonheur qui n'est certes pas embellie et dont le néant nous est rendu sensible. Si la vie n'a pas de sens, pas de direction, pas de but, si elle est absurde, ces existences vouées au plaisir, pareilles à des rondes de moucherons dans un rayon de soleil, n'ont pas besoin d'excuse, car il n'est pas donné à tous d'avoir faim et soif de justice et de vouloir changer la vie. »

À Beauvallon, Françoise Sagan se considère en convalescence, ce qui signifie qu'elle n'y est pour personne, sinon pour ses amis. Mais aux éditions Julliard on la réclame. Bien avant sa sortie le 2 septembre 1957, *Dans un mois, dans un an* est pressenti comme l'événement littéraire de la rentrée. Dès le mois de mars, deux producteurs français se disputent les droits d'adaptation au cinéma et le magazine américain *Life* acquiert pour 40 millions de francs l'autorisation d'en publier des extraits en exclusivité. Face à cet engouement, René Julliard n'hésite pas à ordonner un premier tirage de 200 000 exemplaires – un record mondial. À peine sorti de l'imprimerie, ce stock est rapidement épuisé puisque, fin août, les librairies de France ont déjà commandé 165 000 exemplaires. Une réimpression de 50 000 exemplaires s'impose. Il s'en vendra « seulement » 400 000, un score décevant comparé aux ventes mirobolantes des deux précédents Sagan : 850 000 exemplaire de *Bonjour tristesse*, 550 000 d'*Un certain sourire*. Pourtant, le lancement du livre a été mûrement pensé. René Julliard a donné ses instructions à ses collaboratrices, Anne Rives et Rolande Prétat : « J'attire tout particulièrement votre attention pour que le livre de Sagan ne soit remis sous aucun prétexte à personne avant les dates des 30 et 31 août, écrit-il dans une note interne. Étant donné les refus que j'ai opposés aux personnalités les plus importantes, j'aurais de graves ennuis si des fuites se produisaient dans les journaux ou à la radio avant la date générale. » En son absence, son secrétaire général, Michel Bouis, prend le relais en faisant également circuler une note auprès de l'ensemble du personnel : « Aucun exemplaire du prochain ouvrage de Françoise Sagan, *Dans un mois, dans un an*, ne doit sortir de la maison, sous aucun prétexte et à aucun titre que ce soit, avant la mise en vente officielle du 2 septembre. Seules, les commandes à destination de l'étranger pourront être expédiées avant cette date, ces expéditions faisant d'ailleurs l'objet d'une étude et de conditions particulières examinées une par une par le service étranger. » *Dans un mois, dans un an* va arriver en librairie le 2 septembre. L'éditeur, en vacances à l'hôtel Splendide d'Aix-les-Bains, s'inquiète du service de presse. « Je tiendrais tout particulièrement à ce qu'elle signe ses livres, écrit-il à Michel Bouis. Son abstention serait considérée par beaucoup de gens comme une marque de dédain ou d'indifférence, et on le lui ferait payer cher. S'il le faut, quelqu'un devrait aller avec des valises de livres à Beauvallon pour les lui faire signer et les rapporter par le train suivant. Demande à Guy Schoeller de t'appuyer auprès de Françoise dans cette exigence. » En fin de compte, un carton est glissé dans chaque exemplaire : « Françoise Sagan vous adresse ses sentiments les meilleurs. Encore souffrante et mal rétablie de son accident, elle regrette de ne pouvoir vous dédicacer son livre. »

De nombreuses critiques paraissent au mois de septembre. Elles sont mitigées. Dans le quotidien *Le Monde*, Émile Henriot explique pourquoi ce roman l'a si peu séduit : « Malgré "un certain sourire", c'est la vue de ce petit monde en dérive, objet de son observation, qui afflige Mlle Sagan. Il est bien certain qu'elle n'a pas d'illusion sur la vie[33]. » Madeleine Chapsal, chroniqueuse littéraire à *L'Express*[34], lui consacre un

long article : « Françoise Sagan accomplit le tour de
force – qui explique peut-être tant de lecteurs si divers
– de rappeler ces bons, ou atroces, vieux petits souvenirs qui sont le trésor commun, la propriété chèrement
payée mais exclusive, de tous ceux qui se sont trouvés
un jour dans une peau humaine. » Puis, dans un autre
numéro de *L'Express*, Madeleine Chapsal accorde un
entretien à l'auteur. Elle signale à Françoise Sagan
qu'elle a laissé passer un certain nombre de fautes de
syntaxe, ce qui n'est pas faux. La romancière ne s'en
défend pas vraiment : « Je n'aime pas les styles volon-
tairement négligés ou avec des inventions d'adjectifs.
Ce qui compte pour moi, c'est la musique de la phrase.
Une faute de français ne me fait pas bondir d'horreur[35]. » Cette interview musclée fait quelque peu sortir la romancière de sa réserve. Elle révèle, avec cette
grande humilité qui a fait fondre l'Amérique tout
entière, son désir d'écrire un jour un « très bon livre ».
Surtout, elle parle du sujet commun à ses œuvres : « Ce
qui m'intéresse, c'est surtout la solitude. » André Maurois ne partage pas l'opinion de ses confrères. Il compare Sagan à Proust, c'est sans doute pour elle le plus
précieux des compliments. « Un vague parfum de néant
flotte dans ce livre comme dans les deux précédents,
écrit-il. Il a son charme, chez Sagan comme chez Proust.
Ce rapprochement étonnera peut-être. Pourtant, le thème
central est bien le même. Les êtres humains sont plon-
gés dans le temps et emportés par le courant des jours.
Chacun, au moment où il souffre, croit ses passions
éternelles. Puis, tous se retrouvent, d'un an plus vieux,
apaisés par la faiblesse, autour de leur passion refroi-
die. Cette soirée chez les Maligrasse est, toutes proportions gardées, la matinée du prince de Guermantes

dans *Le Temps retrouvé*[36].» Quant à Robert Kemp,
chroniqueur aux *Nouvelles littéraires*, il renouvelle son
admiration pour la jeune romancière rencontrée naguère
lors de la remise du prix des Critiques : «Je continue
après *Dans un mois, dans un an* de la considérer comme
un être exceptionnel, doué d'un talent singulier et délicat[37].» Françoise Sagan, quant à elle, affirme que son
dernier roman est tout simplement le plus réussi de
tous : «C'est mon premier vrai roman qui ne soit pas
un récit où les personnages m'aient un peu échappé. Je
le préfère aux deux autres parce qu'il a plus de personnages, qu'il possède un thème central et que tout le
livre est bâti dessus. Dans mes deux premiers romans,
les personnages n'étaient qu'en situation passionnelle.
Ici, ils sont aux prises avec le temps qui passe[38].» Plutôt que de publier un commentaire classique du roman,
le quotidien *France-Soir* lance un sondage au rayon
librairie d'un grand magasin de la rive droite afin de
savoir quel est le profil du lecteur de Sagan. Il révèle
d'abord que la publication de *Dans un mois, dans un
an* fait surtout vendre *Bonjour tristesse* et *Un certain
sourire*. On y apprend également que les livres de
Sagan s'écoulent régulièrement tout au long de l'année. Quant à son public, il est à 80 % composé de
femmes (âgées de seize à quarante ans) et d'étrangers
pour qui elle est la plus digne représentante de la littérature française.

Pour la petite histoire, *Dans un mois, dans un an*
provoque des remous inattendus, comme ce procès far-
felu intenté par un journaliste économique qui se dit
fort mécontent de trouver son nom dans un roman.
Une phrase extraite du livre : «Quinquagénaire, mince
jusqu'à la sécheresse, avec une expression sarcastique

et de faux gestes de jeune homme, qui lui avait valu une réputation regrettable», le met tout particulièrement hors de lui. Il est si furieux qu'il va jusqu'à assigner la romancière en diffamation. Françoise Sagan l'assigne à son tour «pour le trouble que lui a causé cette impudente et peu discrète procédure». Cette affaire saugrenue n'aura pas de suite.

Plus sinistre, l'autodafé de Düsseldorf. En octobre 1965, un groupe de jeunes Allemands, âgés de treize à trente ans, brûlera au bord du Rhin des œuvres de la littérature mondiale «pour empêcher que ces ouvrages malsains et pervers ne tombent entre les mains d'autres jeunes». Parmi eux, *Dans un mois, dans un an* de Françoise Sagan, *La Chute*, d'Albert Camus, *Lolita* de Nabokov. Ces jeunes appartiennent à l'Association des chrétiens absolus.

Durant l'été 1957, toujours à Beauvallon, Françoise Sagan travaille avec Michel Magne. Ils sont lancés dans l'écriture de quatre chansons commandées par Édith Piaf qui ne verront jamais le jour, mais, surtout, ils mettent sur pied un opéra-ballet pour lequel le compositeur élabore un mélange d'accords classiques et jazzy, tandis que la femme de plume rédige l'argument. Son ami Guy Schoeller, de passage à la villa, ne voit pas ces travaux d'un bon œil : «J'ai toujours conseillé à Françoise d'envoyer au diable les chansonnettes, et tout ce qui n'est pas ses romans. C'est dans ses romans que se trouve son véritable talent[39].» La romancière reste sourde à ces recommandations. Dans *Le Rendez-Vous manqué*, c'est le titre du spectacle musical, il est question d'amour et de désespoir. « L'ayant rencontrée par hasard, il l'aime et il a pu croire qu'elle l'aimait aussi, écrit Françoise Sagan. Son mari l'attend à New York et le jeune homme l'attend chez lui. Depuis deux semaines, ils se connaissent et pourtant ce soir elle lui a promis de laisser partir sans elle à deux heures du matin l'avion de New York et de venir chez lui le rejoindre pour toujours. Mais, viendra-t-elle ? Elle arrivera trop tard après qu'il aura absorbé une forte dose de somnifère. »

À l'automne, le projet se précise. Ce ballet d'une durée de deux heures et demie sera découpé en trois actes et surprendra par sa modernité. D'ores et déjà annoncé comme l'événement culturel de cette fin d'année, il est monté dans la précipitation : la générale est programmée le 10 décembre sur la scène du théâtre des Champs-Élysées, à Paris. Mais pour l'heure, l'œuvre n'a ni metteur en scène, ni chorégraphe, ni décor… Les auditions des danseurs n'ont pas même débuté. On cherche aussi les deux têtes d'affiche, des artistes capables de danser et de jouer la comédie.

Au tandem initial viennent se joindre quelques gloires précoces des années 50. La mise en scène, qui devait, à l'origine, être dirigée par Françoise Sagan elle-même, est confiée à Roger Vadim qui s'y attelle sitôt rentré de Nice où il vient d'achever le tournage des *Bijoutiers du clair de lune*. « Ce que je vais tenter de réussir, explique-t-il, c'est de supprimer la sécheresse habituelle des arguments de ballets. Le nôtre sera très concret, très réaliste. Les objets y joueront un rôle essentiel. Comme dans les films et comme dans la vie[40]. » Le cinéaste prévoit de projeter ici et là quelques séquences filmées. John Taras et Don Lourio sont responsables de la chorégraphie. Enfin, pour les costumes et les décors, on fait appel à Bernard Buffet, le peintre en vogue qui se lance dans l'aventure, après d'âpres négociations de son agent, Pierre Bergé, lequel réclame d'emblée pas moins de 3 millions de francs par maquette « *Le Rendez-Vous manqué* était un ensemble hétéroclite et compliqué, se souvient Pierre Bergé. Ce n'était pas formidable. Roger Vadim en était à l'origine. C'était un jeu mais un jeu intéressant parce qu'au fond il ne manquait qu'Yves Saint Laurent pour boucler la boucle. Le ballet réunissait les enfants terribles, les enfants turbulents de l'après-guerre : Sagan, Vadim, Buffet, Magne. C'était la nouvelle vague culturelle. Dix ans après la fin de la guerre, chacun de nous s'imaginait que l'on refaisait les Ballets russes, que nous étions à la fois Naguilev et Cocteau. Possible[41] ! »

Le *Rendez-Vous manqué* se monte dans l'excitation générale, même si les idées qui fusent ne sont pas toujours bonnes à retenir. Françoise Sagan insiste pour confier à Juliette Gréco le premier rôle féminin. La chanteuse hésite, puis accepte la proposition de son amie lors d'un déjeuner de fruits de mer en tête à tête. Mais l'interprète de *La Javanaise* n'a pas enfilé de tutu ni chaussé de demi-pointes depuis l'âge de dix ans ! *Exit* Juliette Gréco. Roger Vadim a une meilleure idée. Pourquoi ne pas faire appel à Brigitte Bardot, sa compagne, sa muse ? Françoise Sagan trouve la suggestion fort séduisante, mais c'est avec regrets que la star incontestée du cinéma français décline l'invitation car son planning professionnel est rempli jusqu'à la fin 1958. On lance encore le nom de Gene Kelly pour le premier rôle masculin et l'on murmure que le maître, Pablo Picasso, pourrait collaborer aux décors. Une fois passé le temps des extravagances, chacun se rend à l'évidence : il faut à ce ballet des danseurs et danseuses professionnels. En charge du recrutement, la romancière part auditionner à l'Académie Volinine de Londres.

Le Rendez-Vous manqué, dont le coût global s'élèvera à 100 millions de francs, n'est finalement pas créé en décembre au théâtre des Champs-Élysées, mais près d'un mois plus tard dans la salle Garnier de l'Opéra de Monte-Carlo. Le 3 janvier, veille de la générale, Françoise Sagan est chaleureusement accueillie dans la principauté dès sa descente du train bleu : elle tombe dans les bras de Bernard Buffet venu directement de son château d'Aix-en-Provence et de Michel Magne qui lui baise élégamment la main. Le temps de poser ses bagages dans l'appartement qu'occupait jadis Colette à l'hôtel de Paris, de boire cul sec un « Spoutnik » que lui concocte Victor, le barman de l'hôtel, et elle part louer une voiture. Connaissant son goût pour les bolides et oubliant qu'elle vient de réchapper d'un accident mortel, on lui propose quelques splendeurs qu'elle refuse raisonnablement. Elle jette son dévolu sur une Buick, bien lourde et très lente. Location inutile d'ailleurs, puisque le richissime armateur grec Aristote Onassis, qui séjourne à Monaco sur son yacht, le *Christina*, a mis voiture et chauffeur à son entière disposition. Ayant réglé ces menus détails, elle file assister aux répétitions qui s'achèveront à l'aube. Le lendemain, avant le lever de rideau, chacun tente de dissimuler son appréhension car rien n'est vraiment au point. Françoise Sagan, elle, conjure le trac en faisant d'incessants va-et-vient entre la salle Garnier, où l'on s'active, et la roulette du casino, où s'offre à elle un autre spectacle. Enfin, à la nuit tombée, avant d'enfiler une longue robe de satin rouge ornée d'un suivez-moi-jeune-homme, elle monte à bord du *Christina* avec toute la troupe. Là les attendent Aristote Onassis, son épouse et quelques coupes de champagne. Tina Onassis s'entretient longuement avec Françoise Sagan, évoque ses émotions au contact des machines à sous et lui demande poliment des nouvelles de Guy Schoeller, son fiancé. «Il arrive samedi matin à Monaco[42]», lui annonce Sagan.

Le Rendez-Vous manqué fait donc événement cet hiver-là. On joue à guichets fermés si bien que les retardataires peuvent tout juste acquérir quelques billets au marché noir et à prix d'or… Parmi la foule qui se presse en tenue de cocktail dans le hall de l'Opéra de Monte-Carlo, des visages célèbres surgissent : le couple Onassis, bien sûr, Jean Cocteau, Somerset Maugham, Alȳ Khan, René Julliard… On attend impatiemment de voir se dessiner la silhouette de Grace Kelly au bras du prince Rainier, mais leur loge restera vide. La princesse, qui attend son deuxième enfant, s'est fait porter pâle. Le prince Albert naîtra quelques semaines plus tard.

À l'affiche, Toni Lander, Wladimir Skouratoff et Noëlle Adam, ex-miss La Rochelle, vedette du club de la Nouvelle Ève et jeune espoir du cinéma, interprètent les rôles principaux. Bien des années plus tard, Noëlle Adam, devenue la compagne de Serge Reggiani, se souvient d'avoir été recrutée par Vadim lui-même : «On se connaissait vaguement et il cherchait une ballerine qui soit un peu comédienne, ce qui était mon cas. Ensuite, j'ai rencontré Françoise Sagan qui était aussi timide que moi. J'avais le second rôle. On m'avait teinte en brune, je portais un collant noir et des talons très hauts. C'était très sexy. Mon rôle ? Une fille qui arrive dans une surprise-partie avec une bouteille de chianti et qui séduit le mec d'une autre[43]. » Dans la fosse, Michel Magne dirige lui-même l'orchestre de trente-cinq musiciens. Enfin, les lumières s'éteignent, le rideau se lève sur les décors de Bernard Buffet.

À chaque acte correspond un thème unique. Acte 1er : « Les aiguilles de l'horloge sont des femmes ». Dans sa chambre, un jeune étudiant amoureux (Wladimir Skouratoff) a préparé le dîner, il a acheté des roses et allumé un feu de bois. Les bouteilles de champagne, les fleurs, les flammes et les aiguilles de la pendule sont incarnées par des danseuses. L'heure tourne au rythme d'une musique lancinante et classique. La jeune femme aimée (Toni Lander) doit venir, elle l'a promis.

L'acte 2, c'est « La surprise-partie qui finit mal ». Sur un jazz Nouvelle-Orléans, on sonne à la porte de l'étudiant qui se précipite, pensant que c'est elle. Il se trouve envahi par sa bande de copains bien décidés à faire la fête dans son studio. Les couples se forment. Une très belle jeune femme (Noëlle Adam) tente d'embrasser le héros. Il résiste d'abord, puis se laisse tenter. Cette scène, qui deviendra bientôt célèbre, se passe dans la salle de bains. Il est 2 heures du matin, heure à laquelle l'avion de New York doit décoller. L'image de la bien-aimée lui revient en mémoire, il entre dans une rage folle et chasse ses amis de son appartement.

L'acte 3 a pour thème « La joie de vivre entre trop tard dans la chambre ». Allongé sur son lit, le jeune homme revoit en rêve les heures délicieuses passées avec sa dulcinée. Sur l'écran, incrustés dans le décor de Bernard Buffet, ses fantasmes sont projetés : des lèvres, des mains, des lieux de rendez-vous… Désespéré, il décide de se suicider en avalant un poison. Soudain, elle arrive, désolée de son retard. Elle vient, dit-elle, de quitter son mari pour vivre avec lui. Au comble du bonheur, ils exécutent ensemble un long pas de deux. Mais le poison commence à faire son effet si bien qu'on retrouve le jeune amoureux allongé sur son lit. Elle pense qu'il s'est endormi. Il est mort. On songe à *Roméo et Juliette*.

Au sortir du spectacle, les invités sont enchantés de leur soirée. « J'aime beaucoup ce ballet, dit René Julliard, d'abord parce que ceux qui l'ont fait sont mes amis, parce qu'il est actuel et frémissant. » Quant à Jean Cocteau, il considère que « c'est un très bon portrait d'une époque déplaisante ». En coulisses, Roger Vadim affiche un large sourire : « Tout a marché beaucoup mieux que je ne croyais. Surtout, ne dites pas qu'il s'agit d'un ballet d'avant-garde. C'est un roman dansé ! » Mais la scène de la salle de bains choque les Monégasques. Un bidet et un lavabo : on ne pouvait pas choisir décor moins romantique pour une étreinte, fût-elle signée Bernard Buffet ! Dans l'intervalle qui les sépare de la présentation du ballet à Paris, les auteurs corrigent certains détails. D'abord, ils se battent pour que la scène de la salle de bains soit conservée malgré les critiques. Ensuite, ils décident de fondre en un le premier et le deuxième acte. Les cinq visions projetées sur une toile de fond seront remplacées par cinq décors supplémentaires commandés à Bernard Buffet. À Monaco, la presse accuse Françoise Sagan d'avoir rectifié son ballet sur ordre princier, ce qui l'attriste. Michel Magne, quant à lui, est heureux et surpris d'apprendre que sa musique va être enregistrée par une firme anglaise et une firme américaine. Peu avant la commercialisation, Philips demande à Michel Magne une photographie pour la pochette. Celui-ci lui confie un cliché sur lequel on le voit danser avec Françoise Sagan sur la plage de Pampelonne, près de Saint-Tropez, portant de larges chapeaux de paille. L'image est reproduite à cinq mille exemplaires avant d'être présentée à Françoise Sagan qui en exige le retrait. Les cinq mille disques sont retirés des pochettes indésirables, remplacées par d'autres, plus sobres, sans photo. Cet album, qui rassemble les thèmes musicaux du ballet, *Surprise-Partie chez Françoise Sagan*, sera lauréat du grand prix du Bonheur.

Le 21 janvier au soir, même ambiance de fête mondaine et culturelle au théâtre des Champs-Élysées où *Le Rendez-Vous manqué* est à l'affiche. Sur les trottoirs de l'avenue Montaigne, aux abords du théâtre, le Tout-Paris se bouscule, se reconnaît et s'enlace : Brigitte Bardot, Jean Marais, Jean Cocteau, Serge Reggiani, Yves Montand, Roland Petit, Zizi Jeanmaire, Ludmilla Tchérina, Edgar Faure, André François-Poncet, et encore René Clair, Jules Dassin, Marcel Carné, Abel Gance, Colette Marchand… L'absence de Guy Schoeller est très remarquée. On dit qu'il est souffrant. En revanche, François Mauriac est là, venu applaudir le premier ballet de son charmant petit monstre. Sa présence va beaucoup chagriner certains de ses lecteurs. « Furieuse lettre d'un anonyme, écrira-t-il dans son *Nouveau Bloc-Notes*. Il m'insulte et me renie, et a honte de m'avoir naguère admiré. Mon crime ? J'ai assisté au ballet de Françoise Sagan. L'étonnant de ces quatre pages furibondes, ce n'est pas la haine qui s'y déchaîne contre les auteurs du *Rendez-Vous manqué* –

elle relève de la psychanalyse – mais en ce qui me concerne, cette exigence d'austérité que je devine sincère chez mon correspondant. Ma présence au théâtre des Champs-Élysées l'a offensé – et pour une raison qui me touche, je l'avoue : je suis quelqu'un qui ose écrire un certain Nom, parler de Dieu[44] ? »

Les critiques sont sévères. Selon elles, les décors beaux et tragiques de Bernard Buffet s'accordent mal avec la musique de Michel Magne, jugée « bruyante ». Quant à la chorégraphie, elle est qualifiée de « médiocre ». La critique est virulente, la polémique que soulève l'œuvre des enfants terribles des années 50 ne l'est pas moins. Pour monter ce spectacle, le producteur, M. Sarfati, a bénéficié d'une importante subvention de 2 500 000 francs allouée par René Billières, ministre de l'Éducation nationale. Au moment où il envisage de faire voyager le spectacle à travers toute l'Europe et jusqu'aux États-Unis, le producteur réclame une seconde subvention, cette fois au Quai d'Orsay. Le scandale éclate lorsque le député M. de Léotard soulève le problème à la Chambre. Le ministre de l'Éducation n'est visiblement pas au fait de la première subvention donnée par son cabinet et se dit très fâché. Sarfati se voit refuser sa requête par le Quai d'Orsay. La rumeur affirme que ce refus est dû aux opinions de la jeune romancière sur la guerre d'Algérie et à son hypothétique adhésion à un comité d'extrême gauche. On évoque aussi des déclarations de Roger Vadim toujours sur l'Algérie, au journal communiste *Les Lettres françaises*. Quoi qu'il en soit, il y a polémique autour du *Rendez-Vous manqué*. Il est même question de supprimer la première subvention et d'en exiger le remboursement auprès de Françoise Sagan. La voix de Philippe

Erlanger, l'historien chargé du service de l'Action
artistique au sein du ministère des Affaires étrangères,
s'élève contre cette manœuvre : « Nous n'avons pas à
nous occuper de cela, de même que nous n'avons pas à
tenir compte de cette fortune personnelle qu'on attribue
à Françoise Sagan et à Bernard Buffet. C'est le producteur du ballet, M. Sarfati, qui nous a demandé cette
subvention et seule la qualité du spectacle qu'il nous
soumettait est intervenue dans notre décision. C'est
pour cela que nous avons attendu de voir le ballet à
Paris[45]. » Georges Cogniot, député communiste de la
Seine, s'insurge contre M. Billières : « Vous avez cédé
à certaines campagnes de presse[46] ! » Et la presse, justement, s'indigne. Elle considère que le Quai d'Orsay
ferait mieux de soutenir des spectacles de plus grande
qualité, comme ceux de l'Opéra, de la Comédie-Française, du TNP de Jean Vilar, de la Compagnie Jacques
Fabbri, des Frères Jacques, etc.

Malgré la mauvaise critique et la déchirure muscu-
laire de Wladimir Skouratoff, le ballet restera trois
semaines à l'affiche du théâtre des Champs-Élysées
avant de partir pour l'Allemagne, l'Autriche, l'URSS,
l'Angleterre, et les États-Unis, au total une tournée à
travers le monde de deux ans et demi.

On l'a vu accueillir Françoise Sagan à sa descente
d'avion, à l'aéroport d'Idlewild, lors de son premier
voyage outre-Atlantique. Plus tard, par une porte entrebâillée, on a aperçu la même silhouette, imposante et
courbée, dans la salle d'attente de la clinique Maillot,
espérant que la belle émerge de l'interminable nuit

dans laquelle elle était plongée. Plus tard, son nom est apparu sur chaque exemplaire de *Dans un mois, dans un an*; Sagan dédiait son troisième roman «à Guy Schoeller», un homme respecté dans le monde des lettres mais inconnu du public.

Guy Schoeller occupe un poste de direction aux éditions Hachette, où il est chargé des relations entre éditeurs et diffuseurs. Contrairement à Françoise Sagan, qui ne conserve de sa scolarité que des souvenirs épiques, il peut se targuer d'avoir été un brillant élève. Dans les établissements qu'il a fréquentés – l'école jésuite d'Évreux, le collège Bossuet et le lycée Louis-le-Grand – il s'est toujours distingué par sa discipline et son intelligence. Plus tard, d'ailleurs, il collectionne les diplômes : licence en droit, doctorat d'Histoire et un autre ès sciences politiques. Fier de son cursus, son père, René Schoeller, fondateur des Grandes Messageries de presse et de librairie, lui offre une année d'étude et de découverte à l'étranger afin qu'il achève sa formation. À l'époque où les jeunes gens rêvent de découvrir l'Amérique, Guy Schoeller choisit l'Asie, un continent qu'il continuera d'explorer toute sa vie durant. À son retour, il trouve une France en guerre. Il est appelé sous les drapeaux. Jusqu'à la Libération, il sera chargé d'assurer la liaison entre les armées françaises et anglaises en Afrique. Après cette parenthèse pénible, il ne songe plus qu'à se lancer dans le monde du travail. Il erre dans les couloirs des éditions Hachette où son père a fait carrière avant de mourir brutalement, foudroyé par une crise cardiaque, en 1942. C'est ici qu'il croise Henri Filipacchi, lequel transmet sa candidature à Gaston Gallimard qui lui confie la responsabilité des relations entre Hachette et Gallimard pour un salaire de 13 000 francs par mois. La proposition lui convient.

Guy Schoeller a tout pour lui. Il est brillant, plutôt bel homme ; sa grande taille en impose, sa grande culture aussi. On lui connaît plusieurs passions : le gevrey-chambertin, la littérature, la chasse, les chevaux, les voyages, la danse, le jazz et la musique classique. À cette liste incomplète il faut ajouter son goût pour les jolies femmes. « Casanova, c'est moi, prétend-il. C'est comme ça que j'aurais voulu être et que j'aurais été à cette époque-là… Les dames, les voyages, l'écriture… Et j'aurais fini ma vie comme lui, malade et ruiné[47]. » Après son mariage avec Andrée, dont il a eu une fille, Guy Schoeller a rencontré Bettina. « Quand je vivais avec Guy, raconte-t-elle, nous allions dîner dans de petits bistrots. Quelque temps après notre séparation, Guy m'a appelée pour me dire : "Je vais te présenter une femme dont tout le monde parle." C'était Françoise Sagan. Nous avons déjeuné dans un restaurant avenue de la Grande-Armée. C'était juste avant son accident de voiture. Françoise était attirante parce que complexe. Elle était très en avance sur son temps par sa grande liberté. Elle vivait comme elle avait envie de vivre tout en restant très proche de sa famille. Elle était très généreuse, drôle et vive[48]. »

En somme, Guy Schoeller est digne de figurer dans les romans de Sagan. C'est à lui que l'on songe lorsque Cécile dit, dans *Bonjour tristesse* : « Je me plus à imaginer le visage de cet homme. Il aurait les mêmes petites rides que mon père. » Quant à Dominique, l'héroïne d'*Un certain sourire*, ne s'éprend-elle pas de Luc, l'oncle de son petit ami, un homme de vingt ans plus âgé qu'elle ? « Il avait les yeux gris, l'air fatigué, presque triste. D'une certaine manière il était beau… Je levai la main en signe de découragement. Il l'attrapa au vol, je le regardai, interloquée. Pendant une seconde, très vite, je pensai : "Il me plaît, il est un peu vieux et il me plaît." Il avait une voix lente, de grandes mains. Je me disais : "C'est le type même du séducteur pour petites jeunes filles de mon genre." »

Une génération sépare Françoise Sagan (vingt-deux ans) et Guy Schoeller (quarante-deux ans). Mais ils ont quelques amis communs et gravitent dans les mêmes milieux. Ils finissent par se rencontrer. La première entrevue aurait eu lieu dans le bureau de Pierre Lazareff, «à environ quatre cent mille exemplaires vendus de *Bonjour tristesse*», selon Guy Schoeller. La deuxième au cours d'un dîner donné par Gaston Gallimard. Françoise Sagan s'en souvient parfaitement : « Nous n'avons cessé de rire[49]. » La troisième, c'est en 1955 à New York avec Hélène Gordon-Lazareff. Ainsi se croisent-ils, parfois par hasard, jusqu'au jour où Guy Schoeller invite la romancière à dîner en tête à tête dans une auberge de Montfort-l'Amaury. «Nous avons beaucoup parlé, nous nous sommes beaucoup plu», racontait-il. Au lendemain de la parution d'*Un certain sourire*, une relation hésitante naît entre la romancière à succès et le dandy lettré. Puis il y a cet accident de voiture qui a bien failli coûter la vie à Françoise Sagan. C'est par la télévision, dans la solitude de sa garçonnière du cours Albert-Ier, que Guy Schoeller apprend la nouvelle : victime d'un accident sur la nationale 448, Françoise Sagan est entre la vie et la mort… Aussitôt, il rejoint la famille à la clinique Maillot où il reste toute la nuit. Les jours suivants, il fait d'incessants va-et-vient entre son bureau et la cli-

nique. Lorsque ses obligations professionnelles l'empêchent d'être au chevet de son amie, il envoie des
fleurs et téléphone plusieurs fois par jour. Dès qu'on
l'autorise à lui rendre visite, il se précipite dans la
chambre 36, se penche sur ce visage familier et tumé-
fié pour se déclarer :

« Vous savez que je vous aime ! dit-il.

– Oui », répond faiblement Françoise Sagan.

« On se voyait de temps en temps et puis un jour, elle
a eu cet accident de voiture, racontait Guy Schoeller
bien des années plus tard, installé dans son bureau
des éditions Robert Laffont où il dirigeait la collection
"Bouquins". Je suis immédiatement allé la voir pour la
demander en mariage. Je l'appréciais énormément
parce qu'elle était sensible, charmante et surtout très
intelligente. J'ai toujours dit que Françoise est la femme
la plus intelligente que je connaisse. Je ne l'ai jamais
entendue dire une sottise. Très jeune, elle avait déjà tout
compris des relations humaines. En outre, je pensais
que ça pouvait fonctionner entre nous parce que nous
avions les mêmes goûts : Stendhal, Proust, la poésie…
Et puis, je la faisais beaucoup rire. En lui proposant de
l'épouser, j'espérais que ça l'aiderait à vivre. Puis c'est
devenu une sorte d'amitié compliquée[50]. » De son côté,
Françoise Sagan écrira : « Notre rencontre aura été sur
certains points comme un violoncelle à l'arrière-plan
de ma vie, qu'il dirigea complètement et longuement,
sans trop bien le savoir[51]. »

Jusque-là, le public ne connaissait guère d'histoires
d'amour à Françoise Sagan. Les médias, dont elle a
été la cible depuis le succès fulgurant de son premier
roman, ne s'y sont curieusement pas trop intéressés.
Sagan a juste déclaré : « L'existence qui m'est imposée

aujourd'hui est beaucoup trop rapide. Les êtres passent trop vite. Je vous dirai plus : une existence comme celle que je mène aujourd'hui n'est pas propice aux passions. Pour que la passion naisse, il faut prendre le temps de s'arrêter sur les êtres[52]. »

Dès lors que la liaison que vivent Françoise Sagan et son héros de roman sera connue, elle semblera concerner la France entière. La nouvelle tombe au mois d'août 1957. Guy Schoeller est venu passer quelques jours à Beauvallon avec sa « fiancée », puis il l'a quittée pour aller chasser le fauve au Kenya. Trop loin de la France pour savoir que l'annonce de leur mariage provoque un torrent de réactions. « Nous ne nous marierons pas tout de suite, mais cet hiver seulement, et certainement pas à Paris, car nous ne voulons pas d'une cérémonie tapageuse », déclare-t-elle. Cette petite phrase imprudemment lancée fait la une des journaux dès le lendemain. « Françoise Sagan va-t-elle se marier dans un mois, dans un an ? » lit-on ici et là. À son retour d'Afrique, Guy Schoeller a la surprise de constater qu'à présent il est M. Sagan. Cette déclaration – que certains prennent pour une stratégie car elle correspond à la sortie de *Dans un mois, dans un an* – fait grand bruit : « Si j'avais su que mon prochain mariage allait provoquer un drame de réactions en chaîne, je l'aurais annoncé avec plus de ménagements », dit la romancière. À Beauvallon, il pleut des télégrammes de félicitations et même une invitation au Japon émanant d'un admirateur qui souhaite recevoir le couple pour son voyage de noces. La sonnerie du téléphone ne cesse de retentir. Ce sont pour la plupart des journalistes français, américains, italiens et anglais qui cherchent à en savoir davantage. « Une très longue amitié me lie à Guy Schoeller, explique Françoise Sagan. Je l'estime, je le connais et je l'aime depuis longtemps. Il représente pour moi l'idéal qu'une femme peut se faire d'un homme. Il y a déjà de nombreux mois que nous parlions mariage. C'est maintenant décidé et je suis officiellement sa fiancée, quoiqu'il soit aujourd'hui à Nairobi et moi à Beauvallon. Mais qu'importe la distance si les cœurs se rapprochent[53]. » On lui pose les questions les plus intimes et les plus saugrenues : « Quelle robe allez-vous porter ? », « Avez-vous déjà reçu des cadeaux ? », « Désirez-vous des enfants ? », « Continuerez-vous d'écrire ? », « Lorsque vous serez grand-mère, vous occuperez-vous de l'éducation de vos petits-enfants ? », « Comment auriez-vous habillé Cécile, votre héroïne de *Bonjour tristesse*, le jour de son mariage ? », etc. La fiancée de M. Schoeller en a plus qu'assez, elle laisse sonner le téléphone.

En janvier, les rumeurs continuent de courir : Françoise Sagan et Guy Schoeller auraient choisi de s'unir à Cajarc, le village natal de la romancière où ses parents se sont naguère mariés. Aussitôt, ce bourg paisible qui ne compte pas plus de mille habitants est envahi de reporters. « Françoise Sagan n'est pas des nôtres, dit une vieille dame. Qu'est-ce qu'elle pourrait venir retrouver par ici ? » « C'était une gamine assez secrète, raconte une autre passante. Elle partait toute seule certains jours. Elle grimpait par la route du côté de la petite chapelle et elle restait des heures à regarder d'en haut la ville et la rivière. Mais nous l'avons perdue. Et elle nous a perdus. » On interroge aussi l'abbé Brau, le curé de Cajarc âgé de soixante-dix-sept ans, qui a autrefois baptisé Françoise Quoirez. Va-t-il sceller cette union ? « Malheur à ceux par qui le scandale arrive !

gronde-t-il. L'Église défend ses principes. Si Françoise Sagan entend s'y conformer, si elle vient faire acte de contrition, si, pour elle, le mariage religieux n'est pas seulement une formalité mondaine, alors nous pourrons reparler le même langage. On a prétendu qu'elle envisage de se marier ici. La nouvelle me semble fantaisiste. Françoise dépend d'une paroisse parisienne. C'est à Paris qu'elle devrait se marier [54]. »

Et la traque se poursuit. Lorsque Sagan part en Suisse avec son frère, le milieu genevois annonce qu'elle vient s'y marier. Il n'en est rien : « Mon mariage avec Guy Schoeller aura lieu dans un endroit inaccessible aux journalistes. Je peux simplement vous dire que ce sera entre le 15 et le 20 février [55] », annonce-t-elle à son retour. Dans cette agitation prénuptiale, l'hebdomadaire *Ici Paris* ouvre ses colonnes à quatre spécialistes chargés d'étudier respectivement les astres, l'écriture, l'œuvre et les visages. On y apprend entre autres que « Saturne arrive au sextile de Lune natale, ce qui indique pour Françoise Sagan une stabilisation plus grande, mais il ne semble pas qu'elle puisse connaître par le mariage une paix intérieure durable [56], etc. » Une nouvelle piste s'ouvre aux paparazzis : les fiancés ont prévu de passer le premier week-end du mois de mars à Saint-Tropez. Auraient-ils élu le Sud pour convoler en justes noces ? Jacques Chazot qui est du voyage serait-il leur témoin ? Photographes et journalistes ne les quittent pas des yeux. C'est ainsi qu'ils découvrent que le couple part simplement se louer une villa pour l'été, ce qu'ils font, entre deux baignades sur la plage Tahiti, un déjeuner à l'auberge des Maures, une promenade en bateau, le tour des antiquaires et une soirée au casino où Françoise Sagan s'est longuement intéressée au jeu de

poker. Mandaté par *Jours de France*, le photographe
Luc Fournol les suit jusque dans les maisons qu'ils visitent. Il est le premier à rapporter qu'ils ont choisi une
bâtisse avec vue panoramique sur Saint-Tropez.

Au retour de ce séjour très agité, Françoise Sagan
retrouve son frère avec lequel elle s'envole pour Milan.
Dès leur arrivée, ils louent une voiture pour rejoindre
Modène où se situent les usines Ferrari. Françoise
Sagan demande à voir leurs nouveautés et discute longuement avec le maître des lieux, Enzo Ferrari. Les
techniciens mettent à sa disposition deux bolides : une
Tête rouge sport et une *Grand Tourisme* qu'elle teste
aussitôt en les poussant sur le circuit jusqu'à 200 km/h.
Elle fait aussi un tour chez le coiffeur, ce qui semble
indiquer que le mariage est imminent. En vérité, Françoise Sagan est partie peser le pour et le contre de cet
engagement avant de prendre sa décision finale. Elle
peut choisir au dernier moment la date de son mariage
grâce à la dispense de publication des bans qu'elle a
obtenue. De retour sur le sol français, elle nargue les
journalistes venus l'attendre : « Je me marie la semaine
prochaine sans photographe, sans journaliste[57]. » Sagan
pense peut-être les dérouter en annonçant une date fantaisiste. Malgré toutes les précautions prises pour que
la cérémonie se déroule dans l'intimité, environ cinq
cents photographes, cameramen et journalistes forment une masse compacte et impatiente, dès le lendemain, 13 mars 1958, aux abords de la mairie du
XVIIe arrondissement. Ils savent que c'est aujourd'hui
à midi que Françoise Sagan va épouser Guy Schoeller.
Et en effet, sous une pluie fine et régulière, la voiture
de la mariée arrive. « C'est effarant ! » dit-elle, aveu-
glée par les flashes. Dans la hâte, elle répond à quelques

questions, précise qu'elle n'est pas superstitieuse, la preuve, elle se marie un « 13 ». « Mariage pluvieux, mariage heureux », lance-t-elle. Elle est vêtue d'un tailleur en lainage beige Pierre Cardin, dans le style de la collection printemps de cette année 1958 : une longue veste avec des poches à l'ourlet, un col bateau, une jupe très serrée et courte. Dessous, elle porte une blouse légère et décolletée du même beige. Tout aussi sobre, Guy Schoeller arbore un élégant costume bleu marine orné d'une cravate noire. Dans la foule, il peine à trouver sa fiancée et, dès qu'il l'aperçoit, il lui saisit la main pour l'entraîner par un escalier dérobé jusqu'à la salle des mariages décorée pour l'occasion de tentures de velours rouge, où les attendent leurs rares invités et leurs témoins : Jacques Quoirez pour Françoise Sagan et Gaston Gallimard pour Guy Schoeller. Curieusement, ni les parents des mariés ni leurs intimes ne sont de la noce. Il n'y aura pas d'alliances non plus, personne n'a songé à les apporter. Il faut avoir l'oreille fine pour entendre les « oui » des deux protagonistes… Un quart d'heure plus tard, Françoise Sagan et Guy Schoeller sont unis par les liens sacrés du mariage. Jean Loubet, l'adjoint au maire qui préside la cérémonie, félicite les époux d'un discours bref et soigneusement préparé : « Madame, j'espère qu'avec un certain sourire, pas pour un mois ni pour un an, mais pour toujours, vous direz "Adieu tristesse"[58]. »

Il faut de nouveau jouer des coudes pour quitter la mairie et rejoindre l'Alfa Romeo noire de Guy Schoeller tant les photographes s'acharnent à leur barrer le chemin. Enfin, ils parviennent à s'engouffrer dans la voiture qui file à présent en direction de Louveciennes, escortée des paparazzis motorisés. Là se trouve la

Vieille Grille, villa d'Hélène et Pierre Lazareff, où un déjeuner de noces est organisé. Les jeunes mariés s'arrêtent quelques instants devant le portail de la maison, histoire de satisfaire les photographes. Et la porte de la villa se referme enfin sur leur intimité. Outre les témoins, Sophie Litvak, Ithier de Roquemaurel, administrateur de la librairie Hachette, Francis Fabre, PDG des Chargeurs réunis, maître Albert Abdelsselam, membre de la délégation française aux Nations unies, l'avocat Jérôme Sauerwein, François et Jacques Gall sont conviés. Après le déjeuner qui s'achève vers 16 heures, Guy Schoeller retourne à son bureau, tandis que Françoise, aidée de son frère Jacques, passe l'après-midi à s'installer dans le duplex de huit pièces loué au numéro 35 de la rue de l'Université, un appartement précédemment occupé par Jeanne Moreau. Là, la romancière étourdie ouvre les nombreux télégrammes qui l'ont précédée et dispose les innombrables bouquets de fleurs dans l'appartement. Parmi les cadeaux, elle découvre une chaîne haute définition dotée de huit enceintes, une pour chaque pièce. C'est un présent de René Julliard. Le couple ne pense pas habiter ici longtemps. Françoise Sagan rêve d'occuper l'appartement de Colette au Palais-Royal. Pour l'heure, pas de voyage de noces en perspective, les époux attendent le mois de juin pour se retrouver seuls à l'Étoile, la villa tropézienne réservée avant le mariage.

Les jeunes mariés projettent d'avoir bientôt des enfants. « Si j'ai un fils, dit Guy Schoeller, je ne l'élèverai pas comme j'ai été élevé. Je lui donnerai une éducation différente de celle que j'ai reçue. Mais je ne me fais pas d'illusions. On peut changer l'éducation des enfants, ceux-ci ne sont jamais meilleurs ni pires. »

Ce à quoi Françoise Sagan répond : « Si j'ai une fille, je lui laisserai faire sa vie elle-même. Si une fille a envie de connaître l'amour, rien ne peut l'en empêcher. Ce qui peut la freiner, c'est la peur d'avoir des enfants. Je ne voudrais pour rien au monde que ma fille puisse avoir des terreurs paniques en attendant un enfant sans oser le dire. Je voudrais tout mettre en œuvre pour la préparer à être heureuse [59]. » Très éprise de son mari, Françoise Sagan fait un peu le vide autour d'elle, selon les souhaits de son époux qui s'en expliquera bien des années plus tard : « Sa mère et sa sœur étaient des personnes divines et son frère était très drôle. Mais ses amis étaient des gens futiles. Elle, ça ne la gênait pas, au contraire, ça l'amusait. Jacques Chazot était joyeux mais d'un ennui terrible et pas très intéressant [60]. » Malgré des concessions de part et d'autre, le couple va mal. M. Sagan se plaint souvent de devoir partir en voyage avec quatre valises et quelques membres du clan. Par ailleurs, ils ne vivent pas au même rythme. Elle passe ses nuits à l'Épi Club, à la Licorne ou Chez Régine, ne rentrant qu'au petit matin, à l'heure où Guy Schoeller se lève pour aller monter, sur les terres de Maisons-Laffitte, l'un de ses chevaux, Clapet de Laujac, cadeau de Françoise. Longtemps, celle-ci regrettera l'échec de ce mariage. « Il avait tous les prestiges, dira-t-elle plus tard, il était beau, intelligent. C'était un homme à femmes, il prenait des airs blasés. Bref, il me faisait marcher. J'ai galopé [61]. » Véronique Campion se souvient d'être allée voir Sagan au moment de la rupture : « Elle allait très mal, se souvient-elle. Elle était blessée, c'est comme si elle souffrait d'une maladie dont elle devait guérir. C'est à ce moment-là, je pense, qu'elle a commencé à sombrer et à essayer certains produits pour se changer les idées[62]. » Selon Juliette Gréco, autre témoin de la rupture, Françoise Sagan l'avait en quelque sorte bien cherchée : « Elle a souffert parce qu'elle l'aimait. Guy était un homme exquis, le plus séduisant des hommes. Il avait beaucoup d'humour mais enfin, ce n'était pas non plus Bécassine au bain de mer ! On ne se tordait pas de rire avec Guy Schoeller ! Et puis, on ne passe pas toutes ses nuits avec quelqu'un sous prétexte qu'on l'aime. Elle avait autre chose à faire ; aller s'amuser avec ses camarades, par exemple. On ne peut pas demander à une fille de vingt ans de passer toutes ses nuits dans le lit d'un homme qui en a le double. Ça, non ! je ne pense pas que ce soit faisable. Donc, Françoise se couchait à l'heure où il se levait ! Et puis, elle a toujours aimé fuguer ne serait-ce que pour aller boire des coups avec Blondin. Quand j'habitais rue de Verneuil, il m'arrivait très souvent de la trouver en train de bégayer avec Blondin, comme ça, en pleine nuit[63]. » Pas étonnant que l'éditeur soit agacé par l'attitude de cette enfant qui est sa femme. Et puis, ses manies de gamine brouillonne, qui, peut-être, l'avaient séduit au début, finissent par l'agacer. « Elle signe n'importe quel contrat les yeux fermés, constate-t-il. Elle se fait ainsi avoir dix fois par jour. Et, quand on lui fait réaliser une bonne affaire, elle se dépêche de dilapider les quelques millions qu'elle reçoit. Une voiture la "fatigue" au bout de trois mois comme un jouet qui n'amuse plus[64]… »

Dès juillet, soit cinq mois après leur mariage, des rumeurs persistantes de divorce circulent déjà. On dit que Sagan vit la nuit et lui le jour. On dit que c'est Guy Schoeller qui donne les ordres au personnel, quand il s'agit de composer les menus. Les époux démentent les informations qui commencent à paraître dans les journaux. Quelques mois plus tard, la romancière part pour Klosters, en Suisse, achever la rédaction de sa première pièce de théâtre, *Château en Suède*. À son retour, les deux histoires sont terminées : sa pièce et son mariage. « Un matin, nous nous sommes réveillés, il n'y a pas eu de discussion. C'était fini[65] », conclut Guy Schoeller. Son chagrin d'amour en bandoulière, Sagan abandonne la rue de l'Université pour un appartement au 52 rue de Bourgogne, pendant que son mari retrouve sa garçonnière qu'il a conservée tout ce temps. Ils se reverront avant que le divorce ne soit prononcé : « À Saint-Tropez où, venus chacun avec un autre partenaire, nous nous rencontrions, en cachette, dans des lieux discrets et prêtés par des amis dépassés, racontera la romancière. Les cours, les petites ruelles, les étreintes rapides, les boîtes de nuit ou les plages d'un jour nous servaient de cachettes. Nous étions encore mariés pourtant devant la loi et je trompais mon amant avec mon mari. Cela re semblait à une pièce d'Anouilh, mais amusante et plus cruelle qu'amusante. » Et de conclure : « Sur une terrasse à Gassin, appuyée contre Jean-Paul, qui me plaisait et qui plaisait, lui-même, beaucoup aux femmes, j'oubliai Guy peu à peu[66]. »

Françoise Sagan et Guy Schoeller demanderont d'un commun accord le divorce par l'intermédiaire de leurs avocats, Mes Croquez et Sauerwein, au motif suivant : le mariage ne semble pas fait pour eux. Le 12 février 1960, à 11 heures, ils se présentent devant M. Douillat, président du tribunal de la Seine, qui constate l'impossibilité de concilier les époux. Le divorce sera effectivement prononcé le 29 juin 1960, aux torts réciproques et sans qu'une quelconque pension alimentaire soit spécifiée.

L'ex-M. Sagan ironise : « Tout ce qui restera de moi après ma mort sera peut-être une ligne dans la biographie de Françoise Sagan[67]. » Guy Schoeller mourra le 25 octobre 2001, à l'âge de quatre-vingt-six ans, à l'Hôpital américain de Neuilly.

5

L'insoumise

À Équemauville, Françoise Sagan passe ses journées à paresser parce qu'il fait « trop beau, trop bon » pour travailler. La nouvelle propriétaire du manoir du Breuil conduit son tracteur le temps d'une photo et dispute des parties de belote ou de gin-rummy. C'est un repos bien mérité qu'elle s'offre là. Ne vient-elle pas de mettre le mot « fin » au bas du manuscrit de son quatrième roman, *Aimez-vous Brahms..*, rédigé en grande partie au printemps à Saint-Tropez ? Expert en matière de lancement, René Julliard préfère là encore n'en rien dévoiler avant sa sortie en librairie fixée au 1er septembre 1959. Il mise sur l'effet de surprise, c'est pourquoi pas un seul des cent cinquante mille exemplaires du premier tirage ne parvient aux journalistes avant le jour J.

Françoise Sagan a choisi pour thème la solitude. Paule, une décoratrice de trente-neuf ans, divorcée et vivant seule, est depuis six ans l'amante de Roger qui la traite comme une vieille maîtresse. Elle sait bien qu'il vit en parallèle une histoire sensuelle et sans suite avec une tête de linotte prénommée Maisy, mais elle n'a ni l'envie ni le courage de le quitter. L'idée de le

tromper ne l'effleure pas jusqu'au jour où elle rencontre Simon, un gamin de vingt-cinq ans. Le jeune
avocat stagiaire va l'aimer, l'entourer et lui faire découvrir Brahms… Ainsi parvient-il un temps à supplanter
Roger dans la vie amoureuse de Paule. Contre toute
attente, Roger remporte la partie. Simon s'éclipse et
Paule, au côté de son vieil amant, reprend son existence faite d'attentes interminables : « À huit heures, le
téléphone sonna. Avant même de décrocher, elle savait
ce qu'elle allait entendre : Je m'excuse, disait Roger,
j'ai un dîner d'affaires, je viendrai plus tard, est-ce… »

« Ce drame cornélien de la solitude ne m'a pas
autrement étonné, note Matthieu Galey dans le magazine *Arts*[1]. Sagan revient à ses premières amours, mais
avec une gravité nouvelle. C'est sans conteste de tous
ses romans le plus riche, le plus mûri, le plus profond.
(…) Aucun sacrifice au brillant, à l'effet. » Émile Henriot, dans *Le Monde*[2], précise qu'une première édition
du livre comportait un point d'interrogation dans le
titre qui a été remplacé par deux points de suspension.
Cette rectification de dernière heure n'est pas à son
goût : « Par respect de la ponctuation puérile et honnête, nous nous en tiendrons à la première inspiration
de la romancière et de son éditeur. » L'article s'intitule
donc « Aimez-vous Brahms ? ». « Techniquement et
littérairement, je le trouve supérieur aux autres, écrit-
il, mais il ne révélera rien de plus qu'on n'ait apprécié
déjà dans les premiers : c'est-à-dire qu'il étonnera
moins. » Le 29 octobre, la foule se presse aux portes de
la librairie Julliard, située boulevard Saint-Germain,
où l'auteur se prête au jeu des dédicaces, tandis que
des saganophiles par dizaines présentent leurs exemplaires d'*Aimez-vous Brahms..* en échange d'un petit

mot. Louys Gros, journaliste à *Combat*, tend un micro à la jeune femme blonde vêtue ce jour-là d'un tailleur de satin noir. Malgré l'agitation qui règne ici, la romancière prend le temps d'expliquer le fondement de son œuvre. « Les recherches formelles ne m'intéressent pas du tout, dit-elle. J'écris, j'essaye de trouver un accent, un timbre de voix qui me soit propre, ce qui fait que je me situe plutôt du côté des "Hussards", Nimier, Blondin, Laurent, Frank que du "Nouveau Roman" de Robbe-Grillet, Butor, Sarraute[3]. »

Il se vend 265 000 exemplaires de ce quatrième roman. Ils s'additionnent aux 3 000 000 d'ouvrages signés Sagan alors vendus en France et à l'étranger. On multiplie les hypothèses quant au montant global de ses droits d'auteur. Ces sommes énormes ne cessent d'attiser les curiosités. Comme ce fut le cas de *Bonjour tristesse* et d'*Un certain sourire*, *Aimez-vous Brahms..* va être porté à l'écran. C'est Anatole Litvak, cinéaste né à Kiev au début du siècle, auteur du *Traître*, de *La Ville conquise*, de *La Nuit des généraux* qui mettra en scène les histoires d'amours contrariées de Paule, Roger et Simon, rebaptisé Philipp pour l'occasion. Durant l'été 60, les fenêtres du manoir du Breuil sont grandes ouvertes, signe que son illustre occupante est présente et qu'une foule d'amis piétine sa pelouse. À présent, c'est dans ce bourg proche du port d'Honfleur qu'elle vient le plus souvent en villégiature. À cette époque remonte sa désertion des plages de Saint-Tropez trop fréquentées.

Cet été-là à Équemauville, Françoise Sagan reçoit Anatole Litvak et le comédien Anthony Perkins pour le plaisir, pour affaires aussi. Avec son sens inné de l'hospitalité, l'hôtesse est fière de faire visiter sa région qu'elle sillonne à grande vitesse dans l'un de ses bolides. Une fois le tour du propriétaire bouclé, ses nouveaux amis et elle se retirent pour une longue séance de travail : ils vont comparer le roman de Sagan et le scénario qu'en a tiré Samuel Taylor. Le temps presse puisque les studios de Boulogne-Billancourt sont d'ores et déjà réservés à partir du 15 septembre. Pour le premier tour de manivelle, l'équipe est au complet. Sous le titre *Goodbye Again*, l'adaptation au cinéma d'*Aimez-vous Brahms..* bénéficie d'une très belle distribution : Ingrid Bergman (Paule), Yves Montand (Roger Desmarest) et Anthony Perkins (Simon). À peine arrivé dans la capitale, ce dernier se met en quête des lieux où il fait bon vivre. Il apprend le twist avec Régine et explore la rive gauche. « Je passe toutes mes soirées à Saint-Germain-des-Prés, cléronne-t-il. Je connais le quartier par cœur et le plus réjouissant, c'est qu'on ne me reconnaît pas. » Yves Montand, l'acteur le plus prisé du moment, est ravi de participer à l'aventure, quant à Ingrid Bergman, elle est émue de retrouver le metteur en scène d'*Anastasia*, film avec lequel elle a reconquis l'Amérique. *Goodbye Again* sera très proche d'*Aimez-vous Brahms..* Trop, peut-être. Pour les besoins d'une scène devenue légendaire, Anatole Litvak a ordonné la reconstitution de l'Épi Club dans les studios de Boulogne-Billancourt. Souhaitant ajouter au réalisme de la séquence, il a eu l'idée d'envoyer deux cents invitations aux piliers des nuits parisiennes. Ainsi, les figurants ne sont autres que les habitués de l'Épi Club : Françoise Sagan elle-même, jouant son propre rôle aux côtés de Sacha Distel, Marcel Achard, tandis que Jean-Pierre Cassel danse avec Sophie Litvak – mannequin chez Jacques Fath, femme du réalisateur et grande amie de Françoise Sagan. Au bar, Irwin Shaw et Maurice Druon sirotent un (vrai) whisky. Pendant ce temps, la star américaine Yul Brynner, qui a fait une entrée très remarquée à Boulogne-Billancourt avec sa Rolls, s'adonne à sa passion, la photographie, immortalisant les vrais-faux acteurs pour son seul plaisir.

Pour Françoise Sagan, ce film est une réussite. C'est la première fois qu'elle soutient une adaptation sur grand écran de l'un de ses livres. Dans une lettre ouverte au metteur en scène, elle lui renouvelle son amitié et le félicite : « J'ai complètement oublié pendant deux heures que j'avais écrit cette histoire, que ces prénoms m'étaient familiers […]. Paule, Simon, Roger ont pris grâce à toi un visage, des gestes, un poids que je ne saurais plus moi-même distinguer de mes héros imaginaires[4]. »

Aimez-vous Brahms.. est présenté le 17 mai 1961 au Festival de Cannes ; sa sortie publique est prévue pour le mois d'octobre. « Mais où sont Brahms et Sagan ? » questionne Pierre Laroche de la revue *Noir et Blanc*[5]. « Quand l'art de la narratrice s'évapore dans un film pour ne laisser survivre que l'anecdote, autant dire qu'il ne reste rien », écrit-il. « *Aimez-vous Brahms..* fera courir les foules, pressent le critique du *Monde*. Anatole Litvak a transformé le roman doux-amer de Françoise Sagan en une comédie sentimentale du plus pur type hollywoodien. De l'univers "saganesque" qu'on aime ou qu'on n'aime pas, mais enfin qui existe, il ne reste pratiquement rien[6]. » Michel Duran, du *Canard enchaîné*, est plus incisif : « Françoise Sagan abat son petit best-seller par an, en pensant à l'adaptation pour l'écran qu'un "cher Tola" en tirera. On dit qu'elle n'a pas de chance avec le cinéma.

Je pense que si. Elle vend très cher ses droits cinématographiques et n'a jamais demandé au cinéma autre
chose. Quant au sujet du film ou du roman, ces histoires d'hommes infidèles, de femmes qui se consolent
avec un jeune garçon et retournent à leur bourreau des
cœurs, ça me casse plutôt les pieds mais ça plaira éternellement au côté Margot qui sommeille au cœur des
cochons de payants [7] ». En somme, les professionnels
sortent de la projection en songeant que le film est
habile mais pas autant que son réalisateur qui a mis
toutes les chances de son côté en adaptant le best-seller d'un auteur mondialement connu et en choisissant
les acteurs les plus populaires du moment. Le titre de
France-Soir résume parfaitement la situation : « *Aimez-
vous Brahms..*, la rencontre réussie de cinq talents. »
Le film remportera un grand succès commercial. En
outre, la bande originale sera sur toutes les lèvres.
L'une des chansons du film, *Quand tu dors près de
moi*, avec des paroles de Françoise Sagan sur une
musique de Georges Auric, est un tube. Yves Montand
en a enregistré une version admirable, pleine de charme
et de nonchalance. Par ailleurs, la diva égyptienne
Dalida l'a intégrée à son dernier disque sorti chez Bar-
clay, dans lequel elle chante aussi *Parlez-moi d'amour,
Reste encore avec moi* et *Nuits d'Espagne*. La bande
originale du film comporte, elle, quatre morceaux :
Love Is Just a Word interprété par Diana Carroll et *No
Love* sur un boléro ; les musiques de *Goodbye Again* et
Quand tu dors près de moi sont empruntées au troisième mouvement de la troisième symphonie en fa
majeur de Brahms dans une orchestration jazzy.

Au début des années 60, Françoise Sagan s'offre une nouvelle carrière qui débute brillamment, comme ce fut le cas en littérature six ans plus tôt. Dans le monde du théâtre, elle éprouvera des émotions fortes ; des victoires et des échecs, des peurs paniques et des fous rires. Surtout, elle s'émerveillera en découvrant « la magie de ses coulisses, le temps des répétitions, tout le jeu qu'il suppose, le grand sérieux des acteurs qui vous interrogent, la façon qu'ils ont de trouver une autre vérité que celle à laquelle on a songé en écrivant[8]… ». L'histoire a commencé par hasard au moulin de Coudray, quelques jours après que Françoise Sagan a achevé son troisième roman, *Dans un mois, dans un an*, et juste avant l'accident de voiture qui a failli lui coûter la vie. La romancière vedette, journaliste occasionnelle, auteur de chansons et de l'argument d'un ballet, ajoute une corde à son arc en rédigeant le premier acte d'une pièce de théâtre. Elle avoue mal connaître cet art du spectacle auquel elle n'a pas souvent été confrontée, sinon dans son enfance lorsqu'elle allait avec ses parents applaudir Edwige Feuillère dans *La Dame aux camélias*. « J'ai pleuré toutes les larmes de mon corps », se souvient-elle. Un peu plus tard, à Saint-Germain-des-Prés, elle avait assisté à la reprise des *Mouches* de Jean-Paul Sartre au théâtre du Vieux Colombier. « J'ai surtout découvert la littérature dramatique dans les livres, explique-t-elle. Parce que je n'avais pas souvent l'occasion de sortir et qu'au fond, je ne suis guère attirée par le spectacle[9]. » Par curiosité, elle a en effet lu et apprécié quelques pièces de Pirandello et d'Anouilh. Sa culture en ce

domaine est donc assez peu étendue au moment où elle
s'apprête à tenter l'aventure.

Cette ébauche de pièce écrite à Milly-la-Forêt est
longtemps restée dans ses tiroirs jusqu'au jour où
Jacques Brenner, directeur de la revue *Les Cahiers de
saisons*, distribuée par Julliard, demande à Françoise
Sagan un texte inédit. En retournant son bureau, elle
tombe sur ce premier acte et le confie à Brenner qui le
publie dans le numéro de septembre 1959 sous le titre
Château en Suède. André Barsacq, metteur en scène et
directeur du théâtre de l'Atelier, lecteur assidu des
Cahiers de saisons, est immédiatement séduit par ces
premiers dialogues. Il prend contact avec l'auteur et
l'encourage à poursuivre son travail simplement en
s'appliquant à trouver un début, un milieu et une fin.
« André Barsacq l'a lue, confie Françoise Sagan. Il
m'a dit qu'il avait aimé le ton. Il m'a demandé de la
refaire. Elle n'était pas assez longue, il lui manquait
une colonne vertébrale. Les intentions n'étaient pas
assez claires. L'humour ne passait pas la rampe…
Pour le théâtre, il faut faire des nœuds et ensuite les
dénouer [10]. » Docile, la romancière se laisse guider par
lui. Et elle choisit un nouveau décor, la montagne
suisse, pour revoir et corriger son manuscrit. Comme
ses héros, elle est bloquée par la neige dans un endroit
qu'elle trouve lugubre. À distance, André Barsacq suit
la progression de la pièce et, en trois semaines, pas
davantage, l'écriture de *Château en Suède* est achevée.
Elle comporte à présent soixante feuillets supplémentaires et se découpe en trois actes. Le décor est inhabituel mais les personnages, le thème et l'intrigue le sont
moins. « Forcément, réplique Françoise Sagan. On traîne
toujours un peu les mêmes idées avec soi, quoi qu'on

fasse. Ici, il sera question de la solitude, de l'absence de tendresse chez les gens en général. Ce n'est pas une pièce triste, remarquez. Ce serait plutôt une farce comportant des situations assez dramatiques[11]. »

Les personnages, curieusement vêtus en costumes Louis XV, sont contraints au huis clos, une neige abondante les empêchant de quitter leur château pendant les quatre longs mois d'hiver. Hugo Falsen (Philippe Noiret) partage sa demeure avec sa sœur Agathe (Marcelle Arnold), sa femme Éléonore (Françoise Brion), son beau-frère Sébastien (Claude Rich, qui a remplacé Roger Pellerin au dernier moment), le vieux serviteur prénommé Gunther et Frédéric (Jean-Pierre Andréani), un cousin éloigné d'Hugo et d'Agathe, manipulé avant que de devenir lui-même manipulateur. Dans l'immense demeure loge également sa première femme, Ophélie (Annie Noël, très vite remplacée par Élisabeth Alain), qu'il a jadis fait passer pour morte afin d'épouser la seconde.

Les décors sont montés, les comédiens engagés ; les répétitions peuvent débuter sur les planches du théâtre de l'Atelier le 12 janvier 1960, le jour même où les journaux annoncent la séparation officielle des époux Schoeller. Quelques clichés en noir et blanc montrent la romancière et son mari à la fin de leur idylle, se regardant à peine, se tenant à distance l'un de l'autre. Sagan supporte-t-elle mal cette rupture ? Se console-t-elle auprès des comédiens qu'elle voit progresser avec bonheur de jour en jour ? Elle tient à assister à toutes les répétitions. C'est à peine si elle s'accorde une semaine de vacances avant que le rideau ne se lève pour la générale. Du fond de la salle, les acteurs l'entendent de temps à autre oser un commentaire de sa

voix fluette. « C'est très instructif et amusant », dit-elle
à Claude Sarraute venue dans son appartement de la
rue de Bourgogne recueillir ses impressions pour *Le
Monde*. « Au début j'étais assez étonnée d'entendre
des gens dire un texte que j'avais écrit sans penser à
personne en particulier. Maintenant je trouve cela plutôt agréable [12]. »

Au programme du théâtre de l'Atelier, *Château en
Suède* remplace *L'Étouffe-Chrétien* de Félicien Marceau – que Barsacq n'est pas parvenu à monter – et
succède à *L'Œuf*. La pièce est créée le 9 mars 1960.
Plusieurs soirées inaugurales sont prévues : la première pour les fonctionnaires de l'Éducation nationale,
un public que l'on dit très exigeant, puis ce sera au tour
des critiques de juger le travail accompli. Enfin, la dernière représentation privée est réservée aux amis, aux
mondains, au Tout-Paris en somme. Françoise Sagan
est tendue, inquiète. Elle découvre le trac. Avant le
lever de rideau, elle prend un dernier verre au café
d'en face où un poste de télévision est allumé. Sobrement vêtue d'un tricot noir et d'une jupe grise, elle
garde les yeux rivés sur le petit écran en se mor-
dillant les doigts. On diffuse justement l'émission
Cinq Colonnes à la une, consacrée à *Château en
Suède*, qui comporte une interview d'elle et quelques
images tournées pendant les répétitions. Durant les
premières représentations, elle préfère rester seule,
recluse dans une loge d'avant-scène. Elle fait les cent
pas, fume des quarts de cigarette tout en tendant l'oreille
afin d'écouter les réactions du public. Qu'elle se rassure, elles sont excellentes. André Barsacq respire
enfin : « Je suis très fier, j'ai découvert un auteur dramatique réel sous l'étiquette de la romancière [13]. »

Roger Frey, ministre délégué auprès du Premier ministre, sort enchanté de l'obscurité : « Je m'attendais à être déçu, mais je suis très agréablement surpris. » Le prince Alÿ Khan avoue : « Je me suis amusé comme un fou. » Madeleine Renaud s'extasie : « Je n'ai jamais douté du talent d'auteur dramatique de Françoise. Elle a réussi à créer dans cette pièce la même atmosphère que dans ses romans. » Jean Anouilh lui-même est stupéfait : « Je n'ai jamais vu un public de première se dégeler aussi bien. » Les amis de Sagan, Jacques Chazot et Sophie Litvak entre autres, se glissent dans les coulisses pour l'embrasser, la féliciter et lui dire que c'est gagné.

Les critiques, qui attendaient Sagan au tournant, sont unanimes. Le très puissant Jean-Jacques Gautier salue la performance de l'auteur qui, selon lui, « a eu l'idée d'un conte cruel traité dans le style humoristique » et des comédiens : « Je veux citer Annie Noël, pleine d'esprit. M. Philippe Noiret qui est bien, de tous les acteurs d'après-guerre, l'héritier le plus authentique de Pierre Renoir. Il a sa force, sa densité, son inquiétante présence. Enfin Claude Rich, absolument sensationnel, se révèle ici comme un comédien d'une grande richesse, d'une diversité, d'une acuité, d'un tranchant, d'une netteté admirables [14]. » Bertrand Poirot-Delpech est aussi très enthousiaste : « Pas plus qu'elle n'a tâtonné pour s'exprimer dans le roman, Françoise Sagan n'aura eu à chercher sa maîtrise du théâtre [15]. » Quant à François Mauriac, qui n'a pu assister aux premiers pas de son charmant petit monstre au théâtre, il tient tout de même à l'accompagner moralement en lisant les dialogues. Ses réflexions sur *Château en Suède* sont consignées dans son *Nouveau*

Bloc-Notes à la page du 13 mars : « Elle sait que je l'aime bien et que je lui ai toujours trouvé beaucoup plus de talent que ne lui accordait le Landerneau des lettres. Il éclate aujourd'hui dans ce *Château en Suède*, que la grippe m'a empêché d'aller voir, mais dont j'achève, à la fois ravi et consterné, la lecture. (…) La moindre réplique de sa pièce témoigne de cette maîtrise invisible, de cette aisance légère et faussement négligée qui est au théâtre le comble de l'art le plus rusé[16]. » La critique dans son ensemble est étonnée de découvrir une Sagan plutôt conventionnelle. « C'est délibéré, chez moi, le théâtre classique, rétorque-t-elle. J'aime ce côté démodé. D'ailleurs, le théâtre est forcément démodé. À part les maisons de la culture où l'on inflige à des malheureux, claqués, qui viennent de travailler, du Brecht ou du Pirandello, ce que je trouve d'un snobisme effroyable, alors qu'on devrait leur donner du Feydeau pour les distraire[17]. » Pour un coup d'essai, *Château en Suède* est un coup de maître. Le 21 juin, l'Association des directeurs de scène et des régisseurs décerne le prix du Brigadier à Françoise Sagan et à l'unanimité.

La pièce aura longue vie. Un mois après sa création, l'on apprend qu'elle va être présentée à Broadway. Excepté Marcel Achard, Jean Anouilh, Félicien Marceau et André Roussin, peu d'auteurs de théâtre français ont eu à affronter le public américain. Le producteur Roger L. Stevens a demandé le manuscrit afin de l'étudier. En novembre 1960, Françoise Sagan se rendra aux États-Unis pour assister aux répétitions. Dès le mois de mai 1963, soit trois ans après sa création, *Château en Suède* est repris à l'Atelier. Cette année-là, André Barsacq a cumulé les échecs avec *Le Satyre de la*

Villette, *Frank V*, etc., et il compte sur la pièce de Sagan pour sauver sa saison. *Château en Suède* est donc de nouveau à l'affiche mais avec une autre troupe : Jacques François (qui remplace Claude Rich), Dominique Rozan, Francine Bergé, Élisabeth Alain et Marcelle Arnold. Sa carrière se poursuit encore quatre ans après sa création, cette fois au cinéma, avec une adaptation, sans saveur, de Roger Vadim. À l'affiche : Monica Vitti, Jean-Claude Brialy, Curd Jürgens, Suzanne Flon, Jean-Louis Trintignant et Françoise Hardy. Si les images sont soignées, la caméra, trop lente, fait perdre à l'intrigue et aux dialogues leur rythme, leur charme et leur humour. On ne retiendra de cette médiocre production que la prestation de Françoise Hardy. La chanteuse yéyé fait là des débuts prometteurs au cinéma. Mais elle ne tiendra pas à poursuivre dans cette voie. Enfin, trente-sept ans après sa création, devenu un classique, *Château en Suède* sera présenté au Festival d'Anjou en janvier 1997 et au théâtre Saint-Georges à Paris un an plus tard, dans une mise en scène d'Annick Blancheteau, avec, notamment, Nicolas Vaude dans le rôle de Sébastien, dont la prestation sera couronnée par un Molière de la révélation théâtrale masculine de l'année.

L'année 1960 réserve bien des surprises. Non seulement Françoise Sagan triomphe au théâtre avec une pièce classique, mais elle s'engage dans ce que l'on peut appeler un combat de femme. Elle qui était jusque-là précédée d'une réputation d'esprit futile force à présent le respect. Gisèle Halimi est l'avocate d'une Algérienne de vingt-deux ans nommée Djamila Boupacha, condamnée à mort. Elle a été arrêtée à Alger le 10 février et incarcérée après être passée à El Biar, un centre de tri. On l'accuse d'être à l'origine de plusieurs attentats. Attentats qu'elle a fini par avouer sous la torture ; elle a été empalée sur une bouteille et a subi de nombreuses électrodes. Me Gisèle Halimi se bat pour obtenir que sa cliente dépose une plainte et demande une enquête. Elle parvient aussi à reporter le procès. De retour à Paris au mois de mai, l'avocate prend contact avec Simone de Beauvoir, lui propose de rédiger un article pour *Le Monde* sur cette affaire, ce que la philosophe accepte sans hésiter. L'avocate espère que Françoise Sagan s'engagera aussi à ses côtés. Elle demande son appui à Philippe Grumbach, rédacteur en chef de *L'Express*, qui explique à son tour à l'auteur de *Bonjour tristesse* les tenants et les aboutissants de ce procès. Scandalisée, Sagan s'installe aussitôt devant sa machine à écrire et rédige un article intitulé « La jeune fille et la grandeur », dans lequel elle commence par rappeler les faits. Elle conclut : « Voilà l'histoire. J'y crois. Malgré tous mes efforts, j'ai été obligée d'y croire. J'en parle parce que j'ai honte. Et que je ne comprends pas qu'un homme intelligent, qui a le sens de la grandeur et le pouvoir, n'ait encore rien fait. Qu'on ne me dise pas qu'il a d'autres chats à fouetter. Le petit capitaine, qui piétina Djamila, répondit à la protestation de son père : "De Gaulle a interdit la torture", par : "De Gaulle n'a rien à faire ici" (je suis polie). Allons, du moins, on ne torture pas en son nom[18]. »

Djamila Boupacha sera épargnée grâce aux actions de Gisèle Halimi, de Simone de Beauvoir et de Françoise Sagan. La jeune Algérienne torturée deviendra le sujet d'un dessin de Pablo Picasso et d'une toile de Roberto Matta intitulée *Le Supplice de Djamila*.

Françoise Sagan a montré qu'elle se sentait concernée par les grandes causes, c'est sans doute ce qui donne l'idée à Philippe Grumbach de *L'Express* de lui confier un nouveau reportage, à Cuba cette fois. En juillet 1959, avant de se rendre à Équemauville, la romancière fait le voyage en qualité de journaliste avec son frère Jacques Quoirez, lequel vient de perdre sa femme, âgée de vingt-sept ans, épilogue tragique d'une longue dépression. Le couple a un enfant, une fillette âgée d'un an. À Cuba, Jacques Quoirez est en charge du reportage photo.

Les Cubains se réjouissent de recevoir la célèbre romancière française. À sa descente d'avion, le samedi 24 juillet, elle est accueillie comme un chef d'État par une musique militaire : *La Marche révolutionnaire du mouvement du 26 juillet*. Le frère et la sœur s'engouffrent dans une Cadillac en direction de l'hôtel, le Riviera, un palace en ruine au cœur de La Havane. Françoise Sagan – comme une cinquantaine de confrères chinois, allemands, anglais, américains, etc., également conviés – vient assister aux cérémonies pour l'anniversaire de la fondation du «mouvement du 26 juillet» par Fidel Castro. Sept ans plus tôt, ce dernier a pris le commandement d'une armée de quatre-vingts hommes et a attaqué la caserne de Santiago. Aujourd'hui, il invite le peuple cubain à célébrer l'événement dans son ancien maquis de la Sierra Maestra, à 1 000 kilomètres de la capitale. Les journalistes, dont

Françoise Sagan et son frère, s'acheminent vers la Sierra dans un train de cannes à sucre qui progresse lentement, à 10 kilomètres à l'heure. Ils arrivent à destination à 5 heures de l'après-midi, épuisés, assoiffés et affamés. Certains se sont même évanouis sous le soleil qui frappe à travers les barreaux du train. Là, ils assistent à une cérémonie. La foule scande : «*Cuba si ; Yankee no !*» Enfin, Fidel Castro apparaît. «Il est grand, fort, souriant, fatigué, observe Françoise Sagan. Grâce au téléobjectif d'un aimable photographe, je pus le dévisager un moment. Il semble très bon et très las. La foule hurlait son nom : "Fidel !" Il la regardait avec un mélange d'inquiétude et de tendresse[19].» Sur place, elle s'intéresse plus au sort du peuple cubain qu'à son chef et, de retour en France, elle livre un long papier, «Cuba, ce n'est pas si simple», publié en deux épisodes dans les numéros du 4 et du 12 août 1960 de *L'Express*. «Il semblerait que tout aille bien à Cuba, estime-t-elle. Seulement, il y a quelques "mais". Castro avait promis de se présenter aux élections un an après sa prise de pouvoir et il ne l'a pas fait. Les représentants des syndicats ont été remplacés par des hommes de Castro ; les journaux ont été saisis, il n'y a plus de presse libre et les résultats sont comme toujours consternants[20].» Sur place, Françoise Sagan n'a pas eu l'occasion d'être présentée au Premier ministre cubain qui, après un discours de trois heures, est aussitôt reparti à bord d'un hélicoptère. Il semblait fatigué et à bout de nerfs. «Moi aussi je suis exténuée, soupire la romancière. Dans les huit derniers jours j'ai passé 110 heures de voyages – train, voiture et avion. Maintenant, je vais aller me reposer un mois en Normandie[21].»

Au début des années 60, comme la majorité des Français, Sagan est préoccupée par le destin de l'Algérie. Depuis le 16 septembre 1959 et après six ans de troubles, la situation a évolué. À la télévision, le général de Gaulle a fait savoir au pays qu'il paraissait « nécessaire que le recours à l'autodétermination soit aujourd'hui proclamé » pour permettre « aux hommes et aux femmes d'Algérie de décider de leur sort ». Selon le président de la République, trois possibilités sont envisageables : une « sécession », une « francisation », une « indépendance association ». Les Français d'Algérie sont stupéfaits et indignés. En mars 1960, de Gaulle effectue une tournée en Algérie où il déclare que la France restera en Algérie. Mais les négociations avec le FLN avortent à Melun : la France exige le cessez-le-feu et le FLN réclame son droit de regard sur l'autodétermination. En outre, le réseau Jeanson d'aide au FLN est démantelé. Dès le mois d'avril, ces réseaux ont permis la publication et la diffusion d'ouvrages contre la guerre : *Le Déserteur* de René Maurienne ou *Le Refus* de Maurice Maschino. Le FLN oriente ses démarches vers les milieux intellectuels, persuadé qu'ils donneront un écho à ses convictions. Sous cette impulsion, un groupe d'intellectuels se mobilise en rédigeant et signant la « Déclaration sur le droit à l'insoumission dans la guerre d'Algérie ». Elle paraît d'abord à l'étranger dans *Tempo presente*, puis dans *Neue Rundschau* et enfin en France dans le numéro 4 de la revue *Vérité-Liberté* de septembre-octobre qui sera immédiatement saisie et son gérant inculpé de

provocation de militaires à la désobéissance. La revue
Les Temps modernes d'octobre, de son côté, contient
deux pages blanches initialement réservées à la publication de la déclaration, mais l'imprimeur a refusé de
l'éditer. Ce texte antimilitariste, mieux connu sous le
titre du « Manifeste des 121 » voit s'engager Jean-Paul
Sartre, André Breton, Alain Robbe-Grillet et Maurice
Blanchot, l'auteur du texte définitif. Ils seront bientôt
suivis de deux cents signataires qui entrent dans le col-
limateur du gouvernement de Michel Debré. Florence
Malraux provoque la colère de son père en apposant
son nom au bas du manifeste. André Malraux, qui est
alors l'un des ministres de De Gaulle, reçoit les viru-
lents reproches du Premier ministre.

Les signataires sont inquiétés, poursuivis. Malgré
les menaces qui pèsent sur eux, le 22 septembre 1960,
de nouveaux noms viennent grossir la liste : les dessi-
nateurs Siné et Tim, les cinéastes Jacques Doniol-Val-
croze, Pierre Kast et François Truffaut, et les écrivains
Françoise d'Eaubonne, Bernard Frank et Françoise
Sagan. C'est Maurice Nadeau, journaliste à *L'Express*
et directeur de collection aux éditions Julliard, qui a
chargé sa collaboratrice, Monique Mayaud, d'obtenir
la signature de Françoise Sagan. « Je suis allée la voir
à Équemauville, se souvient-elle. Il était environ
1 heure de l'après-midi quand j'ai fait mon entrée au
manoir. Dans le petit salon, on a bu du champagne
dans des gobelets d'argent. Un âne se promenait
autour de la table. Françoise a accepté tout de suite de
signer le manifeste malgré René Julliard qui lui avait

conseillé de ne pas s'en mêler[22].» À cette époque, la
France est divisée en deux camps : la droite est pour
l'Algérie française, la gauche est contre. En signant le
«manifeste des 121», Françoise Sagan se place dans
le second clan «intuitivement et sentimentalement»,
d'après son amie Florence Malraux. Et cette position,
en parfait désaccord avec sa famille, elle la conservera
toute sa vie durant. «J'ai signé lundi soir à la suite de
l'inculpation de certaines personnalités qui avaient
apposé leur nom à la déclaration[23]», explique Sagan
sur le moment. «J'ai signé parce que j'étais révoltée,
je trouvais infâme ce qui se passait. J'ai vu, en sortant
du théâtre du Gymnase, assassiner des Arabes boulevard Bonne-Nouvelle, le jour de la manifestation d'octobre. Mais je ne crois pas qu'une femme, quelle
qu'elle soit, puisse avoir un grand poids en politique.
Ça n'est pas entré dans les mœurs, nous sommes trop
latins[24]», dira-t-elle quelques années plus tard. À Honfleur, où elle fait ses courses, sur son passage des
femmes la traitent de «salope» et de «traîtresse».

Le 28 septembre, on sait que treize des cent quarante-deux signataires ont déjà été inculpés d'incita-
tion de militaires à la désertion et à l'insoumission.
Françoise Sagan et Bernard Frank n'échappent pas à la
police. Dans l'après-midi du 27, deux inspecteurs en
poste à Caen leur rendent visite au manoir du Breuil. À
ce moment-là, Bernard Frank est en train de perdre sa
chemise au casino de Deauville où on vient l'avertir
qu'il est attendu d'urgence à Équemauville. Dans le
taxi qui parcourt la route d'Honfleur, il se pose mille
questions et conclut à un décès ou à une descente
de police. Sa deuxième hypothèse est la bonne. Dans
l'un de ses ouvrages, *Un siècle débordé*[25], l'écri-

vain raconte cette visite en forme d'interrogatoire. Il trouve Françoise Sagan devant le seuil de la porte. «"Ne dis pas…", et là, malheureusement, je n'entendis pas bien ce que je ne devais pas dire, ce qui eut l'effet de me persuader que j'allais ajouter une gaffe de plus à celles, trop nombreuses, que j'étais sûr de commettre. » Dans le salon, l'hôtesse et les deux intrus en uniforme sirotent des boissons pétillantes. Au bout de quelques heures d'interrogatoire, ils signent une déposition visant à confirmer leur accord avec l'esprit du manifeste. Et les gardiens de l'ordre lèvent le camp. «Les policiers envolés, Françoise s'écroula dans un fauteuil en se servant un whisky bien tassé tout en poussant des gémissements de comédie : "Mais tu es fou, fou à lier, tu oublies qu'à tous les étages de cette maison, dans toutes les chambres, il y a la collection complète des journaux du FLN, qu'évidemment tu n'as jamais lue. Songe aux lettres qui traînent, à tous ces manifestes, aux carnets plein d'adresses"», poursuit-il.

À un journaliste allemand du *Spiegel*, moins d'un mois plus tard, Françoise Sagan donne son opinion sur la question algérienne. Selon elle, un soldat a le droit de déserter s'il a horreur de la guerre et la force de supporter qu'on le traite de lâche et de déserteur. «Je n'encourage pas les jeunes à se mettre au service de l'ennemi car jamais je ne fournirai la moindre aide matérielle dans la guerre à qui que ce soit, dit-elle. Comment ces petits colons qui résident en Algérie depuis des années, qui ont travaillé leurs terres, qui ont vu leurs femmes, leurs frères, leurs amis assassinés ou torturés par les Algériens, pourraient supporter qu'on dise en France que les autres ont raison ? Je comprends leur point de vue, il est absolument humain. On ne peut rien y changer, mais toute discussion entre eux et nous est impossible[26]. » L'engagement de Françoise Sagan dans ce combat est total. Pendant cette période troublée, elle a hébergé des Algériens en fuite et en a conduit certains à la frontière. En outre, elle a clandestinement rencontré Francis Jeanson, recherché par la police française pour atteinte à la sûreté de l'État. Ancien rédacteur en chef de la revue *Les Temps modernes*, celui-ci est responsable du comité directeur du bureau français du FLN. Au sortir de son entrevue avec Françoise Sagan, il dit : « Avec Françoise, je me suis senti en famille. Elle était entièrement acquise aux idées que je défendais. J'avais été un des tout premiers à dire mon admiration devant son talent d'écrivain, ce qui suscitait de vives discussions aux *Temps modernes*. Roger Vailland fut également une des rares personnalités de gauche à prendre parti pour elle[27]. »

Pour toutes ces déclarations, le 23 août 1961, l'appartement du boulevard Malesherbes où vivent les parents de Sagan est plastiqué par l'OAS. Pierre Quoirez a franchi le seuil de la maison moins de trente minutes avant la déflagration. Vers 1 heure du matin, la charge de plastic disposée contre la porte de bois de l'immeuble saute en arrachant la serrure. Les vitres de la maison sont soufflées, ainsi que celles de l'immeuble voisin.

Vingt-huit ans après le « manifeste des 121 », en octobre 1988, les signataires referont surface, du moins une partie d'entre eux dont Françoise Sagan. Ils publieront cette fois un texte intitulé « L'indignation des 121 » : « En 1960, dans le "manifeste des 121", qui valut à plusieurs d'entre nous d'être inculpés et que nous n'avions jamais renié, nous écrivions : "La cause du peuple algérien (…) est la cause de tous les hommes libres." C'est au nom de cette même conviction que nous disons aujourd'hui notre indignation. Nous condamnons la répression sanglante que le gouvernement algérien oppose, comme seule réponse, à sa jeunesse qui manifeste. Nous demandons au gouvernement français d'intervenir auprès des autorités algériennes pour qu'elles mettent fin à une politique qui déshonore l'Algérie indépendante. »

En 1960, l'engagement de Françoise Sagan dans la vie politique a son importance. N'est-elle pas perçue comme *la* représentante de sa génération ? D'ailleurs, suite à la publication d'un rapport gouvernemental sur la jeunesse, on lui demande de répondre à un questionnaire de l'IFOP :

« Trouvez-vous que vous avez plutôt de la chance ou de la malchance de vivre à l'époque actuelle ? Pourquoi ?

– De la chance. Époque passionnante.

– Quel est votre métier ? En êtes-vous satisfaite ? Pourquoi ?

– Écrivain. Très satisfaite. C'est pour moi le meilleur métier. […]

– Avez-vous pu faire les études que vous souhaitiez ? Considérez-vous que celles que vous avez faites vous ont donné une bonne formation pour réussir dans la vie ?

– Deux bachots, un an de propédeutique, suffisant. Horreur de travailler.

– Êtes-vous heureuse ? (Expliquez votre réponse.)
– Oui. Ça ne s'explique pas. »

Sagan se prête au jeu, mais elle réfute et réfutera chaque fois l'idée d'être le porte-drapeau des femmes de son âge : « Je trouve ça complètement délirant. Ça ne m'intéresse pas. Je veux dire : je trouve ça inutile. Je ne veux pas représenter la jeune fille de maintenant. Que les mères de famille se rassurent, je fais partie de l'actuelle moisson de l'après-guerre : chacun sait le nombre de mauvaises herbes qui se cachent dans les moissons[28]. »

La littérature reprend bientôt le dessus dans la vie de Françoise Sagan. Son nouveau roman est très attendu chez Julliard où l'on a programmé une sortie pour le 15 juin 1961. Mais, en février, elle n'en a pas rédigé le tiers. Son existence parisienne est trop mouvementée et les tentations de donner rendez-vous à ses amis plutôt que de travailler trop grandes, elle part s'isoler au cœur des Alpes suisses, dans un chalet loué à Klosters. Elle y est seule ou presque : Paola San-Just, Jacques Chazot et Bernard Frank l'accompagnent. Entre deux descentes sur les pentes enneigées, qu'elle redécouvre après des mois de convalescence, elle poursuit son travail sans parvenir à l'achever. En avril, on la voit à Paris où elle fête, chez le coiffeur Alexandre, l'apparition de son premier cheveu blanc. Une coupe de champagne à la main, au milieu des shampouineuses, de la manucure et de quelques clientes, dont Gisèle Julliard, la femme de René Julliard, et Marie Bell qui lui assure qu'on fait maintenant de « merveilleuses teintures », elle rit de se voir vieillir dans ce miroir. Après cette étape parisienne, elle s'isole à nouveau à Équemauville. C'est ici qu'elle trouve enfin un titre à ce roman, dans *L'Étranger*, l'un des *Petits Poèmes en prose* de Baudelaire : « Les Merveilleux Nuages ».

Sagan écrit, elle n'est plus là pour personne. Mais, très vite, son nom resurgit dans les journaux. Le public s'étonne et s'inquiète de savoir qu'elle a quitté son manoir pour une clinique de Villecresnes (Val-de-Marne). On affirme qu'elle n'est pas malade. On évoque un surmenage. « Ma fille est tout simplement fatiguée, elle a besoin de quelques jours de repos, confirme Pierre Quoirez. Sa mère, qui l'accompagne, lui avait conseillé la montagne, mais la montagne l'ennuie[29]. » Son ami Jacques Chazot donne sa version des faits : « J'ai dîné avec elle avant-hier chez Lapérouse. Elle n'est nullement malade. Je lui ai téléphoné ce matin. Il ne s'agit que d'une cure de repos. Nous lui avons fait subir un check-up. Elle avait maigri ces temps derniers. Elle est fragile, elle mange et dort peu. »

À bout de forces, Françoise Sagan parvient néanmoins à achever la rédaction de son livre et part à nouveau se reposer à Capri avec Jacques Chazot et une jeune femme nommée Paola San-Just, dix jours avant la parution de son roman, le jour de son vingt-sixième anniversaire.

De plus en plus souvent, cette Paola apparaît au bras de Françoise Sagan. Les deux femmes cohabitent depuis la séparation de la romancière et de Guy Schoeller. Comme l'expliquent nombre de ses proches, l'auteur de *Bonjour tristesse* apprécie autant la compagnie des hommes que celle des femmes. Ou, plutôt, lorsqu'elle se prend d'amitié ou de passion pour un être, peu lui importe qu'il s'agisse d'un homme ou d'une femme. «Paola était une fille très riche, sa famille avait fait fortune dans les courses, raconte Bettina. Elle était drôle, vive, elle organisait des dîners, des sorties. Elle s'occupait beaucoup et très bien de Françoise [30]. » «Elle était charmante, se souvient Véronique Campion. Françoise ne parlait pas ouvertement de leur relation – elle ne la niait pas non plus –, mais, comme Paola était une lesbienne affirmée, tout le monde en parlait. Paola plaisait beaucoup, les femmes se battaient pour elle ! Avec elle et Françoise, nous allions dans un bar majoritairement fréquenté par les femmes non loin de Saint-Philippe-du-Roule. Quand Guy Schoeller l'a quittée, Paola l'a beaucoup aidée à s'en sortir [31]. » Selon Pierre Bergé, les origines sociales de la romancière l'ont toujours empêchée de parler publiquement ou de révéler à sa famille la grande liberté sexuelle qu'elle s'octroyait : «Non seulement je pense qu'elle n'a jamais avoué qu'elle pût avoir des penchants homosexuels, mais je pense même qu'elle l'a nié. Françoise est un personnage assez mystérieux. Elle est pleine de contradictions. Il ne faut pas oublier qu'elle est issue d'un milieu petit-bourgeois. Quand on a reçu cette éducation-là, il y a certaines choses qu'on ne dit pas, des idées qu'on ne brandit pas. Elle ne s'est pas cachée, mais elle a fait le choix de ne rien dire. Dans ce milieu-là, en général, on ne parle jamais de drogue, ni d'alcool, ni d'adultère [32]. »

René Julliard est sur le point de sortir *Les Merveilleux Nuages*. À la direction, on estime à 120 000 exemplaires le nombre de commandes fermes passées par les libraires de France. Le roman, qui paraît le 15 juin (189 pages vendues 9 francs), est d'avance un succès. Il s'en vendra 250 000 exemplaires. Le sujet : la jalousie. Ce n'est pas exactement la suite de *Dans un mois*, *dans un an*, mais l'on y retrouve l'une des héroïnes, Josée, parisienne qui gravitait autour du salon des Maligrasse, rue de Tournon. Mariée à un Américain, elle habite à présent en Floride. Millionnaire, Alan n'est pas heureux pour autant. Il est plein de complexes et animé d'un instinct de possession démesuré qui se fixe naturellement sur sa femme. Le passé de sa compagne ne cesse de le torturer ; il l'assaille de questions et épie le moindre de ses gestes. Cet amour exclusif et violent est une raison suffisante pour que Josée décide de s'enfuir. Après une courte étape en Normandie, elle regagne Paris où elle retrouve le plaisir des soirées mondaines et le goût du whisky. Alan, qui est pugnace, arrive à son tour dans la capitale, il s'introduit dans l'univers de celle qu'il aime où rien n'est fait pour apaiser sa jalousie. Malgré tout, il parvient, un temps, à inverser les rôles en se lançant avec succès dans la peinture et en séduisant de jolies filles. Il arrive à reconquérir Josée. Mais celle-ci ne saura jamais choisir entre ce monde frivole qu'elle observe pourtant avec beaucoup de distance et cette vie de couple qu'elle ne peut se résoudre à abandonner.

Françoise Sagan commence à se répéter, les critiques se lassent. Les décors et les personnages de ces *Merveilleux Nuages* ont un goût de déjà vu. Pour Robert Kanters, « certains diront sans doute avec satisfaction qu'elle se répète, qu'elle est finie. Je la crois capable de résister à un accident littéraire aussi bien qu'à un accident de voiture[33] ». Dans *Le Monde*[34], Jacqueline Piatier parle d'une Sagan «saganisée» : «Avec *Les Merveilleux Nuages*, son cinquième roman, voici Françoise Sagan rendue à elle-même plus "saganisée" que jamais.» Pour François Erval de l'hebdomadaire *L'Express*[35] au contraire, «Françoise Sagan est définitivement sortie de l'enfance». Kléber Haedens, la virulente plume de *Paris-Presse*[36], qui manquera rarement une occasion d'éreinter un roman de Sagan, est, bien sûr, resté insensible aux charmes de ces *Merveilleux Nuages* : «Françoise Sagan se trouve engloutie dans le milieu qu'elle essaie de peindre et ne sent même pas qu'elle étouffe dans son étroite prison, écrit-il. Rien n'indique qu'elle soit supérieure à son héroïne et nous pensons qu'elle soit hors d'état de présenter des personnages qui feraient ou diraient quelque chose d'intelligent.» Marie-Pierre Castelnau du journal *L'Information*[37] résume cruellement la situation : «Un petit livre qu'on ouvre en s'attendant à y trouver des copains, du whisky, des plages au soleil, un certain ennui, un certain désenchantement, des amours plus ratées que malheureuses – bref, tous les ingrédients nécessaires à la confection d'un Sagan, et qu'on y trouve effectivement.»

Bien plus tard, à la fin des années 90, Françoise Sagan relira *Les Merveilleux Nuages* afin d'en rendre compte dans *Derrière l'épaule*[38], un livre original où elle se prête au jeu de l'autocritique sur l'ensemble de son œuvre romanesque. «La jalousie et l'indulgence y sont dessinées à gros traits avec des personnages aussi privés de naturel que possible, estimera-t-elle. Assez ennuyeux en plus, bref un mauvais roman dont j'avais honte en le relisant.»

Françoise Sagan s'est lancée avec grâce dans le monde du théâtre – elle a longtemps conservé le brigadier de la première représentation, par superstition. *Château en Suède* a révélé un véritable auteur dramatique. Qu'en sera-t-il de sa seconde pièce que l'on attend avec autant de malveillance que l'on guettait la parution de son deuxième roman ? « Les raisons qui m'ont poussée à poursuivre dans cette voie sont très fortes, explique-t-elle. Les répétitions m'amusent follement. On est à Paris, on traîne au théâtre, il y a une espèce d'énorme famille qui se constitue[39]. » Portée par le triomphe de *Château en Suède* et encouragée par Marie Bell, comédienne et directrice du Gymnase – elle l'a rencontrée par hasard au mois de mai chez un coiffeur du faubourg Saint-Honoré –, Sagan emprunte à nouveau le chemin du théâtre. « Marie Bell m'avait dit ce jour-là, se souvient Sagan, "Je n'ai pas de pièce à jouer". J'ai pensé : "Qu'à cela ne tienne !"[40]. » Quelques mois passent avant que leurs routes ne se croisent une nouvelle fois. Dans la villa du Cap-Saint-Pierre qui appartient à Sophie Litvak, Françoise Sagan reçoit Marie Bell afin d'évoquer sa manière de voir sa future pièce. Sitôt rentrée à Paris, la romancière crée spontanément deux personnages féminins ; l'un pour Marie Bell, l'autre pour Suzanne Flon. Mais la première, qui en est pourtant l'inspiratrice, est mécontente du texte qu'elle voit progresser sous ses yeux et n'hésite pas à en faire part à son auteur qui a aussi son caractère. Sagan refuse de le modifier. Ce différend n'entache pas l'amitié qui unit l'écrivain et la comédienne. Françoise Sagan préfère abandonner provisoi-

rement ce projet intitulé *La Robe mauve de Valentine*.
En septembre, au manoir du Breuil, elle écrit *Les Violons parfois* d'un trait : quatre semaines seulement. Un dimanche, Marie Bell est invitée à déjeuner à Équemauville. Une fois la table desservie, Sagan lui confie un dossier rouge contenant le texte de la pièce et la prie de la lire sur-le-champ. Elle s'efface. Quand elle penche la tête par la porte entrebâillée, elle comprend tout de suite que la comédienne est enchantée du résultat. «Elle a pris le manuscrit d'un geste presque doux et elle a dit : "C'est une pièce plus dure, plus méchante que *Château en Suède*. Enfin, du moins, elle essaye de l'être"[41].» Pour Françoise Sagan, Marie Bell est «une lionne. Elle est devenue une vraie amie. Les petits acteurs discutaillent, chinoisent le texte. Les grands comme Marie, jamais. Elle peut tout dire[42].» Quant à Marie Bell, elle se félicitera longtemps de cette collaboration avec celle qu'elle qualifie de «vrai auteur dramatique[43]». *Les Violons parfois* seront à l'affiche du théâtre du Gymnase dès le mois de décembre, en alternance avec *Adieu Prudence* que Sophie Desmarets et Jean Chevrier viennent de créer avec succès. Dans cette comédie en deux actes, «l'innocence triomphe de l'habileté[44]». Le sujet est le lien entre l'amour et l'argent.

Le metteur en scène est choisi, il s'agit de Jérôme Kilty[45], et les rôles sont distribués : Marie Bell joue Charlotte, Pierre Vaneck incarne Léopold (il remplace Marc Michel qui ne se sentait pas à son aise dans ce rôle), Roger Dutoit est Antoine, Henriette Barreau Augusta, Tristani Vinclair et Yvonne Martial joue Célie.

Le rideau se lève sur un «salon de province cossu à

Poitiers. Deux fenêtres au fond donnent sur la place d'Armes. Décor balzacien». Entrent en scène Charlotte, une femme de quarante ans – un être cruel comme on en rencontre peu dans les romans de Sagan –, et son amant, Antoine, de cinq ans son aîné. Charlotte, sorte de prostituée de luxe, s'apprête à prendre sa retraite et, pour ce faire, elle compte sur l'héritage d'un vieux client, un gros industriel de Poitiers, qui vient de mourir et qu'elle trompait avec Antoine depuis cinq ans. Elle apprend que la totalité des biens de son défunt client (300 millions de francs) revient à son petit-cousin, Léopold, dont ils ignoraient l'existence. Elle enrage, quant à Antoine il se montre plutôt cynique face à ce qu'il considère comme une entourloupe. «Que veux-tu ? lance-t-il à Charlotte. Je suis déprimé. Passer cinq ans à faire le cousin protecteur, le voyageur érudit, le parfait ami du couple et me retrouver à la rue… Et les rues de Poitiers…» Charlotte rétorque : «En attendant, le petit-cousin, le petit crétin, l'inconnu de Nantes, l'heureux légataire va débarquer ici. J'ai l'intention de m'en occuper.» Maladroit, bafouillant, plutôt mal habillé, Léopold entre en scène : «J'ai lu, hier, dans un journal que mon oncle était mort. Je voulais, euh… assister aux funérailles, non pas que je le connaisse bien mais je… je passais à côté de Poitiers. Il m'a semblé que…»

Léopold, qui est venu à pied de Nantes, est un garçon parfaitement innocent et totalement détaché des choses matérielles. Quand Charlotte lui annonce qu'il est un heureux héritier, il s'exclame : «C'est très gentil !» Et d'ajouter : «Nous nous connaissions si mal… Il est gentil de s'être souvenu de moi, comme ça, au dernier moment.» Parce qu'il manque de «ressort», comme il dit, Léopold demande à Charlotte de gérer ses biens pour lui. Abusant de la confiance du nouveau venu, celle-ci commence par s'occuper de sa fortune et finit par s'intéresser à son corps : elle lui offre une nuit d'amour. «Éteignez la lumière. Venez ici, Léopold. Embrassez-moi», lui murmure-t-elle. Antoine est naturellement agacé et un peu jaloux. «On ne peut pas escroquer quelqu'un et lui caresser les cheveux», lance-t-il. Dès lors, le cynique Antoine et le candide Léopold vont se livrer à une rude bataille pour conserver les faveurs de Charlotte. Ils feront même quelque temps ménage à trois : Léopold demande Charlotte en mariage et suggère à Antoine de rester vivre avec eux. Il aime Charlotte, il aimera ceux qu'elle aime. Évoquant le personnage de Léopold, Françoise Sagan dira : «Les innocents arrivent les mains vides. On ne les craint pas. C'est pour cela qu'ils sont dangereux. C'est le titre de ma pièce et aussi la réplique d'un personnage : "Méfie-toi, les violons parfois font des ravages[46]."»

Les répétitions des *Violons parfois* débutent au mois d'octobre 1961, quelques jours après que Françoise Sagan a emménagé dans un appartement du boulevard des Invalides qu'elle partage avec Paola San-Just. Au théâtre, l'auteur est là, discrète présence au fond de la salle, notant les indications qu'elle ira soumettre plus tard au metteur en scène. Au fil des répétitions, elle rectifie ses dialogues en fonction du jeu et des difficultés des comédiens. À mesure que la date fatidique de la générale (le 9 décembre) approche, Françoise Sagan est à nouveau en proie au trac : «Oh, c'est horrible ! On est là, assis dans le noir, dans le plus petit recoin, le plus caché, au fond d'une loge. On entend tout près

respirer les gens, on entend leur souffle, c'est comme
une bête sauvage cachée dans votre dos. Des fauves,
des fauves qui vous attendent… ça ressemble à une
corrida[47].» Juste avant que le rideau ne se lève, un
incident perturbe l'assistance. Neuf agents de police
envahissent les coulisses et l'orchestre à la recherche
d'une bombe annoncée par un coup de fil anonyme.
Tous les invités regardent sous leur siège, sauf François Mauriac qui reste de marbre, marmonnant : « J'ai
tellement l'habitude des menaces ! » De sa loge, le préfet de police surveille les manœuvres de ses hommes
et s'inquiète pour ses voisins, les ministres Giscard
d'Estaing, Baumgartner et Bokanowski. Mais de bombe,
il n'y en a pas et la représentation se déroulera nor-
malement. Le Tout-Paris s'est déplacé. Ce soir de
décembre, au 38 boulevard Bonne-Nouvelle, on croise
les Rothschild, Mélina Mercouri et Jules Dassin, Sophie
Desmarets, Georges Pompidou, Sacha Distel, Alexandre
de Yougoslavie, Marie-Laure de Noailles… À la sortie
du spectacle, les commentaires sont mitigés, ce qui
inquiète Pierre Quoirez, le père de Françoise, qui arbore
pour l'occasion un beau costume bleu à rayures
blanches. Mais dans les loges les comédiens, l'auteur,
le metteur en scène et la directrice du Gymnase sont
chaleureusement congratulés. Le président Edgar Faure,
Maurice Druon, René Clair et Wilfrid Baumgartner se
disent séduits. Marie Bell et Françoise Sagan se font
photographier avec un bouquet de narcisses odorants
en forme de violon que l'auteur a offert à sa comédienne vedette. Pierre Vaneck, aussi, est très sollicité.
Ils se retrouvent ensuite vers minuit chez la baronne et
le baron Guy de Rothschild dans leur ancien hôtel de
Beaumont pour une fête qui durera toute la nuit. Mais

dès le lendemain, passé le temps des politesses, les critiques tombent.

Les professionnels avaient considéré que *Château en Suède* était une pièce remarquable. Ils n'en disent pas autant des *Violons parfois*. « On va sûrement ironiser sur cette musique trop douce, trop facile, trop naïve, presque trop sage, écrit Bertrand Poirot-Delpech. Beaucoup n'entendront que de paresseux coups d'archet. Personne n'aura tort. *Les Violons parfois* ne se perçoivent pas. C'est affaire d'oreille[48]. » « Une pièce dans le vent, comme on dit, mais ce n'est que du vent, note Paul Gordeaux. Rien ne tient debout dans cette laborieuse combinaison, rien n'y est vrai, ou simplement plausible[49]. » Il ne reste guère que François Mauriac pour soutenir aveuglément toute œuvre signée Sagan : « Ce je-ne-sais-quoi qui me touche chez cette jeune femme, même dans le moins bon et même dans le pire de ce qu'elle a écrit, n'est plus ici un je-ne-sais-quoi. Je sais fort bien ce qui me touche. C'est la vue qu'elle prend du mal, la connaissance qu'elle en a, et qu'elle reconnaît, et dont elle témoigne. Voilà ce qui me frappe. Et si vous me dites qu'il n'y a pas là de quoi se récrier, vous vous trompez bien ; car ce qui départage les hommes, ce n'est pas tant leurs vertus ou leurs vices que le discernement du mal et du bien qu'ils n'ont pas[50]. »

Tout laissait croire que *Les Violons parfois* allaient rencontrer un succès comparable à *Château en Suède*. Au mois de décembre 1961, David Pelham, producteur de théâtre, se porte acquéreur des droits de la pièce. Il espère la monter dans un théâtre londonien à Pâques, puis à New York à l'automne, ainsi Françoise Sagan partira pour les États-Unis en novembre afin d'assister aux premières répétitions. Mais à Paris, le public n'a pas suivi et les représentations ont été interrompues à la cinquante-cinquième.

Du 19 février au 24 mars 1962, au Piccadilly Theater l'on peut assister à une saison théâtrale française. Cinq pièces sont au programme, pour une semaine chacune. La saison s'ouvre sur *Les Violons parfois* qui céderont la place au *Misanthrope* de Molière, avec Madeleine Delavaivre et Jacques François. Ces derniers enchaîneront avec *Jean de la lune* de Marcel Achard. À partir du 12 mars, Dany Robin et Georges Marchal joueront *L'Invitation au château* de Jean Anouilh. Pour clôturer la saison en beauté, *L'Annonce faite à Marie* de Paul Claudel, avec Danièle Delorme, Loleh Bellon et Michel Etcheverry sera à l'affiche. *Les Violons parfois* de Françoise Sagan supportent mal le voyage. «La pièce de Mlle Sagan souffre de faiblesses structurelles évidente et d'une banalité du sujet», lit-on dans le *Times*. Dans le *Daily Mail*, la critique est encore plus sévère : «Cette ennuyeuse camelote de boulevard est montée avec une solennité qui n'est guère de mise. Marie Bell joue avec une certaine allure.» Et l'article s'achève sur ces mots : «C'est une promenade bien triste sur le boulevard Sagan.» «Pourquoi, Françoise Sagan, écrivez-vous une pièce aussi niaise?» questionne le *Daily Express*. Le public, quant à lui, semble apprécier le style Françoise Sagan. On ne trouve plus une place à vendre, à peine quelques strapontins qui s'arrachent à prix d'or au marché noir. À la fin de la représentation, Marie Bell et sa compagnie sont ovationnées pendant plus de quinze minutes. Un mois plus tard, sur la même scène du Piccadilly Theater, on joue *Château en Suède*. L'accueil est glacial. «C'est du très mauvais bon théâtre, lit-on dans le *Daily Mail*. Il y a une tentative de faire du Anouilh à la manière rose mais qui aboutit à une prétentieuse fadaise. » « Le château de Françoise Sagan s'effondre en convulsions », titre le *Daily Express*. « Il y a de l'élégance sans cœur, de la technique sans contenu, du mouvement sans sujet… Sagan nous déçoit. »

6

Un rêve américain

À Minneapolis, dans une modeste maison en bois typiquement américaine, entourée d'un îlot de verdure sans clôture, habite la famille Westhoff : le père, la mère et leurs onze enfants. Ils se souviennent d'avoir connu l'opulence à l'époque où ils exploitaient des mines, mais ce temps-là est révolu. Dans les années 30, les Westhoff – qui ont subi un important revers de fortune – appartiennent à la *middle class*. Pour échapper à un père trop autoritaire, le fils cadet, Robert Westhoff[1], a l'idée de falsifier ses papiers d'identité pour intégrer l'armée américaine où l'on n'entre pas avant dix-huit ans. Or il n'en a que seize en 1946. Au sein de l'US Air Force, il se distingue rapidement. Ce brillant élément gravit les échelons jusqu'au grade d'officier qu'il obtient au cours de sa dix-huitième année. De fait, Robert Westhoff est le plus jeune officier de l'armée américaine. À cette occasion ses supérieurs découvrent la supercherie et l'excluent à regret. Il sera appelé sous les drapeaux, mais en qualité d'expert, lorsque les guerres d'Indochine et de Corée éclateront. Après Diên Biên Phu, comme tous ses compatriotes il sera rapatrié d'urgence. Il ne retournera plus à la guerre. À Minneapolis non plus, du moins pour y vivre. Il achète au hasard un billet pour l'archipel des Philippines, où il reste quelques années avant de partir à la découverte de l'Alaska, puis de revenir sur le continent américain, au Mexique, où, grâce à sa pension d'ancien combattant, il étudie les arts plastiques à la faculté de Mexico. On dit aussi qu'il aurait rejoint pour une saison la troupe des patineurs de Holiday on Ice. À la fin des années 50, cet oiseau migrateur projette de passer une quinzaine de jours en France. En fait, l'Américain vivra à Paris jusqu'à sa mort en décembre 1990. Les premiers temps, il occupe un atelier dans le XVIIIe arrondissement, un lieu inondé de lumière où flottent ses airs d'opéra favoris. Ce grand garçon aux cheveux bruns, aux yeux verts et aux traits fins, doté d'un charme inouï et d'une impressionnante culture, est tout de suite adopté par le cercle des noctambules de la capitale. Dans les boîtes, on le croise de plus en plus souvent en compagnie du comte Charles de Rohan-Chabot, l'une des figures des nuits parisiennes.

Parce qu'ils font la tournée des boîtes dans le même sens, parce qu'ils fréquentent les mêmes cercles, Françoise Sagan et Robert Westhoff finissent par se rencontrer. «Et que faites-vous dans la vie? questionne la romancière visiblement séduite. – Je suis sculpteur», répond l'Américain. Ce n'est pas tout à fait vrai, mais il faut bien dire quelque chose… Dès lors, Robert Westhoff, Charles de Rohan-Chabot et Françoise Sagan, qui est le plus souvent accompagnée de Paola San-Just, se fréquentent jusqu'au jour où ils décident de changer de vie. Pierre Bergé, qui les a tous bien connus, explique : «C'est l'histoire de deux femmes qui vivent plus ou moins ensemble (Françoise Sagan et Paola San-Just) et deux hommes qui ont, eux aussi, une relation d'intimité (Charles de Rohan-Chabot et Robert Wes-thoff). Charles épouse Paola et Françoise se marie avec Robert. C'était peut-être un jeu. Peut-être… On ne l'a jamais su. Eux-mêmes le savaient-ils[2] ? » Et d'ajouter : « C'était une époque. Sagan roulait à toute allure, par-fois elle se retrouvait d'ailleurs sur le dos. Tout nous enivrait : la voiture, la vitesse, la vie même. De tous les personnages que j'ai rencontrés, et j'en ai connu un cer-tain nombre, Françoise est de loin la plus singulière[3]. » Véronique Campion, l'amie d'enfance de Sagan, se souvient aussi de cette histoire : « J'avais l'impression que Charles et Robert étaient tous deux fatigués de leur relation au moment où ils ont décidé d'intervertir les couples[4]. » Ce qui a peut-être été le marché saugrenu d'une fin de soirée bien arrosée se concrétise lorsque, au mois de juin 1961, Bob Westhoff et Françoise Sagan assistent au mariage de Paola San-Just et Charles de Rohan-Chabot. Puis ils filent tous les quatre au manoir du Breuil où les jeunes époux ont choisi de passer leur lune de miel. De leur union naîtra une fille dont Pierre Bergé sera le parrain.

Six mois plus tard, lors d'un séjour à Équemauville, Robert Westhoff s'en va rencontrer le marquis Urbain de Laubespin, le maire de Barneville (Calvados), dans son château. Avec son accent charmant et sa civilité naturelle, il lui annonce son intention d'épouser Fran-çoise Sagan, lui demande de célébrer cette union dans le plus grand secret et le plus vite possible. Il présente au maire, un peu surpris, une dispense de publication des bans qu'a obtenue Jacques Quoirez des mains du procureur de Lisieux au nom du « maintien de l'ordre public dans le département ». Dès le lendemain, le lundi 8 janvier 1962 peu avant 11 heures du matin, Robert

James Westhoff et Françoise Marie Anne Quoirez franchissent le seuil de la mairie de Barneville escortés de leurs invités : les parents de la mariée, Suzanne (témoin de Bob), Jacques Defforey, Jacques Chazot, Jacques Quoirez (témoin de Françoise) et son ami Albert Debarge. Sobrement vêtus – Françoise porte un manteau noir et Bob un costume bleu marine –, ils s'installent devant un maire visiblement honoré de célébrer pareille union : « Nous sommes très heureux de vous accueillir ce matin, madame, et de voir qu'une grande tradition se continue : après Catherine d'Aulnoy, Flaubert, Musset, les Guitry qui habitèrent plusieurs années votre maison, Barneville vous reçoit et avec vous la romancière contemporaine, dont le renom n'a pas attendu le nombre des années. » Quelques jours plus tard, Guy Schoeller vivra une scène à peu près semblable en épousant à Paris une jeune femme de vingt ans nommée Florence Sellier…

Le secret du mariage de la romancière et de l'artiste américain a été bien gardé. L'hebdomadaire *Paris Match* a l'exclusivité des clichés de la cérémonie qui s'est déroulée à la mairie de Barneville. Publiées la semaine suivante, ces photographies sont signées Jacques Quoirez. Pour une fois, la romancière est parvenue à échapper au faisceau médiatique. Mais cette tranquillité sera de courte durée car l'information fait boule de neige. Après avoir annoncé sur plusieurs colonnes le mariage confidentiel de la romancière et d'un bel Américain, journalistes et photographes se lancent à la poursuite des jeunes époux. Un reporter plus inquisiteur que ses confrères parvient même à joindre les parents de Robert, à Minneapolis. Mme Westhoff mère répond naïvement à ses questions : « Nous avons d'abord reçu un bref télégramme de Bob nous disant qu'il s'était marié. Ce n'est que par la suite que nous avons appris avec qui. Nous sommes très heureux. Nous pensons que Bob sait ce qu'il fait. Après tout, il a trente et un ans et à cet âge-là, il ne ferait pas une bêtise[5]. »

Françoise Sagan et Bob Westhoff ne sont pas plus à l'abri des regards lors de leur voyage de noces en Italie. Sur les clichés volés qui parviennent aux Français, l'on distingue à leurs côtés la silhouette longue et mince de Jacques Chazot. Curieusement, le danseur est aussi du voyage. Début février, les jeunes mariés et leur chaperon filent à toute allure à bord d'un *motoscafo* vénitien avant d'aller poser leurs bagages dans la petite ville de Cortina d'Ampezzo où les guette, embusqué, le correspondant italien du *Journal du dimanche*. Le journaliste pense tenir un scoop et il n'a pas tort. Son article, daté du 11 février, sera repris par toute la presse. « Françoise Sagan attendrait un heureux événement, écrit-il. L'information circule avec insistance dans les milieux mondains de Cortina d'Ampezzo que la jeune romancière a quitté samedi après-midi, se dirigeant à bord d'un hélicoptère vers Samedan, près de Saint-Moritz. Selon les rumeurs, Françoise Sagan se rendrait à Zurich consulter un gynécologue. »

Ces informations seront bientôt confirmées et les chroniqueurs y verront dès lors la raison qui a poussé les deux amants à se marier précipitamment. D'après eux, Françoise Sagan, qui prétendait avec force désirer un enfant très vite, pourquoi pas dès cette année, se savait déjà enceinte au mois de janvier. Elle aurait tenu à offrir à son enfant une famille digne de ce nom.

Quoi qu'il en soit, tout le temps que dure sa grossesse, la romancière rompt avec ses habitudes ; elle écrit peu, cesse de fumer, de boire et déserte les nuits parisiennes. La rumeur laisse entendre que la scandaleuse Françoise Sagan se serait même mise au tricot. Celle qui s'apprête à devenir la maman la plus célèbre de France appréhende l'accouchement. « Je n'admets pas qu'il me fasse souffrir en naissant, dit-elle, d'ailleurs, chaque matin, je me livre aux exercices prescrits par mon médecin pour me préparer à l'accouchement sans douleur. Le sens maternel n'implique pas obligatoirement la souffrance. La Bible est dépassée[6]. »

Dans les semaines qui précèdent la délivrance, les époux Westhoff partent se reposer dans une villa du Pinet, à Saint-Tropez. C'est ici qu'à la mi-mai, en se levant d'une chaise longue, Françoise Sagan fait une chute. Elle est aussitôt conduite au service des urgences de la clinique de l'Oasis, située à l'entrée de Saint-Tropez, où l'on redoute un accouchement prématuré. Le docteur Roy la place en observation. Immobilisée et sous traitement, elle se sent bien isolée dans cette chambre où seule sa sœur, Suzanne Defforey, et Robert Westhoff viennent la distraire. Après une semaine de repos forcé, son état est jugé satisfaisant. Elle peut sans danger rejoindre la capitale. Mais au moment de prendre le vol Paris-Nice, le 28 mai, le médecin gynécologue niçois Alfred Lellouch, auquel elle rend visite en ambulance, préfère lui aussi la mettre en observation à la clinique Santa-Maria. Elle n'atteindra la capitale que dix jours plus tard, descendant de la Caravelle sur une civière, emmitouflée dans un manteau en panthère. Bob Westhoff est confiant : « Françoise est à nouveau en pleine forme. Par mesure de sécurité, cependant, elle va rester deux ou trois jours à l'Hôpital américain, puis

elle regagnera notre domicile en attendant la naissance[7]. »

Françoise Sagan ne souhaite pas que son mari assiste
à l'accouchement, c'est donc Marie Quoirez, sa mère,
qui la soutiendra dans la nuit du 26 au 27 juin. Denis
Jacques Paolo Westhoff naît deux semaines avant
terme, le 27 juin 1962 à 4 heures du matin à l'Hôpital
américain de Neuilly. « Denis est arrivé un peu en
avance, annonce Marie Quoirez. Il ne pèse que 2 kg 350.
C'est, malgré cela, un très beau bébé[8]. » Robert Westhoff apprend la nouvelle au beau milieu de la nuit. « Je
me trouvais chez ses parents, boulevard Malesherbes,
quand, vers 4 heures du matin, un coup de téléphone
m'a annoncé que j'étais papa d'un garçon, raconte-t-il.
L'arrivée du bébé nous a tous surpris car dans la journée, à l'hôpital, personne ne pensait que l'accouchement aurait lieu cette nuit-là. La grossesse de Françoise
avait été difficile[9]. »

Le lendemain, Claude Chabrol est l'un des premiers
à venir féliciter la jeune maman. Ce jour-là, Françoise
Sagan fait aussi la connaissance de François Gibault,
un avocat qui s'est lié d'amitié avec Robert Westhoff.
« Je me suis rendu à l'Hôpital américain parce que Bob
voulait me présenter sa femme, raconte l'homme de loi.
Je me souviens que nous sommes allés voir le bébé
qui était dans une pièce à part. Françoise Sagan était
radieuse. C'était incroyable, tout le monde lui envoyait
des fleurs. C'en était presque sinistre, cette chambre
couverte de fleurs. Il y en avait jusque dans le couloir.
À l'époque, elle était une immense vedette, ce qui ne
l'empêchait pas d'être très gentille[10]. » C'est chez
Régine que Robert Westhoff et François Gibault ont
fait connaissance. Comme tout le monde, l'avocat est

tombé sous le charme : « Bob était le personnage le plus séduisant, physiquement et intellectuellement, qu'on puisse rencontrer. Il était très élégant, extrêmement drôle. Il s'adaptait à toutes les situations. Né sous le signe des Poissons, il nageait dans toutes les eaux ; il tutoyait Georges Pompidou et le cardinal Marty, les célébrités du cinéma ou de la littérature… Il était toujours partant pour une sortie, un week-end ou un voyage. Et quelle culture ! Il connaissait parfaitement la musique classique, par exemple. Bob m'avait fait connaître ses amis, et moi les miens. Ainsi l'avais-je présenté à Mme Céline. La veuve de l'écrivain nous avait demandé de remettre au propre un manuscrit inédit. Comme elle ne voulait pas s'en défaire, nous allions travailler chez elle à Meudon, tous les dimanches et souvent les mercredis. Une fois le travail achevé, ces dîners à Meudon sont restés comme une tradition[11]. »

On ne trouve pas seulement de la layette et des fleurs dans la chambre qu'occupe Françoise Sagan à la maternité. Sur sa table de chevet, outre un paquet de blondes et un flacon de whisky, un volume de Proust, un autre de Dostoïevski… Elle parle déjà avec nostalgie de sa Jaguar et de ses amis. L'hebdomadaire *Paris Match*[12], qui a obtenu « en exclusivité mondiale les deux nouveaux ouvrages de Sagan : son film et son fils », publie les images du tournage de *Landru* (dont Françoise Sagan cosigne avec Claude Chabrol le scénario et les dialogues) et les premières photographies du nourrisson. « Je n'ai pas encore l'expérience de mère, confie-t-elle à Colette Porlier. Je n'ai été qu'un "porte-paquet" et pour l'instant je dis "ouf" car je me sens libérée. Pourtant, porter un enfant est une chose extravagante. Par exemple, on vous fait écouter le cœur du bébé. C'est très poétique. Bien sûr, il y a des inconvénients. On se sent peu à peu enchaînée. On est "coincée" physiquement, d'abord. (…) On se forge une sorte d'attitude défensive, alors que moi, je suis surtout le contraire.» Françoise Sagan est certainement surprise de ne pas recevoir les félicitations, sous forme d'un télégramme ou d'un bouquet de fleurs, de René Julliard. Quelques jours plus tôt, il a appelé sa romancière vedette pour lui annoncer qu'il allait être opéré, précisant qu'il n'y avait aucune raison de s'inquiéter. Mais il ne se relèvera pas de cette intervention chirurgicale qui a lieu le 26 juin dans une clinique de Neuilly, la veille de la naissance de Denis. René Julliard s'éteint le 1er juillet des suites d'une pleurésie, à quelques jours de la proclamation de l'indépendance de l'Algérie. «Le jour de l'indépendance de l'Algérie sera le plus beau jour de ma vie», répétait-il souvent. Sa mort attriste autant ses auteurs que ses confrères. «La disparition de René Julliard crée un indiscutable vide au sein de l'édition française[13]», déplore Gaston Gallimard. «Son goût, sa curiosité, sa générosité lui ont permis d'atteindre les buts qu'il s'était fixés tout en guidant un grand nombre d'écrivains vers leur propre chance[14]», déclare Robert Laffont. Françoise Sagan ne peut participer à ces oraisons funèbres car ses proches ont décidé d'un commun accord de ne pas lui annoncer le décès de René Julliard avant sa sortie de la maternité.

Le 6 octobre 1962, Denis est baptisé en l'église Saint-François-Xavier à Paris. Autour de lui et de ses parents, Suzanne Defforey et Marie Quoirez assistent à la cérémonie, ainsi que Paola San-Just et Jacques Chazot, ses parrains. « En me demandant d'être le parrain de son fils, Françoise m'a donné une preuve de grande confiance[15] », s'émeut le créateur de Marie-Chantal. Denis racontera, attendri lui aussi, que Jacques Chazot a toujours pris son rôle au sérieux : « Il était très présent, il ne manquait jamais de m'appeler pour ma fête ou le jour de mon anniversaire. Je me souviens qu'il m'emmenait chaque fois choisir un jouet au Nain bleu. À Noël c'était pareil. Je sais qu'il a toujours refusé par la suite de devenir le parrain d'un autre enfant. J'aimais beaucoup Jacques Chazot, il était charmant, il me faisait rire. Paola a aussi été une marraine en or. Malheureusement, je ne l'ai pas beaucoup connue car elle est morte très jeune. Je me souviens qu'elle était très jolie, elle avait de grands yeux bleus[16]. »

Quelques mois seulement après le baptême, les parents du petit Denis décident de divorcer. Le 20 décembre, Françoise Sagan a rendez-vous avec M. Coudert, vice-président du tribunal de la Seine, pour déposer sa requête. À ses amis confus elle lancera cette boutade : « C'est pourtant facile à comprendre : je préfère les célibataires ! » Au tribunal, elle invoque des motifs plus sérieux. Dans la salle des Pas-Perdus, élégante dans son manteau en tweed beige avec un col en fourrure, assise sur un banc au côté de maître Floriot, son avocat, elle attend son tour sous la mitraille des paparazzis. « Que je me marie, que je divorce, que je me casse la figure en voiture, ils seront toujours là[17] », grogne-t-elle. Françoise Sagan ne réclame que la garde de son enfant. À la sortie, voulant échapper aux flashs, elle s'enfuit par une porte dérobée qui ouvre sur les

quais. Elle craint et craindra longtemps, jusqu'à l'ob-
session, que son mari décide de retourner habiter aux
États-Unis avec Denis. Lors de la conciliation, Robert
Westhoff brille par son absence. Il a juste pris soin de
faire parvenir une lettre au juge, précisant qu'il ne
s'oppose pas à la séparation et accepte que l'enfant soit
confié à sa mère. Le 30 mars 1963, le divorce est officiellement prononcé. «Il y a une solution, expliquera-
t-elle elle-même plus tard, c'est de faire de son mari un
amant. Pour cela, il faut d'abord divorcer. (La vraie
solution, c'est peut-être qu'il ne faudrait jamais se
marier.) Je me suis mariée deux fois. La première fois,
je croyais au mariage, à la nécessité de vivre avec
l'homme que j'aimais, et je croyais que cela pouvait
durer. La seconde fois, je l'ai fait par tendresse, par
réel goût et aussi par un sens des responsabilités à
l'égard de mon fils. J'attendais un enfant. Bob était fou
de joie et ma mère se désolait d'avoir une fille-
mère[18]…» Ce mariage aura duré onze mois. «Un
mariage est heureux une fois sur mille», disait-elle en
quittant Guy Schoeller quelques années plus tôt.

Une fois divorcés, Françoise Sagan et Robert Westhoff continueront de vivre ensemble pendant six ans.
«On s'est énervé et on a divorcé, raconte Françoise
Sagan. Puis on s'est réconcilié. Curieux, depuis que
nous avons fait ça, nous ne nous séparons plus. Une
fois libre, on peut vivre ensemble, non? C'est bête, on
aurait pu éviter les frais de divorce. Le réépouser?
Non, pour quoi faire[19]?» La romancière a gagné ce
pari de transformer son mari en amant.

Denis fait ses premiers pas dans l'appartement du
135 avenue de Suffren qui ressemble de plus en plus à
l'arche de Noé avec Werther, un berger allemand qui

se prend pour un chat ; il y a aussi une chatte et Carmen, une vieille chèvre qui a connu ses heures de gloire au cirque et que Sagan a achetée à un bohémien boulevard Saint-Germain. Werther mourra de sa belle mort quatorze ans plus tard. Quant à Carmen, elle prendra sa retraite dans les verts pâturages d'Équemauville. Denis grandit donc entre son père et sa mère : « À six ans, j'étais trop petit pour m'apercevoir que mes parents se séparaient, explique Denis Westhoff. La rupture n'a pas été violente, je me souviens simplement que, lorsque nous avons quitté l'avenue de Suffren pour un appartement rue Henri-Heine, mon père n'habitait plus avec nous[20]. » Parce que Françoise Sagan, tout comme Robert Westhoff, se replonge dans la vie nocturne, se couchant et se levant très tard, Denis est souvent confié à Pierre et Marie Quoirez qui ont une grande tendresse pour cet adorable petit-fils. Dans l'appartement du boulevard Malesherbes, où travaille toujours Julia Lafon, l'enfant bénéficie d'une certaine stabilité. « Les week-ends et les vacances, je les passais chez mes grands-parents à Paris et, tous les étés, ma grand-mère m'emmenait à Cajarc, raconte Denis Westhoff. J'adorais les voir : mon grand-père était très original. Il m'inventait des jouets et réparait ceux qui étaient cassés. Ma grand-mère me donnait énormément de tendresse et d'affection[21]. » En marge des existences mouvementées de ses parents, Denis poursuit son parcours scolaire, changeant souvent d'école au gré des déménagements de sa mère ou de ses humeurs. Un jour, il rentre de l'école publique où il étudie près de la rue Henri-Heine, avec une balafre. Sa mère décide aussitôt de lui faire quitter cet établissement et choisit l'école bilingue située près du parc

Monceau. Quand elle déménage rue Guynemer, Denis
est inscrit rue d'Assas. Puis il poursuit ses études au
cours Charlemagne, une « boîte à bac et à fric », où il
se sent mal. « Surtout, je commençais à faire pas mal
de bêtises. Rien de grave, des bêtises d'ado », ajoute-
t-il. Sa scolarité ressemble en tous points à celle de sa
mère jadis. Après le cours Charlemagne, il fait un bref
passage au cours Arthur-Rimbaud, dans le quartier de
l'Opéra, pour terminer sa scolarité au cours Hattemer,
comme sa mère. Il y prépare son baccalauréat (section
A4), qu'il décrochera à la cession de rattrapage, comme
sa mère. Durant toutes ces années, il n'a pas à souffrir
d'être le fils d'un charmant petit monstre : « Mon
enfance a été insouciante et heureuse. Personne ne me
faisait remarquer que ma mère n'était pas une femme
comme les autres. S'il est arrivé que l'on me fasse des
réflexions, c'était davantage sur mon train de vie que
sur les mœurs de ma mère. Je me souviens qu'une fois,
par exemple, elle m'avait emmené passer un week-end
à New York. En rentrant, j'étais tellement émerveillé
que je l'ai naïvement raconté à des copains de classe.
Ils m'ont raillé parce qu'à l'époque ça coûtait très cher
d'aller à New York, ça faisait trop jet-set[22]. » Son bac
en poche, Denis part travailler trois mois à New York
auprès de son ami Massimo Gargia, rédacteur en chef
du journal people *The Best* et organisateur des soirées
de la jet-set internationale. De retour à Paris, le fils de
Françoise Sagan fait son service militaire : il opte pour
une base aérienne située près d'Avignon. Considérant
qu'il perd son temps, il choisit de revenir au bout de
trois mois. Il préfère rentrer à Paris où il effectue un
stage dans une filiale chez Havas. À la fois passionné
de photographie et d'informatique, Denis en vivra une

fois passé la trentaine. Que lui ont donc enseigné ses parents ? « Ils ne m'ont pas vraiment donné conscience qu'il fallait travailler à l'école. Cela ne les préoccupait pas. Ils m'ont appris que l'indépendance était capitale et que l'école était un moyen d'y accéder. Quant à la notion de plaisir ou d'amusement, je n'ai pas eu besoin qu'on m'en parle, je l'ai vue de mes yeux, j'ai baigné dans cette atmosphère toute mon enfance. J'ai été à bonne école[23]. » Sagan n'aura que des mots tendres pour ce fils dont elle parle peu : « Il est ce que j'ai de plus précieux, dit-elle. Je tremble s'il est malade, je pense à lui souvent. Quand il est là, je suis ravie, quand il n'est pas là, je m'ennuie de lui[24]. » « Je suis une femme qui protège son enfant et qui est d'ailleurs également protégée par lui[25] », explique-t-elle encore.

Durant sa grossesse, Françoise Sagan a peu écrit, excepté pour Claude Chabrol. Le cinéaste avait entendu dire que la romancière souhaitait le rencontrer. Il n'y était pas opposé, au contraire, n'ayant pas oublié l'article élogieux, « Défense des *Bonnes Femmes* », qu'elle avait publié dans les colonnes de *L'Express*. Un papier qui l'avait consolé des épouvantables critiques qui avaient accompagné la sortie de ce film. « Voici la deuxième fois en un an que je vois de justesse un très bon film, intelligent, audacieux, réjouissant, un film que presque toute la critique m'aurait empêchée d'aller voir si je l'avais écoutée. Le premier était *À double tour*, de Chabrol, et le dernier *Les Bonnes Femmes*. Je dois signaler tout de suite que je ne connais pas Chabrol et que la simple expression de "nouvelle vague" me

communique la même nausée que les photos en couleurs des petits-enfants de Rainier de Monaco, qui
n'y sont pour rien non plus, les pauvres[26] », affirme
Sagan. Les producteurs Georges de Beauregard et
Carlo Ponti, de la société Rome-Paris-Film, ont l'idée
d'une association Sagan-Chabrol pour le scénario d'un
long métrage inspiré de la vie de George Sand. Sagan
est séduite par le producteur Georges de Beauregard :
« C'était un homme formidable, intelligent, il était prêt
à faire des galipettes pour trouver de l'argent. Il avait
une véritable passion pour son métier. » Le marché
est conclu de part et d'autre et, dès le 7 mars 1961, la
romancière rentre de Klosters pour se mettre au travail
avec le cinéaste, ainsi que l'écrivain Bernard Frank qui
s'est greffé au duo initial. Le projet progresse si bien
que l'on commence même à distribuer les rôles. Mais
brusquement, l'ennui s'abat sur eux. « Au lieu d'écrire,
nous palabrons, raconte Claude Chabrol. Un jour, entre
des considérations sur le temps et un calembour, l'un de
nous évoque Landru. Les deux autres accrochent. Nous
connaissons tous beaucoup mieux le tueur de Cambrai
que la bonne dame de Nohant. Nous le trouvons beaucoup plus marrant. Bientôt, nous rions comme des bos-
sus[27]. » Et les trois compères, comme des gamins qui
fomentent un mauvais coup, partent annoncer aux producteurs qu'ils souhaitent simplement troquer George
Sand contre Landru. Une fois le projet accepté, Sagan
et Chabrol – Bernard Frank n'est plus de la partie – s'at-
tellent à la tâche dans la bonne humeur, retraçant le
parcours d'Henri Désiré Landru qui, d'avril 1919 au
25 février 1922 (date de son exécution), fascina les
foules. Françoise Sagan rédige l'argument du film :
« Nous sommes en 1920. Les théâtres, les livres, les

revues regorgent d'héroïsme, et [les Français] viennent de le prouver, l'héroïsme les ennuie… Brusquement, surgit un petit homme insolent, coureur, qui leur réapprend le cynisme : Landru. Ce petit homme a tué onze femmes, d'accord. Mais il est gai et il a du charme. De plus, il traite le juge comme s'il était Gnafron. Les Français sont ravis[28]. » Et c'est vrai qu'à l'époque les Français ne sont pas parvenus à haïr cet assassin qui, pour nourrir sa famille, séduisait des veuves de guerre fortunées, les dépouillait et les honorait avant de les découper en morceaux, histoire de faciliter la crémation. Jamais il n'a avoué ses crimes, jamais les corps des onze veuves qui ont suivi le petit barbu de Vernouillet à Cambrai n'ont été découverts. « Comment, nous autres femmes, ne trouverions-nous pas du charme à un homme qui s'occupe de nous jusqu'au bout[29] ? » questionne Sagan. En se dirigeant vers la guillotine, Landru déclare au substitut : « Je meurs l'âme innocente et tranquille, Monsieur, veuillez recevoir avec mes respects mes souhaits qu'il en soit de même pour vous. » Preuve est faite de sa culpabilité lorsque le juge appelle à la barre l'une des victimes. L'accusé, qui sait, et pour cause, que c'est impossible, est le seul de l'assistance à ne pas se tourner vers la porte.

Peu de temps avant que Françoise Sagan donne naissance à Denis, le 14 juin 1962, Claude Chabrol commençait à tourner aux jardins du Luxembourg. « *Landru* a démarré sur les chapeaux de roues, se félicite le cinéaste. Le premier jour du tournage, nous étions entourés de journalistes du monde entier[30]. » La plupart des scènes sont saisies aux studios de Boulogne-Billancourt où Jacques Saulnier a reproduit à

l'identique les intérieurs bourgeois style 1910. La distribution est brillante. Charles Denner, du TNP, un comédien de trente-six ans encore inconnu, incarne Landru.
Dans la cuisinière en fonte de Cambrai vont successivement disparaître Danielle Darrieux, Michèle Morgan,
Giulietta Massima, Juliette Mayniel, Catherine Rou-
vel… Seule Fernande Segret (incarnée par Stéphane
Audran) sera épargnée par le *serial killer*. Sa crémation
a été annulée à la suite de la signature de l'Armistice.
Au générique, des participations exceptionnelles : Raymond Queneau joue Clemenceau et Jean-Pierre Mel-
ville incarne Georges Mendel, son secrétaire.

Découpé en saynètes, *Landru* est un film d'humour
noir. Le héros apparaît comme un personnage sympathique et attachant, tandis que ses victimes se révèlent
si candides que chaque assassinat tourne à la plaisanterie. La première partie est consacrée au manège sordide de Landru, la seconde relate son procès.

Le film est un succès : deux cent mille entrées[31].
« C'est peu, considère Claude Chabrol, si l'on tient
compte de l'énormité de la campagne publicitaire qui
avait précédé sa sortie et du nom des comédiennes
à l'affiche. Sans parler de Françoise Sagan, dont les
romans se vendaient à un million d'exemplaires. Pour
moi, c'était beaucoup. Aucun de mes films n'avait
atteint un tel chiffre depuis *Les Cousins*. La critique ne
m'avait pas scié. Le public semblait disposé à se réconcilier avec mon talent. J'étais persuadé que j'arrivais au
bout d'une série noire[32]. » Sans être assassines, les critiques restent tièdes : « Si les dialogues sont rapides et
percutants, ils sont largement soumis au clin d'œil permanent que le metteur en scène adresse au public,
constamment pris à témoin, lit-on dans *Combat*[33]. En

effet, on nous traite en amis et en complices, comme si nous étions au courant. Mais, pour peu que le détail de l'affaire Landru se soit estompé dans notre mémoire, nous ne retrouvons plus que roublardise, épaisseur et une sorte d'amoralisme triomphant qui fait mine de se réfugier derrière l'alibi de la satire. » Dans *Le Figaro* du 29 janvier 1963, le journaliste Louis Chauvet note qu'il n'apprécie guère l'humour noir de la romancière : « Les auteurs s'amusent pour leur propre compte. Françoise Sagan, que nous avons connue mieux inspirée, fait des mots sur le four crématoire individuel utilisé par ce "héros" feuilletonesque dont Claude Chabrol raille les "clientes". Ils ne lésinent pas sur les facilités au sujet de l'instrument principal de la tragédie. "J'adore les belles cuisines – Alors vous serez comblée." "Cette cuisinière est bien exiguë, mon chéri. – C'est justement ce que je me disais." Ah, nous en entendons parler, de la cuisinière… La première fois, on sourit. La cinquième allusion cambraisienne commence à lasser. » Jean de Baroncelli note, dans l'édition du *Monde* : « Racontée par Françoise Sagan et Claude Chabrol, l'histoire de Landru est donc avant tout une bouffonnerie macabre, une sorte de vaudeville où la mort se promène en caleçon. Du vaudeville, le film a la drôlerie un peu lourde, les mots d'auteur et les décors. »

Fernande Segret, la maîtresse rescapée de Landru incarnée par Stéphane Audran, est toujours vivante au moment où le film doit sortir. Outrée, elle charge son avocat, Me Yves Dechezelles, d'assigner les producteurs Carlo Ponti et Georges de Beauregard afin d'obtenir la mise sous séquestre des bobines au nom du respect du droit de la personne. Le litige est examiné dans le cabinet de M. Drouilla, le président du tribunal.

À l'issue de la confrontation, le président se déclare incompétent pour décider, en référé, des limites concernant le droit de l'historien revendiqué par les auteurs du film. Le magistrat refuse aussi d'interdire à Europe n° 1 la diffusion des lettres que lui envoya Landru. Mlle Segret obtient dans un premier temps 10 000 francs de dommages et intérêts. Son avocat plaide que le film, utilisant son nom sans aucune autorisation, a rappelé au public une période lointaine et dramatique de sa vie privée. La cour d'appel a considéré que cette demande « manquait de fondement ». L'arrêt qui déboute Mlle Segret fait droit aux arguments de Me Georges Kiejman, l'avocat de la société de production Rome-Paris-Film. « Si chacun, dit-il, a en principe le droit de s'opposer à la divulgation des faits de sa vie privée, il en est autrement lorsque les faits ont déjà été largement divulgués et qu'aucune faute ne s'induit des circonstances dans lesquelles la nouvelle divulgation s'est réalisée. » La cour retient que la vie privée de Fernande Segret a été mêlée à « des infractions dont la poursuite a donné lieu à des débats publics ». L'arrêt estime aussi que Fernande Segret, qui sollicita la publication de ses Mémoires, n'aspire pas au silence et à l'oubli qu'elle invoque. Enfin, la cour estime que les images incriminées du film n'ont « rien ajouté de désobligeant à la réalité. Elles suggèrent sobrement par des moyens propres à l'art cinématographique que Landru et Mlle Segret ont été amant et maîtresse et qu'il ne s'y ajoute pas de geste inutilement impudique ».

Quelques années avant la naissance de Denis, Françoise Sagan renonçait à une pièce de théâtre commandée par Marie Bell sous prétexte que la directrice du Gymnase ne la trouvait pas à son goût. Plutôt que de la remanier, la romancière préférait en écrire une autre. Cette pièce de théâtre, laissée en sommeil, s'intitulait *La Robe mauve de Valentine*. Sagan l'a ressortie de ses tiroirs ; elle est créée au théâtre des Ambassadeurs-Henry Bernstein le 16 janvier 1963. Danielle Darrieux n'a plus respiré l'odeur des planches depuis *Faisons un rêve* de Sacha Guitry. C'est Françoise Sagan qui a eu l'idée de lui proposer le rôle de l'émouvante Valentine ; l'auteur et l'actrice sont convenus de déjeuner au Grand Véfour. À table, elles ont beaucoup ri et l'accord a été scellé. Dès cette première entrevue, Françoise Sagan a été frappée de nombreux points communs entre Danielle Darrieux et Valentine. Ce sentiment se confirme lors des répétitions. La comédienne est époustouflante, elle donne le sentiment de connaître son texte sans avoir eu besoin de l'apprendre ; le metteur en scène, Yves Robert, la dirige à peine, préférant laisser le charme agir. Du fond de la salle, enveloppée dans un manteau de vison noir, Françoise Sagan admire Danielle Darrieux vêtue d'un fourreau mauve Christian Dior, pailleté et décolleté dans le dos. « De temps en temps, en dehors du théâtre, Danielle Darrieux parlait comme Valentine, pensait comme Valentine, et nous restions tous émerveillés. Le jour de la première je savais – parce qu'il ne pouvait pas en être autrement, parce qu'elle était là, elle – que les gens l'aimeraient ; et, effectivement ils l'aimèrent[34] », se souvient l'auteur. À son appréhension, habituelle et naturelle, s'ajoute l'enjeu commercial. Sa dernière pièce, *Les Violons parfois* (55 représentations seulement au Gymnase, contre 600 représentations de *Château en Suède* à l'Atelier), s'est soldée par un échec financier.

Le rideau se lève sur les décors de Pierre Simonini : un hôtel minable genre 1925, puis un appartement délabré de la rue du Bac où défileront les comédiens : Danielle Darrieux (Valentine), Marcelle Ranson (Marie), Danièle Allégret (Laurence), Pierre Michael (Serge), Maurice Nasil (Saint-Gobain) Marcel Lemarchand (le notaire) et Frank Villard (Jean-Lou). Valentine, trente-cinq ans, vient trouver refuge chez sa cousine, Marie, qui vit avec son fils, Serge, un peintre torturé. Elle demande l'hospitalité le temps que son époux, Jean-Lou, se lasse de sa maîtresse. Il lui a donné une somme importante d'argent mais elle l'a perdue ou peut-être jouée au chemin de fer, elle ne sait plus. Marie, elle, occupe un appartement sordide à l'hôtel Acropôle en attendant de percevoir l'héritage de son défunt mari. Valentine semble triste, Marie la réconforte : « Eh, bien tu vieilliras avec moi. Nous vieillirons ensemble comme nous avons grandi ensemble. » Serge tombe rapidement sous le charme de Valentine, cette ingénue pleine de malice de dix ans son aînée, qui passe le plus clair de son temps à faire des décalcomanies. Il délaisse Laurence, une ravissante étudiante. Étreignant Valentine, il lui déclare avec fougue : « En vous embrassant tout à l'heure, je me suis un peu heurté à vous, et l'espace d'un instant, j'ai retrouvé cette impression de maladresse, d'extrême jeunesse, que j'avais oubliée et qui m'a semblé tout à coup à la fois le signe et le côté indispensable du bonheur… l'impression de prendre un risque terrible », déclare-t-il. Lorsque le mari de Valentine arrive, la vérité éclate. Jean-Lou, un homme de quarante-cinq ans, beau et doux, est victime des frasques de sa femme et non l'inverse. Celle-ci le quitte régulièrement pour une toquade mais revient toujours. Serge n'a jamais cru au rôle de victime joué par Valentine. Il n'est pas dupe : «Parce que vous n'êtes pas une femme que l'on quitte, comme ça, pour un caprice sensuel. Vous êtes plus le caprice sensuel que l'épouse résignée […]» Valentine rentre chez elle avec Jean-Lou, laissant sa dernière proie, Serge, en larmes et abattu.

Le quotidien *France-Soir* a l'idée d'aller interroger les spectateurs au sortir de la représentation. L'opinion est, tout comme la critique, partagée. Un enseignant en faculté de lettres de Strasbourg trouve la pièce «bien superficielle mais assez agréable». «Je suis quand même un peu déçu, ajoute-t-il. J'avais préféré *Château en Suède*. Sur le plan de l'interprétation, Danielle Darrieux a le type qu'il fallait et Marcelle Ranson est remarquable.» Un avocat de Genève : «Formidable ! J'en suis même étonné. J'ai beaucoup aimé et pour moi c'est de loin la meilleure pièce de Sagan.» Enfin une secrétaire de direction se dit «un peu déçue». «J'ai passé une excellente soirée, mais je trouve la pièce moins bonne que *Château en Suède*. L'intrigue est trop maigre, mais les robes et les décors sont vraiment ravissants.» Le critique Paul Gordeaux ajoute son commentaire de professionnel : «Les répliques de Françoise Sagan ont un ton original, à mi-chemin entre l'humour pincé et la poésie fantasque, un accent vraiment d'aujourd'hui. Ce ne sont que petites notations malicieuses, traits piquants, rapprochements inattendus, aperçus divertissants. Un régal[35].» Pierre Marcabru note dans *Paris-Presse* à propos de l'auteur de *La Robe mauve de Valentine* : « Astucieuse, prudente et finaude, Françoise Sagan pille l'arsenal du boulevard : c'est ainsi que l'on prend d'assaut le théâtre de convention[36]. » Il conclut : « C'est le triomphe du vide, mais ce vide est joliment habillé. Et dans ce théâtre-là, l'habit fait toujours le moine. » Pour Bertrand Poirot-Delpech : « C'est ce soir le même jeu qu'hier, sûr de ses caprices comme d'une chance ; et pourtant le charme a brutalement passé, telle la main au casino. (…) Peut-être serait-on plus indulgent si on avait été moins séduit. C'est la rançon des talents spontanés et des intuitions heureuses. Le temps passant, ils doivent savoir changer de tables et de coups. Les martingales sont indignes d'eux et ne leur pardonnent pas[37]. » Robert Kanters de *L'Express* aura le mot de la fin : « La France a perdu une romancière, elle a gagné un Henry Bataille. »

Françoise Sagan situe sa rencontre avec Juliette Gréco en 1958, mais précise que leur amitié a vraiment commencé quatre ans plus tard : « Après s'être croisées dans une boîte de nuit, on a commencé à rire et à s'agiter ensemble, à se taper dans le dos, bref à devenir inséparables. Depuis ce jour nous nous sommes toujours entendues au gré de nos maris et de nos amants, et ne sommes jamais restées fâchées plus d'une heure[38]. » Juliette Gréco, pour sa part, considère que leur amitié a tôt débuté, à la fin des années 50 – l'enregistrement du disque *Juliette Gréco chante Françoise Sagan* donnerait raison à la chanteuse – pour s'achever en 1990. Pendant quarante ans, les deux femmes ne se quittent plus. À l'hôtel de la Ponche ou dans des villas louées, elles passent souvent leurs vacances ensemble et, le reste du temps, elles communiquent par téléphone plusieurs fois par jour. Les réveillons de fin d'année sont l'occasion de réunir leurs deux « familles ». « Ça se passait le plus souvent chez moi, dans mon hôtel particulier de la rue de Verneuil, raconte l'interprète de *La Javanaise*. Il y avait tout plein de gens : les enfants, les frères et sœurs, des amis, des maris… Certaines années, les réveillons étaient costumés. Une fois, le thème était : voyous et filles de joie. Les garçons avaient des casquettes et les filles portaient des jupes fendues. Je devais avoir un homme dans ma vie cette année-là. Mais qui ? Je ne m'en souviens plus ! Enfin, il y a eu comme ça des réveillons plus infernaux que d'autres [39]. » La diva de la chanson travaille énormément, parfois à l'étranger lorsqu'une tournée l'y conduit. Quand elle rentre à Paris, elle consacre le plus clair de son temps à Françoise Sagan. Ainsi passent-elles leurs nuits chez Régine escortées de Jacques Chazot, ne se couchant jamais avant le lever du jour. Françoise Sagan raconte leurs petits matins : « Physiquement, c'est quelqu'un qui a un courage fou, presque animal, alors que je suis la femme la plus paresseuse de la terre. Moi, le matin, je suis comme une crêpe. On peut me tirer du canon dans les oreilles, je ne bouge pas. C'est elle qui me stimule [40]. » La romancière apprécie aussi cette fidélité absolue, son soutien en cas de coup dur. « On voudrait cacher un cadavre dans son jardin, elle vous aiderait à faire le trou », affirme-t-elle. Juliette Gréco, quant à elle, est séduite par cette jeune personne qui, comme elle, n'a pas froid aux yeux : « Il n'y avait pas plus léger, plus gai, plus tendre, plus intelligent que Françoise Sagan. Il n'y avait pas de plus merveilleuse personne. Elle n'en faisait qu'à sa tête. Complètement imprévisible[41] ! » Et d'ajouter : « Je n'ai pas de mauvais souvenirs avec Françoise, que de bons. Nous étions heureuses et insouciantes. C'était toujours un bonheur de se retrouver et de s'aimer[42]. » Dans l'intimité, Sagan surnomme Gréco « Berthe » ou « Agathe » ; quant à Gréco, elle l'appelle « Minnie » parce qu'elle flotte dans ses chaussures, ou « Minnie Cooper », lorsqu'elle abandonnera les bolides pour des petites voitures de ville. Parce qu'elles sont aussi canailles l'une que l'autre, leurs sorties ne sont que farces et fous rires. Juliette Gréco se souvient d'une soirée huppée et ennuyeuse. Elle murmure à son amie : « Je vais m'approcher de Mme… et lui mettre une main aux fesses. Je te parie qu'elle ne bronchera pas. » Et elle joint le geste à la parole. L'épouse d'un homme très haut placé, en effet, ne bouge pas. Revenant vers Sagan, elle lance triomphalement : « Tu vois, je t'avais dit qu'elle en avait l'habitude[43] ! » La chanteuse ajoute qu'il n'est pas simple d'être attachée à Françoise Sagan qui est un véritable oiseau, la plus volage des femmes. Massimo Gargia, un de ces hommes avec lesquels l'auteur d'*Un certain sourire* a longtemps entretenu une tendre amitié, peut en témoigner : « C'est vrai que c'est difficile parce qu'elle n'a aucune notion de la fidélité. Cela dit, elle ne réclame pas d'exclusivité en retour, et en cela elle est honnête[44]. »

Pour Françoise Sagan, l'amour, c'est la confiance. « Un amour basé sur la jalousie est un amour fichu parce qu'on y fait entrer la bataille, la lutte, explique-

Séance de dédicace d'*Aimez-vous Brahms..* aux éditions Julliard, en 1959.

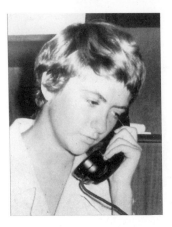

Quand Françoise Sagan
publie *Bonjour tristesse* en 1954,
elle est mineure.
Elle habite encore chez ses parents,
167, boulevard Malesherbes.

René Julliard
a découvert Françoise Sagan.
La romancière restera fidèle
à son éditeur jusqu'à sa mort,
en 1962.

Dès l'été 1956, elle loue une villa à Saint-Tropez.

Avec ses premiers droits d'auteur, Françoise Sagan s'offre une Jaguar XK 140.

En 1956, à Saint-Tropez, elle a déjà écrit *Un certain sourire*, son deuxième roman.

À Saint-Tropez
en 1956,
avec son frère
Jacques Quoirez
et Florence
Malraux,
assis à l'arrière.
À l'avant,
le compositeur
Michel Magne.

Dans la villa
du port
de La Ponche.
La romancière
est assise
entre l'écrivain
Bernard Frank
et Michel Magne.
En face,
la journaliste
Madeleine Chapsal.

Séance de travail
avec Annabel, mannequin
et chanteuse.
La future épouse
du peintre Bernard Buffet
interprétera les premières
chansons de Sagan.

Au piano
avec Marcel Mouloudji
(au fond) qui découvre
les chansons du tandem
Sagan-Magne (à droite).

Françoise Sagan
quitte la clinique Maillot
de Neuilly-sur-Seine.
Son spectaculaire accident
de voiture a eu lieu
en avril 1957,
à Milly-la-Forêt.

Une enquête est ouverte.
Ici, la conductrice
découvre son Aston Martin
endommagée.

Avec deux de ses passagers au moment du choc
(Véronique Campion et Voldemar Lestienne),
Françoise Sagan attend le verdict du tribunal de Corbeil.

Le 12 mars 1957 à Paris, Françoise Sagan
rencontre Jean Seberg (à gauche),
l'héroïne de *Bonjour tristesse* dans l'adaptation cinématographique
d'Otto Preminger (au centre).

Guy Schoeller épouse Françoise Sagan
à la mairie du XVIIᵉ arrondissement, le 13 mars 1958.
Le mariage ne durera pas plus d'un an et demi.

En 1958, Françoise Sagan écrit l'argument d'un ballet,
Le Rendez-vous manqué.
De gauche à droite : Roger Vadim (le metteur en scène), Claude Bolling,
Françoise Sagan, Michel Magne (le compositeur)
et les danseurs : Noëlle Adam, Tony Lander et Wladimir Skouratoff.

Françoise Sagan pose au côté de Bernard Buffet
à la première du *Rendez-vous manqué*, à Monaco.

Après *Château en Suède*, sa première
pièce, Françoise Sagan écrit *Les Violons
parfois* à la demande de Marie Bell,
comédienne et directrice du Gymnase.

Avec Danièle Darrieux, à la
première de *La Robe mauve
de Valentine*, une pièce de
Sagan créée le 16 janvier 1963
au Théâtre des Ambassadeurs.

En compagnie de Marie Bell et Jérôme Kilty,
metteur en scène des *Violons parfois*.

En 1961, avec Anthony Perkins qui incarne Simon
dans *Goodbye Again* d'Anatole Litvak,
l'adaptation cinématographique d'*Aimez-vous Brahms..*

Au bras de Robert Westhoff, un artiste américain
que Françoise Sagan épouse en 1962 et dont elle divorce la même année.

En 1965, le fils unique de la romancière a 3 ans.
Il se nomme Denis Westhoff.

La chanteuse Juliette Gréco incarne Angora
dans *Bonheur, impair et passe*, pièce créée en janvier 1964,
au Théâtre Édouard VII.

Avec Jean Cau et Régine, reine des nuits parisiennes,
que Françoise et ses amis surnomment « maman ».

Manoir du Breuil en Normandie.
Sa passion des chevaux remonte à l'enfance.

Elle est photographiée avec Orson Welles,
qu'elle admire sans réserve,
à l'occasion de la sortie du film *Le Procès*,
le 16 février 1973.

Chez elle, à Paris. Elle a la manie de déménager souvent,
en moyenne tous les trois ans.

Portrait par son fils, Denis Westhoff,
photographe professionnel.

Dîner au « Monde des arts », en avril 1992,
avec son ami François Mitterrand.

En avril 1998, Françoise Sagan et Marc Francelet (à droite)
rencontrent Roland Dumas.
Ils seront tous trois cités dans « l'affaire Elf ».

Au côté de la romancière Régine Deforges,
au dernier meeting de François Mitterrand
avant les législatives de mars 1986.

Avec Jack Lang, elle rencontre Lech Walesa
lors de la visite officielle du président Mitterrand
à Gdansk, le 15 juin 1989.

t-elle. Les petits jeux de la jalousie, je trouve cela lamentable. Il se passe que beaucoup de gens cherchent dans l'amour un paroxysme et emploient la jalousie pour l'obtenir. Leurs partenaires sont fascinés, mais c'est par la violence. Ce sont des rapports humains, mais des rapports de maître à valet ou de bourreau à esclave[45]. » Sur le thème de la fidélité, Françoise Sagan a sa théorie : elle est convaincue que pour aimer deux hommes à la fois, il faut être aimée au moins par l'un des deux passionnément. On ne peut tromper un homme que si on l'aime vraiment et si on est vraiment aimé de lui. Elle s'explique : « On peut tromper quand on a un capital de bonheur sur soi. Moi, lorsque j'étais heureuse, j'ai pu tromper les garçons avec qui j'étais et si j'étais amoureuse d'un type qui ne me regardait pas, je ne pouvais pas le tromper : je me trouvais moche et je n'avais envie de personne. Il y a peu de femmes qui admettent cela, et des hommes encore moins. Pourtant, c'est vrai[46]. »

En 1964, Juliette Gréco est l'héroïne de la quatrième pièce de théâtre signée Sagan. Il s'agit de *Bonheur, impair et passe*, dont la générale aura lieu le 14 janvier au théâtre Édouard-VII. Qui sait si, en créant le personnage d'Angora, Sagan ne songeait pas déjà à Gréco ? Quoi qu'il en soit, il sied à merveille à cette beauté brune et mystérieuse. « Elles ont des traits communs, confirme l'auteur, par exemple la même manière de se tirer de n'importe quelle situation avec humour[47]. » L'action se déroule à Saint-Pétersbourg, dans une demeure délabrée où vivent des aristocrates désargentés et buveurs de vodka. « *Château en Suède*, *Les Violons parfois*, *La Robe mauve de Valentine*, je me rendis compte que, partie d'un superbe château sué-

dois, j'avais glissé dans un appartement cossu de province, puis carrément dégringolé dans un hôtel miteux
du XIVe arrondissement. Je décidai de remonter la
pente et émigrai à Saint-Pétersbourg dans l'hôtel particulier d'un noble comte ruiné mais fastueux[48] », poursuit-elle ailleurs. Angora est une beauté de trente ans,
logeant dans d'immenses pièces vides – elle a perdu
les meubles au jeu – avec son mari, le comte Igor
Diverine (Daniel Gélin), son frère, Ladislas (Michel de
Ré), et sa mère, la comtesse (Alice Cocéa). Igor est fou
de jalousie depuis qu'il a surpris sa femme, il y a bien
des années, dans les bras d'un autre. Depuis ce jour, il
provoque en duel tous ceux qui osent la regarder. Et
comme Angora est superbe, comme Igor manie les
armes avec talent, les hommes se font rares dans leur
demeure de Saint-Pétersbourg. Surgit le prince Wladimir Demisof (Jean-Louis Trintignant), jeune aristo-
crate suicidaire qui n'ose se donner la mort de crainte
de peiner sa mère. Il annonce à Igor qu'il est fou de sa
femme. Mais ce dernier s'aperçoit rapidement qu'il
n'a jamais vu Angora et refuse de le tuer. Il ne provoque pas n'importe qui en duel. Il préfère lui mettre
un marché en main : « Rendez-moi jaloux, nous nous
rencontrerons. Si ma femme vous regarde, je dis bien
si "elle" vous regarde, pas si "vous" la regardez, je
pourrai vous tuer. Mais n'essayez pas de me duper. » À
ce jeu-là, le prince se fait prendre ; il tombe sincère-
ment amoureux d'Angora sans parvenir à convaincre
Igor. Pour Wladimir, Angora était un défi – « Je
n'aime pas qu'on me parle de femmes impossibles ; je
n'en connais pas » – elle est devenue un piège. Lorsqu'il lui avoue la vraie raison de leur rencontre, elle le
quitte sur-le-champ. Igor et Wladimir finissent par

jouer Angora aux cartes. À l'issue de la partie, le perdant, Igor, refuse de céder sa femme qu'il aime toujours. Il parvient alors à la reconquérir.

La pièce aurait sans doute été une réussite si Françoise Sagan n'avait pas décidé de s'occuper elle-même de la mise en scène : « C'est peut-être prétentieux de m'attaquer à ce nouveau métier, mais cela m'amuse trop, avoue-t-elle. Et puis, j'ai pas mal d'expérience de la mise en scène. J'ai calculé que j'avais déjà assisté à plus de mille heures de répétitions au théâtre. Je mettrai ma pièce en scène dès le mois de décembre[49]. » Elle concédera, plus tard, que cette idée lui est venue en apprenant qu'Anouilh mettait lui-même en scène ses spectacles.

Dès les répétitions, on peut parler de désastre. Daniel Gélin peine à entrer dans la peau d'Igor et en fait part à Sagan qui ne sait trop que répondre. « Je me plaignais de ne pas savoir par quel bout le prendre, se souvient-il. Je ne sais pas jouer un mari ! Un week-end que nous étions partis ensemble en Normandie, je lui ai demandé de m'écrire deux ou trois lignes sur la manière dont elle voyait mon personnage, qui me semblait manquer de charpente. Le lundi, elle m'a apporté une superbe page de littérature sur le théâtre, et qui n'avait rien à voir avec Igor[50]. » Pour les comédiens qui, suivant les ordres de Sagan, répètent en costume, ces séances sont pénibles. Ajoutant à la confusion, Sophie Litvak est venue se greffer au projet. Elle passe son temps à murmurer ses indications à l'oreille de Françoise Sagan. Juliette-Angora donne sa version des faits, qui ne serait certainement pas celle de l'intéressée : « Sophie Litvak était infernale, autoritaire, mais elle aimait énormément Françoise qu'elle traitait comme une petite fille. Donc, Sophie s'est mis en tête d'entrer dans cette histoire et de cosigner la mise en scène de *Bonheur, impair et passe*. Elle n'avait rien à voir avec le monde du théâtre, puisqu'elle était mannequin, mais, comme elle avait épousé Anatole Litvak, elle devait penser que son talent était contagieux. Nous, on s'en fichait, on l'aimait bien, mais ce n'était vraiment pas une bonne idée[51]. » Sur les planches, l'atmosphère est tendue compte tenu du flottement qui règne du côté de la direction d'acteurs. Chacun sent bien que l'issue sera tragique. Sagan donne pourtant beaucoup d'elle-même. Elle a réglé les éclairages, réconforté ses interprètes ; son texte à la main, manches relevées, elle s'est déplacée pour donner ses indications aux acteurs. « Un peu par défi aux spécialistes et par curiosité, je me suis lancée dans la mise en scène, explique-t-elle. Je n'ai pas tardé à éprouver que c'était un métier et que je n'avais aucune disposition pour lui. Ça a été une catastrophe. Il faut connaître le métier et surtout avoir de l'autorité, savoir faire marcher les lampes, faire marcher les gens, et comme, pour mon plaisir personnel, je n'avais pris que des amis à moi – Jean-Louis Trintignant, Juliette Gréco, Michel de Ré –, tout le monde me disait : "Assez travaillé, si on allait prendre un verre ?" Et on y allait[52]. »

La pièce a été rodée pendant une semaine en public avant la générale. Juliette Gréco n'est pas rassurée pour autant : « Je crois que le tour de chant me fait moins peur : là, je suis seule, je ne risque que moi. Ici, d'autres gens sont embarqués avec moi. Comme actrice principale, je me sens responsable. » Et Sagan de lui répondre : « Tu devrais te détendre, tu sais. La seule responsable, ici, de tous, c'est moi[53]. » La veille, un ami de passage lui dit qu'on n'entend rien et aussitôt, à ses propres frais, elle commande une sono qui tombe en panne lors de la générale. La corbeille entendra le texte, pas l'orchestre. De plus, ce soir-là, le Tout-Paris est scindé en deux groupes : ceux qui vont applaudir les Beatles à l'Olympia et ceux qui saluent le retour de Juliette Gréco au théâtre après huit ans d'absence.

Le 17 janvier 1964, le soir de la première, Françoise Sagan porte une robe noire comme son trac : « J'ai un trac noir[54] », dit-elle. Son anxiété n'a pas échappé à Marie Bell, la productrice de la pièce : « Françoise a encore plus le trac que nous, mais elle peut se cacher, elle[55] ! » L'auteur s'est réfugié dans la loge de Juliette Gréco où s'accumulent les bouquets de fleurs, les bouteilles de vodka, de scotch et les télégrammes, dont celui de Jean-Claude Brialy qui promet : « Je suis avec toi contre les imbéciles. » À la fin de la générale, cent cinquante personnes entourent Sagan au Schéhérazade pour lui témoigner leur affection. Maître Floriot confie à Salacrou : « Ce serait une très bonne soirée si on ne m'avait pas appelé Monsieur le Président. On m'a pris pour Edgar Faure. J'espère lui faire payer cela la semaine prochaine quand je plaiderai contre lui dans le procès Novak. » « J'aime beaucoup le ton de la pièce, qui ondule, qui monte et qui descend, très russe », dit Mélina Mercouri. « J'aime beaucoup, c'est superbe », déclare Roger Vadim. « Oui, superbe », lui répond Jane Fonda. Suzanne Defforey, la sœur de Françoise Sagan, est rassurée : « C'est gagné, ils ont ri. Ils ont l'air content. » Quant à Charlotte Aillaud, la sœur de Juliette Gréco, elle met toute son énergie à la réconforter : « Tu sais que de la salle ton orgelet ne se voit pas du tout ! »

Au tomber de rideau, Ingrid Bergman vient féliciter l'auteur et les acteurs. Le poète Aragon, se considérant mal placé, ironise : « Je ne peux pas vous dire si Alice Cocéa parle bien le russe », tandis que son épouse, Elsa Triolet, se demande si les robes viennent de chez Dior. Jusqu'à l'aube, les invités ont siroté de la vodka chaude au miel qu'ils ont baptisée pour l'occasion « Vodka Saganoff ».

La générale a été désastreuse, les critiques n'en ont rien manqué. « La partie est-elle conduite avec la rigueur nécessaire[56] ? » questionne Georges Lerminier dans *Le Parisien*. Jean Paget, dans Combat, met l'accent sur la pièce elle-même : « Sagan ne dérange plus rien et raconte de jolies histoires d'amour contrariées qu'elle met en scène, elle-même, fort maladroitement[57]. » Guy Leclerc, dans *L'Humanité*, parle à son tour de la mise en scène : « Les premières gorgées sont fades, les suivantes plus relevées lorsque les protagonistes cessent de jouer à cache-cache et s'affirment. Mais il est bien tard déjà, et cette mise en scène bâclée et cette sonorisation[58]…. » Pour Bertrand Poirot-Delpech du quotidien *Le Monde* : « On enrage de voir tant de vertus sacrifiées en partie à l'amusement passager de monter au pupitre[59]. » Le compte rendu de Jean Dutourd est plus sévère : « Mme Sagan a bâclé sa pièce en paresseuse qui pense à autre chose. Son dialogue est très plat, sans idées originales, sans traits, sans passion, sans poésie, sans imprévu. Ses créatures sont des fantoches. En outre, elle a eu grand tort de faire elle-même sa mise en scène. Elle ne connaît rien à ce métier, et cela se voit[60]. » Pierre Marcabru est visiblement l'un des rares professionnels à avoir apprécié sa soirée : « Il y a un ton, un style, une manière de se regarder vivre, une liberté d'humeur et de jugement, qui, dans leurs maladresses mêmes, ont l'originalité de n'appartenir qu'à Sagan. Qui, aujourd'hui dans le monde, ose ainsi être soi-même [61] ? »

Françoise Sagan racontera combien Marie Bell était furieuse : « "Es-tu contente de toi ? – me demanda-t-elle. – Couci-couça – Et que penses-tu faire maintenant ? questionne la productrice. – Et bien, j'ai justement le début de la pièce suivante", dis-je froidement. » Françoise Sagan déclame alors deux répliques improvisées. « Et je m'arrêtai là. Marie me lança, pour une fois dans sa vie, un regard déconcerté. "Et puis ? demanda-t-elle malgré elle. – Et puis c'est tout, dis-je. Je n'ai que le début." Et là je sortis précipitamment avant que ma douce Marie ne m'envoie son verre à la figure [62]. »

Après lecture des critiques, Sagan fait son *mea culpa* et décide enfin d'engager un metteur en scène. « J'ai sans doute été prétentieuse ou en tout cas inconsciente de croire que je pourrais faire seule la mise en scène, explique-t-elle. Je le regrette surtout dans la mesure où, ne m'y connaissant pas, je n'ai pas permis aux acteurs de tirer le meilleur d'eux-mêmes [63]. » Elle appelle alors Claude Régy, trente-cinq ans, élève de Charles Dullin et de Tania Balachova. Il a déjà monté *Dona Rosita* de Lorca en 1952, *La Vie que je t'ai donnée* de Pirandello (1954), *Penthésilée* de Kleist (1955) et le dernier récital de Catherine Sauvage… Il a aussi été l'assistant metteur en scène de *Château en Suède* aux côtés d'André Barsacq. Il a pour mission de remettre ce bateau ivre sur la bonne voie. « Par peur de tomber dans la convention, Françoise a voulu réaliser une mise en scène réaliste, analyse-t-il. Il faut maintenant remettre les choses en place, donner au texte toute sa valeur, faire des raccords parallèles. Comme la pièce ne s'arrête pas, nous pourrons juger chaque soir sur le public des effets de notre travail quotidien[64]. » Les nouvelles répétitions ont lieu après les représentations car la pièce marche plutôt bien. Les quinze soirées suivant la générale sont jouées à guichets fermés. Le 14 avril 1964, on fête la centième de *Bonheur, impair et passe* au théâtre lors d'une vodka-party. Claude Génia, la directrice du théâtre, se plaint parce que sa salle ne compte que sept cent cinquante places alors que les invitations de Sagan dépassent le millier.

Cette expérience mitigée n'affaiblira aucunement la tendresse que Gréco et Sagan éprouvent l'une pour l'autre. Un an plus tard, dans la nuit du 15 septembre 1965, au sortir d'un dîner chez Régine, Sagan va d'ailleurs le prouver en sauvant la vie de Juliette Gréco. Quelques mois plus tôt, la chanteuse a rencontré au New Jimmy's un jeune et heureux héritier. Gréco vit une histoire d'amour compliquée avec ce garçon, de quinze ans son cadet, qu'il lui faut partager avec une autre. Elle le décrit comme « un beau garçon, distrait et généreux, maigre et ardent, un vrai joueur[65]. » Juliette Gréco, qui accorde une grande importance à sa carrière, a triomphé l'année précédente à Bobino et le film *Belphégor* – dont elle tient le rôle principal – remporte un grand succès. Elle devrait être comblée, pourtant elle va mal. Ce soir-là au New Jimmy's, elle dîne avec son amant, Françoise Sagan et France et Jacques Charrier. Une dispute aurait éclaté entre Gréco et son jeune compagnon après le repas composé d'une salade de crabe. On ne peut rien cacher à Sagan… Sentant la détresse de son amie, elle préfère la raccompagner chez elle, dans son hôtel particulier de la rue de Verneuil. Saisie par une intuition, Françoise Sagan revient sur ses pas, découvre la chanteuse inanimée et la conduit aussitôt à la clinique Ambroise-Paré, avenue Victor-Hugo, à Neuilly. Il est 4 heures du matin. La chanteuse subit un lavage d'estomac. « Gréco était là hier soir, témoigne Régine. Nous avons soupé entre amis. Nous sommes restés jusqu'à 3 heures du matin et nous avons mangé tous ensemble une salade de crabe. Je ne sais pas si cette salade a rendu Juliette Gréco malade, mais, en tout cas, aucune autre personne n'a été incommodée. Quand Juliette Gréco est partie, elle était particulièrement gaie. La soirée s'était très bien passée et aucune dispute n'a eu lieu entre Juliette Gréco et [son compagnon]. Simplement, à plusieurs reprises, celui-ci avait dit qu'il voulait partir, et Juliette voulait rester[66]. » Tirée d'affaire la nuit même, la chanteuse est autorisée à rentrer chez elle. Françoise Sagan veille sur elle les jours suivants. Aux journalistes, la romancière affirme pudiquement : « Juliette Gréco a mangé trop de crabe à son souper. »

7

Le réalisme bourgeois

À l'occasion de son trentième anniversaire, Françoise Sagan revient sur sa chance : « Touchons du bois.
C'est peut-être parce que je ne suis pas quelqu'un de
méchant et surtout parce que je ne crois pas que les
autres le soient. Peut-être la confiante attirance pour le
bonheur. Mais j'ai eu une plus grande chance que *Bonjour tristesse* ou tous les gros tirages, c'est d'avoir eu
des parents charmants et d'une stabilité mentale jusqu'à présent indestructible[1]. » L'été de ses trente ans
est une saison studieuse. La jeune femme range les
premiers feuillets de son prochain roman dans une
valise en peau de porc et se rend gare de Lyon pour
prendre le Train bleu qui file vers le sud. Elle projette
d'achever *La Chamade* sur la terrasse de la Pastourelle, une grande villa entourée de pins à Saint-Tropez.
Elle n'est pas seule. Le petit Denis l'accompagne, ainsi
que Robert Westhoff et Juliette Gréco. Le manuscrit
cause bien des soucis à la romancière. « À 30 ans, on
ne pond pas un livre comme à 16, expliquera-t-elle. Si
j'ai mis un an à écrire mon livre, c'est parce que je
n'avais pas assez en tête mes personnages. *La Chamade* est ce que j'ai écrit de plus éreintant et de plus

important[2].» Son éditeur, Christian Bourgois, comprend son angoisse mais il sait aussi que le temps presse. Il lui faut impérativement le manuscrit définitif début juillet sans quoi la parution prévue le 14 septembre serait différée, et il n'y tient pas. Il décide d'aller le chercher sur place, à la Pastourelle. Là, il constate que le roman n'est toujours pas terminé et, avant de rentrer à Paris, il concède un sursis de cinq jours, pas davantage. À son tour, Françoise Sagan quitte la villa le 8 juillet pour s'enfermer dans une auberge proche de Paris, avec Bob Westhoff, où elle achève le récit et y apporte les dernières corrections. Le 15 juillet, enfin, il arrive sur le bureau de Christian Bourgois. Après sa lecture, l'éditeur déclare : «La musique, le rythme, le style… du très grand Sagan. Frémissant. Attachant. Tous les gens de sa génération vibreront comme elle[3].» La machine est lancée : il commande un premier tirage de 150 000 exemplaires et demande à Sven Nielsen, PDG du groupe Julliard-Plon-Presses de la Cité, de mettre vingt-cinq camions à disposition pour assurer une distribution optimale dans les librairies de France. Par superstition, Christian Bourgois préfère conserver la fameuse couverture blanche ornée d'un liséré vert qui a fait la fortune de son éminent prédécesseur. Lorsqu'il a repris la direction de la maison, l'une de ses premières initiatives a été d'embaucher des maquettistes de journaux de mode pour qu'ils conçoivent des couvertures originales. «Puisque les grands consommateurs de romans sont des femmes, explique-t-il, je veux leur offrir ce qu'elles lisent aux couleurs de la mode qu'elles portent[4].» Pour Sagan, il fait une exception. Celle-ci a été accaparée, ces derniers temps, par l'écriture du scénario de *Landru* avec Claude Chabrol,

par ses deux pièces de théâtre et surtout, par la naissance de son fils, elle n'a pas publié de roman depuis
quatre ans. Son public s'impatiente. *La Chamade*
arrive en librairie à la rentrée 1965, tandis que *Bonjour
tristesse* sort aux Presses de la Cité qui inaugurent
ainsi leur collection « Presse-Club ». Les quatre premiers romans et la première pièce de théâtre de Sagan
ont déjà été réédités dans la collection « Le Livre
de Poche ». Ces publications à prix modique ont remporté un grand succès puisqu'il s'en est vendu
1 450 814 exemplaires.

    La Chamade est l'histoire de Lucile Saint-Léger,
une femme de trente ans comme Sagan. « Lucile, c'est
moi, déclare-t-elle d'ailleurs. C'est un être qui s'insurge contre les contraintes de notre monde louis-
philippard. » Elle mène une existence luxueuse et
paresseuse au cœur d'une cage dorée que lui offre
Charles, un quinquagénaire aisé et raffiné. Lucile, qui
n'aime que l'« oisiveté », qui est un « être de fuite »,
« une demi-femme, une demi-enfant, une sorte d'infirme, une irresponsable », donne libre cours à ses
caprices auprès de cet amant paternaliste jusqu'au
moment où surgit Antoine. Elle s'éprend aussitôt de ce
jeune et brillant directeur littéraire ; elle quitte Charles,
sa Rolls, son whisky pour Antoine. Elle tente ni plus ni
moins de s'échapper de l'univers saganesque dans
lequel il faisait si bon vivre pour tenter l'amour charnel
et désintéressé. Mais cet amour-là a ses contraintes : les
collègues de bureau, les fins de mois difficiles, le
métro aux heures de pointe. Sa passion pour Antoine
s'émousse assez vite, au bout de deux ou trois fiches
de paye. « Elle revint à pied vers la maison, vers
Charles, vers la solitude, elle se savait à tout jamais

rejetée de toute existence digne de ce terme et elle pensait qu'elle ne l'avait pas volé», conclut Françoise Sagan. Lucile finira par épouser Charles et son grand train de vie.

Tandis qu'aux éditions Julliard l'on s'affaire autour de *La Chamade*, l'auteur préfère prendre ses distances en se réfugiant au manoir du Breuil avec sa petite famille : Denis, Robert Westhoff, Juliette Gréco et Jacques Chazot. Elle engage une Normande, Marthe, qui leur mijote de bons petits plats tandis qu'ils rôdent autour des tapis verts du casino de Deauville. De temps à autre, Sagan daigne accorder une interview à condition que ceux qui la réclament veuillent bien se déplacer jusqu'au bar de l'hôtel Royal où elle dispute des parties de gin-rummy. Pendant ce temps, les journalistes rédigent leurs commentaires. Kléber Haedens, la virulente plume de *Paris-Presse*[5], n'est pas tendre avec le sixième roman de Sagan : «*La Chamade* donne un espoir qui s'élève à la première page et s'évanouit à la deuxième, écrit-il. Le vent d'une matinée de printemps s'introduit dans la chambre d'une jeune fille endormie et l'éveille. Ce vent qui gonfle les rideaux et touche les roses inclinées est doué d'une certaine grâce impertinente. Par malheur il disparaît aussi vite qu'il est venu. » Et de conclure : «La *Chamade* est un roman plat, ennuyeux et convenu. » Son confrère du *Monde* partage son opinion. Il titre : «Un Sagan qui ne fait pas battre *La Chamade*». «*La Chamade* n'est ni une satire, ni une tragédie en demi-teinte, ni une fantaisie poétique, ni une étude de caractère, ni un tableau de mœurs, ni un apologue à valeur morale, ni même une histoire simple, sordide et vraie. L'auteur a eu toutes ces tentations à la fois. Pour n'en avoir exploité aucune

à fond, son livre n'est guère qu'un pâle roman de cœur
saupoudré d'aphorismes et de traits faciles[6]», écrit-il.
En ouvrant *Le Journal du dimanche*, Françoise Sagan
s'apercevra qu'Annette Colin-Simard n'a pas davantage apprécié son dernier texte : « Mais quand donc
Françoise Sagan mettra-t-elle son style charmant, son
talent, sa sensibilité au service de causes autres que la
délectation morose, la tristesse, le renoncement, la capi-
tulation, la défaite ? Le roulement des tambours voilés
de crêpes fait parfois place à la sonnerie du clairon.
Certes le monde n'est pas composé d'anges, de héros,
de victoires… Tout de même, nous ne les détestons
pas[7]. » Matthieu Galey, pour le journal *Arts*, se contente
de dresser le bilan d'une décennie passée en compagnie des personnages de Françoise Sagan : « Les livres
de Mme Sagan ne s'imposent pas ; ils s'insinuent. Ils
n'apportent rien de nouveau en littérature, ils sont
écrits avec une aimable négligence, on y rencontre parfois des figurants à peine "intelligents", comme on dit
dans le jargon du cinéma, des scènes conventionnelles,
des ficelles, du vent, mais ils font partie de nous, de
notre histoire[8]. » Seul Philippe Sénart, du quotidien
Combat, considère que *La Chamade* pourrait être le
livre d'un auteur arrivé à maturité : « Mme Sagan vient
d'écrire pour la première fois un roman qui n'est plus
seulement un essai ; elle vient d'écrire un roman qui
jette, vers la vraie vie, une passerelle au milieu de
laquelle elle n'a pas rebroussé chemin ; elle vient
d'écrire un roman où elle est sortie de l'ombre d'elle-
même, où elle est allée jusqu'au bout du monde et
où elle en est revenue, certes, mais consciente de ce
qu'elle a voulu, de ce qu'elle a pu, de ce qu'elle a en

fait et de ce qu'en définitive, elle a refusé. À trente ans, elle a atteint ainsi sa maturité[9]. »

La critique, réservée, a peu d'influence sur le public. Le succès est immédiat : le 30 septembre, à la librairie du Drugstore des Champs-Élysées, 1 000 exemplaires ont été écoulés en deux semaines, ce qui est considérable. Au mois de novembre, on sait déjà que le roman sera traduit en neuf langues et qu'une vingtaine d'autres pays en négocient les droits. Au mois de février 1966, la maison Julliard comptabilisera 200 000 volumes achetés en France. Et l'éditeur américain E.P. Dutton (qui le publiera un an après sa sortie en France) clame déjà que *La Chamade* est sans conteste le meilleur roman de Sagan depuis *Bonjour tristesse*, ce qui promet encore de beaux tirages aux USA. Pour fêter sa victoire, l'auteur s'offre une Ferrari, une belle bête de douze cylindres qui affiche 280 km/h au compteur. Si l'enthousiasme du public la réconforte, elle déplore toutefois que ce triomphe fasse couler plus d'encre que le récit lui-même ou ses qualités littéraires. En effet, quantité d'articles paraissent sur les recettes de l'« entreprise Sagan ». D'aucuns estiment que ce sixième roman a dû lui rapporter d'ores et déjà la somme de 600 000 francs. Si l'on ajoute à cela les 200 000 exemplaires de plus qui devraient, selon un sondage en librairie, se vendre dans les mois à venir, la romancière, d'après les supputations, serait bientôt à la tête de 1 200 000 francs. De plus, *La Chamade* part favorite pour le Femina.

L'année précédente, les libraires ont déploré que les dames du jury aient attribué leur prix à Jean Blanzat pour *Le Faussaire*, un ouvrage difficile à vendre selon eux malgré l'attribution du prix et la publicité qui l'accompagne. La présidente du Femina pense que l'élection d'un auteur déjà si populaire lui éviterait de reproduire pareille erreur. « Certes, dit-elle, on attend de nous que nous révélions des écrivains nouveaux, mais le roman de Françoise est si bon qu'il est presque hors concours. Et, après tout, les Goncourt ont bien décerné leur prix à Simone de Beauvoir qui était plus que célèbre [10]. » Parmi les membres du jury, la comtesse de Pange défend *La Chamade*, ainsi que Zoé Oldenbourg qui émet toutefois une réserve : elle considère que l'auteur n'a pas besoin de ce soutien. Tandis que le monde des lettres débat, l'auteur bronze sur la plage Tahiti de Saint-Tropez et lit des romans policiers. En tournant les pages d'un journal, les yeux mi-clos, elle apprendra qu'elle n'est pas l'heureuse élue du prix Femina. Pas de quoi perturber sa lecture. Sagan, qui n'a pas été primée depuis le prix des Critiques en 1954, n'a jamais cherché les honneurs.

Les mêmes journaux dressent un bref historique des précédentes ventes des romans de Sagan. Il atteste un sensible déclin : 850 000 exemplaires pour *Bonjour tristesse*, 550 000 pour *Un certain sourire*, 400 000 pour *Dans un mois, dans un an*, 280 pour *Aimez-vous Brahms..* et 160 000 pour *Les Merveilleux Nuages*. Françoise Sagan rage en découvrant ces publications en forme de bilan comptable. « On ne parle plus que de ça, s'insurge-t-elle. Je ne sais pas si ce qu'on me reproche le plus, c'est d'avoir gagné beaucoup d'argent ou si c'est de l'avoir dépensé. J'ai l'impression que si j'avais acheté des chaînes de snack-bars, et que ma vie soit assurée jusqu'à mes vieux jours, les gens seraient moins scandalisés. C'est extraordinaire, cette sortie de livre ressemble à une déclaration d'impôt [11]. »

Selon une estimation, entre 1954 et 1966, Françoise Sagan aurait gagné la somme de 500 millions de francs. Une fortune qu'elle-même avoue avoir dépensée sans trop savoir comment. Elle en a certes une vague idée : elle est beaucoup sortie, elle a entretenu une colonie d'amis (c'est le plus souvent elle qui règle les notes chez Régine, chez Lipp, à Saint-Tropez), elle a signé des chèques à des inconnus qui lui avaient envoyé des lettres de désespoir, elle a joué et perdu, et il y a eu les procès, les impôts, etc. Difficile pour la romancière d'aborder ce sujet, d'autant que d'argent, elle n'en a jamais manqué. Enfant providentielle, elle a été gâtée par ses grands-parents, ses parents, sa sœur et son frère aînés. À peine a-t-elle connu la pénurie pendant la guerre. «Si j'avais eu une enfance malheureuse, j'aurais pu me cramponner ou faire attention, analyse-t-elle, mais étant donné mon enfance très heureuse, j'avais de l'argent une notion tout à fait fausse… » Plus tard, elle reverra son jugement : «J'ai toujours pensé qu'il était un très bon valet et un mauvais maître. Un moyen, pas un but. Le poids de l'argent, c'est ce qui nous empêche de prendre de la hauteur. L'argent est notre tyran [12]. »

Le banquier Élie de Rothschild propose ses services à l'auteur de best-sellers qui accepte bien volontiers. Sagan sait qu'elle est capable d'aller très loin, jusqu'à la ruine. De 1961, de la naissance de Denis, à 1981, date de la nationalisation de la banque, il gère ses biens, son souci étant surtout de bloquer les sommes dues aux impôts. Pendant cette longue période, elle ne dispose plus de chéquier, se contente de l'argent de poche que lui distribue chaque mois le banquier. « On trouve que je suis allée un peu fort avec l'argent, alors on m'a mise sous tutelle. Pour mon bien[13]. » Mais Sagan est impossible à contrôler. Connue dans les boutiques de luxe comme dans les restaurants et les boîtes de nuit, elle s'offre ce qu'elle veut et fait envoyer la note à son banquier. Elle mène toutefois un train de vie très agréable : un chauffeur-maître d'hôtel et une cuisinière-femme de chambre sont à son service. Grâce à cette forme de tutelle, elle est en règle avec l'administration et donc en paix. « Pourquoi voulez-vous que je me fasse du souci, puisque vous vous en faites pour moi ? », lance-t-elle de temps à autre au banquier. Celui-ci se déplace régulièrement chez son éditeur pour lui demander d'étaler les paiements de manière à assurer, le moment venu, le règlement du fisc, même s'il arrive à l'écrivain prodigue de commettre des folies. « Quand ça arrive ? Élie de Rothschild pleure, gémit ; je lui parle de son polo et il oublie, voilà. »

Avec l'engouement du public pour seule récompense, *La Chamade* poursuit sa route. Édité par E.P. Dutton, le roman[14] fait grand bruit aux États-Unis dès sa sortie en novembre 1966. Une phrase retient tout particulièrement l'attention des journalistes américains : « À Paris, le fameux 5 à 7 est mort parce que les gens sont trop fatigués. » Amusée et intriguée par cette information, l'équipe du *Time* mène l'enquête et arrive à la même conclusion : la mauvaise circulation dans la capitale empêche amants et maîtresses de regagner

leur domicile à 19 h 30. Au traditionnel 5 à 7 succède
donc le 2 à 4. Pour soutenir la parution outre-Atlantique, Françoise Sagan fait le voyage qui la mène à
New York avec Jacques Chazot, lequel a justement
rendez-vous là-bas avec les directeurs de deux importantes compagnies de ballets. À New York, les mondanités succèdent aux mondanités. Françoise Sagan est
invitée au récital de Gilbert Bécaud sur une scène
de Broadway, puis elle file vers Cap Kennedy où
elle assiste, malgré une insolation, au lancement de
Gemini 12. Prévu le 9 novembre, le départ de la fusée
Titan sera ajourné de vingt-quatre heures en raison
d'une défectuosité dans le système de pilotage auto-
matique qui doit mettre la cabine sur orbite. Le
16 novembre, la romancière et son ami danseur volent
vers Paris en bonne compagnie : dans l'avion, ils rencontrent Maurice Chevalier et Charles Aznavour. Ce
dernier a interrompu une série de récitals aux États-
Unis pour participer au *Palmarès de la chanson*, une
émission télévisée présentée par Guy Lux, avant de se
rendre à Londres où il doit doubler en anglais son
dernier film, *Le facteur s'en va-t'en guerre*. Puis il
reviendra aux USA afin de se produire sur une scène
de Las Vegas. « Qu'avez-vous à déclarer ? demande le
douanier à l'auteur de *la Bohème* – Une Suédoise »,
lance Aznavour. Il s'agit de sa future femme, Ulla. En
vol, Maurice Chevalier est très agité : il ne se remet
pas de l'accueil que lui ont réservé les Américains :
« J'ai fait trente-cinq récitals à New York et dans cinq
autres villes. Bourré partout. Jamais cela n'a aussi bien
marché pour moi qu'à soixante-dix-neuf berges. Je me
sens en pleine forme, en janvier je repars en Afrique
du Sud. » Au sujet de sa rencontre avec l'auteur de

Bonjour tristesse et de son ami Jacques Chazot, il déclare : « Je n'ai pas ronflé une minute. Ces petits sont charmants. Jacques Chazot m'a même donné une épingle à cravate : un aigle en brillants. » À son secrétaire, Félix Paquet, il a murmuré : « La môme Sagan, c'est quelqu'un ! Il faudra les inviter à déjeuner à la maison. » Le déjeuner en question n'aura jamais lieu : Maurice Chevalier étant accaparé jusqu'au 10 décembre par le tournage d'une émission avec Jean-Christophe Averty. À l'aéroport de Paris, un petit garçon habillé en écossais des pieds à la tête attend la môme Sagan assis sur un chariot à bagages. C'est son fils, Denis.

À New York, Françoise Sagan a rencontré de puissants producteurs désireux d'acquérir les droits d'adaptation au cinéma de *La Chamade*. Certains se disent prêts à engager la somme faramineuse de 100 000 dollars. Mais l'auteur, qui a été trop souvent déçue par les adaptations hollywoodiennes de ses livres, pencherait en faveur d'un producteur hexagonal. Robert et Raymond Hakim se montrent justement très enthousiastes à l'idée de porter *La Chamade* à l'écran. Ils pensent même en confier la réalisation à Françoise Sagan et faire appel à Brigitte Bardot et à Jean-Paul Belmondo pour les rôles principaux. Dans un premier temps, la négociation échoue avec la romancière qui se montre trop exigeante aux niveaux tant esthétique que financier. Roger Vadim entre en lice en posant une condition : le rôle de Lucile ira à Jane Fonda, sa compagne du moment, et non à Brigitte Bardot, son ex-femme. Finalement, l'affaire est conclue avec Alain Cavalier. Une fois faites les présentations, Sagan et le metteur en scène filent à Saint-Tropez au mois de juin pour l'adaptation du roman. À l'hôtel de la Ponche, la romancière partage la chambre 22 avec Jacques Chazot qui vient régulièrement perturber son travail. Il faut dire qu'ils ont passé un accord : s'il arrive à l'un d'eux d'inviter une conquête, l'autre devra lever le camp. Ainsi, voyant arriver Jacques Chazot en compagnie d'un jeune homme, Sagan et Cavalier se sentent tenus de rassembler leurs documents et de descendre travailler sur la terrasse. «Et nous repartions, raconte-t-elle, Alain, ahuri mais consciencieux, et moi m'excusant, touchée par sa gentillesse[15].» Alain Cavalier se souvient d'avoir travaillé «dans une atmosphère de légèreté, de rapidité et d'insouciance[16]».

«Après les échecs publics de mes deux premiers films, dira-t-il, *Mise à sac* et *La Chamade* sont deux commandes que je me suis faites à moi-même. Dans le roman de Françoise Sagan, j'ai trouvé des personnages que je rencontrais autour de moi à ce moment-là. Françoise Sagan était d'une honnêteté, d'un charme absolu dans le travail intellectuel. Elle était drôle, avec une absence totale de phrases toutes faites. Je suis descendu la voir dans le Midi. En quinze jours, l'adaptation était finie. Avec un instinct épatant, par la bande, elle m'apprenait à être plus léger, plus rapide, moins sobre[17].»

Le réalisateur cherche à haute voix une actrice capable d'incarner l'irresponsable Lucile quand Sagan lance : «Et Catherine Deneuve?» A priori, Alain Cavalier la trouve trop jeune mais il finit par accepter. L'actrice blonde, qui s'est distinguée dans *Les Parapluies de Cherbourg* de Jacques Demy, a été consacrée par *Belle de jour* de Luis Buñuel. Les Américains sont tombés en pâmoison devant cette beauté et cette élé-

gance à la française. Pour les Anglais, elle est sans
conteste la plus belle femme du monde. En deux ans
seulement, son cachet a quadruplé. En décembre 1968,
elle commence le tournage de *La Sirène du Mississippi*
de François Truffaut dont elle partage la vedette avec
Jean-Paul Belmondo. Pour l'heure, la belle de jour
joue Lucile avec, à ses côtés tout en haut de l'affiche,
Michel Piccoli et un peu plus bas Irène Tunc (épouse
et égérie d'Alain Cavalier) qui incarne Diane, Roger
Van Hool (Antoine), Jacques Sereys (Johnny) et Ami-
dou (Étienne). Alain Cavalier est assisté de Jean-
François Stévenin et de Florence Malraux, l'amie de
Françoise Sagan. Les actrices interviewées se disent
satisfaites de la répartition des rôles. Irène Tunc
explique : «Je suis Diane, la rivale de Catherine
Deneuve. C'est un rôle secondaire qui, comme tous les
rôles secondaires, prend vie au tournage. Je lui donne
beaucoup de moi-même[18].» Quant à la vedette, silhouette blonde et mystérieuse que l'on voit errer sur le
plateau en robe noire griffée Yves Saint Laurent, elle
dit simplement : «Lucile me va bien, elle est douée
pour le bonheur. Je n'ai aucune difficulté à devenir
Lucile.» Le premier tour de manivelle est donné en
avril 1968 dans un hôtel particulier désaffecté de
Neuilly. Entre un week-end à Équemauville où elle a
soigné les oreillons de Denis, un séjour à Saint-Tropez
avec Bob Westhoff et une folle nuit chez «maman»
(Régine), Françoise Sagan est venue voir ses personnages s'animer. Elle y passe quelques instants et se
sauve pour aller saluer Marie Bell qui tourne *Phèdre* à
Boulogne. «Aujourd'hui, c'est ma tournée», lance
Sagan avant de disparaître.

Le 23 mai 1968, le tournage sera interrompu pour quatre semaines. Dans l'après-midi du 3, les forces de police appréhendent les étudiants d'extrême gauche qui se sont réfugiés dans les locaux de la Sorbonne. Aux yeux des universitaires, cette intrusion constitue une sorte de violation. Les représailles ne se font pas attendre : des voitures de police sont bombardées de projectiles dans le Quartier latin. Les forces de l'ordre répliquent en chargeant des groupes d'étudiants à coups de matraque et de grenade lacrymogène. Les affrontements se poursuivent durant une bonne partie de la soirée. Dès le lendemain, la mobilisation estudiantine se développe. L'Union nationale des étudiants de France (UNEF) présidée par Jacques Sauvageot, le Mouvement du 22 mars de Daniel Cohn-Bendit et la majorité du Syndicat national de l'enseignement supérieur organisent chaque soir des manifestations exigeant le retrait de la police et la réouverture de la Sorbonne encerclée par une armée d'agents. Le vendredi 10, les négociations échouent avec le préfet de police : les étudiants dressent des barricades pour établir un camp retranché qui sera pris d'assaut par la police. La contestation ne cesse de grandir. Elle gagne le monde du spectacle avec l'occupation du théâtre de l'Odéon, dont le directeur, Jean-Louis Barrault, s'est associé au mouvement. Les journalistes de l'ORTF réclament l'objectivité de l'information. La France est paralysée par les grèves et la fermeture de nombreuses pompes à essence. On compte dix millions de grévistes. Dans Paris, des arbres sont abattus et des voitures incendiées.

L'équipe de *La Chamade* abandonne donc provisoirement le tournage pour participer à la contestation
générale. Catherine Deneuve défile à Denfert-Roche-
reau, Irène Tunc et Robert Van Hool se retrouvent au
syndicat des artistes, Alain Cavalier est aux états généraux du cinéma, Michel Piccoli à la maison de la Radio
et Françoise Sagan au Quartier latin. « À l'Odéon,
racontera-t-elle, grande séance estudiantine. Je vais
m'y promener et je suis interpellée par un individu
chevelu muni d'un haut-parleur. "Est-ce que tu es
venue avec ta Ferrari, camarade Sagan ? crie-t-il avec
dérision. – C'est une Maserati, camarade Dupont", dis-
je. Le public s'est mis à rire et Robespierre s'en est
pris à une autre [19]. » Après la manifestation, Sagan file
comme à son habitude en boîte de nuit chez Régine :
« On entend taper à la porte un jeune homme blessé par
les CRS. On le fait entrer. Il saigne sur ma robe neuve
mais tant pis. Je me sens assez Florence Nightingale.
Hélas ! à ce moment-là la porte cède et un individu
muni d'un casque et d'une cape envoie une grenade
lacrymogène dans la boîte de nuit. Panique à bord. En
l'espace de trois secondes, toutes les femmes sont
démaquillées et méconnaissables. Certains hommes
égarés se battent entre eux. Mrs E. crie à la cantonade
mais sérieusement : "Je ne veux pas mourir dans une
boîte de nuit… Je ne veux pas mourir dans une boîte
de nuit…" [20]. »

Ces événements, qui marquent une évolution des
mœurs, Françoise Sagan les observe avec une grande
lucidité et une certaine inquiétude : « Évidemment,
dans leur nouveau monde, il risque d'y avoir peu de
place pour une Françoise Sagan, songe-t-elle. J'ai tou-

jours pensé mon avenir comme une effroyable catastrophe financière[21]. »

Le dimanche 9 juin 1968, dans le calme retrouvé, le tournage reprend. *La Chamade* d'Alain Cavalier sort le 30 août de la même année sur tous les écrans. Les commentaires sont mi-figue, mi-raisin. Dans *Paris-Presse*, Michel Aubriant note : « Alain Cavalier s'est montré trop prudent. Il s'est contenté d'habiller de couleurs brillantes des situations et des personnages pour échotiers. Il a négligé ce qu'il pouvait y avoir de subversif et de scandaleux dans cette paisible apologie de la réussite sociale et du snobisme, du "mieux vaut être riche que pauvre, beau que moche"[22]. » Le journaliste du *Canard enchaîné* est plus caustique : « Décors luxueux et whisky, peinture abstraite et propos futiles. Éclats rentrés, tact et maintien. Tout cela n'est pas sans un certain charme pour qui ce joli monde ne donne pas envie de vomir. On croit toujours que Jacques Chazot ou Régine vont surgir par un coin de l'écran[23]. » Louis Chauvet écrit dans *Le Figaro* : « Tout ce qui peut être jugé conforme à l'original dégage peu de chaleur. On ne croit pas beaucoup à ces tourmentés mondains. La seule émotion que nous transmet le film, on la doit à l'émotion personnelle de Catherine Deneuve : particulièrement touchante et convaincante[24]. » Pour Henry Chapier, chroniqueur au quotidien *Combat* : « Alain Cavalier aborde *La Chamade* en total accord avec la sensibilité de Françoise Sagan : son adaptation illustre son état d'esprit, et ne trahit en rien sa petite société d'oisifs tourmentés et attendrissants que chérit la

romancière. Mais au nom de quoi les mépriserait-on,
ces oisifs[25] ? » Dans les colonnes du *Nouvel Observateur*, on lit encore : «Le meilleur Sagan et le meilleur
Cavalier. La mise en scène langoureuse s'accorde fort
bien au tintement perpétuel des glaçons dans les verres
de scotch[26]. » Quant au journaliste du *Monde*, il est
séduit : «Sur trois notes un petit cœur bat *La Chamade*. Un certain sourire, une certaine tristesse, une
certaine impudeur : voilà ce qu'on trouve dans ce film.
Ne demandons rien d'autre. Si la mélodie est d'une
minceur extrême, du moins est-elle joliment orches-
trée[27]. »

Une fois encore, le public ne se laisse pas influencer. *La Chamade* sera le premier succès populaire
d'Alain Cavalier qui n'en connaîtra pas d'autre avant
Thérèse. Quelques années plus tard, Sagan jugera elle-
même le film «un peu trop fidèle» à son roman.
«Entre les livres que j'écris toute seule dans mon coin
et le travail nécessité par la réalisation d'un film, je ne
pense pas que l'on doive faire la même chose. Je préfère même que ce soit différent[28]. »

Alain Cavalier restera quant à lui marqué par sa
collaboration avec l'une des grandes actrices françaises. «Tourner avec Catherine Deneuve était pour
moi quelque chose, dira-t-il. Elle a une intelligence, un
phrasé, un raffinement… De semaine en semaine, une
espèce de séduction profonde du cinéaste s'est opérée,
que j'ai essayé de maîtriser pour la détourner vers la
pellicule. (…) J'ai tourné *La Chamade* en 1968 et j'ai
recommencé un autre film en 1975. Vous imaginez la
traversée du désert où cet événement m'a entraîné[29] ! »
Sagan aussi est tombée sous le charme de la gracieuse
incarnation de Lucile. Le destin réunira une seconde

fois la romancière et l'actrice : elle lui consacrera un article commandé par Nicole Wisniak, son amie et directrice de la revue *L'Égoïste*. « Blonde, belle, éclatante et séduisante comme elle l'est, sensible aussi, et n'ayant jamais fait de mal à personne (et l'on sait vite à Paris dans ce milieu), et pourtant aimée par les hommes, aimant ses enfants et aimée du public, qui, plus que Catherine Deneuve, pourrait prétendre impunément qu'elle existe telle qu'elle est ? Je l'ignore et peut-être cela est-il le meilleur et le pire de son charme que cette lueur mate qui parfois surgit du châtain de ses yeux, s'affole et laisse deviner une fêlure dans toute cette blondeur[30]. »

À propos de *La Chamade*, bien des années plus tard, en 1990, Françoise Sagan fournira à un journaliste du *Canard enchaîné* l'occasion de lignes acerbes. « Sous prétexte qu'elle a écrit *La Chamade*, Françoise Sagan se plaint à la régie Renault (qui fait de la pub pour son modèle "Chamade") de "n'avoir pas reçu une de ces voitures ni le moindre bouquet de fleurs pour excuser l'absence de cette dernière". Pour les admirateurs de Françoise, bonjour tristesse[31] ! », peut-on lire dans l'hebdomadaire satirique.

En 1965, Françoise Sagan prend de nouveau part à la vie politique française. La campagne en vue de l'élection présidentielle de décembre a débuté particulièrement tôt, dès la fin de l'année 1963, au moment où le journal *L'Express* a lancé l'opération « Monsieur X » afin de trouver le candidat idéal. Il s'agissait de sensibiliser l'opinion à la candidature de Gaston

Defferre et de rassembler la gauche non communiste et le centre en une grande «Fédération démocrate et socialiste». Mais, à l'issue du congrès des 1er et 2 février 1964, le MRP a refusé de souscrire aux principes laïques de la SFIO qui soutenait ouvertement Gaston Defferre. Résultat : le 18 juin 1965, les partis constatent leur désaccord et Gaston Defferre retire sa candidature. La voie est ouverte à un jeune socialiste ; François Mitterrand se déclare officiellement candidat dès le 9 septembre. Ayant subi le contrecoup de l'hostilité du général de Gaulle et de la mystérieuse affaire des jardins de l'Observatoire où il avait été «victime» d'un enlèvement le 16 octobre 1959, l'ancien ministre de Pierre Mendès France est redevenu simple député et a publié un livre, *Le Coup d'État permanent*, qui fait de lui l'une des personnalités de l'opposition en vue. Lorsque François Mitterrand annonce sa candidature, la Fédération de la gauche démocrate et socialiste (FGDS) voit le jour. La FGDS regroupe la SFIO, les radicaux et la Convention des institutions républicaines. François Mitterrand, qui reçoit aussi le soutien du Parti communiste, devient ainsi le seul candidat de gauche. Il a contre lui Jean Lecanuet, président du MRP depuis mai 1964, lequel se présente sous le signe du centre et de l'Europe. Ce dernier est appuyé par le Centre national des indépendants d'Antoine Pinet et par une partie des radicaux. Le général de Gaulle, quant à lui, néglige tout simplement de faire campagne et ne se déclare candidat que le 4 novembre. Son slogan : «Moi ou le chaos.»

Contre toute attente de Gaulle n'obtient que 44,6 % des suffrages au premier tour, contre 31,7 % à François Mitterrand et 15,6 % à Lecanuet. Sagan, qui fut dix ans auparavant une ardente mendésiste, s'engage en faveur de De Gaulle entre les deux tours. Comme nombre d'intellectuels apolitiques, le 11 décembre, elle signe, en même temps que Bernard Frank, un appel en faveur du Général. Les signataires affirment : « Le général de Gaulle a besoin de tous les Français conscients et exigeants. Eux aussi ont besoin de lui pour assurer leur avenir comme il a surmonté, avec eux et pour eux, les rudes épreuves du passé. » À cette occasion Michèle Cotta raconte, dans *Le Crapouillot*, ce qu'elle considère comme les dessous du ralliement de Sagan. Selon la journaliste, c'est le visage couvert de savon à barbe que Bernard Frank répond, ce jour-là, au téléphone. Son interlocuteur, poursuit Michèle Cotta, souhaite le voir signer le manifeste gaulliste. Françoise Sagan, qui assiste à la scène, est prise de fou rire, tant l'aspect de Bernard Frank lui semble en décalage avec la situation. « Énervé, Frank dit : "Ah, c'est comme ça, eh bien, je le signe, cet appel." Et pan. Il raccroche et monte achever de se raser. Une demi-heure se passe. Frank redescend, penaud. Il ne sait pas comment il peut, maintenant, revenir sur sa signature. Une seule solution : que Françoise Sagan signe le manifeste, elle aussi. L'auteur de *Bonjour tristesse* n'a jamais signé un texte sans que Bernard Frank le contresigne. "Pour une fois", dit-elle. Et elle signe l'appel du Général. »

Ni l'un ni l'autre des protagonistes n'ont, à notre connaissance, confirmé l'authenticité de cet épisode historique…

Les résultats du premier tour de scrutin sont connus le 5 décembre 1965. Dès lors, les intellectuels sont divisés en deux camps. Du côté des gaullistes de gauche, Emmanuel d'Astier de la Vigerie, Jérôme Lindon, Armand Salacrou, Jean Cau ou Françoise Sagan, tandis que Jean-Paul Sartre, Aragon, Claude Roy, Vladimir Jankélévitch et Marguerite Duras soutiennent François Mitterrand.

Entre les deux tours, à la rédaction du journal *Paris Match*, on a l'idée de faire s'affronter les intellectuels des deux bords. Ainsi sont publiées les discussions passionnées de Jean Cau contre Claude Roy et celles de Françoise Sagan contre Marguerite Duras. À cette époque, deux romans de Marguerite Duras sont portés à l'écran : *Le Marin de Gibraltar* et *Dix Heures et demie du soir en été*. En outre, elle a brillé au théâtre avec sa pièce *Des journées entières dans les arbres*, pour laquelle la critique l'a comparée à Tchekhov.

Les femmes de lettres confrontent publiquement leurs idées dans les colonnes de *Paris Match*. Marguerite Duras explique qu'elle envisage de voter pour François Mitterrand car elle entend contribuer à la « renaissance » de la gauche qui a subi un revers en 1958 et marquer son opposition au gaullisme et à son bilan. Selon elle, de Gaulle aurait surtout servi son désir de grandeur au détriment de la France. Pour sa part, Françoise Sagan martèle l'idée que de Gaulle est, à ses yeux, un homme de gauche. Ses actes en faveur de la décolonisation et de l'ouverture vers l'Est lui semblent tout à fait appréciables et conformes à ses idées. C'est à ce titre qu'elle entend défendre le président sortant. « Je suis comme vous, affirme-t-elle à Duras. Tous mes réflexes sont de gauche. J'ai toujours tendance à voter pour des idées. Mais je n'aime pas voter pour des idées quand elles sont représentées par des gens qui, apparemment, n'y croient pas. Étant donné ce que Mitterrand a eu l'occasion de faire depuis vingt ans et qu'il n'a jamais fait, je ne crois pas qu'il puisse maintenant réaliser ce que la gauche attend… […] Je n'ai aucune confiance en lui[32]. » Propos troublants, compte tenu de l'enthousiasme avec lequel l'auteur de *Bonjour tristesse* se ralliera bientôt à François Mitterrand. Le débat entre les deux femmes de lettres s'achève dans un sourire. Selon Françoise Sagan, de Gaulle sera élu, cela ne fait aucun doute.

Le second tour de scrutin a lieu le 19 décembre. De Gaulle remporte l'élection avec seulement 54,5 % des voix. Il est le premier président de la République française élu au suffrage universel. Et François Mitterrand, à présent chef de l'opposition, renaît en politique. Sagan, pour l'heure, ne l'a pas choisi. Elle ignore encore qu'elle deviendra l'une des plus fidèles admiratrices du futur président de la République. « En 1965, j'ai voté de Gaulle parce qu'il me paraissait être le seul homme qui ait une politique de gauche, malgré certains aspects caricaturaux, expliquera-t-elle. Si Mendès s'était présenté, j'aurais voté pour lui sans restriction et de tout cœur[33]. »

Dans le microcosme des arts et des lettres, une rumeur circule selon laquelle Françoise Sagan a délaissé les théâtres parce qu'elle aurait été trop éprouvée par l'échec de *Bonheur, impair et passe* deux ans plus tôt. Une rumeur démentie à la rentrée 1966 puisqu'elle revient au Gymnase, avec non pas une, mais deux pièces. Marie Bell piaffait : l'œuvre que lui avait promise Françoise Sagan tardait à voir le jour. Pour la faire patienter, Sagan lui avait dit : « Je pense à la pièce. Elle démarre comme ça : "Qu'est-ce qui fait ce bruit infernal dehors, Soames ? – C'est le vent dans les feuilles, Milady." Marie Bell m'écoute et me dit : "Ouais, pas mal. Et après ? – Après ? je n'en sais fichtre rien !"[34] » Au mois de mars, Sagan s'est cloîtrée dans son appartement de la rue de Martignac et a rédigé *Le Cheval évanoui* d'un seul jet. À la mi-avril, il ne lui reste plus qu'à apporter les dernières retouches à son manuscrit. Ce qu'elle fait avec le metteur en scène Jacques Charon. Ce dernier a le vent en poupe. Le vice-doyen de la Comédie-Française n'a remporté ces derniers temps que des succès. Les spectacles qu'il a mis en scène affichent tous complet : *Cyrano de Bergerac* au Français, *Fleur de cactus* aux Bouffes-Parisiens, *La Dame de chez Maxim's* au Palais-Royal, *La Puce à l'oreille* à Londres, etc. Au moment où commence la collaboration avec Sagan, il dirige les répétitions du *Prince travesti* de Marivaux au Français, où il incarne aussi Sganarelle dans le Dom Juan d'Antoine Bourseiller. À la rentrée 1966, en plus de la pièce de Sagan, il s'est engagé à monter un spectacle à Broadway. Jacques Charon travaille sans relâche, ne s'accordant que quatre heures de sommeil par nuit. Mais de tous ces projets, celui avec Françoise Sagan est le plus atypique et le plus enthousiasmant. « Elle est extrêmement douée, avec un vif sens du dialogue, dit-il. Elle est en outre docile et modeste, ce qui est rare. Beaucoup d'auteurs coulent leur texte dans le bronze, or une pièce se parfait au cours du montage : Sagan, elle, ne rechigne pas à réécrire une scène moins réussie. Elle travaille avec sensibilité, pudeur et intelligence[35]. »

Jacques Charon est le premier à s'apercevoir que

Le Cheval évanoui est trop mince. La représentation durerait à peine une heure et quinze minutes. Mais l'auteur n'a aucune envie de «tirer à la ligne», alors il lui propose une autre solution. «Je suis allé trouver Françoise Sagan à Saint-Tropez, raconte-t-il. Je l'ai décidée à écrire un lever de rideau [36]. » Elle se laisse facilement convaincre et cherche une idée. «Mais pendant des jours, je ne trouvais rien, c'était désespérant, se souvient-elle. Enfin, mon goût du théâtre m'a suggéré un rôle récital, une démonstration d'actrice, une comédie de la comédie [37]. » Elle écrit aussitôt *L'Écharde*, un lever de rideau de quarante-cinq minutes qui viendra compléter le programme. *L'Écharde* met en scène trois personnages : Élisabeth (Luisa Colpeyn), Lucien (Michel Bedetti) et Ivan (Dominique Boistel). La scène 1 débute dans une «chambre d'hôtel minable. Allongée sur un divan, Élisabeth. Au mur, des photos. Elle lit *Cinémonde*. Entre Lucien, garçon d'étage. Il a un plateau à la main. » Élisabeth est atteinte de mythomanie. Dans la pension de famille les Glycines, où elle séjourne, elle se met en tête de faire croire au garçon d'étage qu'elle est une grande comédienne. «On dit qu'elle a le théâtre dans le sang, sous l'ongle, comme une écharde [38] », explique l'auteur. «Le théâtre, je fais du théâtre, jeune homme ! Je joue. Je suis une actrice de théâtre », lance Élisabeth Madran au garçon d'étage qui réplique : «C'est mon rêve, madame ! » Le dialogue s'instaure entre la diva et Lucien. Elle prétend qu'elle habite d'ordinaire à l'hôtel Crillon à Paris, mais qu'elle a choisi cet endroit pauvre pour se mettre dans la peau de son futur personnage, une fille misérable. Elle pousse Lucien à se lancer sur les planches, lui promettant même un rôle dans sa prochaine pièce. À ce moment-là, Ivan, un beau garçon, fait son apparition. Il est son amant et, comme elle, un comédien raté. Scène 2 : Élisabeth organise une répétition de *La Dame aux camélias* à la pension avec Ivan dans le rôle d'Armand Duval, pour faire plaisir à Lucien. Mais Ivan s'agace, s'impatiente et il craque : « Vis dans tes rêves de pacotille, tes photos jaunies et ta carrière foudroyante. Je n'en peux plus. Je n'en peux plus de mensonges et de comédies. J'ai envie de rire, moi, de vivre ! » Il part. Il ne reviendra qu'une seule fois pour dire à Lucien toute la vérité sur Élisabeth Madran. « Et puis même si c'est faux, ça me plaît, ça me fait rêver. Et puis, quand je pense à tout le mal qu'elle s'est donné pour moi », lui rétorque Lucien avant de le laisser filer.

Les répétitions débutent le 15 juin. Trois mois plus tard, le rideau se lève sur les décors de Simonini. Tandis que les acteurs donnent vie à ses textes, Françoise Sagan, paralysée de peur, se cache dans le bureau de Jacques Charon. Quelques minutes avant la générale, un journaliste parvient pourtant à se glisser jusqu'aux loges pour lui arracher quelques impressions et même davantage. « Qui êtes-vous, Françoise Sagan ? » questionne Pierre Julien de *L'Aurore*. « Je suis quelqu'un qui a trente et un ans, répond-elle, qui a un fils, qui fait ce que bon lui semble, qui est généralement de bonne humeur, que la vie amuse, qui aime bien les gens, qui a des coups de cafard comme tout le monde mais qui peut aussi être joyeuse comme un pinson. Je suis quelqu'un que seuls les excès reposent, intellectuels et physiques. Je reste un être de 1 m 60 qui doit avoir encore trente ou quarante ans à vivre si la conjoncture internationale le permet. Vous voyez ce que je veux dire. Quelque chose en forme de champignon. J'y pense, j'y crois un peu[39]. » Après *L'Écharde*, les invités assistent à la représentation du *Cheval évanoui*. Jacques François, qui n'a eu à jouer jusqu'alors que des rôles costumés et perruqués – il a triomphé entre autres dans *Le Bal du lieutenant Helt* et dans *Pygmalion* –, est formidable dans le rôle d'Henry-James Chesterfield, seizième baronnet du nom, un personnage typiquement anglais. « C'est un rôle merveilleux, déclare le comédien. Si je ne l'avais pas joué, enfin si je l'avais vu jouer par un autre, j'en serais tombé malade. Je ressemble à Lord Chesterfield par ma naissance d'abord parce que ma mère était anglo-saxonne, par mon éducation, par mon humour peut-être mais surtout par mon désenchantement[40]. » Marié depuis la nuit des temps à Felicity Chesterfield – « cinquante ans, l'air noble, grande, majestueuse » et richissime –, Henry-James s'ennuie à périr à Wembling House, leur château du Sussex. Bertram, leur fils, un garçon sérieux, étudie les philosophies orientales ; quant à leur fille, Priscilla (Corinne Lahaye), elle revient d'un long voyage en Europe d'où elle rapporte un souvenir : Hubert Darsay (Victor Lanoux), qui prétend travailler dans l'industrie du caoutchouc et demande officiellement sa main. À peine arrivé, Hubert invite sa sœur à le rejoindre, Coralie (Nicole Courcel), qui est en réalité sa fiancée. Son plan est d'épouser la riche Priscilla et de convaincre Coralie d'épouser Bertram. Une belle escroquerie en somme. Mais c'est à Henry-James, qui a tout compris depuis le début et qui s'amuse beaucoup de ce manège, que Coralie accorde ses faveurs. Elle rejette Bertram sans ménagements. De rage, celui-ci a envoyé valser le chien empaillé auquel sa mère

tient particulièrement. De mariage, on n'en célébrera
pas à Wembling House. Prenant peu à peu conscience
qu'il tient à Coralie, Hubert renonce à ses projets et
la ramène à Paris, laissant à Henry-James bien des
regrets. Soames, le domestique, est chargé de prévenir
Felicity que son mariage est annulé…

La pièce est bien menée, irrésistiblement drôle et les
comédiens jouent juste. Le soir de la générale, après le
spectacle, deux cents personnes s'empressent d'aller
féliciter Françoise Sagan. Parmi elles, Jean-Claude
Brialy, Jean-Luc Godard, Mme Georges Pompidou,
Marlène Dietrich, Georges Auric, Hervé Alphand
(secrétaire général aux Affaires étrangères), Curd Jürgens, Mélina Mercouri et Jules Dassin. Le clan Sagan
est là : Jacques Chazot, Régine, Paola de Rohan-Chabot, Bob Westhoff, et Juliette Gréco qui affiche pour la
première fois au grand jour sa liaison avec Michel Piccoli. « Ah, on s'est fait du souci pour notre copine.
Nous étions les seuls à avoir confiance et à lui remonter le moral », s'exclame ce dernier. Le général Catroux
est ébahi : « Pour moi, je ne peux pas vous dire autre
chose : je trouve que cette pièce que nous venons de
voir est un enchantement. » Selon Jules Dassin, « la
première pièce a été bien mal reçue, mais quel succès
effarant pour la seconde ! Quel succès instructif et
important aussi pour Françoise Sagan ! ». Sa femme,
Mélina Mercouri, s'oppose : « Je ne suis pas du tout
de ton avis et n'en démordrai pas, j'adore *Le Cheval
évanoui* mais je trouve *L'Écharde* fascinante malgré
tout. » Élie de Rothschild lance un petit mot tendre :
« Quel spectacle adorable et d'une qualité rare ! Je ne
croyais pas Sagan capable de cela. Il y a une délica-
tesse de sentiments et même une vraie richesse dans

certaines situations, notamment à la fin de la pièce, qui m'ont très ému. » Les yeux bleus de l'acteur Jean Poiret pétillent : « Je suis enthousiasmé par la seconde pièce. Je n'ai pas décroché une seconde et puis, quel régal d'acteurs ! » « Ce que nous avons vu ce soir, c'est surtout des acteurs servis par un texte étonnant », lui rétorque Françoise Dorin, son épouse. Quant à Félicien Marceau, il a davantage apprécié la seconde pièce : « J'ai été déçu jusqu'à 10 heures du soir, mais après quel plaisir délicat je dois à Françoise Sagan ! J'ajoute que j'ai rarement vu salle plus brillante que celle du Gymnase cette nuit. » Enfin, Jean-Claude Brialy prédit un grand avenir à la cinquième pièce de Françoise Sagan : « Elle tiendra au moins deux ans, elle les mérite. Je ne sais vraiment pas qui est le meilleur de Jacques François ou de Nicole Courcel… » Les acteurs sont rassurés. Nicole Courcel, vedette féminine du *Cheval évanoui*, s'avoue soulagée : « Pendant les deux premiers tableaux, j'avais la langue complètement sèche, mais après, j'ai su que c'était gagné. C'est une pièce qui, du gai, passe d'un seul coup à l'émouvant. Il faut suivre le mouvement et surtout le faire suivre au public. C'est éreintant[41]. » Après la générale, Françoise Sagan et son petit monde se rendent chez Régine qui lance pour l'occasion la mode de la spaghetti-party.

La presse est favorable au spectacle. Elsa Triolet écrit dans *Les Lettres françaises* : « Le rôle de l'âge chez Sagan. Le cynisme chez Sagan. La pudeur ironique chez Sagan. L'amour chez Sagan qui vient bousculer la vie comme elle va[42]. » Selon Jean-Jacques Gautier dans *Le Figaro* : « Françoise Sagan a du courage : elle a quelque chose à dire. Et elle le dit. Comme

elle le voit. Comme elle le sent. Comme elle est. En
partant d'un monde qu'elle connaît. Car il ne faut
pas se tromper : ce monde n'est pas ce qu'il paraît. Le
château, l'Angleterre, etc. C'est l'enveloppe, c'est
l'extérieur, c'est le costume, comme dans les pièces
d'Anouilh en costumes. (…) Françoise Sagan est vraie,
simple et naturelle. Cette pièce suffirait à le prouver[43]. » Jean Dutourd de *France-Soir* est sorti enchanté
de la représentation : « C'est une bien jolie pièce que
Le Cheval évanoui : j'ai autant de plaisir à l'écrire que
j'en ai eu à la voir. Mme Françoise Sagan a retrouvé
toute la fantaisie, la poésie, l'esprit de *Château en
Suède*. Il y a même quelque chose de plus : de la tendresse. Quoi encore ? Une vraie connaissance du cœur.
Sans parler de l'intelligence de l'auteur qui pointe
à chaque réplique, ce qui est bien agréable. Je crois
qu'Oscar Wilde aurait aimé *Le Cheval évanoui*, et
Dieu sait si c'était un homme de goût[44]. » Jean Paget
dans *Combat* imagine la même filiation : « Le lord
Henry-James Chesterfield du *Cheval évanoui*, c'est, si
j'ose dire, Sagan. Un être désabusé qui a connu les
aventures de la fortune et les traverses du cœur, et qui
a quelque chose d'un personnage de Wilde, beaucoup
de désinvolture, un brin d'insolence, et le goût du
paradoxe mondain[45]. »

Les deux pièces restent longtemps à l'affiche. Le
25 avril, l'ensemble de la troupe se réunit sur la scène
pour fêter la deux cent cinquantième. Entourée de
Jacques Charon et de Marie Bell, Françoise Sagan
découpe la pièce montée. La directrice du Gymnase
sourit victorieusement : « Ce soir, j'ai autant de spectateurs sur la scène que j'en ai habituellement dans la
salle. »

Durant l'été 1966, Françoise Sagan a assisté à toutes les répétitions du *Cheval évanoui* et de *L'Écharde*, comme elle l'a fait pour chacune de ses pièces. Au même moment, elle quitte son appartement de la rue de Martignac. Elle loue provisoirement une chambre au huitième étage de l'hôtel Port-Royal. C'est aussi une période de transition dans sa vie d'écrivain : le moment est venu pour elle de quitter les éditions Julliard, cette maison qui l'a vue naître douze ans plus tôt et où elle ne se sent plus vraiment chez elle depuis la mort de René Julliard. « J'étais lasse des révolutions perpétuelles depuis deux ans, expliquera-t-elle. Je désirais changer d'éditeur quand j'ai été contactée par Étienne Lalou qui m'a écrit dans le Midi qu'Henri Flammarion était désireux de me voir. Comme je revenais trois jours après à Paris, je l'ai rencontré. Il m'a dit ce que j'avais envie d'entendre : qu'il souhaitait que je reste chez lui à vie, que si je devenais vieille et fauchée, il s'occuperait de moi, que l'argent n'avait pas beaucoup d'importance, que les rapports entre l'auteur et l'éditeur devaient être fondés sur une confiance totale[46]. »

Lorsque Sven Nielsen a repris la maison Julliard après la mort de son fondateur, il a commencé par renouveler le contrat de Françoise Sagan en lui offrant 2 millions de francs d'avance sur les droits d'auteur de ses deux prochains romans et d'une pièce de théâtre. Mais le courant passe mal entre l'éditeur et elle. Par ailleurs, l'équipe de ses débuts a disparu et, avec elle, cette atmosphère familiale et tendre qui avait accompagné ses premiers pas. Pour toutes ces raisons, Françoise Sagan a accepté assez facilement de se lier à Henri Flammarion. Celui-ci lui a proposé un contrat comportant une avance garantie de 2 500 000 francs et 20 % de droits d'auteur sur les exemplaires vendus. Il a su trouver les mots justes : « Mon père avait une danseuse, c'était Colette ; à l'époque c'était la seule femme de l'édition, et depuis il nous manque une danseuse. – Vous tombez bien, je danse admirablement[47] », lui a rétorqué Françoise Sagan. Il ne reste plus à la romancière qu'à assurer la transition. Pour l'heure, elle a honoré une partie de son contrat avec la maison Julliard en rendant un roman, *La Chamade* (1965), et deux pièces de théâtre, *Le Cheval évanoui* et *L'Écharde* (1966). Encore un livre et ils seront quittes. Seulement, l'auteur est peu motivé. L'écriture de ce roman lui cause plus de difficultés encore que ne lui en causa *La Chamade*. En 1966, elle se met en tête d'écrire un roman policier. « Du James Bond ? Pas de danger ! dit-elle. J'ai essayé d'éviter tous les clichés du genre[48]. » En mai 1967, le projet avance à petits pas : « Il y aura une demi-douzaine de cadavres. Cela se passe en Californie, dans les milieux du cinéma[49]. » Puis elle part le terminer à Saint-Tropez. Mais en septembre 1967 la romancière y travaille encore en Normandie, tandis que chez Julliard on s'impatiente. Octobre 1967, elle écrit dans son appartement, perché au quatrième étage du 167 avenue de Suffren. Une grippe l'empêche de poursuivre. « Et puis je crois qu'il me manque encore quelques cadavres[50] », ajoute-t-elle. *Le Garde du cœur*, c'est son titre, arrive enfin sur le bureau de Christian Bourgois en décembre 1967 après dix-huit mois de travail acharné. Dédié à Jacques

Chazot, le roman sort le 23 mars 1968 (au prix de 15 francs) sans séance de signatures ni services de presse. « Ce ne sont pas les quelques lignes banales écrites sur la page de garde à un critique ou à un journaliste qui pourront changer quelque chose à la qualité de l'ouvrage et à l'opinion du destinataire[51] », explique Sagan. Chez Julliard, malgré la mauvaise volonté de l'auteur, on reste très optimiste : persuadé que *Le Garde du cœur* dépassera les 200 000 exemplaires de *La Chamade*, Nielsen commande un premier tirage de 100 000 exemplaires. Le fait que la 20th Century Fox et la Paramount se disputent les droits d'adaptation à l'écran encourage tous les espoirs.

Le Garde du cœur, annoncé comme un roman policier, est un très mince ouvrage dont l'action se déroule à Hollywood. Dorothy Seymour, quarante-cinq ans, scénariste, recueille chez elle Lewis, un garçon qui, sous l'emprise du LSD, s'est jeté sous les roues de sa Jaguar. Reconnaissant, ce dernier se met en tête de protéger sa bienfaitrice. Dorothy et Lewis ne se quittent plus, ils vivent une sorte d'histoire d'amour platonique intense, mais les mauvaises langues – nombreuses à Hollywood – leur prêtent une liaison. Pour faire cesser la rumeur, Dorothy l'encourage à tourner un bout d'essai. Lewis est engagé et devient très vite une étoile du grand écran : midinettes et starlettes sont à ses pieds. À ces avances il reste indifférent. Lui, la seule qui l'intéresse, c'est Dorothy. Mais, depuis que Lewis est entré dans la vie de la scénariste, plus rien n'est comme avant. Frank, le premier mari de Dorothy, qui l'avait abandonnée pour une actrice célèbre, a été trouvé mort. Même disparition mystérieuse et accidentelle d'un producteur, ennemi de Dorothy. La scénariste comprend rapidement que Lewis est devenu un tueur. Son mobile? Venger son idole de tous ceux qui ont voulu ou veulent lui nuire. Lorsqu'il est interrogé, il avoue sans difficulté. «Dans ma tête, dit-il, les meurtres avaient à peu près rejoint en importance mes déclarations d'impôts.» Dorothy garde toutefois Lewis à son service, lequel continue scrupuleusement et tranquillement son épuration.

Cette fois, la critique est unanimement réservée. Cabu réduit *Le Garde du cœur* à un dessin en forme de rébus[52]. «M. Lewis prie les personnes qui colportent des calomnies au sujet de Mme Dorothy de cesser sous peine de poursuites. Le dernier roman de Sagan est contenu dans ces trois lignes que l'on pourrait voir apposées sur la porte d'une quelconque boutique de province», écrit-il. «Quand Sagan pastiche Sagan», titre le critique du *Figaro*. Philippe Gand dans *Combat* s'est visiblement ennuyé en lisant le dernier Sagan: «Ce douzième livre est aussi la douzième histoire de cœur à trois personnages. Hélas! à ce titre qui fait songer à une nouvelle pour magazine féminin du dimanche ne viennent pas s'ajouter les trois points de suspension habituels. C'est désolant! le charme "Sagan" se définissait, en effet, dans une désinvolture un peu triste et l'expression doucement amère d'un Moi désabusé. C'était un certain sourire… aussi une certaine façon d'écrire, comme avec réticence. On lisait en filigrane. Cette fois-ci, on a l'impression gênante de lire un mauvais devoir d'écolier américain en France[53].» Dans *Le Journal du dimanche*, Annette Colin-Simard titre «Un Sagan bâclé»: «Il existait déjà l'homme invisible, voici à présent – par sa nullité – le roman invisible. Parler du *Garde du cœur* équivaut à évoquer un zéro. Par rapport à l'œuvre précédente de l'auteur de *Bonjour tristesse*, c'est du champagne éventé, de la compote sans couleur, sans odeur, sans saveur. On le sent, notre indignation est à son comble. Pourtant, quel trésor de tendresse n'avions-nous pas pour celle qui a su dénuder si bien le cœur humain à l'aide de son style fluide, de son écriture déliée, de son sens des formules ! Une tendresse qui nous faisait lui pardonner le manque de poids dans ses livres[54]. » « N'allez pas prendre au sérieux le dernier roman de Sagan », annonce en gros titre Kléber Haedens. Le critique de *Paris-Presse* est encore plus violent que d'habitude : il se dit surpris par la déception du public. « Les défauts que l'on reproche au *Garde du cœur* sont très exactement ceux que Françoise Sagan, avec un entêtement doux et invincible, montre dans tous ses livres depuis plus de dix ans. Aujourd'hui, c'est l'étonnement des lecteurs qui nous étonne. Il n'y a pas de quoi prendre des airs médusés quand on découvre dans ce pauvre garde le néant des personnages, l'artifice du décor, la platitude de la langue et la mollesse de la narration[55]. » Roger Giron dans *France-Soir* – un journal qui a toujours été favorable à la romancière – participe lui aussi à la charge : « Une parodie de Françoise Sagan par Françoise Sagan ». « Traitée dans le genre humoristique, cette histoire aurait peut-être pu nous amuser. Mais elle n'est pas drôle du tout. (…) On a dit que ce livre était mal écrit. Cela n'est que trop vrai. Négligences, répétitions, charabia. Mais tout n'est pas perdu. Après ce mauvais pastiche, nous retrouverons la Sagan que nous aimons, le lucide écrivain de *Bonjour tristesse* et *Un certain sourire*[56]. »

Débarrassée du *Garde du cœur*, et en règle avec la maison Julliard, Françoise Sagan sort aussitôt sa plus belle plume pour offrir à son nouvel éditeur le roman qu'il attend. «Il y a un bon moment qu'Henri Flammarion m'entretient, constate-t-elle. Je pense qu'il serait honnête de commencer à travailler pour lui. J'ai déjà le sujet. Ce sera un livre sur la dépression nerveuse. Moi, je l'ai toujours évitée. Mais je suis entourée de gens qui ont éprouvé, comme dit Barbara, le mal du siècle. Alors, je me suis renseignée. Pour changer un peu, mon personnage principal sera un homme. Après la crise, il partira se reposer à la campagne et sera sauvé par l'amour d'une femme[57].» Dès le mois de juillet 1968, la romancière, de nouveau motivée, a déjà écrit une centaine de pages. Ainsi, moins d'un an après *Le Garde du cœur*, elle publie chez Flammarion *Un peu de soleil dans l'eau froide*, titre emprunté à Paul Eluard. Cette fois, elle tient à livrer son manuscrit dans les délais et, pour ce faire, elle loue à Opio (entre Grasse et Mougins) l'ancienne résidence des évêques de Grasse. Cette demeure, accrochée à une colline, comportant dix vastes pièces, un grand jardin et une piscine, est propice à la concentration. Et ni sa mère, Marie Quoirez, ni sa sœur, Suzanne, ni Bob Westhoff ni le petit Denis ne sauront la distraire. Ici, elle poursuit son récit et commence même à imaginer les premiers dialogues de la prochaine pièce de théâtre promise à Marie Bell. Le livre est bien avancé et il sera achevé à son retour en France. Car à la fin de l'année, Françoise Sagan s'octroie quelques vacances, un long périple avec son frère Jacques Quoirez à travers le

Népal et le Cachemire où ils font mine de chasser l'ours. Ils garderont surtout le souvenir d'avoir fumé au pied de l'Himalaya. « J'ai évité la misère, je ne suis pas masochiste, racontera-t-elle à son retour. Je ne peux rien faire, alors pourquoi voir des gens mourir dans la rue ? Autant donner du fric à une œuvre. »

En janvier 1969 Sagan remet à Henri Flammarion le manuscrit d'*Un peu de soleil dans l'eau froide*, le plus épais de ses romans (256 pages). Il sortira en mai. Comme annoncé, il traite de la dépression nerveuse. Gilles Lantier, un journaliste de trente-cinq ans, physiquement avantagé, n'a plus goût à rien. Même Éloïse, sa maîtresse qui défile pour une grande maison de couture, ne l'attire plus. Il quitte Paris pour Limoges où vit Odile, sa sœur, mariée à un notaire. Par chance, dans un salon limougeaud, il rencontre une belle rousse aux yeux verts, prénommée Nathalie. Celle-ci ne reste pas longtemps mariée. Gilles la séduit et l'emmène vivre à Paris. Mais elle se sent mal à l'aise dans la capitale, dans le monde frivole auquel appartient son amant. Peu à peu, il remonte la pente et se lasse de sa nouvelle conquête... Nathalie avale une dose mortelle de Gardénal en lui laissant ces quelques mots : « J'ai toujours été un peu exaltée et je n'avais jamais aimé que toi. »

Kléber Haedens sévit à la fois dans *Le Journal du dimanche* et dans *Paris-Presse*, ce qui lui permet de porter deux coups de griffes au roman de Sagan, qui semble être sa cible privilégiée. « Peut-être croit-elle à l'éternité d'un certain genre romanesque, et cette croyance n'est pas absurde si l'on pense à *La Princesse de Clèves*, à *Adolphe*, à *Dominique*, aux romans de Radiguet, écrit-il. Mais pour inscrire son nom à cette suite, Françoise Sagan devrait montrer beaucoup

plus de rigueur dans l'écriture et poser sur ses personnages des regards plus aigus. Ses romans sont toujours
un peu chiffonnés avec le teint de quelqu'un qui a trop
bu la veille. S'ils veulent atteindre un jour à la véritable existence littéraire, ils devront se montrer à la
fois plus lisses et plus durs [58]. » Et dans *Paris-Presse* [59]
il poursuit : « Le style de Françoise Sagan aurait bien
besoin d'aller se refaire à la campagne. » À l'occasion
de la sortie d'*Un peu de soleil dans l'eau froide,*
Le Magazine littéraire [60] consacre à Françoise Sagan un
dossier de couverture. Plusieurs écrivains rendent leur
« rapport de lecture », parmi lesquels Hervé Bazin :
« Historiquement, Françoise Sagan constitue un phénomène très important des années 50. Maintenant, elle
n'est plus portée par la vague de jeunesse qui s'est
exprimée en elle. Ses nouvelles vont d'ailleurs beaucoup plus loin, plus profond. Il y a chez elle une économie de style qui, à mon avis, est remarquable. » Jean
Freustié dans *Le Nouvel Observateur* cherche le sel qui
manque au roman de Sagan : « Une sécheresse vantée
nous prive de lyrisme. Oui, c'est peut-être cela qui
manque à Françoise Sagan, deux sous de vrai lyrisme,
quelque chose qui nous introduirait dans les coulisses
de la vie où rien, absolument rien, n'est clair et où
nous trébuchons à chaque instant sur des formes qu'on
ne peut pas nommer [61]. » Matthieu Galey de *L'Express*
est également déçu : « Après quinze ans de métier, on
est surpris de la voir appliquer sa recette. Le tour de
main lui suffit ; elle ne cherche rien de plus, et c'est
dommage. On souhaiterait qu'elle donne du poids à
ses personnages, gracieux mais transparents comme
des silhouettes, qu'elle travaille sa pâte, qu'elle y
mette davantage de force et de gravité. Quand on a du

talent, un regard aigu comme le sien, de l'humour, un peu d'expérience aussi, avec le temps, et du penchant pour la satire, le paresseux emploi du moule à gaufres est un péché[62]. » Robert Kanters, dans *Le Figaro littéraire*, qui connaît bien le style de Françoise Sagan pour avoir eu à commenter chacun de ses romans depuis *Bonjour tristesse*, déplore qu'elle se laisse aller à la paresse : « Dans le métro de son existence, cette Zazie n'a pas appris grand-chose, par indifférence ou mieux par manque de curiosité intellectuelle et par paresse, par irréflexion en ce sens qu'elle ne sait absolument pas se servir des idées pour décanter son expérience[63]. » Pierre-Henri Simon, de l'Académie française, dans *Le Monde*, s'en prend à son éditeur : « Françoise Sagan a changé d'éditeur, et son nouveau manager ne doit pas savoir encore qu'il faut relire ses textes de près, en surveiller la syntaxe, y traquer les négligences, parfois rétablir les bordures de ses manuscrits mordillés par son chien[64]. » Quoi qu'il en soit, en octobre 1969 *Un peu de soleil dans l'eau froide* figure parmi les best-sellers de l'année avec plus de 200 000 exemplaires vendus.

L'adaptation au cinéma d'*Un peu de soleil dans l'eau froide*[65] par Jacques Deray, auteur, entre autres, de *Symphonie pour un massacre* [1963], *La Piscine* [1968], *Borsalino* [1969], sortira en novembre 1971 et suscitera l'approbation des professionnels. Certains critiques prétendront même qu'il s'agit du meilleur film de Jacques Deray malgré une description aléatoire des sentiments. À cette occasion, Françoise Sagan organisera une projection privée, le 28 octobre, en présence du réalisateur et des têtes d'affiche : Marc Porel et Claudine Auger (une ex-James Bond *girl*). Une soi-

rée très jet-set où l'on peut apercevoir Edwige
Feuillère, Françoise Hardy, Marc Bohan, Jacques Chazot, Sophie Litvak, Régine, Ménie Grégoire, Jean-
Pierre Cassel, Jean Poiret... À la sortie de la salle
obscure, Jacques Deray est satisfait : « Je suis content,
j'ai réussi à les faire pleurer ! » a-t-il déclaré. Françoise
Sagan emmène ensuite ses invités chez Guy, un restaurant brésilien de Saint-Germain-des-Prés. « Françoise Sagan s'est montrée un auteur très réservé,
raconte Jacques Deray, au cours du dîner. On s'est mis
d'accord sur l'adaptation et ensuite je crois bien
qu'elle n'est jamais venue sur le plateau[66]. » La soirée
s'achève au New Jimmy's Montparnasse où la maîtresse des lieux, Régine, inaugure une nouvelle déco-
ration : des fleurs géantes, des serpents à tête de
femme, etc. Nul ne peut entrer à moins d'arborer une
tenue « kitch, exotique, boisée ou sauvage ». Micheline
Presle s'est fabriqué une couronne de fleurs et de fruits
et Ménie Grégoire danse en djellaba. Bien des années
plus tard, Françoise Sagan donnera son opinion sur ce
film. « Jacques Deray a su éviter le plus grand piège
que posent mes romans : s'arrêter à la seule description
de l'intrigue et des apparences de l'univers dit saganesque[67]. »

Dans *Elle*, Romain Gary publie un article curieusement intitulé : « Faut-il assassiner Françoise Sagan ? » :
« Je ne connais pas d'œuvre plus fidèle à une certaine
réalité sociale. C'est du "réalisme bourgeois" ou je ne
m'y connais pas. Jamais le label "bourgeois" n'a été
aussi tranquillement, aussi naturellement accepté et

porté avec autant d'aisance. Chaque livre de Françoise Sagan, et *Un peu de soleil dans l'eau froide* plus que tous les autres, est un document social d'une authenticité absolue, d'une vérité effrayante. Jusqu'à cette petite poésie intimiste un peu fêlée, un peu "vase où meurt cette verveine", ce vague gémissement d'une flûte, fluet et triste, qui ne s'élève jamais jusqu'au désespoir, parce que le désespoir, c'est trop brutal, trop fort, trop cru[68]. » Combien de fois a-t-on questionné Françoise Sagan sur son « petit monde », sa « petite musique » ou ce « ton doux-amer » ? Chaque fois, avec une pointe de reproche, on évoque les décors chics, peuplés d'individus inaptes au travail, assoiffés de whisky et obsédés par l'idée de tromper leur ennui. Ainsi en va-t-il avec un journaliste venu l'interviewer avant la générale du *Cheval évanoui* : « Sur ce chapitre, répond Sagan, je ne peux que paraphraser cet aphorisme que je mets dans la bouche de Jacques François, le gentleman fatigué : le luxe, le confort, la sécurité, ça peut sembler réel, rassurant, jusqu'à ce qu'on se rende compte que tout ce qui nous rassure sans vraiment nous plaire nous rend esclave, et que seule la passion est acceptable parce qu'elle n'est pas rassurante[69]. » La romancière affiche toujours patience et courtoisie, des vertus assimilées dès l'enfance. Elle explique inlassablement que les sentiments sont les mêmes pour tout le monde, qu'un milieu en vaut un autre. Ce « petit monde » n'est qu'un décor et pas davantage. Ce qui l'intéresse, elle, dans le roman, c'est d'aller au plus profond des « êtres pour apprendre à les connaître mieux » : « Ce qui est fascinant, c'est que les rapports psychologiques du groupe sont applicables à n'importe quel milieu. La jalousie est la même pour un intellectuel parisien ou un cultivateur de la Gironde[70]. » Mais, dès 1974, elle ne trouve plus le courage de se justifier auprès de la critique. Cette année-là, ne sachant pas le terrain miné, Pierre Demeron pose la sempiternelle question pour le journal *Marie-Claire*[71]. « Ça va recommencer, s'agace Sagan. Ça fait vingt ans que j'entends parler de cela. Les gens sont drôles. Je ne peux tout de même pas écrire un livre sur un milieu ouvrier ou paysan. D'abord, ce serait de la démagogie la plus stupide. Ensuite, ce sont des milieux que je connais mal. Et je vois mal comment je pourrais m'y faufiler et arriver en disant : "Voilà, je suis Françoise Sagan ; je suis venue pour vous étudier." Ça me paraît un peu grossier. D'autant que ce fameux petit monde que je dépeins, je ne le dépeins pas de manière vraiment flatteuse. » Trois ans plus tard, au micro de *Radioscopie*, une émission animée par Jacques Chancel, elle craque. « Vous êtes toujours dans votre univers… », avance naïvement le présentateur. Et Sagan de répondre : « Je suis contente que vous m'en parliez parce que c'est la dernière fois que je vais répondre à cette question, ça fait vingt ans que j'en parle, qu'on me pose la même question du petit milieu artificiel et doré… Je m'obstinais à dire que non, que ce n'était pas ça. […] D'ailleurs, à ce sujet j'ai trouvé une formule superbe dans *Le Temps retrouvé* de Proust : "L'idée d'un art populaire comme d'un art patriotique…" Le sujet m'excède. Je trouve surtout que les médias sont d'un snobisme hallucinant. Ils disent que les sentiments que je décris sont réservés à une élite, ce qui est totalement faux. Les gens qu'ils appellent le peuple, grossièrement à mon avis, ont aussi bien ce sentiment raffiné, compliqué, qu'eux. »

Malgré cette mise au point énergique, Sagan devra, avec les nouvelles générations de journalistes, répondre de nouveau aux questions sur son «petit monde», sa «petite musique», ce «réalisme bourgeois» qu'elle tentera un temps d'abandonner avec peu de succès.

8

Du lait, du sang, des nerfs…

Lorsque les événements de Mai 68 ont éclaté, Françoise Sagan s'est interrogée : cette génération-là, qui
n'est déjà plus la sienne, pourra-t-elle se reconnaître
dans son univers romanesque ? La question se pose a
fortiori avec les hippies, dont les aspirations se situent
aux antipodes de son imaginaire. « J'avoue qu'ils ont
raison, analyse-t-elle, car nous vivons dans un monde
infernal : ou bien on a énormément d'argent pour le
dépenser et faire ce que l'on veut, donc on est libre ; ou
bien, si l'on a peu d'argent, on est pris dans l'engrenage, on est piégé[1]. » Ces jeunes gens, fumant du
haschich, vivant en communauté et les pieds nus, lui
ont inspiré une tragédie – intitulée dans un premier
temps *Les Beatniks du passé* – qui doit être présentée à
la rentrée 1970 sur la scène du théâtre de l'Atelier. À
quarante-quatre ans, Maud est encore très belle, pleine
de vitalité, et elle jouit d'une grosse fortune. Simplement, elle se sent vieillir à mesure que son insolent de
fils grandit. « Il semble qu'être né entre 45 et 50 soit le
comble de l'élégance, ironise-t-elle. Il semble aussi
que ce n'est pas notre cas. Remarquez, j'ai lutté. Les
minijupes, le LSD, la révolte, j'ai tout essayé. En vain.

On me riait au nez. Enfin quand je dis "on", je parle toujours de mon fils.» Elle décide de partir à la recherche de sa jeunesse enfuie. Toutes ces années, elle a gardé en mémoire le souvenir radieux et intact du 1er juillet 1950, où elle avait organisé un pique-nique dans sa maison de Touraine. «Dans chaque vie, il y a toujours une période privilégiée où tout vous saute au visage, explique l'auteur. Tout est beau et tout est fait pour vous. La suite de sa vie n'a plus été qu'une lente dégringolade, argentée mais lente[2].»

Vingt ans plus tôt jour pour jour, les amis de Maud étaient réunis sur la pelouse de sa propriété. Il y avait Louis, Henri, Edmond, Aline, Sylviane et surtout Jean-Loup, le beau Jean-Loup qui lui comptait fleurette et rêvait de devenir poète. Vingt ans plus tard, ses anciens compagnons acceptent, avec plus ou moins d'enthousiasme, de rejouer en temps réel les scènes consignées dans son journal intime. «Je me suis dit : je me sens jeune, j'ai envie d'être jeune, il faut être jeune, avec qui l'être sinon avec des gens qui étaient jeunes avec moi ?» leur expose Maud. Et elle déploie tant d'énergie, et son projet s'avère si séduisant que ses complices d'antan se laissent prendre au jeu. Ces joyeux drilles de l'après-guerre, issus de la même génération que Françoise Sagan, posent sur la communauté hippie un regard envieux. «Ah ! soupire Henri, l'argent, l'argent, quel ennui… Quand je vois tous ces galopins qui traînent sur les routes avec trois francs en fumant du haschich et sans rien faire, que veux-tu que je te dise, je les suivrais bien.» Et Louis, plus lucide, lui répond : «En fumant de l'eucalyptus, oui. Et en prenant une bonne chambre d'hôtel de temps en temps. Non, mon vieux, on est fichus. Nous avons droit au confort ou à la misère dorée pour le reste de nos jours. De toute façon, à trente-cinq ans, on a forcément raté quelque chose. Une histoire d'amour, une ambition, une idée de soi-même. Après, ça va en s'accélérant. »

La petite bande d'anciens est hantée par la figure de Jean-Loup, le grand absent des retrouvailles. Ils se repassent en boucle une mélodie qu'il adorait. Au son de cet air-là, ils avaient même dansé en plein air. « Ah ! Ce qu'il était beau, ce piano dans l'herbe ! » murmure la nostalgique héroïne. Nul ne sait si leur ami vit encore, on dit qu'il se serait exilé au Brésil… Mais Jean-Loup est bel et bien vivant, il vient même d'apparaître dans l'encadrement de la porte. « Comme il a changé ! » constatent-ils douloureusement. Marié, trois enfants et président-directeur général d'une société cotée en Bourse. Le doux rêveur leur revient avec des manières de parvenu et de pénibles théories sur la réussite, le confort… À mesure qu'il parle, qu'il se raconte, c'est leur rêve de jeunesse qui fout le camp, cette fois pour toujours. Le lendemain, Maud s'ouvre les veines, les autres reprennent leur assommante existence de quadras.

Françoise Sagan a longtemps cherché les personnages et les répliques de cette pièce de théâtre. En mars 1969, elle était déjà inscrite au programme du théâtre du Gymnase pour la rentrée ; Marie Bell incarnerait Maud et Jacques Charon signerait la mise en scène. Mais le délai n'a pas été respecté. Le mois d'août suivant, l'écrivain choisit de rester à Paris pour parfaire son manuscrit. Lassée d'entendre « toujours les mêmes histoires » à Saint-Tropez et jugeant que le climat de la Normandie a tendance à l'endormir, elle s'enferme seule dans son appartement de l'avenue de Suffren avec son

chien, son chat et la voix de Dionne Warwick en fond
sonore. Rien n'y fait. Au mois de décembre, elle juge
préférable de jeter toutes ces pages noircies au panier.
«Ce n'est vraiment pas très brillant, annonce-t-elle.
C'est trop raconté. Et puis, il faudrait que je change un
ou deux trucs et c'est très ennuyeux de reprendre une
chose loupée. Peut-être que je me déciderai quand même
à la corriger un jour[3].» Ne voyant rien venir, au mois
de février Marie Bell invite Françoise Sagan à passer
quelques semaines à Megève, aux Éléphants, une
luxueuse résidence perchée sur le mont d'Arbois. Mais
plutôt que de s'atteler à la tâche, les deux femmes se
laissent distraire. Elles se promènent en calèche, tenant
tout contre elles le petit Denis et s'amusant au spectacle de Werther qui court après les chevaux. Le reste
du temps, elles marchent pendant des kilomètres
bras dessus, bras dessous dans la poudreuse, dégustent
toutes sortes de poissons ou s'alanguissent à la piscine
et au sauna. Dans les ruelles huppées et enneigées de la
station, où elles croisent et saluent André Bettencourt,
ministre chargé du Plan et de l'Aménagement du territoire, Petula Clark, Elvire Popesco et le commissaire-
priseur Maurice Rheims, Marie Bell produit son effet
en arborant son magnifique manteau de renard argenté.
Françoise Sagan cherche, quant à elle, la concentration
en buvant du thé et l'énergie dans le sommeil. «Mais
je ne peux pas dire que cette neige m'inspire», sou-
pire-t-elle. Elles regagnent la capitale, reposées mais
penaudes.

L'écrivain achèvera enfin son travail au cours des
mois suivants sous le soleil du Brésil, puis à Capri. Présentée au public sous le titre *Un piano dans l'herbe*, la
pièce existe dans sa version définitive en juin. Jacques

Charon n'étant pas disponible, Raymond Gérôme s'étant rétracté, l'auteur renoue avec un vieux complice, André Barsacq, metteur en scène de *Château en Suède*. Avec lui, elle retrouve aussi un lieu familier, le théâtre de l'Atelier – au Gymnase, la pièce *Vison voyageur* qu'interprètent les duettistes Jean Poiret et Michel Serrault remporte un tel succès qu'il n'est pas question de la retirer de l'affiche.

À Paris, cette saison-là, on joue *Haute Surveillance* de Jean Genet, *Jeux de massacre* d'Eugène Ionesco, *Le Théâtre ou la vie comme elle est* de Jean Anouilh et *Les Bons Hommes* de Françoise Dorin. En comparaison, la générale de la pièce de Françoise Sagan, qui a lieu le 15 septembre, est un événement plus mondain que culturel. Le Tout-Paris s'est déplacé pour venir applaudir les comédiens : Françoise Christophe, Daniel Ivernel, Dominique Paturel, René Clermont, Nathalie Nerval… Les fins observateurs ont le sentiment que c'est un peu la même histoire qui se joue dans les décors de Pierre Dupont et dans les loges lorsque les amis de vingt ans de Françoise Sagan se reconnaissent et s'enlacent. Régine n'en revient pas : « On se croirait chez moi au New Jimmy's. Rien que des habitués ! » Il y a Mélina Mercouri, de passage à Paris pour la sortie du film de Jules Dassin *La Promesse de l'aube*, dont elle est la vedette. Plus loin, Jacques Chazot offre son bras à Maria Callas dont la parure d'émeraudes ne passe pas inaperçue. Michel Piccoli accompagne Juliette Gréco… Au beau milieu de cette bruyante assemblée, Pierre Dux, l'administrateur de la Comédie-Française, clame son admiration pour l'écriture théâtrale de Sagan. « J'ai toujours lu les pièces de Françoise Sagan avant leur représentation, dit-il. Je lui ai parlé souvent au téléphone mais jamais nous ne nous sommes vraiment rencontrés. Cela ne pouvait durer. De plus, j'ai confiance en son avenir d'auteur : je crois bien qu'un jour elle sera à l'affiche de la Comédie-Française[4]. » Dans cette cour de visages familiers, seule la présence de la chanteuse Barbara est insolite. Françoise Sagan compte parmi ses plus ferventes admiratrices. En février 1969, elle était allée l'applaudir à l'Olympia. « Que c'est beau ! Que c'est dur ! Que c'est déchirant[5] ! » s'était exclamée la romancière en sortant boulevard des Capucines. L'auteur de *Nantes*, qui triomphe au music-hall après bien des années de vaches maigres, vient de connaître un échec retentissant au théâtre de la Renaissance dans une pièce écrite pour elle par Remo Forlani. Elle incarnait Madame, la tenancière d'un bordel d'Afrique désaffecté. À son tour, Françoise Sagan envisage de lui tailler un rôle sur mesure et en parfaite contradiction avec son image de grande mystérieuse. Durant l'été 1972, Sagan imaginera pour la longue dame brune un personnage original, celui d'une jeune fille de province qui tricote pour gagner un concours dont le premier prix est un voyage à Paris. Puis elle ébauchera un second projet au titre provisoire de *Zaphorie*, une pièce politico-humoristique inspirée des *Aventures de Tintin*. Après avoir lu *Les Bijoux de la Castafiore*, elle a eu l'idée de raconter l'histoire d'une reine très cruelle qui régnerait sur un pays fictif. Françoise Sagan et Barbara passeront quelques week-ends à Équemauville pour travailler à leur projet commun mais aucune de ces deux pièces ne verra le jour.

Les critiques, qui paraissent au lendemain de la générale d'*Un piano dans l'herbe*, sont assassines. Bertrand Poirot-Delpech écrit dans *Le Monde*[6] : « À ce régime, le théâtre de Françoise Sagan risque de ne plus se distinguer du plus gras des Boulevards, sinon par la fragilité désinvolte de sa construction.» Jean-Jacques Gautier poursuit dans *Le Figaro*[7] : «On a l'impression que Françoise Sagan aurait fort bien pu s'empêcher de trousser cette banale comédie.» Matthieu Galey conclut dans *Combat*[8] : «Les bonnes idées ne font pas toujours les meilleures pièces.» Seul Pierre Marcabru défend Sagan dans les colonnes de *France-Soir*[9] : «La plus vraie, la plus sensible, la plus drôle, la plus triste, la plus émue qu'elle ait écrite depuis *Château en Suède*. Sagan, c'est Tchekhov en jupons.» Les comédiens joueront devant une salle à moitié pleine jusqu'au 10 janvier 1971. Ni échec ni succès ; l'accueil réservé au *Piano dans l'herbe* est cruellement tiède.

Celle qui prône volontiers le droit à la paresse travaille sans relâche, jusqu'à l'épuisement, d'autant qu'elle ne se ménage pas le reste du temps : elle mange et dort peu. En 1971, il semble surtout que son moral soit atteint. Françoise Sagan souffrirait de mélancolie. Pour se changer les idées, elle s'installe dans un vaste appartement de la rue Guynemer dont les fenêtres ouvrent sur le jardin du Luxembourg et qui présente l'avantage d'être situé à équidistance de ses lieux de prédilection : les boîtes de nuit – Castel et Régine –, la brasserie Lipp et les éditions Flammarion. Elle peut passer des heures à sa fenêtre. «Il y a des pigeons qui poussent des cris comme des imbéciles le matin, dit-elle à un journaliste du *Crapouillot*. J'ai le Luxembourg en face des yeux quand je me réveille, j'adore le regarder et je vois les manèges et les gens qui jouent aux boules.» Mais à peine a-t-elle posé ses meubles qu'au mois de mars elle plie bagages et file à Équemauville où elle entame l'écriture de son prochain livre, dont le titre, *Des bleus à l'âme*, en dit long sur son état d'esprit.

Françoise Sagan est seule au manoir du Breuil lorsque, le 5 avril 1971, le scandale éclate. La couverture du *Nouvel Observateur* fait l'effet d'une bombe. Au risque d'être poursuivies, trois cent quarante-trois femmes ont eu le courage de signer un manifeste en faveur de la légalisation de l'avortement. L'initiative vient de la rédaction de l'hebdomadaire mais les chevilles ouvrières du projet sont des militantes du «groupe avortement»: Anne Zelenski, Christine Delphy, Anna de Bascher, Mafra, Maryse. La direction du *Nouvel Observateur* a posé ses conditions: que des signatures célèbres figurent au bas du manifeste. Christiane Rochefort, Delphine Seyrig, Simone de Beauvoir et Gisèle Halimi – l'avocate s'étant engagée à défendre les signataires en cas de procès – se chargent d'en recueillir un certain nombre, parmi lesquelles celles de Catherine Deneuve, Marguerite Duras, Françoise Fabian, Claude Génia, Bernadette Laffont, Judith Magre, Jeanne Moreau, Yvette Roudy et Françoise Sagan. La romancière s'est facilement laissé convaincre d'apposer sa signature au bas de ce manifeste car, pour elle, un enfant ne peut et ne doit naître que s'il est violemment désiré: «Je trouve déshonorant de donner la vie à un enfant quand on n'est pas sûr de le rendre heureux – et si on peut faire autrement. Si j'ai signé cette pétition, c'est parce que j'ai vu des amies à moi se faire esquinter, faute d'argent, par des bouchers. L'avortement, c'est une question de classe. Si vous n'avez pas d'argent, mais cinq enfants et un mari qui ne fait pas attention, vous devez aller voir la crémière du coin, qui connaît une infirmière, qui connaît… et qui vous sabote[10].» Depuis le 31 juillet 1920, le Code pénal prévoit, dans son article 317, la répression de l'avortement assortie d'une peine de trois à six ans de prison et d'une amende. Cette interdiction n'a jamais empêché les femmes d'avorter mais rend l'opération dangereuse car elle est le plus souvent pratiquée par des individus incompétents munis d'instruments pour le moins barbares : aiguilles à tricoter ou baleines de parapluie. Dans ces conditions, l'avortement est souvent meurtrier. On apprend dans *Le Nouvel Observateur* que 250 à 300 femmes meurent chaque année de complications *post-abortum*. Le manifeste dénonce ce scandale : «Un million de femmes se font avorter chaque année en France. Elles le font dans des conditions dangereuses en raison de la clandestinité à laquelle elles sont condamnées, alors que cette opération, pratiquée sous contrôle médical, est des plus simple. On fait silence sur ces millions de femmes. Je déclare que je suis l'une d'elles. Je déclare avoir avorté. De même que nous réclamons le libre accès aux moyens anticonceptionnels, nous réclamons l'avortement libre[11].» La publication de ce manifeste à une époque où l'avortement est encore tabou provoque un tollé. Le soir même, l'information est reprise à la une du *Monde* et diffusée au journal du soir sur Europe n° 1. Moins solennel, l'hebdomadaire satirique *Charlie-Hebdo* questionne : «Qui a engrossé les 343 salopes ?» Il faudra attendre la fameuse loi Veil, votée le 17 janvier 1975 (par 284 voix contre 189 à l'Assemblée), pour que l'interruption volontaire de grossesse soit enfin légalisée en France.

Contrairement à Simone de Beauvoir et à Gisèle Halimi, aux côtés desquelles elle s'était engagée naguère dans l'affaire Djamila Boupacha et aujourd'hui en faveur de la légalisation de l'avortement, Françoise Sagan ne se sentira jamais concernée par les combats des féministes. Pour elle, le MLF n'est qu'une « manie qu'ont les bonnes femmes de parler en groupe ». Les idées que prône le Mouvement de libération des femmes ne lui semblent pas passionnantes mais son point de vue sur la question ne l'est pas davantage. Elle ne mesure jamais l'étendue du problème. « Je n'étais par directement concernée par les questions posées par le MLF, expliquera-t-elle. Dès l'instant où les femmes commençaient à être libres de leurs décisions et de leur comportement et à pouvoir faire ce qui leur passait par la tête, je ne vois pas pourquoi il aurait fallu crier avec les loups. Il est évident que les choses allaient se faire, en tout cas pour ce qui est de la liberté des corps des filles et des garçons, ça me paraissait à peu près gagné[12]. » Elle ira même jusqu'à regretter d'avoir apposé son nom au bas de ce que l'on nommera bientôt le « manifeste des 343 salopes » dès l'instant où elle aura lu le slogan : « Femmes, votre ventre est à vous. » Là encore, elle se montre politiquement légère. « Si votre corps n'est qu'à vous et à personne d'autre, cela me paraît sinistre[13] », s'insurge-t-elle. Elle déplore que le débat sur les droits des femmes soit si politisé. Il détourne l'opinion publique de la réalité économique qui est à ses yeux « souvent plus dure pour les hommes que pour les femmes[14] ».

Des bleus à l'âme est un livre hybride, mi-roman, mi-confession. Côté roman, Françoise Sagan remet en scène deux personnages du passé, Éléonore et Sébastien Van Milhem, qui se trouvèrent jadis bloqués dans un château en Suède. Côté confession, elle évoque ses émotions liées à l'écriture, tout en laissant sa plume divaguer au gré de ses humeurs. Enfin, en guise de conclusion, la romancière s'amuse à pénétrer dans son propre décor à la rencontre de ses héros, mêlant ainsi réalité et fiction. La partie autobiographique est remarquable. Il s'agit du récit d'un écrivain-phénomène qui souhaite marquer un temps d'arrêt après avoir mené une existence pour le moins agitée. Le ton est plus que jamais empreint de mélancolie : « Malheureusement, la médiocrité de Paris, ou la mienne, est devenue plus forte que mes envies folasses, et j'essaye péniblement, aujourd'hui, de me rappeler quand et comment "cela" a commencé. "Cela" étant ce désaveu, cet ennui, ce profil détourné que m'inspire une existence qui, jusqu'ici, et pour de fort bonnes raisons, m'avait toujours séduite. » La Bonne Dame d'Honfleur – comme elle se surnomme elle-même – est plus touchante que jamais lorsqu'elle révèle que l'écriture la sauve perpétuellement de la dépression.

Des bleus à l'âme laisse aussi entrevoir les coulisses de la création. Françoise Sagan plongée dans son récit ou, au contraire, regardant par une fenêtre le jour poindre désespérément. Françoise Sagan à sa table de travail avec des cahiers d'écolier et des crayons gras, face à sa vieille machine à écrire, ou dictant son texte à sa secrétaire, Isabelle Held. Elle expérimente cette nouvelle méthode de travail avec *Des Bleus à l'âme*. Elle vient de se casser le coude suite à une chute de cheval et n'a pas d'autre recours. Cette manière est bonne ; la discrète Isabelle Held restera à son service jusqu'aux années 2000. Françoise Sagan enregistrera ses romans sur un dictaphone qu'elle laissera sur le bureau de son assistante.

La légende, vitesse, alcool, boîtes de nuit, et les gros tirages ont souvent détourné la critique et le public des vraies motivations qui ont conduit Sagan à écrire un premier roman et à poursuivre dans cette voie après *Bonjour tristesse*. L'écriture a beaucoup plus d'importance dans sa vie que ne l'imaginent ses censeurs. « C'est la seule vérification que j'ai de moi-même, confesse-t-elle. C'est à mes yeux le seul signe actif que j'existe, et la seule chose qu'il me soit très difficile à faire. C'est un exercice dont le rôle est de chaque fois me remettre en question, c'est un moteur qui présente l'avantage de ne jamais me rassurer [15]. » C'est un domaine secret, presque sacré. « Un livre, dit-elle, c'est fait avec du lait, du sang, des nerfs, de la nostalgie, avec l'être humain, quoi ! C'est comme marcher dans un pays inconnu et ravissant. C'est à la fois désespérant et excitant [16]. » Le sujet d'un roman surgit à n'importe quel instant et mystérieusement ; quant à ses personnages, ils lui apparaissent d'abord de manière confuse, comme de vagues silhouettes au pastel. Entamer un roman, c'est se laisser guider par des inconnus sans savoir où ils la mèneront. Inutile de chercher des traits communs entre Jacques Quoirez, Jacques Chazot, par exemple, et ses êtres d'encre et de papier. Même s'ils leur ressemblent parfois et s'ils évoluent souvent dans des univers comparables, Raymond,

Cyril, Alain, Allan, Édouard ou Bernard sont tous issus de son imagination. « Pas un d'entre eux ne ressemble à un être réel, ce serait plutôt l'inverse, explique-t-elle. Se sont mes personnages imaginaires qui ont tendance, eux, à gêner mes rapports avec les gens réels[17]. » Une fois définis, ses héros prennent de plus en plus d'importance dans sa vie quotidienne ; ils détournent son attention lors de dîners entre amis et viennent parfois la réveiller en pleine nuit. Alors, dans l'obscurité, elle cherche à tâtons un bout de papier et un crayon pour prendre quelques notes. Devant la feuille blanche, qui devient à ses yeux « l'ennemi public numéro 1 », et son dictionnaire analogique à portée de main, à Paris au beau milieu de la nuit ou à la campagne en plein après-midi, elle commence par rédiger un premier jet, très libre, qu'elle déchirera probablement. Le roman achevé, elle se relit afin d'équilibrer les phrases, d'éliminer les adverbes et de vérifier le rythme. Françoise Sagan est très attentive à ce dernier point. Cette petite musique, c'est sa griffe. « Dans une phrase de roman, le nombre de pieds n'est pas fixé mais on sent bien si la phrase est boiteuse en la tapant ou en la prononçant à voix haute[18] », a-t-elle constaté. Contrairement à un grand nombre d'écrivains, elle ne s'échine pas sur le choix d'un mot car le mot n'est à ses yeux qu'un moyen d'exprimer une pensée : « Le travail de joaillerie revient au joaillier[19]. » D'ailleurs, une répétition ou une faute ne l'effraient pas. Pour toutes ces raisons, la critique a plus d'une fois considéré que ses romans étaient « bâclés ». Ceux-là mêmes qui lui ont aussi reproché ses personnages oisifs, animés de sentiments ordinaires. Pour elle, ce qui compte, c'est la manière dont ils seront décrits et traités. Un récit court (il dépasse rarement cent quatre-vingt pages), un style vif et simple, des sentiments universels : l'ennui, la solitude, la jalousie. Voilà sans doute quelques-unes des raisons de l'immense succès populaire des romans de Françoise Sagan.

Elle écrit sans rédiger de plan et ses difficultés viennent souvent de cette absence de canevas. Sous sa plume ankylosée, l'histoire cesse de progresser et ses personnages s'impatientent. L'impasse, c'est l'humiliation. Parfois, il lui arrive de rechercher son élan dans un stimulant alcoolisé. Selon elle, « l'esprit se libère mieux, comme si c'était une espèce de confession ». Dans cette euphorie provoquée, elle peut noircir jusqu'à dix pages en moins d'une heure. Une fois le récit achevé et relu, la dernière étape consiste à trouver un titre. C'est tout un art pour lequel Françoise Sagan a un don particulier. Les siens forceront chaque fois l'admiration de ses confrères : *Bonjour tristesse*, *Un certain sourire*, *Dans un mois, dans un an*, *Les Violons parfois*, *Des bleus à l'âme*…

Comparée au roman, qui est un exercice libre, l'écriture théâtrale est une sorte de récréation car les règles sont fixées d'avance : unité de lieu et de temps. Le premier la passionne, la seconde la distrait. « Au théâtre, on est coincé alors on sait où on va, explique l'auteur de *Château en Suède*. On va vers la fin, vers une progression dramatique constante, il y a des routes qu'on est obligé de suivre. L'excès de contraintes et l'excès de liberté font que la pièce s'équilibre d'elle-même. C'est bien plus facile à faire qu'un roman[20]. »

Chaque fois qu'elle s'est mariée, qu'elle a divorcé, lorsqu'elle a accouché ou tout simplement déménagé, Françoise Sagan a été la proie des médias comme jamais aucun écrivain. Cette attention constante et cette popularité considérable ne lui ont pas tourné la tête. On a pu lire bien souvent : « signe particulier : ne se prend pas pour Françoise Sagan ». En littérature, la romancière affiche une plus grande humilité encore. « Moi, je sais à quoi m'en tenir sur mes petits romans, dit-elle. Je n'ai pas à en avoir honte, ce n'est pas de la mauvaise littérature, c'est du travail honnête. Mais je sais lire. J'ai lu Proust, j'ai lu Stendhal... des gens comme ça, ça vous rabat le caquet[21]. » Avant de devenir « la Sagan », comme on la surnomme parfois, la jeune Quoirez était déjà une fine lectrice. Toute sa vie durant, elle dévalisera les librairies avec la même ferveur que du temps où elle passait ses après-midi perchée dans le grenier de la maison du Tour-de-Ville, à Cajarc. « Quand j'avais quinze ans, se souvient-elle, je bondissais sur tout ce qui était imprimé, c'était un réflexe[22]. » Très jeune, elle se plonge dans les œuvres de Nietzsche, Gide, Dostoïevski, Shakespeare et des poètes, Baudelaire, Prévert, Cocteau, Rimbaud et Apollinaire dont elle peut réciter un grand nombre de vers. La rencontre avec l'univers de Marcel Proust, qu'elle ne cessera de relire, a été déterminante : « J'aime la manière dont il s'est acharné à tout soulever, à tout décortiquer chez l'être humain. » Elle oppose Flaubert, qu'elle qualifie volontiers, de « macho » parce qu'il nuance peu ses propos sur le sexe faible, à Stendhal : « Il est le premier écrivain à avoir dépeint une femme intelligente. Avant lui, les femmes étaient toujours vues comme des objets de désir ou comme des garces. Il fut bel et bien l'un des premiers à bousculer cet archétype[23]. » Elle cite aussi Faulkner et Maupassant qu'elle apprécie « comme tout le monde ». Évoquant ses contemporains, elle retient *L'Invitée* de Simone de Beauvoir, les romans de Marguerite Duras, l'œuvre de jeunesse de Nathalie Sarraute et, pêle-mêle, Françoise Mallet-Joris, Yves Navarre, Philippe Sollers – dont la tristesse la touche –, Patrick Modiano, Jacques Laurent pour *Le Mutant*, «le plus joli récit sur le chômage», Alain Robbe-Grillet «certains de ses livres» ou encore Bernard Frank, qui est selon elle le meilleur de tous. Elle dévore aussi quantité de romans policiers et elle s'intéresse aux maîtres de la littérature étrangère, Murdoch, Bellow, Styron, Salinger, McCullers ou Gardner, pour leur côté froid et passionné à la fois. «Mais il en est un seul qui ne m'a pas trompée, c'est Sartre, avoue l'espiègle Lili. Ses personnages sont ce qu'ils sont; ils forment leur statue à mesure qu'ils vivent. La statue est en sable, peut-être, mais cela n'a pas d'importance. L'essentiel est de la faire[24]. »

Françoise Sagan devrait être la plus heureuse des romancières *Des bleus à l'âme* a autant séduit la critique que le public. Une semaine avant sa parution, *L'Express* annonçait sous forme de brève : «Cette fois, Françoise Sagan a travaillé. » Elle aurait retrouvé «ce que François Mauriac appelait sa petite musique[25]. » Dans *Combat*, Henry Chapier s'enflamme : «Il n'est pas besoin d'être prophète pour savoir qu'un jour on la recevra sous la coupole, et que certaines de ses œuvres feront partie des morceaux choisis au programme des générations futures. À présent, on l'admet dans la république des lettres comme si elle avait sauté des classes et dépassé ses camarades plus âgés, en décro-

chant une mention très bien[26]. » Robert Kanters du
Figaro s'est délecté à la lecture de ce livre d'un genre
nouveau : « Sur le tourne-disques qui lui sert à faire ses
livres, ce titre, *Des bleus à l'âme*, l'indique, elle a posé
un vieux blues, *Solitude* peut-être, et je crois que ses
fidèles lecteurs auxquels elle pense souvent ne resteront insensibles ni aux astuces ni à la magie de nuit
de cette musique[27]. » Pour Jean-Didier Wolfromm de
France-Soir : « Par ce livre d'une aisance magistrale,
elle sort enfin du purgatoire où l'avait plongée son
prodigieux succès. Elle cesse d'être un cas sociolo-
gique pour entrer de plein droit dans ce royaume dont
on lui contestait l'entrée : la littérature[28]. » Quant à Kléber Haedens, pour la première fois il modère ses propos : « Grande nouvelle, clame-t-il. Le dernier roman
de Françoise Sagan n'est pas tout à fait semblable aux
autres. Son titre, *Des bleus à l'âme*, sent la fabrication
pseudo-poétique et laisse tout craindre. Mais si l'auteur l'a écrit comme d'habitude en tirant la langue, il
l'a fait pour la première fois en ouvrant les yeux[29]. »

À l'occasion de la parution des *Bleus à l'âme*, Bernard Pivot propose à quelques personnalités du monde
des lettres d'interroger Françoise Sagan dans *Le Figaro*.
Jean d'Ormesson questionne : « Après la lecture des
Bleus à l'âme, on peut se demander si un certain mora-
lisme – au sens des moralistes français, bien entendu –,
du temps de la solitude et de l'angoisse, n'est pas en
train de remplacer chez vous la chanson qu'on vous
prêtait si volontiers de l'insolence, de la vitesse et de la
nuit[30]. » « Il y a toujours un moment où l'on commence à devenir moraliste, répond Sagan. On a l'impression que la vie va moins vite ou, au contraire,
qu'elle va d'une manière qu'on ne peut plus contrôler.

Alors, on devient moraliste automatiquement. Mais, n'ai-je pas toujours eu un certain goût pour les explications qu'on peut trouver au sujet de l'angoisse, de la peur et la solitude[31]?...» Le critique de théâtre Jean-Jacques Gautier demande humblement à l'auteur si elle pense qu'il a compris ses pièces. Françoise Sagan, qui n'a sans doute plus ses articles en tête, se défile habilement : «Il y a une pièce que j'aimais bien et que vous n'avez pas aimée, c'est *Les Violons parfois*, dit-elle. La pièce n'a pas marché parce qu'il y avait quelque chose qui était déséquilibré. C'est tellement fragile, cet équilibre entre les acteurs et le metteur en scène ! C'est un tel miracle quand la chose devient homogène qu'on ne sait jamais... Qu'on ne sait plus[32].» Vient enfin le tour de Geneviève Dormann. En lisant *Des bleus à l'âme*, celle-ci a été frappée par un banquet imaginaire chez Drouant. En effet, Sagan se décrit à soixante-quatorze ans, vieille gloire de la littérature, bardée de décorations diverses, participant – «aimable et toujours un peu confuse au point de vue diction» – à un dîner chez Drouant ou chez Maxim's. Elle se voit terminant une sole et donnant une interview délirante à cause du chablis qui lui aurait fait perdre la tête. À la question de Geneviève Dormann : «Posez-vous ainsi, pour plus tard, votre candidature à l'académie Goncourt?», elle réplique : «C'est une vision d'horreur que j'ai essayé de donner ! Le pire que je puisse imaginer, c'est moi, à l'académie Goncourt ou au Femina, entre Marguerite Duras et Françoise Mallet-Joris. Toutes ces dames du jury, ce serait le cauchemar, l'apocalypse, Jérôme Bosch ! Je n'accepterai d'être d'aucun jury, à quelque âge que ce soit. Cela fait dix-huit ans que je connais les honneurs et dix-huit ans qu'ils me

laissent froide[33]. » Hervé Bazin, récemment nommé
président de l'académie Goncourt, n'a visiblement pas
lu ces lignes. En juillet 1973, avant de partir se reposer
au Grand Courtoiseau, sa propriété de Triguères, dans
le Loiret, il demande officiellement à l'auteur d'*Un
certain sourire* de rejoindre les dix membres de l'académie dans le fauteuil de feu Roland Dorgelès. Selon
le président, les membres lui auraient confié qu'ils
souhaitaient voir une seconde femme, après Françoise
Mallet-Joris, siéger parmi eux.

Françoise Sagan répond dans un premier temps
qu'elle n'est pas disponible pour lire les cinq cents
romans qui paraissent chaque année. En octobre, elle
refuse le « couvert », officiellement et fermement. Les
membres de l'académie considèrent ce refus comme
une injure. Armand Lanoux, secrétaire général de la
prestigieuse institution, se montre même menaçant :
« Elle a fait une grave erreur en déclarant qu'elle ne
mettrait jamais les pieds chez les Goncourt[34]. » Lorsque,
en 1981, Marguerite Yourcenar entrera à l'Académie
française, ce sera l'occasion pour Françoise Sagan de
déclarer à la fois qu'elle ne s'y présentera jamais et
qu'elle admire Yourcenar : « Je trouve qu'elle écrit
d'une manière superbe, mais sa réception sous la Coupole n'a été qu'un événement mondain[35]. » Françoise
Sagan dévoilera plus tard qu'Alain Decaux lui aurait
proposé, au nom des « quarante », un siège à l'Académie française après la disparition de Marguerite Yourcenar. Elle aurait balayé cette proposition d'un revers
de main.

La critique est unanime, le public est enthousiaste. Sorti au mois de juin 1972 aux éditions Flammarion[36], avec un tirage de départ de 100 000 exemplaires, *Des bleus à l'âme* a rapidement grimpé au sommet de la liste des best-sellers de l'été. Au mois d'août, il atteignait la seconde place. En septembre, les ventes dépassent 200 000 exemplaires. Pourtant, Françoise Sagan semble perdre pied, chavirant jour après jour dans une dépression que l'on devinait entre les lignes de son ouvrage et qui la laissera sans force et sans envie pendant une année. Elle fait à ce moment-là une déclaration qui ne lui ressemble guère. «Ce que je trouve infect, c'est de mourir un jour. On vous donne plein de cadeaux qui sont la vie, les arbres, le soleil, le printemps, les enfants, et l'on sait qu'un jour on va vous les enlever, ce n'est pas bien, ce n'est pas honnête. Mon désespoir vient de là en grande partie[37].»

Dans son édition du 4 juillet 1973, l'hebdomadaire *Minute* donne, non sans une certaine délectation, des nouvelles alarmantes de la romancière sur une pleine page et sous le titre : «Sagan en clinique : elle a trop noyé ses bleus à l'âme». «Elle a brutalement craqué, comme on dit pudiquement, écrit le journaliste. En fait, la crise, à laquelle il faut bien donner son nom même s'il est affreux : delirium tremens, a été sévère. On a dû avoir recours à deux infirmiers musclés pour emmener d'urgence, la semaine dernière, dans une clinique spécialisée de la région parisienne, l'auteur de *La Chamade*.» Le journaliste de *Minute* est bien informé sur un point : Françoise Sagan est victime d'un important redressement fiscal. En revanche, cette histoire de delirium tremens est une pure affabulation. Fatiguée, démoralisée, la romancière a elle-même réclamé un séjour au calme à l'hôpital de la Salpêtrière pour une courte cure de sommeil. L'article provoque une cascade de réactions qui affecte énormément la principale intéressée. Rue Guynemer, le téléphone sonne moins, comme si ses proches craignaient de déranger la « grande malade ». Pour couper court aux rumeurs, elle multiplie les fêtes. Gérard Mourgue a l'idée toute simple de téléphoner à celle qui fait l'objet des pires ragots pour la convaincre de se livrer au micro de son confrère Gilbert Picard sur l'antenne de France-Inter. L'émission est retransmise le 26 juillet 1973 au journal de 13 heures. Le journaliste explique en préambule : « Cette fausse nouvelle, je dis bien fausse et j'en ai la preuve, a terriblement blessé Sagan dans son cœur. » D'une voix tremblante de colère, la romancière attaque le gouvernement : « La France a toujours été très bonne avec moi et les Français sont des gens charmants, que j'aime. À mon avis, ils sont très mal traités actuellement et très malheureux. Mais je vais les quitter, étant désolée de le faire bien qu'étant française de cœur, d'adoption et de vie […]. » Et elle annonce son intention de partir vivre en Irlande où, selon elle, on est plus respectueux envers les femmes et où l'on aime les écrivains. Elle envisage, ajoute-t-elle, de se remarier et même d'avoir un enfant avec ce jeune Italien dont le nom est sorti récemment dans les journaux. « Il n'a jamais douté de moi, ce qui est rassurant. Il s'appelle Massimo Gargia et je l'épouserai s'il est libre et s'il en a envie. » À la mi-août, tandis que le pape Paul VI, dans son audience pontificale hebdomadaire du 22, regrette publiquement sa désaffection pour la prière, Françoise Sagan quitte Paris pour Shannon, afin d'aller respirer l'air de l'Irlande avant l'exil. La romancière se voit volontiers habitant une maison sous-chauffée, peuplée de moutons et de chèvres ou une roulotte. Sur place, elle visite, avec Denis qui l'accompagne, quelques propriétés mais sans parvenir à se décider. Quant aux roulottes, elles ressemblent à de vulgaires caravanes. Le rêve s'évanouit : « Au cours de nos balades, je n'ai pas cessé de croiser de pauvres gens qui marchaient derrière leur roulotte pour la pousser dans les côtes et la retenir dans les descentes. Nous l'avons échappé belle ! » Durant cette escapade, Françoise Sagan a fréquenté les pubs, est montée à cheval, s'est détendue en écoutant des chants irlandais… Peu à peu, elle a oublié ses blues à l'âme. En septembre, elle renonce définitivement à son projet de quitter l'Hexagone. Elle se contentera de s'enfuir à Équemauville. La romancière n'épousera pas non plus Massimo Gargia ; en revanche, elle lui restera fidèle en amitié.

« Examinons mon propre cas : un physique agréable joint à une réputation de bon amant, le tout assorti d'un QI normal et d'une touche de sensibilité[38] », écrira l'ami de Sagan dans l'un de ses livres de souvenirs modestement intitulé *Jet-set : Mémoires d'un play-boy international*. Au début des années 60, ce futur pape de la jet-set a achevé un cycle d'études de droit en Italie et ambitionne de parfaire sa formation à l'université d'Oxford. En transit à Paris, dans une réception donnée par Betty, la femme du couturier Luis Estevez, il croise à plusieurs reprises le regard doux d'une jeune blonde. Le play-boy international se renseigne discrètement. « Comment, vous ne connaissez pas Françoise Sagan ! » lui répond-on, indigné. Ce que son informateur a omis de lui préciser, c'est que la romancière internationale est mariée à Bob Westhoff qui devise à quelques pas de là. Massimo Gargia s'approche de la romancière et engage la conversation. Comme il sait y faire, il obtient un rendez-vous pour le lendemain. Françoise Sagan a dû juger le déjeuner agréable puisque, après le dessert, elle prolonge la rencontre. «La trahison est le seul moyen d'assurer la survie d'un mariage», déclare-t-elle. Sûr de lui, le bel Italien lui téléphone le lendemain dans l'espoir de la revoir, mais c'est à peine s'il reconnaît sa voix au téléphone tant elle se montre distante. «Je devais plus tard apprendre que Françoise était de ces êtres rares qui exigent et accordent une liberté totale dénuée de toute possessivité, et d'apprécier cette qualité, explique-t-il. Ce que j'interprétais comme un signe d'indifférence témoignait en réalité du plus profond respect. (…) "Cela ne me rend pas jalouse que tu fasses l'amour avec une autre, m'écrivit-elle un jour. Je ne serai jalouse que si tu ris avec une autre"[39]. »

Des années plus tard, dans le duplex qu'il occupe au cœur du XVIe arrondissement, Massimo Gargia se souvient : «C'est vrai qu'en 1973 Françoise, atteinte d'une grosse dépression, faisait des crises. J'ai essayé de la sortir de là en l'emmenant en Italie. Je pensais, et d'ailleurs elle le disait, que j'avais une bonne influence sur elle. Sa mère, qui n'a pourtant jamais été choquée par sa manière de vivre, m'aimait beaucoup pour cette raison. Quant au mariage, nous avons dû y renoncer car nos modes de vie étaient trop différents. Françoise a besoin de quelqu'un qui s'occupe d'elle. Moi, je prends un avion tous les trois jours. Je voyage énormément et elle n'aime pas beaucoup ça[40]. » À propos de voyages, Massimo Gargia se souvient aussi de ce séjour à New York avec une Sagan qui s'ennuyait. Elle appela Jackie Onassis qui les invita à déjeuner chez elle. La « veuve » de l'Amérique tenta de parler de littérature avec la romancière, ce qui lui déplut profondément. Sagan était visiblement agacée par la conversation de la femme d'Aristote Onassis quand une réflexion de cette dernière acheva de l'exaspérer : « Notre problème, à nous les femmes, c'est qu'il y a toujours une autre femme qui possède un diamant plus gros que le nôtre. »

Françoise Sagan va mieux, mais la rumeur court toujours. En novembre de la même année, les nouvelles colportées empirent. Elle aurait été hospitalisée à la clinique-infirmerie protestante des Chartreux à Lyon. Elle serait paralysée et mutique. En vérité, elle s'est contentée de se faire faire une série d'examens. Elle apprend par certains journaux sa mort imminente alors qu'elle se trouve sous le casque chez le coiffeur. Elle décide de rentrer aussitôt à Paris et d'apparaître quelques jours plus tard au côté de Jacques Chazot chez Lipp. On prétend qu'un service de presse indélicat aurait annoncé cette nouvelle afin d'assurer la promotion du *Livre des parfums* de Guillaume Hanoteau, qu'elle a préfacé. « J'ai été malade pendant un an, j'étais épuisée, claquée, sans aucune tension, énervée, mal dans ma peau ; on m'a donné beaucoup de médicaments pour cela mais, au bout d'un moment, je les ai jugés dangereux, astreignants, inutiles. J'ai tout d'un coup cessé d'en prendre, j'ai essayé de vivre sans drogue médicamenteuse, c'est très pénible. J'ai vécu pendant trois mois dans une complète léthargie, et puis, petit à petit, je me suis remise à vivre[41] », raconte Françoise Sagan.

Elle sort de sa torpeur pour prendre part à la campagne présidentielle de 1974. Voilà bien longtemps qu'elle n'est plus intervenue sur ce terrain. On se rappelle qu'en 1965 elle avait appelé à voter de Gaulle. À présent, elle soutient François Mitterrand et ne se démarquera plus de cette ligne-là. Après le référendum du 27 avril 1969 qui a conduit le général de Gaulle à se retirer, Georges Pompidou a occupé le fauteuil présidentiel. Pour ces élections de 1974, le rapprochement PS-PC permet à la gauche institutionnelle de présenter un candidat unique, François Mitterrand, qui n'est guère gêné par les candidatures d'Alain Krivine et d'Arlette Laguiller ou par celle de l'écologiste René Dumont. En revanche, du côté de la majorité, Jacques Chaban-Delmas se déclare deux jours après la mort de Georges Pompidou, imité par Edgar Faure, puis par Valéry Giscard d'Estaing. Pierre Messmer annonce qu'il ne se présentera pas sauf s'ils se retirent tous les trois ; Edgar Faure s'exécute mais Jean Royer se porte à son tour candidat. Valéry Giscard d'Estaing, qui veut « regarder la France au fond des yeux », mène une habile campagne, s'affirmant comme un proche du général de Gaulle, mais aussi comme le symbole de la jeunesse et du changement. Le premier tour, le 5 mai 1974, est indécis. Chaban-Delmas fait 15,1 %, contre 32,6 % à Valéry Giscard d'Estaing et 43,2 % à François Mitterrand. Un duel télévisé a lieu le 10 mai, entre les deux tours, fameux débat durant lequel Giscard d'Estaing a laissé son adversaire sans voix en lui lançant cette perfidie : « Monsieur Mitterrand, vous n'avez pas le monopole du cœur. » Entre les deux tours, Françoise Sagan publie dans *Le Figaro*[42] un article intitulé

« Coup de balai » où elle expose ses raisons de voter Mitterrand : « Son choix est simple mais capital : il est décidé à faire passer les bœufs avant la charrue, c'est-à-dire les gens qui travaillent avant le brinquebalant et mystérieux char de l'État. Il serait peut-être temps que l'argent aille ailleurs qu'à l'argent. Il serait peut-être temps que cesse cette comédie sinistre où les Français ont le devoir de payer et le droit de se taire pendant sept ans, puis le devoir de parler et le droit de ne pas payer (leurs contraventions) pendant un mois. » Suite à cet article, *Le Figaro* remet à Françoise Sagan un volumineux courrier de lecteurs ; des lettres d'insultes pour la plupart, allant du classique : « Depuis quand les femmes osent-elles se mêler de politique ? » au plus direct : « Pas étonnant, quand on a lu vos livres, qui montrent une société pervertie et sans idéal, que vous vouliez d'une France vendue aux Rouges. » Quand elle a fait savoir qu'elle désirait quitter la France pour payer moins d'impôts, Françoise Sagan a perdu un peu de son capital de sympathie auprès de ses compatriotes. Elle choisit *Le Nouvel Observateur* pour communiquer son message : « À la suite de son article "Coup de balai", paru dans *Le Figaro*, Françoise Sagan voudrait faire remarquer à ses correspondants qu'elle est toujours domiciliée en France et paie donc ses impôts, comme tout un chacun, au gouvernement français [43]. »

Le 19 mai, le dimanche du second tour, 87 % des inscrits participent au scrutin : Valéry Giscard d'Estaing n'obtient que 50,8 % des suffrages, soit seulement 400 000 voix de plus que François Mitterrand.

Durant cette période qu'elle appellera sa « traversée du désert », recluse dans son appartement de la rue Guynemer, Françoise Sagan a écrit un nouveau roman à paraître chez Flammarion le 10 juin 1974. *Un profil perdu* est dédié à Peggy Roche, qui fut mannequin chez Givenchy vers 1955 – à la même époque que Bettina – avant de devenir rédactrice de mode. Jadis mariée à l'acteur Claude Brasseur, Peggy Roche cohabitera avec la romancière au début des années 70. Leur amitié durera vingt ans, jusqu'à la mort de Peggy en 1990. En relisant *Un profil perdu* pour les besoins de *Derrière l'épaule*[44], Sagan affirmera qu'il est le pire de ses romans. Elle en déconseille même la lecture. En mars, elle dit déjà qu'il est difficile d'en parler tant le sujet lui semble ambigu. Il ne s'agit pas d'une simple histoire d'amour. On y retrouve des personnages du passé, Josée et Alan Ash, dont le couple battait déjà de l'aile dans *Les Merveilleux Nuages*. Alan, qui est toujours animé d'une jalousie féroce, injurie sa femme, la séquestre, la bat parfois. Lors d'un vernissage, Josée rencontre Julius A. Cram, un très puissant homme d'affaires, bénéficiant d'appuis politiques considérables. On le dit généreux et impitoyable. « Il avait des yeux bleus et ronds derrière ses lunettes et des cils étonnants pour ses yeux : des voiles de pirate sur une barque de pêche », raconte Josée. En enquêtant, Julius apprend que Josée est maltraitée et il vient l'arracher à cette existence épouvantable. La jeune femme est si naïve qu'elle ne comprend pas immédiatement que cet homme plus âgé qu'elle et au physique ingrat n'a qu'une idée : la posséder. Durant tout le temps que dure leur amitié, la vie de Josée est curieusement facile et légère. Julius lui dégote un ravissant appartement au loyer étonnamment raisonnable, elle trouve comme par enchantement une place de critique d'art plutôt bien payée dans une petite revue, un couturier lui prête des robes pour ses dîners… Elle s'émerveille, se dit que la vie lui sourit enfin sans trop se poser de questions. Julius n'est-il pas un ami, un père, un ange gardien? Elle reste sourde aux avertissements de son ami Didier qui, lui, a tout compris. «Je ne sais pas s'il vous aime, dit-il, mais en tout cas, il veut vous tenir. Julius est l'homme le plus possessif qui soit.» Sur une plage des Bahamas où il l'emmène se reposer, Julius se déclare enfin : «En vérité, je ne supporterai pas de vous perdre. Il faudrait que vous compreniez que je désire profondément vous épouser.» Josée prend conscience que ce jeu est dangereux et elle quitte son appartement et sa place, pour aller vivre en région parisienne auprès de Louis Dalet, un vétérinaire dont elle est éprise. Quand il apprendra qu'elle attend un enfant, Julius se suicidera. «Il n'avait rêvé que de me posséder, et moi de le fuir, c'était tout et, à y penser, c'était une histoire plutôt misérable», conclut l'héroïne.

La parution d'*Un profil perdu* est l'occasion pour les journalistes de faire le point sur la carrière de Sagan. *Bonjour tristesse* a vingt ans. «C'est un détail fâcheux, dit la romancière. Je ne les ressens pas mais j'ai peut-être tort.» Et d'ajouter : «Oui, des romans… J'ai fait des romans et des pièces. Ce sont eux qui m'ont permis de posséder un nom et d'en vivre. Mais ce n'est peut-être pas pour cela que j'ai fait grand-chose en littérature[45].» Les critiques déplorent que le décor des romans de Sagan ait si peu évolué. Ils lui reprochent d'exploiter un filon. Ainsi Robert Kanters dans *Le Figaro* : «Encore un salon, des mondains médiocres, des artistes plus ou moins ratés, des cœurs plus faibles encore que sensibles, des verres d'alcool, des potins et de petites intrigues qui se nouent et qui aboutiront à ce que l'on pourrait appeler plus justement des crises de nerfs que des crises sentimentales[46].» Pierre de Boisdeffre la met en garde dans *Le Point* : «Que Françoise Sagan se méfie! En douze romans, elle a descendu − assez fastueusement j'en conviens − le superbe escalier des Folies qu'elle avait gravi d'un seul coup le jour de ses 18 ans. Il ne lui reste plus beaucoup de marches à descendre. Allons, Sagan, un petit effort! Qu'avez-vous fait de votre insolence, de votre jeunesse, et de cet "air de bénédiction naturel" dont vous étiez si fière?[47]» Jean-François Josselin est plus nuancé dans *Le Nouvel Observateur* : «On doit reconnaître que, dans le vacarme de cette célébrité grotesque, elle n'a perdu ni la tête ni cette fameuse petite voix, qui fait son charme, et sa valeur, féminine et singulière, qui fait son personnage vrai. Vingt ans après, le monde ressemble presque plus à celui de l'ex-enfant terrible.» Matthieu Galey conclut dans *L'Express* : «Tout doucement, à la paresseuse, selon son usage, elle se survit en vivant à la romancière rétro. (…) On commence à s'attendrir pour de vrai sur *Bonjour tristesse*, sur les Platters, les vieux Hitchcock, avec Doris Day ou Grace Kelly. Dommage que Sagan ne soit pas devenue princesse. Ce serait le moment de la réinventer[48].»

9

Une humeur de chien

Françoise Sagan a quarante ans. Que le temps a passé vite pour elle et ces milliers de femmes qui ont été jeunes avec elle ! Elles se souviennent comme si c'était hier de la mince silhouette de ce petit monstre charmant, sulfureux et décoiffé en qui elles s'étaient reconnues vingt-deux ans plus tôt. Ahurie et un peu grisée par le succès que remportait son bref roman tout autour du monde, elle bafouillait ses explications de textes. Elle était jeune, libre, riche, en bonne santé et très entourée ; elle allait en profiter. D'autant qu'à quarante ans il ne lui serait plus possible de « choisir sa vie », imaginait-elle. À cet âge-là, on pouvait juste accepter son existence ou, pire, la subir. Françoise Sagan se souvient de ses propres déclarations avec un sourire et elle s'octroie un nouveau délai : « Je crois à présent que jusqu'à soixante ans, rien n'est joué[1]. » En un peu plus de vingt ans, celle dont le talent précoce suscitait tant de méfiance a publié neuf romans, monté six pièces de théâtre, créé deux ballets, signé les scénarios et les dialogues de deux films, inventé des chansons par dizaines et publié combien de portraits ou d'articles d'humeur ? Après deux mariages et un enfant, quelques accidents,

des nuits de fête et des chagrins, Françoise Sagan poursuit son chemin avec le même enthousiasme, une fraîcheur intacte et une fragilité d'enfant. C'est sans doute
ce qui lui vaut de conserver, envers et contre tout, l'affection du plus large public. Dépensant sans compter,
refusant les honneurs, choisissant d'assumer ses erreurs
sans manifester ni regrets ni remords, elle incarne une
liberté que beaucoup lui envient, mais qui fait surtout rêver ses lecteurs. Pourtant, à l'instar de l'héroïne
d'*Un piano dans l'herbe*, Maud, qui a vécu une jeunesse éblouissante mais dont la vie, dès quarante ans,
n'a été «qu'une lente dégringolade», Françoise Sagan
va connaître un déclin certain.

Elle quitte son appartement de la rue Guynemer, où
elle a broyé du noir pendant une année, pour une maison située au 25 rue d'Alésia dont les fenêtres au rez-
de-chaussée s'ouvrent sur un jardin de 80 m^2 qui
embaume l'herbe fraîche et le lilas. Au premier étage
logent Denis et Bernard Frank, tandis que juste au-dessus, dans une grande pièce très claire, la maîtresse des
lieux a installé sa chambre. Depuis qu'elle a repris
goût à la vie, elle fourmille de projets d'écriture. La
romancière se laisse d'abord tenter par la proposition
de Georges de Beauregard, le producteur du *Landru* de
Claude Chabrol, qui caresse depuis des années le rêve
de la voir réaliser son propre film. «Sans cesse, il me
sollicitait, raconte-t-elle, et sans cesse je répondais :
"Non, je n'y connais rien, ce n'est pas mon métier." Il
m'a eue à l'usure et puis, comme cette année est l'année de la Femme, je me suis dit pourquoi pas ! Allons-

y. Je n'y connais toujours rien. Je n'ai pas l'intention de réaliser des prouesses techniques. Je fais ça parce que c'est marrant et gentil, voilà tout[2]. » Avant que de se risquer à engager des acteurs, des techniciens et des sommes folles, elle décide de faire ses armes avec un court métrage en posant toutefois une condition : si le résultat ne la satisfait pas pleinement, Georges de Beauregard s'engage à détruire les bobines.

Encore un hiver[3], c'est son titre, est tourné en trois jours dans les jardins du Luxembourg au mois de février. Sur un banc, une vieille dame s'impatiente car son amant de toujours, un homme marié, tarde à la rejoindre. Viendra-t-il ? se demande-t-elle, anxieuse. En attendant, elle engage la discussion avec un jeune homme qui s'impatiente de la même manière car son aimée n'est pas à l'heure. Lorsque la demoiselle arrive enfin, il se rend brusquement compte qu'il ne l'aime plus. Sa courte conversation avec la vieille dame aura été fatale à son idylle.

Françoise Sagan est rassurée ; elle se sent à présent capable de passer à l'étape supérieure, d'autant plus confiante qu'elle vient d'apprendre que son film, *Encore un hiver*, est récompensé par un « Chris » (trophée couronnant la meilleure œuvre de l'année) au Festival international du court métrage de New York. Georges de Beauregard en profite pour réitérer sa proposition. « Puisque le petit plaît, pourquoi ne pas en faire un grand ? » lui aurait-il dit. Françoise Sagan écrit donc le scénario et les dialogues de son film à partir d'une de ses nouvelles à paraître chez Flammarion. L'intrigue des *Fougères bleues* – c'est le titre qu'elle donne à son long métrage – est mince. Jérôme (Gilles Segal) et sa femme Monika (Françoise Fabian) invitent

Stanislas (Jean-Marc Bory) et sa petite amie Betty (Caroline Cellier) à une partie de chasse au chamois dans leur luxueux chalet montagnard. Accaparé par son cabinet d'architecte et ses nombreux chantiers, Jérôme a tant délaissé sa femme ces dernières années qu'elle a fini par céder, un soir, à Stanislas. Celui-ci, héritier d'une grosse fortune et décorateur en devenir, est un tombeur, dont la dernière folie se prénomme Betty, une fille cupide et infidèle. Dans l'avion qui les transporte vers les Alpes, Stanislas tente à nouveau de séduire Monika. Quelques heures plus tard, en voiture, il prend la main de son ancienne maîtresse. En regardant dans son rétroviseur, Jérôme comprend tout. Une fois arrivé chez lui, il se met à astiquer son fusil de chasse et l'on se demande s'il songe à viser l'un de ces chamois aux yeux de soie qui gambadent autour du chalet ou à supprimer l'amant de sa femme. « Et il a justement furieusement envie de changer de gibier, poursuit Françoise Sagan. Voilà, c'est tout, c'est sans prétention. Je n'ai pas de message à délivrer. C'est un film sans message, sans bavardage et sans érotisme. Un film marrant qui ressemble à pas grand-chose[4]. »

Soucieuse de respecter le budget de 300 millions de francs alloué par la production, la réalisatrice privilégie les scènes d'intérieur – les extérieurs coûtent des fortunes –, et adapte sans difficulté son scénario à ces contraintes. Le tournage, de six semaines, débute à la mi-septembre à Megève, sur les cimes qui dominent la vallée d'Aoste. La réalisatrice n'est épaulée que par un chef cameraman et un directeur de la photo chargés de guider ses premiers pas : elle est prise de panique. Sans doute ne parvient-elle pas à chasser de son esprit le souvenir des répétitions de *Bonheur, impair et passe*, son unique expérience en matière de mise en scène. Sur le tournage des *Fougères bleues*, elle prend garde à ne pas reproduire les mêmes erreurs. «Il fallait me voir arriver sur les lieux les premiers jours, raconterat-elle. Comme je n'y connaissais rien, j'étais très complexée par rapport à la technique. Je ne savais ni où il fallait mettre son œil, ni ce qu'on pouvait faire ou pas. J'avais quand même quelques idées. Plusieurs fois on m'a dit "c'est impossible". Maintenant, je sais qu'il y a des tas de choses que j'imposerais parce qu'elles sont possibles[5] !» Françoise Sagan et son équipe – des acteurs, des techniciens et un chamois apprivoisé – séjournent à l'hôtel du Mont-Blanc où, chaque soir, elles répètent les scènes qu'elles tourneront le lendemain. Pour ne pas se laisser distraire, la réalisatrice ordonne que les journalistes ainsi que les membres du clan Sagan soient systématiquement exclus du plateau. Les comédiens se montrent très respectueux du travail de la débutante qui se révèle plutôt douée. Francis Perrin est étonné de constater qu'en une semaine elle a tout compris de la technique, y compris les termes pour initiés : plan américain, panoramique, plan de coupe… Elle manque toujours d'autorité, mais cette fois on s'en arrange. On s'habitue à tendre l'oreille quand elle lance timidement «Moteur !» et à la voir se déplacer sur la pointe des pieds pour chuchoter ses remarques aux oreilles des acteurs lorsqu'une scène ne lui donne pas entière satisfaction.

En décembre 1975, Françoise Sagan se consacre au montage des *Fougères bleues* dans de curieuses circonstances. «Au moment du montage, j'ai eu une opération grave. J'ai donc visionné les prises de vue sur une Moviola chez moi. J'étais à moitié coupée en deux

et totalement KO. C'est Chantal Delattre qui a monté,
très bien d'ailleurs, le peu de matière qu'il y avait[6]. »
Trois mois plus tard, le film est « en boîte » : il sortira
sur les écrans le 25 mai 1977. Françoise Sagan a
manqué son premier rendez-vous avec le cinéma. La
critique lui reproche son classicisme extrême, ses
flash-back superflus et les ralentis inutiles. La prestation des acteurs laisse les professionnels de marbre, à
l'exception de Caroline Cellier qui parvient à tirer son
épingle du jeu. « Heureusement qu'il y a les chamois »,
ironise Claire Devarrieux en conclusion de son article
publié dans *Le Monde*[7]. Rendez-vous manqué aussi
avec le public, qui a pourtant eu tout loisir de se fami-
liariser avec les personnages des *Fougères bleues*,
Jérôme, Monika, Stanislas et la cupide Betty, puisque,
entre-temps, la nouvelle est parue chez Flammarion.
Elle s'intitule *Des yeux de soie*[8] et donne son titre à
ce recueil de dix-neuf nouvelles. On y rencontre une
dame vieillissante et incrédule face à l'amour de son
jeune amant (*Le Gigolo*), une femme découvrant l'ho-
mosexualité de son mari (*L'Inconnue*), un conte de
Noël (*Une nuit de chien*), une comtesse allemande,
quelques désœuvrés, une chanteuse d'opéra, un torero…
Matthieu Galey déclare que la romancière a sans doute
trouvé là une distance qui lui correspond. « Tous les
romans de Sagan sont déjà des sonatines maquillées en
concertos. C'est pourquoi, sans doute, elle écrit si peu
de nouvelles, et c'est dommage : son art du "presque
rien" y trouve sa mesure idéale[9]. » Annette Colin-
Simard, qui n'est pas toujours tendre, écrit : « C'est la
première fois, après dix romans, que Françoise Sagan
publie un volume de nouvelles, mais c'est aussi la première fois qu'elle nous émeut avec tant d'intensité[10]. »

Le tournage des *Fougères bleues* restera l'un des moments les plus délicieux de la vie de Françoise Sagan. Mais elle n'aura plus l'occasion d'occuper ce fauteuil de réalisatrice. « Malheureusement, comme cela ne fut pas un succès commercial, on ne m'a jamais redemandé d'en faire, déplorera-t-elle. J'ai pourtant bien des projets dans les tiroirs et dans la tête[11]. » La romancière semble néanmoins gagner une place dans la grande famille du cinéma. Deux ans plus tard, au mois d'avril 1979, Robert Favre-Lebret, président du Festival de Cannes, lui propose de présider le jury de la trente-deuxième édition qui se tiendra sur la Croisette du 10 au 25 mai. Elle accepte. « C'est facile pour moi de juger des films, affirme-t-elle. Dans la mesure où ce n'est pas ma partie, je peux émettre un point de vue sans arrière-pensée[12]. » Dans ce domaine, sa culture est restreinte et ses goûts peu affirmés : elle apprécie les séries B américaines tandis que les films érotiques l'ennuient. Elle est plus loquace s'il s'agit d'évoquer ses émotions d'enfant dans les salles obscures. À six ans, par exemple, elle a été frappée par l'interprétation de Charles Laughton dans le rôle de Quasimodo. Un peu plus tard, comme beaucoup de jeunes filles de sa génération, elle craquait pour Clark Gable, incarnation parfaite du romantisme dans *Autant en emporte le vent*. Au catalogue des films mémorables, elle ajoute *Sunset Boulevard*, *Les Enfants du paradis* et *Le Diable au corps*.

En gravissant les marches du palais des Festivals, Françoise Sagan se souvient d'une journée d'été 1960 où elle avait quitté Gassin pour participer en simple spectatrice à la fête du septième art : « Je ne savais de Cannes et de son Festival que ce que l'on en imaginait à l'époque, c'est-à-dire un mélange de champagne glacé, de mer tiède, de foule admirative et de demi-dieux américains, et j'avoue que l'ensemble ne me tentait pas beaucoup[13]. » À peine arrivée aux abords du palais des Festivals, elle est prise dans un mouvement de foule provoqué par les apparitions d'Anita Ekberg et de la plantureuse Gina Lollobrigida. Elle manque de chanceler lorsqu'une main lui saisit le bras pour l'extraire sans ménagements de cette foule hystérique. Cette main, c'est celle d'un géant nommé Orson Welles. « Il était immense, il était colossal en fait, se souvient Françoise Sagan. Il avait les yeux jaunes, il riait d'une manière tonitruante et il promenait sur le port de Cannes, sa foule égarée et ses yachts somptueux un regard à la fois amusé et désabusé, un regard jaune d'étranger[14]. » Comment remercier cet homme qu'elle admire de l'avoir sortie d'un mauvais pas ? Elle a l'idée d'organiser un dîner afin de présenter son sauveur à Darryl Zanuck, qui n'est pas seulement le mari de Juliette Gréco mais aussi le plus puissant producteur d'Hollywood. Or Orson Welles a dû interrompre le tournage de son dernier film faute de moyens. L'intention est louable mais les choses ne se passent pas comme l'écrivain l'a imaginé. Le dîner se déroule sans histoires jusqu'au moment où l'ogre se met à injurier le producteur, le traitant de marchand de soupe et autres noms d'oiseaux. Françoise Sagan, nullement gênée, en est même secrètement ravie : « J'étais à la fois désolée pour son film et enchantée pour lui, expliquera-t-elle. Pour lui, pour la vie, pour l'Art, pour les

"artistes" comme il disait, pour la vérité, pour la désinvolture, la grandeur, pour tout ce qu'on veut – et qui
m'enchante toujours d'ailleurs[15]. » Elle conservera ce
mélange de tendresse et d'admiration pour Orson Welles
qui incarne le génie : un être « démesuré », « vivant »,
« fatal », « désabusé » et « passionnel ». Le cinéaste et
la romancière se reverront dix ans plus tard à Paris. Il
viendra la chercher pour l'emmener déjeuner et, en
chemin, au moment de traverser la rue, elle sentira une
main puissante lui saisir le bras et la soulever. Orson
Welles avait cette curieuse habitude.

Au mois de mai 1979, l'actualité est chargée : le
Shah est chassé d'Iran, Simone Veil est élue première
présidente du Parlement européen et Margaret That-
cher accède au poste de Premier ministre de Grande-
Bretagne. Pendant ce temps, Françoise Sagan passe
quinze jours dans une suite du Carlton à dévorer, entre
deux projections, *Le Livre du rire et de l'oubli* de
l'écrivain tchèque Milan Kundera. Par une ironie du
sort, c'est ici qu'elle apprend le suicide de Jean Seberg,
qui incarna Cécile dans l'adaptation de *Bonjour tristesse* d'Otto Preminger ! Françoise Sagan est honorée
de présider le prestigieux festival, d'autant que cette
année la sélection est de très grande qualité. Selon
Gilles Jacob, délégué général du Festival de Cannes,
elle serait même la plus lumineuse à ce jour. Dès l'ouverture, les jurés sont invités à assister à la projection
du court métrage de Françoise Sagan, *Encore un hiver*,
présenté en lever de rideau de la section « Un certain
regard », suivi de *Cher Voisin*, chronique rocambo-

lesque de la vie dans un immeuble promis à la démolition, du Hongrois Zsolt Kezdi-Kovacs, autre membre du jury. Enfin les festivités s'ouvrent en beauté avec *Hair* de Milos Forman et *Manhattan* de Woody Allen, présentés hors compétition. Seront ensuite projetés au long de cette quinzaine *Le Syndrome chinois* de James Bridges, *Le Tambour* de Volker Schloendorff, *Apocalypse Now* de Francis Ford Coppola, *Le Mariage de Maria Braun* de Fassbinder, *Tess* de Roman Polanski, *The Rose* avec Bette Midler, *Série noire* d'Alain Corneau, *Alien* de Ridley Scott, *Mad Max* de George Miller, *Le Roi et l'Oiseau* de Paul Grimault, *Kramer contre Kramer* de Robert Benton, *À nous deux* de Claude Lelouch, *Le Christ s'est arrêté à Eboli* de Francesco Rosi, *Les Sœurs Brontë* d'André Techiné, *La Drôlesse* de Jacques Doillon, *Les Moissons du ciel* de Terrence Malick, *Le Grand Embouteillage* de Luigi Commencini et *Prova d'orchestra* de Federico Fellini.

Lors de la cérémonie de clôture du trente-deuxième Festival de Cannes, la Palme d'or est attribuée ex aequo à *Apocalypse Now* de Francis Ford Coppola et au *Tambour* de Volker Schloendorff... Rien n'a filtré des conflits qui ont opposé les membres du jury et les organisateurs du Festival. Le premier lauréat remportera, au cours des mois suivant sa sortie publique, un grand succès populaire, réalisant 30 millions de francs de recettes en France (le record de l'année), contre 14 millions pour *Le Tambour* qui se placera seulement en huitième position.

Durant le festival de Cannes, la romancière aurait dit à plusieurs reprises au journaliste du *Matin de Paris* : « Il faut que nous reparlions de ce festival. Tout n'y est pas très clair. » Il n'y avait pas encore matière à un article. Les films sont sortis et la romancière a jugé que le moment était venu de passer aux aveux. En décembre 1979, le scandale éclate. Dans une interview accordée au quotidien proche du PS[16], «Françoise Sagan accuse : la compétition au Festival de Cannes est truquée». Elle dénonce les nombreuses «pressions» que subiraient selon elle les membres du jury. Elle explique que le samedi 19 mai au soir, après la projection d'*Apocalypse Now*, elle a consulté de façon informelle l'ensemble des membres du jury. Dans l'ensemble, ils se montraient plutôt déçus par l'œuvre en question, à l'exception de Maurice Bessy qui jugeait avec moins de sévérité que ses confrères la superproduction signée Coppola. La présidente du jury récapitule : «Nous sommes d'accord : *Le Tambour* de Schloendorff, qui a recueilli l'unanimité du jury au cours d'une première consultation, le vendredi 18, reste bien le meilleur film présenté en compétition à Cannes[17].» Le lendemain matin, elle est étonnée de trouver au petit déjeuner un exemplaire du *Journal du dimanche* avec ce gros titre en forme d'objurgation : «*Apocalypse Now*, Palme d'or». Quelques heures plus tard, raconte-t-elle, elle est convoquée par Robert Favre-Lebret. «Il me tient dans son salon un étrange discours pendant lequel je m'assoupis un peu de peur de trop bien comprendre, se souvient-elle. Il m'explique peu à peu qu'on ne peut pas aller contre la presse et contre le public, que le Festival est un grand enfant fragile, que c'est la première fois que la télévision américaine délègue ses trois principales chaînes au Festival, qu'il espère que je ne prendrai pas l'attitude fâcheuse, adoptée quelquefois par d'ex-présidents, qui consiste à contrecarrer les vœux de la presse[18].»

Troublée et inquiète, la présidente s'empresse d'aller questionner Gilles Jacob, le délégué général du Festival de Cannes, qui lui assure qu'il n'y a rien à comprendre. Elle se tourne alors vers son ami Jules Dassin, lui raconte l'histoire. Ils décident de consulter d'urgence tous les membres du jury dès le lendemain. Une réunion secrète est organisée le lundi 21 au matin vers 11 heures au bar de l'hôtel Majestic. « Je leur demande s'ils n'ont pas changé d'avis, s'ils jugent toujours *Le Tambour* supérieur aux autres films, poursuit Françoise Sagan. Ils confirment. Je leur demande leur parole de ne pas changer d'avis lors du palmarès[19]. » Maurice Bessy est le seul à mettre les deux films sur un pied d'égalité. Si Françoise Sagan défend autant *Le Tambour*, c'est qu'elle trouve ce film hors du commun. Mis à part les projections des premiers jours où elle a vu des films hors compétition, *Hair* et *Manhattan*, et quelques réalisations de bonne qualité comme *Sibériade*, *Les Moissons du ciel*, *Woyzeck* et *Prova d'orchestra*, elle n'a éprouvé qu'ennui et déception au sortir des salles obscures du palais des Festivals. À ses yeux, la surprise, l'éclair d'intelligence, le chef-d'œuvre reste sans conteste *Le Tambour*. « *Apocalypse Now* nous semblait un film à grand spectacle avec d'admirables images, un superbe film de guerre dont la première partie est étonnante et la seconde plutôt rébarbative. Mais nous le placions un cran en dessous du *Tambour*[20]. » La délibération arrive enfin. Robert Favre-Lebret déclare qu'il préfère ne pas y assister, mais les membres du jury protestent. Après des heures passées à reconsidérer les films un à un, la présidente propose par pure provocation d'attribuer la Palme d'or à un film hors compétition, mais l'heure n'est pas à la plai-

santerie, le climat reste tendu. «Ça ne se fait pas», lui
rétorque-t-on sèchement. À son grand étonnement, au
moment de trancher, les jurés votent à la majorité pour
Apocalypse Now. «Je ne comprends pas, ou plutôt je
comprends trop bien, songe Françoise Sagan en écoutant certains des jurés, partisans la veille du *Tambour*,
défendre, en baissant les yeux, les qualités d'*Apocalypse Now*[21].» Indignée et furieuse, elle prétexte une
migraine et claque la porte. De crainte que le scandale
n'éclate, car Françoise Sagan peut tout à fait publier un
article quand elle veut et où elle veut, Robert Favre-
Lebret décide d'organiser un second tour de scrutin. À
l'issue de ce second vote, *Le Tambour* et *Apocalypse
Now* arrivent ex aequo, remportant cinq voix chacun.
Françoise Sagan se souvient qu'en tant que présidente
du jury, elle dispose d'une voix double qui suffirait
à faire pencher la balance, et elle décide naturellement
de l'utiliser. «Non, coupe Favre-Lebret, vous n'en
avez pas le droit!» *Apocalypse Now* a été annoncé à
grand renfort de presse et Francis Ford Coppola s'est
déplacé spécialement à Cannes, escorté de puissantes
chaînes américaines... Pour des raisons sinon politiques,
du moins stratégiques, ce film *doit* remporter la Palme
d'or. Quoi qu'il en soit, Volker Schloendorff, le réalisateur du *Tambour*, est très heureux; il n'aurait jamais
imaginé Sagan capable d'imposer son film. À l'issue
de la réunion, la présidente du jury se remémore les
insinuations d'un journaliste qui lui avait laissé entendre
que, selon lui, tout était joué d'avance. Elle conclut:
«Je n'avais rien contre le Festival et je continue à
croire qu'il rend service au cinéma[22].» Simplement,
elle précise que d'autres gens que les jurés intervien-
nent dans la compétition.

Dans les colonnes du *Matin de Paris*, Françoise
Sagan se plaint également de devoir régler elle-même
la note d'hôtel – 12 000 francs –, alors qu'on lui avait
promis la prise en charge totale de ses frais. Elle
affirme qu'elle ne dispose pas de cette somme réclamée par la direction du Carlton. En outre, l'organisation du Festival refuse de payer sa facture de téléphone
qui s'élève à 2 759 francs. *Le Matin de Paris* publie
dès le lendemain la réponse aux accusations de Françoise Sagan : le Festival n'a pas à payer les notes en
question car il s'agit d'«extras». Puis Favre-Lebret
s'explique sur cette sombre histoire de «pressions»
révélée par l'écrivain. Sa plaidoirie est peu convaincante : «En trente-trois ans de Festival, si j'avais exercé
des pressions, cela se saurait ! J'ai seulement dit aux
jurés : le palmarès va heureusement couronner le Festival. Il faut donc qu'il puisse être ratifié par la plus
large audience possible, la presse, le public[23].» Dans
les jours qui suivent, l'opportunité sera donnée à tous
les protagonistes de témoigner. Pour Anatole Dauman,
le producteur du *Tambour*, cela ne fait pas l'ombre
d'un doute : «M. Favre-Lebret avait tenté à plusieurs
reprises d'influencer le cours du scrutin, voulant à tout
prix écarter *Le Tambour* qu'il jugeait inapte à recueillir
les audiences internationales nécessaires au prestige du
Festival[24].» Parmi les membres du jury, quatre ont
accepté de donner leur version des faits, les autres ont
préféré garder le silence. «J'éprouve un sentiment de
gêne extrême à l'égard des déclarations d'une personne qui, il y a sept mois, a quitté tout le monde avec
force embrassades, ironise R. M. Ariaud. Ce qui semble
avoir "choqué" ce dernier c'est l'espèce de petite conju-
ration qu'a ourdie Françoise Sagan avec Jules Dassin

et Sergio Amidei. "Jurez-moi que vous ne voterez pas pour le film de Coppola", nous a-t-elle demandé alors que la plupart d'entre nous balançaient encore. À aucun moment, il n'y a eu truquage. L'affirmer est insensé [25]. » Pour Maurice Bessy, « cette attaque brusque sent la manipulation. Je crois que Françoise Sagan a adoré *Le Tambour* et détesté *Apocalypse Now*, et qu'elle a surtout éprouvé une grosse déception de ne pas être suivie. (…) C'est vrai qu'il y avait au départ une majorité pour *Le Tambour*. Certains jurés ont dû se dire : "Si *Apocalypse* part de Cannes sans le prix, ce sera une gifle terrible pour le cinéma américain et pour Coppola qui, bien qu'ayant déjà eu le prix, a accepté de remettre son prestige en jeu." (…) Pour résumer, je crois que Françoise Sagan a été à la fois très franche et un peu maladroite [26]. » Sergio Amidei, quant à lui, reste du côté de l'accusation : « C'est vrai qu'il y a eu des pressions constantes sur les jurés, de la part des producteurs et des médias notamment. C'était la première fois que Françoise Sagan était dans ce jury. Elle a été un peu bouleversée par cette atmosphère dans laquelle on ne juge pas seulement un film, mais un ensemble de choses [27]. » Pour finir, Luis García Berlanga n'a rien observé d'anormal : « Par contre, ce que nous savions tous, c'est que la direction du Festival serait sensible au fait que le film américain remporte la Palme d'or. »

On accuse à tort Françoise Sagan d'avoir provoqué ce scandale pour favoriser le lancement de son prochain roman. « De toutes les bassesses qui ont été dites, celle-là est bien la pire… », juge-t-elle. Finalement, cette histoire n'aura été qu'un feu de paille. Quelques jours plus tard, on n'en parle plus.

Si les organisateurs du Festival ont accusé Françoise

Sagan d'avoir abusé d'extras lors de son séjour au Carlton, c'est qu'ils ignorent sans doute qu'elle a cessé vaillamment de boire trois ans plus tôt.

Au moment de rendre à son éditeur les épreuves corrigées des *Yeux de soie*, Françoise Sagan a dû entrer d'urgence à l'hôpital. Dès l'âge de seize ans, certaines de ses amies de classe ont prétendu qu'elle buvait beaucoup. Par la suite, elle a continué, probablement pour affronter cette horde de journalistes qui s'est lancée à ses trousses depuis le prix des Critiques. Le scotch l'a-t-il aidée à mieux supporter son mal de vivre? Avec le temps, le tintement des glaçons a fini par entrer dans la légende au même titre que la vitesse, les boîtes de nuit… Françoise Sagan n'a jamais démenti, au contraire : « Le charme de l'alcool c'est de nous ramener à notre adolescence, aux interminables discussions de nigauds sur Dieu, la vie, la mort, dit-elle. L'alcool, c'est une sorte de cocon que l'on met entre la vie et soi. C'est une façon de se protéger que choisissent en général les caractères un peu fragiles [28] ». Mais, depuis quelques mois, la romancière ne peut plus absorber le moindre verre sans ressentir d'atroces douleurs. En consultant, elle apprend que le pancréas est atteint : une intervention est nécessaire et urgente. Au sortir de l'opération, Françoise Sagan est soulagée d'apprendre que le mal était bénin. Toutefois, l'alcool lui est à présent formellement interdit. Elle devra vivre sans ce « cocon » et cette perspective ne la réjouit pas. « C'était au fond très agréable, soupirera-t-elle. À jeun, on reste trop lucide. C'est dommage. Pour écrire, l'alcool est très utile, il donne une assurance, des idées… Quand j'ai cessé de boire, je trouvais que tout ce que j'écrivais ne valait rien, je déchirais tout[29].» En renonçant à cet adjuvant, elle change radicalement de mode de vie, sortant moins et travaillant davantage, et c'est sans doute pourquoi le roman qu'elle s'apprête à publier est plus épais (trois cents pages) que les précédents. «J'ai subi une opération assez ennuyeuse, une histoire de pancréas, et je ne puis absolument plus boire d'alcool, sinon je claque, explique-t-elle à Pierre Démeron au moment de la parution de ce livre. Comme vous le voyez, je bois du Coca-Cola. Alors, c'est fini la nouba, la nuit. La fête, qui jouait un grand rôle dans ma vie, supprimée, j'ai eu davantage de temps à consacrer à mes romans. Alors, les soirs que je passais à gambader dans les boîtes de nuit, je les passe à travailler[30].»

Ainsi, quinze jours avant la sortie du film *Les Fougères bleues*, Françoise Sagan est déjà à l'affiche avec ce roman qui paraît chez Flammarion le 1er avril 1977 et dont le titre, *Le Lit défait*, est extrait d'un poème de Paul Eluard :

> Face aux rideaux apprêtés
> Le lit défait vivant et nu
> Redoutable oriflamme
> Contrée presque déserte

Françoise Sagan a entamé l'écriture du *Lit défait* avec deux personnages en tête : Béatrice Valmont et Édouard Maligrasse. Quelques années plus tôt, dans le roman intitulé *Dans un mois, dans un an*, ils s'étaient vaguement aimés et aussitôt quittés. Béatrice, une comédienne ambitieuse, avait préféré au jeune auteur dramatique un producteur de théâtre. Entre-temps, le petit provincial a conquis Paris avec ses pièces d'avant-

garde. Il n'a cessé d'aimer Béatrice qui lui revient alors.
Toujours aussi fantasque, affichant « son ambition for-
cenée, son goût des hommes et son goût de tromper »,
il arrive encore à Béatrice de céder aux avances d'un
jeune premier, d'un marin musclé ou d'un photographe, mais qu'importe, elle lui reste attachée. Auteur
de génie, Édouard est aussi un cocu magnifique et c'est
là sa force. Il refuse pour finir que Béatrice lui soit
fidèle, il refuse d'être rassuré. Il préfère l'idée d'aimer
une inaccessible étoile. « C'est une chose à laquelle je
crois, commente Françoise Sagan. Quand on a des relations avec quelqu'un et qu'on a été battu, ou battant,
cela laisse des traces indélébiles[31]. »

Pour la première fois, les personnages de Sagan
accordent de l'importance à leur carrière. Par le passé,
ils se définissaient uniquement en fonction de leurs
sentiments. L'époque change, le style Sagan aussi.
« On n'est plus au temps de Racine, explique-t-elle.
Aujourd'hui, les gens sont trop contraints par le quotidien pour qu'une histoire d'amour ait l'air vraie ou
vivante si on ne sent pas chez eux cet effort perpétuel
pour vivre, pour se nourrir[32]. » En outre, ce récit
contient quelques scènes sensuelles inhabituelles dans
son œuvre. Avant, ses héros remontaient pudiquement
leurs draps sur des corps que l'on devinait dénudés.
Là, l'insatiable Béatrice et son fidèle amant s'enca-
naillent : « Il tourna un peu la tête, rencontra de plein
fouet la bouche de Béatrice et aussitôt, il cessa de lut-
ter, écarta la robe de chambre écarlate et ne s'étonna
pas une seconde de la trouver nue, et l'attendant, alors
qu'une heure auparavant, il se fût fait tuer pour cela.
Alors, l'appuyant contre le mur le plus proche, entre
deux plantes distraites et vertes, il s'empara d'elle. »

La critique est vraiment partagée. Louis Pauwels, dans les colonnes du *Figaro Magazine*, frappe bas : « On demandait à Victor Hugo ce qu'il pensait d'un certain roman écrit par une dame : "Ce n'est pas mal. Mais, à mon avis, elle aurait aussi bien fait de se tricoter quelque chose." Voilà hélas mon opinion sur le dernier roman de Françoise Sagan[33]. » Gabrielle Rolin, dans *Le Monde*, pense exactement l'inverse. Pour elle, ce *Lit défait* est peut-être le meilleur roman de Sagan. « Ses derniers livres, écrit-elle, *Des bleus à l'âme* et *Un profil perdu*, semaient quelques grains de sel dans le sillage de la mélancolie. Aujourd'hui, l'intelligence déploie largement ses ailes, franchit les frontières de l'introspection, et s'élève au-dessus des marivaudages, pour affronter la mort, la maladie, la solitude. » Robert Kanters a songé à Racine en lisant le roman (« Malgré une atmosphère un peu entêtante de draps froissés, *Le Lit défait* est le plus classique pour ne pas dire le plus racinien des romans de Françoise Sagan[34] »), tandis que son confrère Gilbert Ganne penche pour Feydeau : « Feydeau aurait été médusé par cette succession de scènes identiques où une héroïne quadragénaire se promène toute nue et chavire au gré des circonstances, non seulement sur le lit, mais sur la moquette, sur le plancher d'un bateau ou dans le foin[35]. » Matthieu Galey conserve toute sa tendresse pour cette romancière qu'il a vue naître en littérature. « Malgré ses douze romans, elle reste la petite Sagan des débuts, comme si l'on devait être à la fois plus tendre et plus sévère à son égard que pour d'autres[36] », écrit-il. L'accueil du public est excellent : *Le Lit défait* grimpera dès le mois d'avril au sommet des ventes de livres et il conservera cette place pendant plus d'un mois, devant

Le Pied de Jean-Louis Bory, *Louisiane* de Maurice Denuzière et *Le Mal français* d'Alain Peyrefitte.

Cinéma, littérature… Françoise Sagan n'a cessé de travailler, mais ce n'est pas suffisant aux yeux de l'exigeante Marie Bell qui espère une fois encore que l'auteur des *Violons parfois* lui livrera une nouvelle pièce, et vite ! Sous la menace, Françoise Sagan jette les premières répliques sur un carnet et dicte la suite à Isabelle Held, sa secrétaire. Au bout de quatre semaines, le texte est achevé. Elle n'en revient pas elle-même : « Je suis comme la poule qui aurait pondu un œuf de plus dans la journée et qui se demanderait, ahurie : "Mais que se passe-t-il donc ?" explique-t-elle. Dans cette affaire, j'ai plutôt l'impression d'être un porte-voix qu'autre chose. Quant à mes personnages, je n'ai pas eu le temps de m'attacher à eux. Je les connais à peine. Dans un roman, il m'est toujours un peu triste de les quitter. Là, au contraire, je les ai vus vivre à distance [37]. » Elle avait songé à intituler sa pièce *Un orage immobile*, avant de s'apercevoir qu'il s'agissait du titre de la pièce montée par Édouard Maligrasse dans *Le Lit défait*. Elle emprunte donc son titre à un tableau de Magritte, *Il fait beau jour et nuit*, représentant une maison éclairée en plein jour. Cette fois, il ne sera pas nécessaire d'étoffer le texte comme ce fut souvent le cas par le passé. Au contraire, *Il fait beau jour et nuit* devra être écourté d'une bonne demi-heure. Au mois d'avril, Françoise Sagan et le metteur en scène Yves Bureau se mettent au travail. La générale est fixée au 18 octobre sur la scène de la Comédie des Champs-Élysées que dirige Guy Descaux car, au théâtre du Gymnase, le fantaisiste Coluche remporte un tel succès que Marie Bell envisage de le prolonger jusqu'à l'automne.

Voilà déjà sept ans que Françoise Sagan n'a pas retrouvé le chemin du théâtre. La dernière fois, c'était en 1971 ; à l'Atelier, elle avait monté son adaptation du *Doux Oiseau de la jeunesse* de son ami Tennessee Williams. *Il fait beau jour et nuit* se découpe en deux actes, comporte trois décors et met en scène six personnages[38] en crise appartenant à la bourgeoisie d'affaires. L'héroïne se prénomme Zelda, comme la femme de l'écrivain américain Scott Fitzgerald. « Son grand-père, explique l'auteur, était tombé amoureux de la vraie Zelda. Elle sort d'une riche famille flamande, genre aciéries, et avait été internée après avoir incendié son appartement. Au second acte, nous la retrouvons dans sa chambre de jeune fille, car elle entretient de très mauvaises relations avec son mari et ne veut plus réintégrer le domicile conjugal. Le dernier décor représente la maison de campagne du couple en conflit. Tout le monde se rencontre là pour l'explication finale[39]. » Interprétée par Anna Karina, Zelda a trente-quatre ans et les nerfs fragiles. Son mari, Étienne, et sa cousine Doris sont allés la chercher dans une maison de repos en Suisse où elle vient de passer les trois dernières années de sa vie. Les autres personnages sont Tom, le mari de Doris, Laurence, la jeune maîtresse d'Étienne, et Paul, ce batelier que Zelda a rencontré durant son séjour et qui est devenu son amant. « Ce sont des personnages excessifs dont j'ai écrit l'histoire avec un plaisir tout à fait gratuit, explique Françoise Sagan. C'est très rude, il n'y a pas la moindre moralité. Je pense que c'est ma meilleure pièce[40]. » Elle avoue sans peine que sa conception de l'art dramatique n'évolue pas dans cette pièce. Selon elle, les artistes répètent inlassablement les mêmes histoires, sont toujours sensibles aux mêmes thèmes. Dans son cas, il s'agit de la fragilité des gens, leur solitude et les efforts qu'ils déploient pour s'en évader.

À la Comédie des Champs-Élysées, les répétitions se déroulent dans un climat orageux. Yves Bureau sent la mise en scène lui échapper. Françoise Sagan ne quitte pas le théâtre et donne aussi ses instructions. Le 16 octobre, après cinq semaines de répétitions et à deux jours de la générale, le désordre règne sur la scène et dans la salle où le metteur en scène et l'auteur se tournent le dos. Yves Bureau en a assez, il quitte le navire pour incompatibilité d'humeur avec Françoise Sagan et insiste auprès de la production pour que son nom soit retiré de l'affiche. « Si le compositeur de l'œuvre n'est pas d'accord avec le chef d'orchestre, ce dernier doit laisser sa place au compositeur, dit-il. Je me suis trouvé frustré parce que la pièce n'était pas le bébé que j'attendais. Ce n'est plus du tout mon enfant à moi. Je souhaite cependant, pour le directeur du théâtre qui est un ami, que ce soit Sagan qui ait raison plutôt que moi. Mais ce n'est pas prouvé[41]. » La nouvelle circule à grande vitesse dans le petit milieu parisien du théâtre. On prétend que Sagan et Bureau auraient passé le plus clair de leur temps à échanger des mots peu amènes. Le metteur en scène dément catégoriquement : « Nous n'avons rien pu nous dire de désagréable. Nous ne nous parlions plus depuis longtemps[42]. » L'auteur donnera sa version des faits : « Deux jours avant la générale, la répétition s'était bien passée. Mais ce jour-là, j'ai vu tout ça s'effilocher, devenir ennuyeux, pâteux[43]. »

« On serait bien contents de voir, à cette nouvelle pièce, *Il fait beau jour et nuit*, des qualités, déplore Michel Cournot dans *Le Monde*. Non, c'est faible, ça ne dit pas grand-chose, ça coule entre les doigts, il n'en reste rien. Mais pourquoi, aussi, avoir monté cette œuvre avec si peu d'ambition ? Le décor est vilain, les costumes presque tous hideux, la mise en scène vadrouille à la dérive, les acteurs n'ont pas de présence et, de toute manière, il est clair qu'il leur a manqué cinq à six semaines de répétitions, au moins. Rarement soirée de théâtre fut aussi bâclée, miteuse. Françoise Sagan méritait mieux que ça, même par pure nostalgie[44]. » Guy Dumur dans *Le Nouvel Observateur* parle de catastrophe. « J'ai toujours eu une faiblesse pour le théâtre de Françoise Sagan, écrit-il. Un peu moins paresseuse, un peu plus ambitieuse, elle aurait pu, dans le genre doux-amer et romantisme de salon, être notre Musset… Elle a préféré se cantonner dans des succès faciles pour en arriver à cette véritable catastrophe. Style empâté, ni assez parlé ni assez littéraire, les personnages qui n'ont même pas pour eux d'être des stéréotypes, situations invraisemblables, rien ne tient debout[45]. » François Chalais de *France-Soir* ne mâche pas non plus ses mots : « C'est dans un cadavre qui a déjà dépassé le stade du pourrissement que Françoise Sagan enfonce son scalpel. Plus rien ne remue. Et même si, dans un noble élan, elle s'insurge contre un égoïsme né de la toute-puissance de l'argent, l'étendard de sa révolte a l'air d'un bâton de rouge à lèvres inscrivant un slogan vengeur sur le miroir d'une salle de bains[46]. » Ni succès d'estime ni succès populaire, *Il fait beau jour et nuit* se solde par un échec.

C'est la dernière fois que Françoise Sagan écrit sous

l'impulsion de Marie Bell. L'actrice française entrée à la Comédie-Française en 1921 disparaîtra au cours de l'année 1985. La romancière admirait son pouvoir sur les hommes. « Elle en parlait avec une gaieté et un cynisme étonnants. C'était une courtisane, dira-t-elle. Elle a fait beaucoup de théâtre, bien sûr, mais je ne sais pas si elle avait vraiment du talent. Oui, probablement, mais c'est sa personnalité qui faisait d'elle une star[47]. »

Françoise Sagan n'est pas le moins du monde affectée par l'insuccès, elle s'en réjouirait presque. « Le théâtre est amusant pour cela, dit-elle. Si on est un peu joueur, on sait que l'on est à la merci d'impondérables. Pas plus que je ne saurais renoncer au casino, je ne saurais renoncer, je le crois, au théâtre[48]. » L'année 1978 est marquée par le décès, le 2 janvier, de Pierre Quoirez, le père de Françoise Sagan, des suites d'une crise cardiaque. Il sera enterré dans le cimetière de Seuzac, près de la petite chapelle où est célébrée la messe en présence de la famille.

Quelques mois plus tard, à la demande du réalisateur Alain Dhenaut, qui souhaite porter à l'écran, grand ou petit, une adaptation de *La Vieille Femme*, nouvelle de Jean Hougron publiée chez Stock en 1965 et issue de son recueil *Les Humiliés*, la romancière rédige un scénario qu'elle intitule provisoirement *Une humeur de chien*. *La Vieille Femme* est l'histoire d'un modeste comptable, Derjean, sans cesse humilié par son chef, qui mène une existence guère plus réjouissante en dehors des heures de bureau. Un jour, en se rendant à son travail, il trouve sur le port une bourse en peau de chamois beige qui contient de somptueux bijoux, dont la grande valeur lui est confirmée par un spécialiste. Derjean rêve depuis toujours d'aller vivre dans les îles et cette précieuse trouvaille va peut-être lui permettre d'exaucer son vœu. Sa logeuse, Mme Gadel, qui a découvert le magot en fouillant dans ses tiroirs, lui montre le journal dans lequel la provenance des bijoux est dévoilée. Ils ont été dérobés à la veuve d'un industriel anglais mais c'est sur le corps d'un courtier assassiné qu'ils auraient dû être récupérés. Derjean s'angoisse : Mme Gadel pourrait-elle le dénoncer à la police ? Ne vaut-il pas mieux la tuer ? Derjean n'est plus le même homme : il se révolte contre ses collègues de bureau et ne cesse de torturer moralement sa logeuse qui en tombera malade et en mourra. Les parents de la défunte viennent occuper la maison et exigent le départ du locataire. Derjean s'apprête à déterrer les bijoux qu'il avait cachés dans le jardin mais ils ont disparu. Il tue le nouveau propriétaire, persuadé qu'il est à l'origine de ce larcin. Derjean s'est tout simplement trompé d'emplacement. La police l'emmène menottes aux poignets.

Françoise Sagan et Alain Dhenault songent à confier les rôles principaux à Simone Signoret, qui incarnerait Mme Gadel, et à Gérard Depardieu, pour Derjean. La romancière rédige, comme convenu, un scénario de cent quatre-vingts pages inspiré du récit de Jean Hougron. Alain Dhenaut, l'intermédiaire, remet le manuscrit à la société de production Fildebroc que dirige Michèle de Broca, laquelle est très intéressée par le projet. Le 6 septembre 1979, celle-ci envoie à Françoise Sagan un chèque de 40 000 francs à valoir sur ses droits d'auteur. Le 10 décembre, la société Fildebroc lui fait parvenir une lettre contrat : « Nous avons l'honneur de vous confirmer ci-dessous nos conventions relatives au film provisoirement intitulé *Une humeur de chien* tiré de la nouvelle de Jean Hougron *La Vieille Femme* et du manuscrit déjà écrit par vous. » La société commandait à Sagan une adaptation dialoguée à remettre le 15 janvier 1980. En contrepartie, cette dernière s'engageait à céder les droits d'adaptation à la société. L'auteur percevrait un pourcentage de 0,50 % sur les recettes nettes du producteur, avec un minimum garanti de 200 000 francs.

Entre-temps, l'entente s'est détériorée entre l'écrivain et Henri Flammarion. L'époque où Françoise Sagan chantait les louanges de son éditeur est révolue. Auparavant, elle avait toujours un mot tendre à son égard. « Henri Flammarion, depuis le début, pense que je suis quelqu'un de très gentil, de fragile, d'assez doué, Dieu merci, disait-elle. C'est pour moi un vrai éditeur – il sait lire, ce qui est rarissime –, d'autre part il m'aime beaucoup, ce que je lui rends volontiers, il protège mon honneur depuis toujours. J'espère ne jamais le quitter ni des yeux, ni du cœur en tout cas[49]. » En novembre 1979, avant expiration de son contrat – en juin 1980 –, Françoise Sagan réclame un arrêté des comptes. Sa surprise est grande en apprenant qu'elle est largement débitrice. Aussitôt, elle demande la nomination d'un expert. Henri Flammarion s'explique : « Elle ne voulait pas entendre parler des questions matérielles. Pendant treize ans, elle m'a fait téléphoner chaque fois qu'elle avait besoin d'argent et chaque fois le chèque est parti aussitôt. Pendant treize ans, non seulement je lui ai versé [une mensualité], mais j'ai encore payé ses impôts. Sa confiance était d'ailleurs si totale qu'elle m'avait chargé de gérer les intérêts des livres qu'elle avait publiés chez d'autres éditeurs avant de signer avec moi. Je savais que son compte était débiteur depuis dix ans. J'évitais de lui en parler et même de l'inciter au travail, car je respecte trop la création pour forcer un écrivain à écrire ou lui réclamer un texte[50]. » Et de préciser : « Je n'ai rien perdu de ma tendresse pour elle. » L'expert annonce que Françoise Sagan doit 4 millions de francs à son éditeur. Ce dernier propose une transaction signée le 24 juillet 1980. Flammarion accepte d'annuler la dette, en échange de quoi Françoise Sagan s'engage à fournir des manuscrits à échéances régulières tout en percevant sa mensualité. Voilà pourquoi, au moment de remettre le scénario achevé d'*Une humeur de chien* à la société Fildebroc, elle annonce froidement qu'elle ne tient plus à participer à cette aventure. Elle va retravailler le manuscrit et le livrer à Flammarion. Mais comment justifier un tel acte ? Plutôt que de se défendre, elle choisit d'attaquer : « Au départ, c'est le cinéaste Alain Dhenault qui m'a mise sur le sujet. Nous avions déjà fait ensemble *Les Borgias* pour la télévision. Il voulait réaliser un film dans le circuit cinématographique mais, n'étant pas très connu, il pensait qu'un sujet signé par moi l'aiderait. J'ai accepté. (…) Ensuite, le projet a traîné. Pendant dix-huit mois il a été entre les mains de Mme de Broca qui devait assumer la production du film. Certains ont voulu acheter le projet mais à condition qu'Alain Dhenault en soit exclu. Comme rien n'aboutissait, j'ai fini par décoller du projet initial et j'ai fait un roman[51]. » Le 8 février 1980, Michèle de Broca a eu vent de ce changement de dernière minute. Elle entre dans une colère folle et, aussitôt, elle envoie une mise en demeure à la romancière : soit elle écrit l'adaptation définitive pour que le tournage puisse débuter à la fin de l'été, soit elle-même passe commande à un autre scénariste et, dans ce cas, Françoise Sagan devra retirer de son texte à paraître chez Flammarion tous les éléments pouvant ressembler de près ou de loin à *La Vieille Femme*. Le 14 février, Françoise Sagan s'adresse par retour du courrier à Alain Dhenaut, lui affirmant qu'elle ne comprend rien à toutes les mises en demeure de Michèle de Broca. En outre, elle trouve étonnant qu'après l'avoir fait attendre un an, Michèle de Broca ne puisse plus patienter trois mois, le temps qu'elle se tire de ce «guêpier». Enfin, elle explique que, dans le cas où Flammarion gagnerait, elle sera dans l'obligation de lui remettre un roman immédiatement, à l'inverse si, comme elle le pense, il perdait, elle pourrait revendre les droit d'*Une humeur de chien*. Elle conclut fermement en précisant qu'il est inutile de lui réclamer 40 000 francs et de lui interdire de se servir de la nouvelle. Elle demande à Alain Dhenaut de faire suivre cette lettre à Michèle de Broca. Le 16 septembre 1980, la société Fildebroc assigne Françoise Sagan en remboursement de la somme de 40 000 francs versée à titre d'avance. Un mois plus tard, la même société avertit Jean Hougron que la romancière est sur le point de publier *Le Chien couchant* chez Flammarion. D'après le titre, il pourrait bien s'agir de l'adaptation de la nouvelle. Jean Hougron se met aussitôt en rapport avec Flammarion, demandant que lui soit communiqué le manuscrit en question. Après lecture, il n'a plus aucun doute. Il laisse passer vingt jours avant d'écrire à Françoise Sagan et aux éditions Flammarion pour leur faire part de son refus de voir utiliser sa nouvelle. De son côté, Christian de Bartillat, qui dirige Stock, assure Flammarion de sa totale solidarité avec son auteur. En retour, Jean Hougron reçoit une missive de Françoise Sagan dans laquelle elle soutient qu'il lui a prêté de manière involontaire son concours et que si elle avait une seconde utilisé sa nouvelle, profité de son travail et imaginé qu'une autorisation de sa part était nécessaire, elle n'aurait pas attendu la publication pour le contacter. Malgré les objections de Jean Hougron et des éditions Stock, Flammarion fait paraître *Le Chien couchant*[52] le 6 novembre 1980 avec cet avertissement de l'auteur : « Je tiens à remercier ici M. Jean Hougron pour son concours involontaire. C'est en effet dans son excellent recueil de nouvelles *Les Humiliés* que j'ai trouvé le point de départ de cette histoire : une logeuse, un humilié, des bijoux volés. Même si par la suite j'ai totalement transformé et ces éléments et cette histoire, je voulais au passage le remercier d'avoir provoqué chez moi, par son talent, cette folle du logis : l'imagination, et lui avoir fait prendre un chemin pour moi inhabituel. »

Si elle évoque ici un « chemin inhabituel », c'est que ce récit – dédié à son ami Massimo Gargia – n'a rien à voir avec sa petite musique. Les personnages du nouveau roman signé Sagan n'évoluent pas dans le cadre distingué et riche des salons parisiens mais face aux corons du Nord. Ils ne s'enivrent plus du meilleur whisky mais de vins rouges bon marché et ne s'étirent plus dans des draps de satin à la mi-journée mais travaillent dur pour gagner misérablement leur vie. « Le décor, l'ambiance, l'esprit a changé, mais ce roman parle de la même chose, explique Françoise Sagan, de la solitude de tous les humains (…). Dans les corons

ou dans les beaux quartiers on fait toujours les mêmes
rencontres : la peur de vivre, la crainte de la solitude[53]. » Guéret, un beau garçon réservé, comptable
de profession, est maltraité par son supérieur hiérar-
chique. Un jour, il trouve dans les déchets d'un terril
une pochette de cuir beige contenant des bijoux. Il
apprendra bientôt que ce trésor a été dérobé à un courtier que le voleur a tué avant de prendre la fuite. Dans
l'action, le magot a été perdu. Seul témoin de cette
trouvaille, un chien abandonné que Guéret adopte aussitôt. Guéret cache les bijoux dans la chambre minable
qu'il loue à une logeuse, Maria Biron, âgée d'une cinquantaine d'années. Le lendemain, il va les faire esti-
mer chez un bijoutier qui évalue l'une des pierres à
10 millions de francs. Entre-temps, la logeuse a découvert les bijoux en fouillant dans la chambre. Guéret
note une déférence toute nouvelle chez sa logeuse, il
en comprend l'origine : elle pense qu'il est l'auteur du
meurtre. Si elle allait le dénoncer ? Mais cette histoire
rappelle à celle-ci le temps de sa jeunesse où, prostituée, elle fréquentait des canailles. Ils deviennent
amants. Pour la garder, Guéret entretient cette image
de dur, il se rebiffe contre ses collègues. Un soir, dans
une boîte de nuit de Lille, il va jusqu'à étrangler un
individu. Mais Maria apprend bientôt que l'assassin du
courtier a été arrêté. Elle ne dit rien à Guéret, et fait
venir de Marseille l'un de ses anciens amants pour
négocier les bijoux. Une violente dispute éclate entre
Guéret et le nouveau protagoniste. Ce dernier lui donne
un coup de couteau. Tandis qu'une ambulance transporte Guéret mourant, Maria le regarde filer au loin.
Le chien s'enfonce dans la nuit.

Françoise Sagan affirme bien connaître cette région

qui est celle de son père et de son amie d'enfance Véronique Campion. «Le Nord, les terrils, ce n'est pas un hasard, dit-elle. J'y ai des amis, je me rendais déjà dans ce pays lorsque j'avais dix-sept ou dix-huit ans. Je voyage d'ailleurs beaucoup en France, explorant systématiquement province après province. Je trouve cette région touchante, surprenante[54].» Avant que les critiques ne paraissent, Françoise Sagan songe que ceux qui lui reprochent depuis des années de toujours décrire le même milieu bourgeois seront étonnés. Elle a vu juste.

Bertrand Poirot-Delpech annonce dans *Le Monde des livres*[55] : «Ne dirait-on pas de l'André Stil tout craché? La psychologue pour sorties de chez Régine se serait-elle convertie au roman de "production", cher aux Soviétiques? Aurait-elle cédé à la nostalgie des films ouvriéristes des années 36? Déjà, les bonnes âmes y vont de leur inquiétude feinte : le fameux naturel de Sagan ne venait-il pas de ce qu'elle avait su ne parler, dût-elle paraître frivole indécrottablement, que de ce qu'elle connaissait?» Pour Pierre Démeron de *Marie-Claire* : «Voici, ô surprise, qu'elle abandonne son petit monde pour nous emmener au pays des terrils et des corons chers à Simenon, pour y vivre les amours tumultueuses des gens simples. Un renouveau littéraire qui s'accompagne d'une vraie résurrection… Roman tendre et féroce, drôle et désespéré[56].» C'est également ainsi que l'entend le critique Matthieu Galey dans *L'Express* : «Une révolution dans les lettres? Rassurez-vous. En dépit de son déguisement Série noire, Françoise Sagan n'a pas changé de manière, même si elle renonce courageusement aux paillettes. Sous la défroque prolo, entre un coup de gueule et un coup de surin, elle réussit très bien à glisser ses petits couplets sur les jours qui passent et l'âge qui vient. Sa Maria de carton soudain s'anime, se "saganise", les terrils s'effacent et l'on entend la menue chanson d'amour qu'elle a toujours fredonnée[57].» Jean-François Josselin du *Nouvel Observateur* constate : « Simenon, qui a du génie (mais si), en aurait peut-être tiré un chef-d'œuvre. Avec Sagan, c'est tordant à la manière d'un film d'Alfred Rode tourné exclusivement en studio dans les années quarante-cinq, avec Claudine Dupuis dans le rôle de Maria – Arletty et Ginette Leclerc s'étant récusées pour des raisons très personnelles. Reste, néanmoins, dans quelques scènes intimes entre les amants, la façon Sagan, son art de filer un dialogue, d'évoquer à mots menus une ambiance et un désarroi.» Jean-Didier Wolfromm met un peu d'huile sur le feu en affirmant qu'en plus d'avoir pillé Hougron, Françoise Sagan se serait aussi permis quelques emprunts à Georges Simenon.

Le 6 novembre, le jour de la sortie du *Chien couchant*, Jean Hougron et les éditions Stock assignent Françoise Sagan et son éditeur. L'incriminée est révoltée : «L'accusation ne tient pas debout, gronde-t-elle. Nos deux histoires ont le même point de départ, mais c'est tout. Un employé minable tyrannisé par son chef de bureau et qui trouve un paquet de bijoux volés. Dans les deux cas, la logeuse de l'employé vient à connaître l'existence du magot. La similitude s'arrête là[58].» Jean Hougron n'est pas moins en colère : «C'est un livre passable et vulgaire, dit-il. On n'y trouve aucune folie, aucun lyrisme. Sagan est demeurée au niveau du fait divers et elle décrit le milieu des prolétaires comme un univers de voyous. Je lui en veux à la fois parce qu'elle ne m'a pas prévenu de l'"emprunt" et parce qu'elle nie l'évidence[59]. » Le mercredi 18 février 1981, les auteurs, leurs éditeurs et leurs avocats ont rendez-vous devant la troisième chambre du tribunal civil de Paris que préside Jean Bardouillet. Sagan est jugée pour contrefaçon. Le but de Jean Hougron et des éditions Stock, respectivement représentés par Mes Jean Lisbonne et Antoine Weil, est de prouver que *Le Chien couchant* est une adaptation non autorisée de *La Vieille Femme* et de faire interdire la vente du roman de Sagan sous peine d'une indemnité de 200 francs par exemplaire vendu. Ils entendent aussi saisir tous les exemplaires imprimés et faire détruire sous contrôle d'un mandataire de justice le matériel ayant servi à les fabriquer. Me Jean Lisbonne, avocat de Jean Hougron, plaide : « *Le Chien couchant* est une adaptation illicite de la nouvelle de Hougron, un pillage éhonté. Il n'est pas du tout fair-play de se servir sciemment d'une œuvre pour vouloir en faire une œuvre originale, pis, une simple paraphrase[60]. » Il aurait même repéré d'autres emprunts en relisant *Le Locataire* de Simenon. Argument qui fait bondir Me Jean-Édouard Bloch, l'avocat de la romancière, qui se demande qui de Sagan ou de Hougron est le pilleur. Il commence par évoquer quelques ressemblances entre *La Vieille Femme* et *L'Homme traqué*, de Blaise Cendrars, puis se lance dans de troublantes lectures comparatives de la nouvelle de Hougron et d'un roman policier de Day Keene, *Un colis d'oseille*, paru quelque temps plus tôt dans la « Série noire ». Puis Me Bloch tente d'élever le débat : « En matière de création littéraire, l'idée de départ n'est rien, elle tient en deux lignes ; c'est la forme qui est tout. D'une même idée de départ peuvent naître deux œuvres différentes et parfaitement originales[61].» Mais les avocats de Hougron et de Stock le ramènent à la réalité. Ils soulèvent un autre lièvre : puisque les éditions Flammarion sont titulaires des droits cinématographiques des romans que publie chez elles Françoise Sagan, alors elle a vendu deux fois ces droits.

Le 6 janvier 1981, les éditions Flammarion se déclarent hors de cause, affirmant leur bonne foi. Elles demandent que le roman de Sagan soit jugé comme plagiat et que l'auteur les garantisse de toutes les condamnations pécuniaires qui pourraient éventuellement être prononcées contre elles. Flammarion réclame d'ores et déjà à son auteur la somme de 100 000 francs à titre de provision. Trois jours plus tard, Sagan attaque en retour Jean Hougron et sa maison d'édition, leur réclamant 500 000 francs à titre de dommages-intérêts pour la mauvaise publicité qu'ils lui ont faite. Sagan veut aussi que la demande des éditions Flammarion soit rejetée car, dans le cas où le tribunal la condamnerait, elle estime que l'éditeur serait lui-même en faute. Il ne pourrait donc pas se retourner contre elle. Après avoir examiné les deux ouvrages, *La Vieille Femme* et *Le Chien couchant*, le tribunal tranche le 8 avril 1981 en faveur de Jean Hougron et des éditions Stock. Il considère que les emprunts de Françoise Sagan sont volontaires et vont bien au-delà de la simple exploitation de l'idée. Françoise Sagan déclare : «Je suis ulcérée et indignée. Ce verdict constitue un précédent extrêmement ennuyeux, non seulement pour moi, mais aussi pour les autres écrivains. De toute façon, je serais bien incapable de verser 1 franc, la maison Flammarion a gardé tous mes droits d'auteur sous prétexte de dettes que j'avais envers elle. Quant à ma bonne foi, je pense que personne ne peut en douter, puisque j'avais pris la précaution de "remercier Jean Hougron pour son concours involontaire"[62]. »

Françoise Sagan décide de faire appel et l'affaire se trouve à nouveau jugée le mardi 7 juillet 1981. Son avocat, Mᵉ Jean-Édouard Bloch, peut se vanter de remporter ce jour-là une belle victoire puisque, présidée par Paul Didier, la première chambre de la cour d'appel de Paris infirme le premier jugement : « Cette histoire banale et le quiproquo auquel elle aboutit, dont l'idée ne peut en soi bénéficier d'une protection juridique quelconque, ne sont que la donnée anecdotique initiale à partir de laquelle Françoise Sagan a imaginé le sujet du *Chien couchant* et fait œuvre propre, pour découvrir quel homme allait révéler la situation imprévue où s'était laissé prendre son personnage, et dans quel sens allait être infléchi le cours de son existence jusqu'alors monotone. Dès ce moment, qui est celui où commencent véritablement les péripéties du jugement, celui-ci ne présente plus la moindre ressemblance significative avec la nouvelle de Jean Hougron, et cela parce que les deux auteurs ont mis en présence deux individus foncièrement différents[63]. » Et de conclure : « Il est acquis que c'est la lecture de *La Vieille Femme* qui a fait naître le sujet du *Chien couchant* dans l'imagination de Françoise Sagan. Mais la présence de ce résidu superficiel et sans originalité, dont elle n'a pas pris la peine de débarrasser son roman, n'en affecte pas l'originalité essentielle[64]. » Pour Françoise Sagan ce jugement est précieux : question d'honneur.

L'affaire se poursuit le 13 janvier 1981 au moment où les éditions Flammarion assignent la romancière pour se prémunir contre l'affaire du *Chien couchant*, réclamant la somme de 100 000 francs et la suspension de ses mensualités. C'est à Simone Rozès, présidente du tribunal de Paris, de trancher. En janvier, la société des éditions Flammarion est déboutée, elle devra donc continuer de verser à l'auteur ses mensualités jusqu'au terme de son contrat, le 30 juin 1981. Ce qu'elle se refuse à faire. Un mois plus tard, Françoise Sagan assigne donc à son tour les éditions Flammarion pour ne pas lui avoir versé sa mensualité le 1er février. Par l'intermédiaire de son avocat, Me Isorni, Flammarion fait savoir : « Le recueil de nouvelles en question devait comporter 200 pages et n'en contient que 112. De plus, l'une des nouvelles, pour donner sans doute plus de consistance à l'ouvrage, figure en double exemplaire. Nous demandons l'annulation du contrat du 24 juillet 1980[65]. » Me Jean-Édouard Bloch, l'avocat de Françoise Sagan, estime que Flammarion voit tout simplement d'un mauvais œil que l'auteur envisage de se tourner vers un concurrent. Le 8 mars, Sagan obtient de nouveau que son éditeur lui remette sa mensualité jusqu'au 30 juin. Simone Rozès a estimé qu'à ce jour aucun fait nouveau ne lui permettait de s'opposer à l'application d'une disposition claire de la transaction en question. Mais, en avril, l'éditeur persiste à ne pas payer son auteur. Me Bloch a réclamé auprès de la cour d'appel, le 22 avril, que la conclusion des ordonnances soit respectée.

À présent, c'est inéluctable, le prochain roman de Sagan paraîtra ailleurs – ce sera aux éditions Ramsay (par l'entremise de Jean-Jacques Pauvert dont le nom

apparaîtra sur la couverture) en juillet 1981. Son ancien
éditeur se considère comme « floué », « berné », « abusé »
et, après avoir tenté d'arranger les choses, il refuse de
lui verser un centime. Pourtant, il se dit prêt à recon-
duire son contrat et même à doubler la mise si son
auteur accepte de publier son prochain roman chez
Flammarion. Furieuse, Françoise Sagan écrit à Henri
Flammarion : « (…) Quant à ces "torchons impu-
bliables", comme vous appelez mes nouvelles, je vous
suggère de faire part de votre opinion à la revue *Josei-
jishin*, une des plus importantes du Japon, ou au *Play-
boy* de New York ou Berlin qui les ont publiées et qui
en réclament d'autres. Ce n'est pas seulement à ces
nouvelles que votre avocat s'est attaqué devant le tribunal, la presse et le public, mais à la totalité de mon
œuvre et à mes facultés d'écrivain. Reprenant les allé-
gations que vous propagez et qui me déshonorent,
Me Isorni a soutenu que tous mes textes, depuis 1954,
étaient remis à mes éditeurs comme des "brouillons
informes" qu'il fallait reprendre mot par mot. Sachez
que ces "brouillons informes" représentent pour moi
des nuits et des jours d'efforts et de travail, et sont le
résultat des angoisses et des difficultés propres à tout
écrivain soucieux de produire une œuvre qui vaut ce
qu'elle vaut, mais lui reste en tout cas absolument personnelle. Et c'est en cela, Messieurs, que vous vous
êtes attiré non seulement mon indignation et ma
colère, mais aussi mon irrémédiable mépris[66]. »

10

Mitterrand, président !

Françoise Sagan a aperçu une première fois François Mitterrand il y a fort longtemps, lors d'un dîner chez Hélène et Pierre Lazareff. À l'époque, elle était encore Mme Schoeller, l'épouse d'un séduisant éditeur que l'on surnommait « M. Sagan ». Ce jour-là, « nous nous étions à peine parlé[1] », se souvient la romancière. Quand ils se croisent à nouveau lors du second tour de l'élection présidentielle de 1965, ils se regardent encore en chiens de faïence. « Il ne me paraît pas très sympathique », dit-elle alors. Après avoir soutenu de Gaulle, Françoise Sagan, résolument femme de gauche, vote et appelle à voter François Mitterrand en 1974. Cinq ans après la défaite de son candidat devant Valéry Giscard d'Estaing, Sagan croise de nouveau Mitterrand dans un aéroport du Sud-Ouest, région dont ils sont tous deux originaires. Un dialogue chaleureux s'engage à terre et se prolonge dans le Boeing qui les transporte vers Orly. Ces deux personnages publics, du même bord politique et tous deux épris de littérature, ont finalement beaucoup de choses à se dire. « Je fis un voyage charmant et amusant avec un homme intelligent et plein d'humour que j'invitai, pendant le trajet, à prendre un thé chez

moi, s'il en avait le temps[2] », racontera la romancière.
Le leader du Parti socialiste s'empresse de répondre à
l'invitation de la femme de lettres. Ce premier thé rue
d'Alésia inaugure une longue série de tête-à-tête et
marque le début d'une tendre et profonde amitié. Mais
la campagne en vue de l'élection présidentielle, dont le
second tour aura lieu le 10 mai 1981, a débuté et François Mitterrand s'y consacre déjà à temps plein. Comme
bon nombre d'intellectuels de gauche, Françoise Sagan
est à ses côtés, elle accepte même de rejoindre le banc
des aficionados lors de ses meetings. A priori, son ami a
peu de chances de sortir victorieux de cette bataille. Au
premier tour, la réélection de Valéry Giscard d'Estaing
est quasiment acquise puisque le président sortant obtient
28,3 % des suffrages, devançant largement ses concur-
rents de droite : Jacques Chirac (18 %), Michel Debré,
(1,7 %) et Marie-France Garraud (1,3 %). À gauche,
François Mitterrand recueille 25,8 % des voix devant
Georges Marchais (15,3 %), Arlette Laguiller (2,3 %),
Michel Crépeau (2,2 %) et Huguette Bouchardeau
(1,1 %). Avec le cumul des voix de droite, Valéry Giscard d'Estaing atteindrait 50 %, contre 43 % seulement
en faveur de François Mitterrand. Pourtant, entre les
deux tours, les sondages sont chaque jour plus favo-
rables au leader du Parti socialiste. Ils le donnent parfois gagnant à 52 %. Le 5 mai, lors du débat télévisé
opposant les deux candidats, la phrase assassine que
François Mitterrand décoche à son adversaire fait
mouche. «Vous êtes l'homme du passif», lance-t-il à
Valéry Giscard d'Estaing qui reste interdit. La veille du
second tour de scrutin, le 9 mai, Françoise Sagan saisit
sa plume et publie dans *L'Unité*[3], le journal du Parti
socialiste, un article particulièrement bien troussé et

convaincant. Sous le titre prometteur « En mai, faisons ce qu'il nous plaît », elle attaque bille en tête le président sortant qui affiche, selon elle, une « indifférence méprisante » à l'égard des Français et elle vante les mérites de son favori. « (…) Mitterrand, cet homme qui, effectivement et contrairement à ce que disait son adversaire – il y a quelques années, déjà, et qui ont été bien longues –, a le monopole du cœur par rapport à celui qui a le monopole du cynisme, de l'indifférence, du mépris, bref : le monopole de la médiocrité. Il faut changer, il faut repartir, et il faut revivre autrement. » Comme la majorité des Français, le lendemain soir Françoise Sagan se réjouit de voir se dessiner le profil anguleux de son ami sur son petit écran : François Mitterrand remporte l'élection par 51,75 % des suffrages.

Elle sera aux premières loges lors de la cérémonie du 21 mai, au Panthéon, pour fêter son accession au pouvoir. Elle en rend compte avec beaucoup d'émotion dans les colonnes du *Matin de Paris*. « Je donnerais ma main à couper que Mitterrand est tombé, peut-être pour la première fois de cette manière-là, si physique, amoureux des Français, éperdument, ce jeudi de printemps 21 mai 1981, et à jamais[4] », écrit-elle.

Pour Françoise Sagan et François Mitterrand, rien n'a changé après ce 10 mai 1981. La romancière fait à présent partie de la fameuse Mitterrandie, les privilégiés qui ont accès à la ligne directe du président. En dépit de ses responsabilités et d'un emploi du temps chargé, le nouveau locataire de l'Élysée se ménage, comme par le passé, des plages de liberté pour leurs déjeuners en tête à tête. À intervalles réguliers, il fait stopper la limousine présidentielle devant chez Sagan. Les gardes du corps l'escortent jusqu'à la porte de l'immeuble, puis s'effacent. Les voisins du 91 rue du Cherche-Midi sont chaque fois un peu surpris de croiser le chef de l'État, seul et en costume gris clair, dans leur escalier. Sagan, qui se fait une joie de le recevoir, prend soin de lui servir des plats simples, familiaux ; elle prépare elle-même un pot-au-feu ou commande chez un traiteur de la rue de Sèvres un de ces délicieux canards à l'orange dont il raffole. « C'est un invité charmant, toujours à l'heure et toujours de bonne humeur, dévoile-t-elle. On ne parle pas de politique. C'est un homme intelligent qui aime la littérature, qui a de l'humour. J'admire l'homme qu'il a réussi à rester malgré le pouvoir[5]. » Pierre Bergé a été l'un des rares témoins de ces rendez-vous : « À la fin de la vie de François Mitterrand, comme nous parlions de Françoise Sagan, le président me confie qu'il était nostalgique de leurs tête-à-tête. Alors, j'ai aussitôt organisé un dîner chez Leduc. J'ai été frappé de voir à quel point ils se respectaient l'un l'autre[6]. »

Denis Westhoff a également rencontré l'éminent ami de sa mère, non pas à Paris mais à Cajarc. En 1988, Françoise Sagan invite « Dieu », juste avant sa réélection, à venir passer un week-end dans sa demeure natale du Tour-de-Ville. Ce jour-là, sous les regards ébahis des villageois, l'hélicoptère présidentiel se pose sur le stade de foot de Cajarc où l'attendent des limousines aux couleurs sombres et aux vitres blindées. « Ma mère et lui avaient beaucoup parlé de l'Égypte au dîner car François Mitterrand projetait d'y passer Noël, se souvient Denis Westhoff. Il avait vraiment une connaissance profonde du pays et de son histoire. Je l'ai trouvé cultivé, gentil et très charismatique. Je conserve un excellent souvenir de lui[7]. » Françoise Sagan s'étend rarement sur sa relation avec François Mitterrand, elle concède quelques anecdotes, comme cette fois où son chien avait renversé un verre de vin rouge sur sa cravate juste avant un conseil des ministres… Plus tard, lorsque le photographe Claude Azoulay lui propose de préfacer son livre illustré, *François Mitterrand, un homme président*[8], elle dévoile pour la première fois la teneur de ses sentiments à son égard. Il apparaît comme « l'ami idéal ». « C'est l'ami idéal dont parle Rimbaud, l'ami ni ardent ni faible, l'ami, écrit-elle. Cela, ceux qui vivent avec lui le savent. Ceux qui vivent loin de lui et qui l'aiment l'éprouvent confusément, et ceux qui ne l'aiment pas le lui jalousent un peu, aussi inconsciemment, ou plutôt jalousent ses amis, dont il est plus qu'honorifique, dont il est rassurant et délicieux, de faire partie. Et je dis rassurant parce que plus l'on est faible et plus son attention et sa possibilité d'affection grandissent. Je dis délicieux tout simplement parce que cette amitié est délicieuse. » Pour sa part, François Mitterrand n'évoquera jamais publiquement ses relations avec l'auteur de *Bonjour tristesse*.

Au mois de mars 1981, juste avant l'accession au pouvoir de François Mitterrand, Françoise Sagan met le mot fin au bas du manuscrit de son dernier roman intitulé *La Femme fardée*, à paraître début juillet aux éditions Ramsay. En attendant cette échéance, elle s'octroie quelques jours de repos à La Mamounia, le célèbre palace de Marrakech. La romancière est fière de cette *Femme fardée* qu'elle considère comme le plus plaisant et le plus dissonant de tous ses romans. L'idée du sujet, une croisière huppée et culturelle en Méditerranée, lui est venue lors d'un dîner mondain. À table, une femme très élégante et passionnée de musique classique raconte qu'elle vient de s'offrir une promenade en mer au son de ses airs favoris. Un nouveau concept de dépaysement proposé par les agences de voyages à une élite. Ce récit a laissé Françoise Sagan rêveuse pour le restant de la soirée. Elle tient son histoire : à bord du paquebot le *Narcissus*, pour 98 000 francs toutes taxes comprises, quatorze personnages hautement saganiens vont vivre un huis clos au large de Capri, bercés par les flots et les grands airs d'opéra. Un couple de milliardaires désenchantés, un homme d'affaires véreux, une diva excentrique et capricieuse, un gigolo, un voyou en quête d'un bon coup, une femme du monde odieuse… se rencontreront. Cette situation promet bien des complications sentimentales comme la romancière les aime. Ces personnages révéleraient leurs véritables personnalités à la fin de la croisière. Le couple que forment Clarisse, une femme trop fardée et alcoolique, et son mari, le directeur d'un journal de gauche, Éric Lethuillier, se détache du groupe. « C'est la fausse gauche, explique Françoise Sagan. Il fait partie de ces gens qui ne veulent surtout pas que tout le monde ait une Rolls, mais qui veulent que tout le monde aille à pied[9]… » Sur le *Narcissus*, la femme fardée rencontre Julien Peyrat, un tricheur, avec lequel elle vit une passion heureuse sous l'œil éberlué des autres plaisanciers.

L'écriture de ce roman a été à la fois difficile et exaltante. Tandis qu'elle dictait son récit à sa secrétaire, son avocat se battait sur tous les fronts : contre Jean Hougron d'un côté et Henri Flammarion de l'autre. Empoisonnée par ces histoires de plagiat et de dettes,

Françoise Sagan embarquait à bord du *Narcissus* avec
l'envie de ne plus jamais accoster : « J'avais l'impression fausse mais vivace que ma vie était là, sur ce gros
bateau inventé avec ces héros romanesques, et que le
restant de mon existence ne comptait pas ou plus.
C'était la première fois que je mesurais la force de
l'invention, de l'imagination, ou plus globalement de
l'inspiration[10]. » Pour ces raisons-là, *La Femme fardée*
a le poids d'un roman-fleuve. Elle n'en revient pas
elle-même d'avoir rendu une telle somme : cinq cent
soixante pages ! Elle a même rédigé pas moins de onze
débuts différents de cent pages chacun. A-t-elle choisi
le meilleur ? Elle en doute.

Le procès intenté par Jean Hougron s'est soldé par
une victoire de la romancière, certes, mais il a entraîné
sa rupture définitive avec la maison que dirige Henri
Flammarion. Malgré les offres, certes ambiguës, de ce
dernier – qui, après s'être retourné contre elle dans le
conflit qui l'opposait à Jean Hougron, lui proposait des
conditions financières plus avantageuses que par le
passé –, elle déclare qu'en aucun cas elle n'envisage
de lui confier son prochain manuscrit. « Le seul contrat
que je signerai, ce sera avec Jean-Jacques Pauvert[11] »,
annonce-t-elle en 1980. En effet, lassée et déçue des
grandes maisons d'édition, Françoise Sagan a eu l'idée
d'entrer en contact avec cet éditeur indépendant :
compte tenu qu'Henri Flammarion se comporte avec
elle comme un « épicier », elle lui propose de devenir
son agent-éditeur. Ce qui signifie que Jean-Jacques

Pauvert a carte blanche pour publier ses prochains romans dans la maison de son choix.

« Quand Françoise Sagan a quitté Flammarion, elle voulait venir chez moi, aux éditions qui portaient mon nom, raconte Jean-Jacques Pauvert. Je suis entré dans la bagarre. *Le Chien couchant* s'est mal vendu… Pendant ce temps, elle écrivait *La Femme fardée* avec beaucoup de mal, elle faisait des séjours réguliers en clinique car elle était atteinte, au physique et au moral. *La Femme fardée* est arrivée par petits morceaux. Nous en parlions beaucoup. Ce livre lui a permis de s'évader du procès. Françoise Sagan est une femme qui a souvent du mal à vivre, alors elle se réfugie dans les livres [12]. » Durant la longue phase d'écriture de *La Femme fardée*, Jean-Jacques Pauvert a en effet été d'un précieux soutien. Françoise Sagan a trouvé en lui cette qualité d'écoute qu'elle a, semble-t-il, cherchée tout au long de sa vie d'écrivain. « Avant lui, personne ne m'avait parlé de mes livres quand je les écrivais, explique-t-elle. Il m'aide vraiment à accoucher de mon manuscrit en s'intéressant à la destinée de mes personnages. Jean-Jacques Pauvert est toujours d'un très bon conseil. C'est agréable de se sentir épaulée par quelqu'un qui vous voit d'abord comme un écrivain inquiet de son travail [13]. » Une fois le roman achevé, Jean-Jacques Pauvert se met en relation avec Jean-Pierre Ramsay pour lui proposer une coédition, ce qu'il accepte. Mais, à Paris, dans le monde de l'édition les nouvelles vont vite. Lorsque Henri Flammarion apprend que son auteur s'apprête à publier un roman dans une maison concurrente, son sang ne fait qu'un tour. Il dépose le 15 mai une nouvelle demande en référé visant à en interdire la parution. Il rappelle, outré, que

Françoise Sagan est toujours débitrice chez lui d'une somme importante. Le tribunal examine la requête et annonce qu'il tranchera six jours plus tard. Françoise Sagan ne se fait aucun souci, elle se sent même inattaquable dans la mesure où son contrat prend fin au mois de juin. « S'opposer à la publication de mon nouveau livre ailleurs qu'aux éditions Flammarion, alors qu'ils savent bien que je ne leur donnerai jamais ce roman, consiste à me priver de l'exercice de mon métier et, vu les circonstances, de tout moyen d'existence légale [14] », argumente-t-elle. Flammarion refuse toujours en effet d'exécuter le jugement du tribunal de première instance de Paris qui lui enjoignait de verser les mensualités considérées comme « alimentaires et urgentes ».

Le 21 mai 1981 est décidément une belle journée de printemps. Tandis que Françoise Sagan assiste à la prise de pouvoir de son ami François Mitterrand au Panthéon, la cour d'appel tranche en sa faveur : « Rien n'autorise Flammarion à suspendre l'exécution de ses obligations. » Cela ne console qu'en partie l'auteur qui connaît par ailleurs d'importantes difficultés depuis qu'Henri Flammarion lui a coupé les vivres. Regrette-t-elle d'avoir joué à la cigale pendant toutes ces années ? « Si c'était à recommencer, je le referais, affirme-t-elle. J'ai eu beaucoup d'argent mais je n'ai jamais été riche. C'est mieux. Il faut une contrainte pour travailler [15]. » Cependant, quelle pitié de voir cet écrivain si populaire réduit à jouer à la Loterie nationale dans l'espoir de parvenir à payer ses loyers de retard ! C'est Hasty Flag, son cheval en pension à Chantilly, qui va la tirer d'affaire. Alors que ses comptes sont au plus bas, le pur-sang se surpasse et remporte plusieurs courses de suite, notamment le Grand Prix de haies d'Auteuil dont la récompense s'élève à 250 000 francs. Sagan sauvée par le jeu !

La Femme fardée arrive en librairie en même temps qu'un recueil de nouvelles intitulé *Musiques de scènes*, publié par Flammarion. C'est l'ultime ouvrage que Françoise Sagan a rendu à cet éditeur avant la rupture de son contrat. La romancière ne se prive pas d'un pied de nez : elle le dédie «à mon ami Jean-Jacques Pauvert». *Musiques de scènes* se présente sous la forme de treize tableaux : une femme trompée se réfugie au casino de Nice (*Le Chat et le Casino*) ; en Autriche, en 1883, un homme trompé et meurtri provoque en duel l'amant de sa femme (*Les Suites d'un duel*) ; Justine joue à la femme libérée depuis que Richard l'a quittée (*Un an déjà*) ; en attendant son amant, une jeune fille songe au suicide (*Quelques larmes dans le vin rouge*), etc. Dans leurs chroniques, les critiques comparent les deux ouvrages. Pierre Démeron écrit dans *Marie-Claire* : «Pour être le "grand" Sagan au lieu de n'être que le "gros" Sagan, il n'aura manqué à *La Femme fardée* que d'être plus travaillée et surtout d'un style moins négligé, pour ne pas dire trop souvent bâclé [16] ! » Concernant *Musiques de scènes*, le même critique écrit : «Un Sagan beaucoup moins noir et pessimiste que *La Femme fardée*, plein de fantaisie, d'humour et même d'invention.» Dans *Le Point*, Jean-François Fogel déclare tout simplement sa flamme à l'auteur de *La Femme fardée* : «J'aime Sagan. Cette femme a autant de cœur que d'intelligence. Mise en demeure par sa notoriété de se prononcer sur trop de choses trop souvent, elle n'a jamais énoncé une sottise, qu'il s'agisse de Mitterrand, du football en Argentine ou de Sartre. En publiant, elle met elle-même un terme à "l'affaire Sagan". Un livre est le seul bulletin de santé positif pour un écrivain. Et si on l'accueille ici sans effusion après des jours difficiles, c'est qu'aucune formule ne peut éponger cette dette de bonheur contractée de livre en livre. Salut Sagan[17] ! »

Françoise Sagan aurait volontiers écrit une suite à *La Femme fardée* tant la rédaction de ce livre lui a procuré de plaisir. Le public, qui s'est rué sur cet ouvrage, en réclame une, lui aussi. En France, ce roman-fleuve est un succès : il s'en est vendu un million d'exemplaires. En outre, il a permis à « Mlle Tristesse » de renouer avec son public américain. Si Françoise Sagan renonce à ce projet de second volume, en revanche l'épopée du *Narcissus* connaîtra une nouvelle vie sur grand écran. Sous la direction du cinéaste José Pinheiro, le tournage de *La Femme fardée*, qui a lieu au large de la Grèce et en Crète, durera deux mois. Le long métrage bénéficie d'une belle distribution : Jeanne Moreau, dans le rôle de la diva, Anthony Delon joue son tendre amant, Jaqueline Maillan incarne la bourgeoise mariée au riche banquier raseur, Philippe Khorsand est un steward homosexuel, Jean-Marc Thibault un cinéaste médiocre affublé d'une jeune comédienne, Désirée Nosbusch, qui a honte de lui. Enfin, André Dussollier est un faussaire, Daniel Mesguich le directeur prétentieux d'un hebdo de gauche, quant à son épouse, cette femme qui dissimule ses angoisses sous le fard, elle est interprétée par Laura Morante. Lorsque, en novembre 1990, *La Femme fardée* sort sur les écrans, André Dussollier se charge en partie de la promotion. «Les romans de Sagan appartenaient pour moi au plaisir d'une époque révolue, explique-t-il. En découvrant *La Femme fardée*, je me suis aperçu que le roman était toujours d'actualité et que j'avais beaucoup d'affinités avec ces personnages à double fond qui, par pudeur ou convention, taisaient perpétuellement ce qu'ils brûlent de dire à haute et intelligible voix[18].» Pour sa part, José Pinheiro appréhende la réaction de Françoise Sagan qu'il n'a jamais consultée tout le temps qu'ont duré l'écriture du scénario, le tournage et le montage. Dès le mois de novembre, le voilà assis, anxieux, face à la romancière dans son appartement de la rue du Cherche-Midi. Il ressortira le cœur léger, Sagan n'ayant pas cessé de le remercier et de le féliciter pour cette remarquable adaptation. «C'est très bien distribué, c'est musclé et on rit beaucoup, déclare-t-elle. Il y a des situations, des jolis dialogues bien clairs, pas ces borborygmes habituels[19].» Elle a trouvé Jeanne Moreau et Jacqueline Maillan drôles et touchantes. Quant à André Dussollier, il est à ses yeux des plus séduisants.

Après la sortie de *La Femme fardée* au cinéma, Françoise Sagan s'est complètement retirée pendant toute une année de la vie parisienne et tropézienne : «Toutes les boîtes ont maintenant cette espèce de musique grondante qui vous assourdit et, sans l'euphorie de l'alcool pour vous protéger, ce n'est plus supportable. Je vois les gens chez eux, au restaurant, à l'Élysée-Matignon, et bientôt je les recevrai ici[20].» Ici, c'est ce duplex que loue Françoise Sagan au 91 rue du

Cherche-Midi après avoir vécu quelque temps à l'hôtel. Au rez-de-chaussée, un salon, un bureau pour sa secrétaire, Mme Bartoli, une cuisine et un jardin ; au premier étage, les chambres et son propre bureau. Malgré le triomphe de *La Femme fardée*, elle se voit contrainte de faire quelques sacrifices et de se défaire d'une voiture de collection, une Lotus Seven bleu marine qui était sa propriété depuis 1973. Le bolide est en excellent état et affiche seulement 13 000 kilomètres au compteur. De ce modèle, il n'en existe que quatre dans toute l'Europe. Elle se contentera de sa Mini Austin pour Paris et d'une Mercedes pour les longs trajets, vers le manoir du Breuil par exemple.

Cette vie, moins turbulente que par le passé, la pousse vers sa machine à écrire, à moins que ce ne soit l'inverse. Au beau milieu de l'écriture de *La Femme fardée*, elle prenait déjà des notes pour le roman suivant, *Un orage immobile*, titre tiré une fois encore d'une œuvre de Paul Eluard. Pour cette histoire romantique, dont l'action se déroule à Angoulême au XIXe siècle, elle a commencé par lire *La Vie de Rancé* sur les conseils de Jean-Jacques Pauvert. Ce dernier, qui est toujours son interlocuteur privilégié, a l'idée de négocier les droits de ce prochain livre avec Julliard, l'éditeur de sa jeunesse. *Un orage immobile* sortira en mars 1983 avec un bandeau rouge sur lequel est inscrit : « Sagan romantique ».

Nous voici à Angoulême entre 1832 et 1835, sous le régime de Louis-Philippe, où le narrateur, Nicolas Lomont, est notaire. « Il est un témoin sacrifié, explique l'auteur, un notaire de province qui est là depuis toujours, une espèce de hobereau qui a accès à la compagnie des aristocrates de la région puisqu'il s'occupe de leurs biens. C'est un beau garçon qui s'est trouvé orphelin assez tôt, qui fait des études, ce que l'on appelle un brave homme [21]… » Nicolas Lomont va être le témoin impuissant, et en quelque sorte la victime, d'une tragique histoire d'amour. Trente ans plus tard, il lève le voile sur ce drame dans ses Mémoires. Tout a commencé par l'arrivée à Angoulême, une ville où « on est aimable sans familiarité, honnête sans sévérité, et gai sans débauches », de la comtesse Flora de Margelasse, une ravissante veuve. Dès qu'il l'aperçoit, il en tombe amoureux mais sans jamais oser le lui avouer. « J'eus envie de l'épouser sur-le-champ, note-t-il dans son journal, de lui faire des enfants, de la chérir, de la protéger ma vie entière. » Flora, qui ne se doute de rien, deviendra son amie, lui, son confident. Le cœur de la comtesse penche plutôt pour le fils de son métayer, un paysan cultivé, très beau et à peine âgé de vingt ans, qui répond au nom de Gildas Caussinade. Une passion choquante aux yeux des notables d'Angoulême. Nicolas Lomont suit de loin cette folle histoire d'amour. Les deux amants quittent Angoulême pour se réfugier à Paris où ils brûlent l'existence. Bientôt, dans les salons littéraires, les talents de plume de Gildas sont très appréciés. Mais l'entrée en scène de Marthe, la très sensuelle servante de la comtesse, vient tout changer. Gildas cède aux charmes de cette pulpeuse Italo-Hongroise, à laquelle personne n'a jamais résisté. Dès lors, plus rien ne sera épargné au malheureux Gildas qui va connaître l'asile, le trottoir et la mort.

Bonjour tristesse a trente ans. Trente ans plus tard, le public est toujours au rendez-vous. *Un orage immobile* se place tout de suite dans le peloton de tête des meilleures ventes aux côtés d'*Harricana* de Bernard

Clavel, *Femmes* de Philippe Sollers et *La Soutane rouge*
de Roger Peyrefitte. Mais cette reconnaissance ne suffit pas à la romancière. Le rêve, l'ambition d'écrire un
chef-d'œuvre avant de mourir, la taraude. «Sincère-
ment, dit-elle, j'ai l'impression d'avoir plus de talent
que les neuf dixièmes des gens qui disent écrire
mieux que moi. Mais je ne serai jamais Sartre, je n'ai
pas écrit *Les Mots*, le livre le plus éclatant de talent
de la littérature française[22].» Dominique Bona dans
Le Quotidien de Paris dresse le bilan de cette carrière
en dents de scie : «*Bonjour tristesse* a bientôt trente
ans, mais Françoise Sagan n'a pas changé. Il faut l'aimer et la suivre. Ou bien s'abstenir. Pour les inconditionnels, il y a dans ce livre toutes les vertus du premier,
la jeunesse, la gaieté, la désinvolture. Les allergiques y
retrouveront les mêmes défauts, la facilité et les "bref",
les "donc", par lesquels elle esquive tout ce qui l'ennuie[23].» Les critiques sont partagés sur ce nouveau
roman. Dans *L'Express*, Matthieu Galey n'hésite pas à
le ridiculiser : «Il faut tout de même une jolie dose de
culot pour s'attaquer ainsi à la plus célèbre acropole de
la littérature française, feignant de croire que n'ont
jamais existé Lucien Chardon de Rubempré ni l'altière
Mme de Bargeton, née Marie-Louise-Anaïs de Nègre-
pelisse… Le moindre collégien qui aime un peu les
livres ressentira cet attentat comme un sacrilège.» Et
de conclure : «On boit du bouzy, on se regarde dans le
blanc des yeux, le temps passe, les feuilles tombent ;
tout le reste n'est que trompe-l'œil et papier peint.
Non, décidément, Françoise Sagan n'a pas changé de
style. De décorateur tout au plus. C'est un orage dans
un verre d'eau[24].» Dans *Le Monde*, Bertrand Poirot-
Delpech est plus tendre. «Au fil des phrases d'éter-

nelle écolière fichues comme l'as de pique, les trou-
vailles, tel le bruit de soie qui ouvrait *Bonjour tristesse*
et qui fit dresser l'oreille des connaisseurs, continuent
de surgir à l'improviste : ici, une main âgée où les
veines saillent comme des cordages, Angoulême vue
comme une ville à la Carpaccio dans un paysage à la
Ronsard, le charme venteux et vantard des Charentes,
certaines robes blanches se détachant sur une herbe
sombre, la brutalité où pousse la fierté de s'appartenir [25]... »

Grâce à *La Femme fardée* et à *Un orage immobile*,
Françoise Sagan a renoué avec le succès et la considé-
ration. Pourtant, rien ne va plus entre la romancière et
Jean-Jacques Pauvert. Ce dernier ignore qu'il a été
remercié sans préavis. Françoise Verny, ardente directrice littéraire chez Gallimard, a proposé l'hospitalité à
Françoise Sagan qui n'a pas hésité une seconde à
accepter les clauses du contrat. « À l'époque, ce n'était
pas très difficile de faire venir Françoise Sagan, se souvient Françoise Verny. Elle avait eu tant de déboires
avec ses précédents éditeurs. Elle était un peu incer-
taine. C'est une femme à la fois forte et fragile. Moi,
j'ai toujours été émerveillée par cette grâce d'écriture.
Quand elle habitait avec Peggy Roche et Denis, rue du
Cherche-Midi, nous nous fréquentions énormément [26]. »
La romancière errante, qui a promis un manuscrit à
Françoise Verny, a l'idée de rassembler certains articles
écrits pour le compte de journaux et revues. Elle
retourne aussi ses tiroirs à la recherche d'inédits. En
mars 1984 sort à la NRF *Avec mon meilleur souvenir*,

un livre qui va marquer une étape importante dans l'œuvre de Sagan. Par ce mélange de portraits et de récits autobiographiques, elle force l'admiration de ses pairs. Avec lui, la légende s'estompe. On parlera moins d'elle comme d'un phénomène et davantage comme d'une femme de lettres. Pour la première fois depuis *Des bleus à l'âme*, elle se raconte. Elle évoque sa course folle après Billie Holiday lors du second voyage qu'elle fit outre-Atlantique en compagnie de Michel Magne, ou ses rencontres, magiques à ses yeux, avec Tennessee Williams et Orson Welles. Elle parle en outre de sa passion pour les livres, le théâtre, le jeu, la vitesse et Saint-Tropez. Elle reproduit sa «Lettre d'amour à Jean-Paul Sartre», publiée dans *L'Égoïste* en 1979, et elle dresse un joli portrait de Rudolf Noureïev, qu'elle a croisé une fois ou deux dans les boîtes de nuit parisiennes, puis rencontré à Amsterdam sous une pluie battante à l'occasion d'une interview pour *L'Égoïste*. «Il a du charme, de la générosité, de la sensibilité, de l'imagination à revendre, et par conséquent, il a cinq cents profils différents, et sans doute cinq mille explications psychologiques possibles. Et bien sûr, je ne pense pas avoir compris grand-chose à cet animal doué de génie qu'est Rudolf Noureïev[27]», écrit-elle à son retour.

La critique est unanime. Ces moments de grâce dans sa vie, décrits avec non moins de bonheur, séduisent même ceux qui la traitaient avec condescendance. Georges Hourdin écrit dans *La Vie*[28] : «Le dernier livre publié par Françoise Sagan est excellent. (...) Françoise Sagan a la réputation d'un écrivain scandaleux et futile. Ce jugement est stupide. Elle décrit la société au milieu de laquelle elle vit et qui est effectivement futile, mais elle pose inlassablement au lecteur attentif et fidèle que je suis de son œuvre les vraies, les bonnes, les embarrassantes questions. La vie a-t-elle un sens, par exemple. » Pour Josyane Savigneau, journaliste au *Monde* : « Quand Françoise Sagan referme sa porte après avoir dit, dans un dernier sourire, en secouant une fois encore ses cheveux blonds : "Merci de votre visite", on a fait le plein d'optimisme. Contre une époque qui ne parle que de sécurité, où la plupart voudraient sans doute prévoir la météo du jour de leur mort, Françoise Sagan, après trente ans de folie et de générosité, continue de flamber sa vie avec gaieté, et donne, en ces temps étroits, la mesure de l'élégance[29]. » Bernard Frank ajoute sa voix à ce chorus d'éloges. Il revient sur le succès de *Bonjour tristesse* et analyse les réactions de ce qu'il appelle « l'ennuyeux troupeau des critiques littéraires » : « Ce qui irrite peut-être le plus cette critique contre Françoise Sagan, c'est de ne pas pouvoir s'empêcher de tourner autour d'elle, d'être le papillon qui se brûle les ailes. À chaque nouveau roman de cette créature de saloon, elle jure ses grands dieux qu'on ne l'y reprendra plus, qu'elle a mieux à faire, qu'elle a ses bonnes œuvres, ses soupes chaudes et des couvertures à distribuer. Et patatras. Quand le nouveau Sagan entre en scène, elle abandonne ses pieuses lectures, ses saintes résolutions et le dévore avec fureur. Sagan, c'est son péché. Une fois lu, les imprécations commencent[30]… »

En mars 1984, elle est la vedette du quatrième Salon du livre, avec Ludmila Tchérina qui signe *L'Amour au miroir*, le baron Guy de Rothschild (*Contre bonne fortune…*), Jeanne Bourin (*La Chambre des dames*) et Valéry Giscard d'Estaing (*Deux Français sur trois*).

Françoise Sagan a, quant à elle, dédicacé trois cents exemplaires d'*Avec mon meilleur souvenir*, dont le titre est un clin d'œil à sa première séance de signatures aux États-Unis. Elle écrivait alors « *With all my sympathy* », ignorant que ce faux ami signifie « Avec toutes mes condoléances ». Le Salon bat son plein, on parle même de record d'affluence avec 20 % d'entrées de plus que l'année précédente. L'ouvrage de Sagan sera couronné par le prix des Enfants terribles en février 1986. La romancière ira recevoir son trophée à Megève où elle rencontrera quantité d'admirateurs de tous âges, venus eux aussi réclamer un petit mot à l'auteur.

Un an plus tôt, le jury du prix de Monaco, composé de membres de l'Académie française et de l'académie Goncourt, retient six noms d'écrivains : Henri Coulonges, Pierre Jakez-Helias, Robert Mallet, René de Obaldia, Pierre-Jean Rémy et Françoise Sagan. En mai, l'annonce est officielle : le trente-cinquième prix de la Fondation Prince-Pierre-de-Monaco est attribué à Françoise Sagan pour l'ensemble de son œuvre. Elle succède à François Nourissier, Anne Hébert, Léopold Sédar Senghor, Pierre Gascar, Daniel Boulanger, Marcel Schneider, Jean-Louis Curtis, Christine de Rivoyre, Jacques Laurent et Patrick Modiano. Pour remettre ce prix d'un montant de 40 000 francs, la famille princière est au grand complet : Rainier, Caroline, Stéphanie, Albert et Stefano. « Je suis ravie d'avoir reçu ce prix, mais je resterai dans l'antichambre et pour trois bonnes raisons : d'une part, je n'apprécie pas beaucoup les assemblées ; ensuite, le vert ne me va pas du tout, ça me donne une mine de chien ; enfin, je n'aime l'honneur qu'au singulier[31] », déclare la lauréate.

Françoise Sagan quitte les éditions Gallimard lorsque Françoise Verny accepte un poste chez Flammarion, où la romancière ne peut la suivre. Mais, avant cette séparation, un conflit éclate en 1985 avec la directrice littéraire. L'histoire a débuté deux ans plus tôt, durant l'été 1983 à Paris, lorsque Françoise Sagan a rencontré Harry Jancovici, directeur littéraire aux éditions de la Différence. Au cours de la conversation, elle lance une idée de collection de livres d'art. « Je trouvais passionnant d'associer, dans un même livre, l'imaginaire littéraire et l'imaginaire pictural », expliquera-t-elle. Il est prévu que Françoise Sagan inaugure la collection en question, intitulée « Tableaux vivants », en dissertant sur une œuvre du colombien Fernando Botero[32]. En effet, un contrat, signé le 3 juillet 1983, stipule que le livre sera tiré à vingt mille exemplaires. L'auteur perçoit un à-valoir étonnamment faible mais 10 % du prix public de chaque exemplaire vendu. Elle ajoute une seule clause au contrat : les termes « roman », « nouvelle » ou « récit » doivent être bannis de la couverture afin de ne pas duper les lecteurs. Harry Jancovici a longtemps attendu le manuscrit de Sagan, jusqu'au jour où, sous sa pression, elle finit par rédiger en quelques heures un récit à partir de *La Maison de Raquel Véga*[33] de Botero. Le texte, de l'épaisseur d'une nouvelle, se découpe en neuf chapitres. Françoise Sagan plante le décor : « Je m'appelle Fernando, je ne dirai pas mon nom de famille parce que mon père, qui n'est pas commode tous les jours, me punirait. Nous sommes une famille honorable de Bogota, c'est-à-dire une famille où l'on s'ennuie beaucoup – moi du moins.

D'ailleurs, les autres aussi je crois. (…) Je dois tout d'abord et avant tout remercier Mme Raquel Véga de m'avoir permis de peindre sa maison, elle-même et sa famille, tout à mon aise. » L'auteur fait ensuite intervenir chaque personnage en racontant leurs existences entremêlées.

Quatre jours après la remise du manuscrit, lorsque Françoise Sagan reçoit un premier jeu d'épreuves, elle découvre que, comme par magie, ses vingt feuillets font à présent quatre-vingt-huit pages. Puis, révoltée, elle s'oppose au projet de couverture : son nom y est inscrit en haut et en gros caractères, alors que le nom de Botero apparaît en minuscule sous la reproduction du tableau. Enfin, jouant sur les mots, l'éditeur a mentionné : « Fiction – d'après la peinture de Fernando Botero ». Bien qu'elle refuse de signer le bon à tirer, le livre est imprimé. En recevant quelques exemplaires de l'ouvrage, vendu 45 francs, elle constate qu'aucune de ses exigences précisées par contrat n'a été respectée. Quelques heures après l'inauguration du cinquième Salon du livre, la romancière fait parvenir un communiqué à l'Agence France-Presse pour faire savoir qu'elle va demander la saisie de l'ouvrage : « En dehors du préjudice humiliant porté à M. Botero et celui porté aux éditions Gallimard – qui publient mon prochain livre en mai –, je trouve inadmissible qu'un seul de mes lecteurs éventuels, se fiant à la couverture de ce livre, débourse 45 francs pour un pseudo-roman de 21 pages et je trouve cette éventualité déshonorante pour moi[34]. » Joaquim Vital, directeur des éditions de la Différence, riposte : « Nous avons un contrat en bonne et due forme. Il n'est pas question pour nous de retarder la parution du livre : que Françoise Sagan ait omis de prévenir son éditeur Gallimard ne nous regarde pas. Seulement, elle a tenté par des moyens de pression inadmissibles sur la personne de mon associé, Harry Jancovici, de nous faire plier. » Il charge aussitôt son avocat, Me Dewynter, de porter plainte contre Françoise Sagan et Marc Francelet pour « violation de domicile, coups et blessures et extorsion de signature sous la menace de coups ».

Marc Francelet vit dans l'entourage de Johnny Hallyday, de Jean-Paul Belmondo et de Françoise Sagan. Depuis qu'il s'est pris de passion pour l'auteur de *Bonjour tristesse*, ce bel homme âgé d'une quarantaine d'années, décrit çà et là comme un repris de justice, se fait un point d'honneur de la protéger. Il a donc rossé Harry Jancovici. Quelques années plus tard, dans son appartement du XVIe arrondissement parisien, il raconte de quelle manière il a été amené à casser le nez de l'éditeur : « Un jeudi soir à minuit et demi, Françoise Verny me téléphone d'une voix pâteuse, raconte-t-il. Elle me dit texto : "Sagan, tu sais, ta copine, est une ordure… Elle m'a fait marron d'un à-valoir de 300 000 francs. J'ai dans la main son dernier livre paru aux éditions de la Différence !" Et elle me passe Françoise qui me dit que son avocat veut me parler. Me Jean-Claude Zylberstein me demande de venir immédiatement rue du Cherche-Midi car, prétend-il, "la renommée de Sagan fout le camp". J'arrive et je les trouve tous consternés : Françoise Sagan, Françoise Verny, Peggy Roche et l'avocat. Ils m'expliquent que Sagan s'est fait piéger par Jancovici. En augmentant le corps d'imprimerie, il a fait de trente feuillets destinés à une préface un roman de Sagan. Là, je donne raison à Verny. Françoise avait signé à la légère un contrat avec lui contre un à-valoir modique et une prime « en nature ». On me confie le texte d'une lettre dans laquelle Harry Jancovici reconnaît son escroquerie. Il ne me reste plus qu'à la lui faire signer. Comme Sagan savait où il habitait, nous y sommes allés sur-le-champ, elle et moi. Je ne sais pas par quel miracle j'ai réussi à trouver la combinaison du digicode… Bref, nous montons au premier étage. On sonne. Personne. Je trafique la serrure, nous entrons chez lui et décidons de l'attendre. Il se pointe vers 3 heures du matin avec sa femme. Ça lui a fait un choc de nous voir là, Sagan et moi ! La conversation ne dure pas longtemps car je m'aperçois que j'ai affaire par-dessus le marché à un insolent. Je lui casse le nez. Évidemment, sa femme se jette sur moi, je suis obligé de lui mettre deux baffes pour la calmer. Françoise ne disait pas grand-chose, elle essayait de consoler la femme. Tout ça s'est passé très vite. Il a signé la lettre et nous sommes sortis. Seulement, Françoise a été obligée de revenir sonner à la porte : elle avait oublié son sac à main[35] ! » De son côté, Joaquim Vital fait parvenir au *Matin de Paris* une « Lettre ouverte à Claude Gallimard » dans laquelle il donne sa propre version des faits : « Lorsque j'ai reçu le texte de Mme Sagan, je l'ai donné à composer, précise-t-il. Un premier jeu d'épreuves a été fourni à l'auteur, qui me l'a retourné après corrections. Un second jeu, mis en pages, folioté de 1 à 88, a été, lui aussi, corrigé par Mme Sagan. » Il ajoute que, peu après, il s'est rendu chez Françoise Sagan où il est tombé sur Françoise Verny qui lui a dit : « Cela ne paraîtra pas. Un roman de Sagan doit sortir en mai chez Gallimard, je ne veux pas que la presse s'occupe d'autre chose avant. Il faut aussi que vous fassiez changer la couverture. De toute façon, si ce livre paraît, *mes* critiques n'en parleront pas. Et vous n'aurez plus une ligne dans les journaux sur aucun de vos livres. » Pour le reste son récit rejoint celui de Marc Francelet : ce soir-là, en rentrant du cinéma avec sa compagne, Mlle Watin, Harry Jancovici a trouvé Francelet et Françoise Sagan chez lui. Francelet lui tend un document dactylographié indiquant que M. Harry Jancovici s'engage, au nom des éditions de la Différence, à surseoir à la publication du livre de Mme Sagan. Comme il refuse, Francelet le frappe. Mlle Watin pousse des cris, Sagan la rassure, lui expliquant qu'il ne lui sera pas fait trop de mal. Il semble que Marc Francelet attrape les cheveux de sa victime pour la cogner contre une table, la laissant en sang. Finalement, Jancovici signe. Francelet le menace de revenir (« Maintenant que je sais où tu habites ! ») et ils quittent les lieux. Le docteur Aimouz constate les blessures. « Permettez-moi, pour finir, monsieur et cher confrère, de vous demander si vous couvrez de votre autorité des agissements aussi scélérats, ajoute-t-il dans sa lettre ouverte. Faut-il considérer M. Francelet, avec ses méthodes très particulières, habilité à prendre avec Mme Sagan la défense des intérêts des éditions Gallimard[36] ? » Me Jean-Claude Zylberstein nie les faits au nom de la romancière : « Françoise Sagan dément les imputations par lesquelles les éditions de la Différence tendent à la discréditer. Cela en exploitant les liens avec une personne qui a payé ses dettes anciennes envers la société, et dont, au demeurant, elle revendique l'amitié. Elle a résolu d'invoquer aussitôt en justice l'article 373 du Code pénal qui sanctionne la dénonciation calomnieuse[37]. » Pour l'avocat, cette plainte pour coups et blessures n'est qu'une «ruse» visant à retarder l'action en justice.

Le procès s'ouvre le jeudi 21 mars ; Françoise Sagan demande la saisie de l'ouvrage *La Maison de Raquel Véga* pour «atteinte au droit moral». Tandis que, le 22 mars, Me Jean-Claude Zylberstein s'apprête à plaider «l'atteinte grave au droit moral de l'auteur». Me Pascal Dewynter, avocat des éditions de la Différence, riposte en déposant une plainte pour «coups et blessures». Le 24 mars, les éditions de la Différence s'étonnent que personne ne soit encore venu chercher les ouvrages. Il y en a quelques-uns, d'ailleurs, sur leur stand du Salon du livre. La saisie n'a lieu que le lendemain. Aussitôt, Me Pascal Dewynter, l'avocat de la maison, demande en référé la mainlevée des livres saisis le 25 mars chez l'éditeur et le diffuseur à la demande de la romancière. Selon lui, il s'agit d'une «saisie abusive», le contrat ayant été «pleinement accepté». Suite à l'ordonnance de référé réclamée par Me Jean-Claude Zylberstein, les protagonistes se retrouvent face à M. Jean-Michel Guth, vice-président au tribunal de grande instance de Paris, le 29 mars 1985 : Joaquim Vital, directeur littéraire à la Différence, Harry Jancovici, directeur de collection, et leur avocat, Me Pascal Dewynter.

Me Zylberstein a déposé ses conclusions, dont voici les points principaux : «Attendu que, sur le fond, la défenderesse soutient que contrairement aux accords conclus, la présentation du livre ne ferait apparaître […] le nom du peintre et celui de l'écrivain […] en caractères d'importance identique […] ; que de plus le texte de l'auteur serait publié sous l'appellation "fiction", contrairement aux dispositions de l'article 21 du contrat d'édition », et qu'enfin elle s'est émue « du fait que l'on offre à son public pour le prix de 49 francs la vingtaine de feuillets dactylographiés rédigés par elle, à titre de commentaire d'un tableau, et qui ont été étirés par l'éditeur de façon à publier un volume de 88 pages… »

L'affaire se termine le 29 mars : « Attendu que ce jour, 29 mars 1985 en fin de matinée, Me Dewynter puis Me Zylberstein ont fait connaître que leurs clients respectifs avaient mis fin à leurs litiges par renonciation réciproque et concomitante aux actions civiles et pénales engagées », le tribunal conclut : « Constatons l'engagement pris par les éditions de la Différence de modifier la couverture des 4 500 exemplaires saisis, qu'à l'occasion de nouveaux tirages, la mention "fiction" devra disparaître de la présentation […]. Ordonnons en tant que de besoin pour la mainlevée de la saisie contrefaçon pratiquée les 25 et 26 mars. » L'affaire ne connaîtra pas d'autres suites. Harry Jancovici a bien compris que Marc Francelet pourrait attirer davantage l'attention sur la façon dont il a fait signer un contrat par une Sagan en état de « faiblesse ». Quant au livre, il ne sera jamais distribué.

Le roman à paraître chez Gallimard évoqué par Françoise Verny sort effectivement au mois de mai. Avec *De guerre lasse*[38], écrit en un an, Françoise Sagan inaugure ce qu'elle nommera bientôt sa « trilogie guerrière », une série singulière dans sa bibliographie. En effet, elle s'était longtemps refusée à mettre ses héros dans des situations tragiques par elles-

mêmes, afin de ne pas céder à une certaine facilité.
L'action se déroule néanmoins en 1942 dans le Dauphiné, une région que l'auteur connaît bien pour y
avoir passé ses années d'enfance pendant la guerre.
Cette guerre, Charles Sambrat ne veut plus en entendre
parler depuis ce jour noir de 1940 où il a failli se faire
tuer bêtement. Mais l'existence passive de cet anti-
héros est perturbée par l'arrivée inopinée de Jérôme,
son ami d'enfance, avec lequel il n'a plus guère d'affinités. Jérôme, c'est tout son contraire ; un garçon
d'honneur, fidèle et courageux, qui dirige un réseau de
résistance et organise des filières d'évasion pour des
familles opprimées. Charles lui offre l'hospitalité ainsi
qu'à son amie, Alice, l'ex-femme d'un juif autrichien
exilé aux États-Unis. Cette ravissante résistante aux
yeux verts le séduit aussitôt. À l'occasion d'un voyage
périlleux à Paris où Alice a pour mission de prévenir
des familles en danger d'arrestation, Charles l'es-
corte… jusque dans son lit. Sagan, qui est pourtant sa
créatrice, ne résiste pas non plus aux attraits de son
personnage. « Je crois que les femmes l'aimeront, dit-
elle. J'ai connu très peu d'hommes comme ça : viril,
fiable, solide et enfantin à la fois. Le charme des
hommes, pour moi, c'est lui[39]. » Lorsqu'elle retrouve
Jérôme, Alice lui annonce que tout est fini entre eux.
Elle veut poser ses bagages chez Charles et n'en plus
bouger. Enfin seuls, les amants en oublient la guerre,
la Résistance et Jérôme. Un matin, Alice apprend que
son ex-amant vient d'être arrêté. Prise de panique, elle
part à sa recherche. Elle ne réapparaîtra jamais à la
grille de fer forgé de la demeure. Charles se lance à
son tour dans la Résistance. « Au départ, je ne pensais
pas qu'il en arriverait là, qu'il découvrirait lui-même

qu'il pourrait devenir autre, explique Françoise Sagan. On prête à ses personnages les limitations ou les paresses que l'on a soi-même quand on commence un livre[40]. »

Les critiques sont très partagés. Bertrand Poirot-Delpech, un spécialiste de l'univers saganesque, renouvelle dans les colonnes du *Monde* toute sa sympathie à la romancière. « Côté style, elle se surpasse dans le j'men-foutisme, écrit-il. Certaines phrases boitillent, peu regardante sur les métaphores. Les adverbes pleuvent ainsi que les "néanmoins" et les "d'ailleurs". Mais le petit miracle auquel, faute d'explication, on crie depuis trente ans se reproduit. (…) La force de Sagan, intacte, grandissante, toujours plus maîtrisée, d'éviter les grands mots, de ne pas avoir l'air d'y toucher, d'effleurer les vérités comme on chasse les papillons, de les laisser battre leur battement velouté et tiède, entre les paumes[41]. » Le critique de *Libération* se livre à une description ironique du roman avant de conclure : « Le pire, c'est que nous savons bien que Sagan reste l'une de nos meilleures romancières. Le pire, c'est qu'on l'aime malgré tout : pour un peu on la plaindrait plutôt. Est-ce si terrible d'être Françoise Sagan ? Faut-il vraiment donner, bon an, mal an, un livre à composer, du Sagan à l'hectolitre, du Sagan bâclé qui imite Sagan ? La cuvée 85 ne sera pas millésimée[42]. »

De guerre lasse sera porté à l'écran avec peu de succès. Deux ans après sa parution, le producteur Alain Sarde choisit Robert Enrico pour mettre en scène les histoires entremêlées de Charles, Alice et Jérôme. Le cinéaste engage deux scénaristes : Jean Aurenche et Didier Decoin. « Quand on adapte, la première chose que l'on fait, c'est chercher les ficelles et les défauts

du livre, explique ce dernier. Là, on avait besoin d'une
ossature, d'une tension qui monte. Il fallait que les personnages soient plus riches et plus mystérieux à la fois.
Il fallait leur inventer une carte d'identité complète et
un passé, ce n'est pas du tout développé dans le livre.
Alors, on a tiré sur l'élastique, rajouté ici, gonflé là[43]. »
Ils ont en effet imaginé quelques flash-back avant la
guerre, mettant en scène le mari d'Alice. Jean Aurenche
se lance à son tour dans une explication de texte : « Le
couple Jérôme-Alice, j'ai pensé qu'on lui donnerait
plus d'intensité en rendant Jérôme impuissant. » Ces
remaniements malhabiles n'ont échappé à personne.
Sorti en 1987, avec Nathalie Baye (Alice), Pierre Arditi
(Charles) et Christophe Malavoy (Jérôme), le film est
considéré comme une piètre adaptation du roman de
Sagan. Jacques Siclier, chroniqueur au *Monde*, résume
bien la situation : « L'adaptation de Jean Aurenche,
Didier Decoin et Robert Enrico ajoute des scènes,
explique les événements selon le système des "équiva-
lences" qui, après avoir beaucoup servi au cinéma
français dit de qualité, se révèle ici lourd, inefficace.
La mise en scène appuie, souligne, empâte à la fois le
conflit psychologique et une reconstitution historique,
d'ailleurs entachée d'erreurs, surprenantes de la part
du réalisateur du *Vieux Fusil* et *Au nom de tous les
miens*[44]. » À cette occasion, Françoise Sagan revient
sur « ses » réalisateurs. À propos d'Otto Preminger,
elle prétend qu'il était « brutal et borné », le pire étant,
à ses yeux, Jean Negulesco qui avait porté à l'écran *Un
certain sourire*. En ce qui concerne *De guerre lasse* de
Robert Enrico, elle dit que c'est un bon film malgré
les trahisons : « Par rapport aux autres, vous savez…
Enfin, il y a eu *La Chamade* que j'aime bien, mais qui

était presque trop fidèle[45]. » Elle évoque aussi ses récents coups de cœur au cinéma. François Truffaut, dont elle a apprécié en particulier *L'Histoire d'Adèle H.* et *La Femme d'à côté* car elles traitent de la « plus pure », de la « plus violente » passion avec l'idée d'une « terreur permanente », de « cette angoisse qui ne vous lâche plus ». Elle ajoute que Meryl Streep serait la seule actrice capable d'incarner tous les personnages de ses romans comme de ses pièces de théâtre : « Elle peut tout faire sans jamais sombrer dans la vulgarité. C'est une actrice incroyable ».

Fréquemment, Françoise Sagan prend sa plume pour défendre le gouvernement de François Mitterrand notamment lorsqu'il chute dans les sondages avant les législatives. La romancière note avec un certain dégoût que beaucoup d'intellectuels ont tourné leurs vestes. Son papier d'humeur est publié dans *Le Monde* daté du 12 janvier 1985. Il s'intitule ironiquement : « Bon repentir, messieurs ». « Il semblerait bien que "labourage et pâturage", jusqu'ici les deux mamelles de la France, soient remplacés ces temps-ci par "sondage et dérapage", tout au moins dans ce petit troupeau, ce petit milieu du Tout-Paris, dont on voit les minois et dont on lit les opinions dans les gazettes ; troupeau dont je faisais partie au demeurant jusqu'ici avec plus de satisfaction que de gêne, mais jamais encore avec effroi[46] », écrit-elle. Elle met au banc des accusés Dalida qui a chanté les louanges de Jacques Chirac dans *France-Soir*. Elle attaque la télévision où Thierry Le Luron a demandé au public de reprendre en chœur

L'Emmerdant, c'est la rose, parodie anti-mitterran-dienne de *L'Important, c'est la rose* de Gilbert Bécaud. Elle ironise enfin sur le retour en grâce de MM. Peyre-fitte, Barre, Chirac, Giscard d'Estaing et Le Pen. Ce billet n'aurait sans doute pas provoqué tant de remous si Françoise Sagan n'avait cité les dirigeants du *Nouvel Observateur* qui, lors d'une émission de Michel Polac, se sont excusés de leurs « erreurs passées », ont « pleur-niché sur l'Algérie française, le Vietnam par eux livré aux Khmers, déclaré impraticables les notions droite/gauche[47] ». « Bref, ajoute-t-elle, je les ai vus se récla-mer du centrisme avec une contrition des plus tou-chantes et un courage que je leur soupçonnais mais ignorais encore[48]. » Dès le lendemain matin, Jean Daniel, le directeur du journal incriminé, réplique dans les colonnes du *Matin de Paris*. Il renvoie la roman-cière dans les cordes, signalant qu'elle n'a jamais été à ses yeux le plus fervent soutien de la gauche, contrai-rement à Sartre, Aragon et Malraux. Selon lui, l'article de Françoise Sagan est révélateur d'une anxiété idéo-logique de gauche. Et il conclut : « Ce que je vois dans l'article de Françoise Sagan, qui rejoint une offensive contre des journaux comme *Le Nouvel Observateur*, c'est une confusion entre la solidarité qu'il importerait d'avoir avec les gouvernants et notre métier, qui consiste à traduire les inquiétudes et les exigences des gouvernés. Pour tout dire, je vois dans l'agression un peu parisienne de Françoise Sagan un zèle tout à fait contraire à un engagement politique et à une réflexion sereine. Même ce zèle me paraît inopportun et, je peux le dire, au nom de l'admiration affectueuse que je garde pour François Mitterrand. Mais j'ai toujours eu l'ami-tié fière et exigeante[49]. »

Au fil des ans, contre vents et marées, la tendresse que Françoise Sagan éprouve pour le président et l'envie qu'elle a de le défendre restent intactes. La romancière continue de le recevoir et elle se présente ponctuellement aux grilles de l'Élysée lorsqu'il l'invite à son tour. À la page du 18 février 1982, dans le premier volume de son *Verbatim*, Jacques Attali évoque ces repas entre artistes : « De plus en plus souvent, le président aime à réunir à sa table parlementaires, comédiens, écrivains. Il y a là parfois quelqu'un qu'il n'a jamais vu, amené par un ami. Pratiquement jamais de ministres, jamais de hauts fonctionnaires. Cela donne souvent des rencontres saugrenues où des gens n'ayant pas la moindre probabilité de se rencontrer ailleurs, après quelques minutes d'intimidation, se mettent à parler de tout. Et, très souvent, à un moment ou à un autre, de leurs problèmes d'impôts. On fera ainsi se côtoyer Fernand Braudel et Françoise Sagan, Pierre Miquel et tel ou tel député de province, Régine Deforges et Georges Kiejman, Raymond Devos et Michel Serres[50]. »

En qualité de membre de la délégation française, Sagan accompagne à deux reprises le chef de l'État en voyage officiel : une première fois en Colombie, une seconde en Pologne. À l'occasion de ce premier périple en Amérique du Sud, à l'automne 1985, les Français, qui l'ignoraient jusque-là, vont découvrir que leur président éprouve une grande affection pour cette turbulente romancière. Le journaliste Jean-Luc Mano, un proche du président, est aussi du voyage. Il témoigne : « J'ai vu à deux reprises Françoise Sagan et François Mitterrand ensemble. C'était rue de Bièvre. Il avait beaucoup d'estime pour elle. Elle savait l'écou-

ter. Sagan est une personne atypique, dérangeante, elle
est un peu déjantée, ce qui amusait beaucoup le président. Il aimait la compagnie des gens capables de
franchir la ligne jaune. Elle avait tout le temps des problèmes d'argent et d'impôts et je me souviens qu'il lui
conseillait de faire un peu attention. Elle lui disait :
"C'est terrible, les deux prochains livres, je les ai déjà
dépensés." Parfois, il passait même un coup de fil à
Michel Charasse pour lui demander de ne pas l'étrangler. Il avait la même affection pour Sagan que pour
Barbara. Mitterrand était un homme de fraternité et il
appréciait ça aussi chez Sagan. Elle ne l'a jamais
lâché. Quand elle est montée dans l'avion pour Bogota,
j'ai entendu quelques sarcasmes parmi les invités.
Vous pensez, Sagan en partance pour la Colombie[51] ! »
L'avion présidentiel se pose à Bogota le jeudi 17 octobre
et la colonie prend la direction de l'hôtel Tequandama
où les chambres sont réservées. Les invités assistent
d'abord, dans les salons du palace, à une grande réception donnée par un homme d'affaires colombien, puis
ils ont quartier libre jusqu'au dîner de gala du lendemain, offert par le président colombien Belisario
Betancur en l'honneur du chef d'État français. Dans la
journée du vendredi, certains membres de la délégation sont frappés par l'extrême maigreur et par la fébri-
lité de la romancière. Ils sont à peine surpris de son
absence au dîner. Comme prévu, François Mitterrand
prononce un discours dans lequel il répond au mécon-
tentement de son homologue colombien à propos des
essais nucléaires français dans le Pacifique. « Je suis
d'accord avec ceux qui souhaitent que cessent dans le
monde entier les expérimentations nucléaires, déclare-
t-il. S'ils avaient la sagesse de s'adresser à tous les

pays qui disposent de l'arme nucléaire, et d'abord à ceux qui disposent de l'essentiel de ces forces meurtrières, comme ils seraient bien entendus ! Je suis d'accord avec tous les pays qui demandent la cessation de tout armement nucléaire. J'y souscris. Encore faudrait-il que ceux qui représentent une menace pour le monde commencent par agir, sans quoi ce serait livrer ceux qui n'ont pas la même force à l'aventure des ambitions. » Pendant ce temps, Françoise Sagan gît inanimée sur son lit. Par chance, une femme de chambre la découvre et donne immédiatement l'alerte. La romancière est transportée d'urgence à l'hôpital militaire réservé aux officiers supérieurs de l'armée colombienne, situé à la périphérie de Bogota, un bâtiment moderne, haut de dix étages, que gardent des soldats casqués et armés de mitraillettes. Au service des soins intensifs, Françoise Sagan subit une série d'examens (scanner, radiographies) avant d'être soumise à un tubage. Raison invoquée pour ce malaise : une insuffisance respiratoire due à l'altitude – Bogota se situe à 2 640 mètres, sur l'un des plus hauts plateaux de la cordillère des Andes. Elle serait victime du *soroche*, le mal des montagnes. À l'hôpital, les soins sont coordonnés par le docteur Claude Gubler, médecin personnel du président Mitterrand, et par le colonel Rafael Reyes, chef du service des soins intensifs de l'hôpital militaire de Bogota.

Les premières informations arrivent en France le samedi 19 octobre vers 2 heures du matin par une dépêche de l'Agence France-Presse. Dans son communiqué, le colonel Rafael Reyes se veut rassurant : « Il ne faut pas dramatiser les effets de ce trouble favorisé par le changement de climat, d'ambiance et d'alimen-

tation[52] », déclare-t-il. Il juge son état satisfaisant et
pense qu'elle devrait récupérer assez vite. Le soir même,
en direct de Bogota, le ministre français de la Culture,
Jack Lang, intervient au journal de 20 heures sur TF1.
Il annonce que l'auteur de *Bonjour tristesse* souffre
d'un œdème pulmonaire et d'une limitation de l'irriga-
tion cérébrale. Aucune de ces déclarations lénifiantes
n'est tout à fait exacte. Sans connaissance, Françoise
Sagan est toujours en observation dans l'unité de soins
intensifs ; certes, les médecins n'excluent pas l'œdème
pulmonaire et un déficit cérébral transitoire dû à un
manque d'oxygène durant le transfert à l'hôpital. Mais
ils envisagent aussi un abus de médicaments ou des
problèmes cardiaques aggravés par l'altitude. Heureusement, les radiographies et le scanner révéleront finalement un malaise plutôt bénin.

François Mitterrand poursuit tant bien que mal
son périple mais son esprit est ailleurs, auprès de son
amie en danger. «C'était devenu le voyage de Sagan
en Colombie auquel participait Mitterrand et non plus
l'inverse, poursuit Jean-Luc Mano. Il ne parlait plus
que de ça, il avait même demandé à être informé en
permanence des évolutions de son état de santé[53]. »
En compagnie de Georges Besse, le PDG de la Régie
Renault, François Mitterrand visite à Medellin les
usines d'assemblage Sofasa-Renault situées à la périphérie de la ville, où l'on célèbre le quinzième anniversaire de la présence sur le sol colombien de l'usine
Renault qui arrive en tête des fabricants d'automobiles
du pays. François Mitterrand et Belisario Betancur
parcourent les ateliers de montage où plusieurs centaines d'ouvriers et de cadres les applaudissent sur leur
passage. Ensemble, ils testent une R9 assemblée sous

leurs yeux. À Bogota, dans l'entourage du président, l'accident de la romancière est au centre de toutes les discussions.

À Paris, les dépêches que publie l'AFP au rythme de deux ou trois par jour sont reprises par toute la presse. Il en va de même en Colombie où quantité de journaux impriment à la une la photographie de l'auteur de *Buenos dias tristeza*. Le journaliste du quotidien *El Tiempo* titre : « Réveille-toi ! Réveille-toi ! » Le rédacteur, qui avait sollicité une interview de Françoise Sagan à son arrivée, est parvenu à entrer dans sa chambre d'hôtel au moment où on la découvrait inanimée. « Couchée dans son lit, dans une robe de coton lilas, elle paraissait profondément endormie, ne répondant pas aux appels du médecin qui, tout en l'examinant, cherchait à la réveiller, écrit-il. Elle ne paraissait pas souffrir. Le médecin de l'hôtel fit venir d'urgence une tente à oxygène. »

Ce samedi, vers 18 h 30, la situation ne s'est pas améliorée, au contraire. François Mitterrand ne cesse de se rendre à l'hôpital, quitte à modifier son emploi du temps. Ce jour-là, avant d'aller admirer les splendeurs de l'art précolombien au musée de l'Or de Bogota, il arrive en Mercedes blanche blindée à l'hôpital militaire où son amie est toujours inanimée et sous respiration artificielle. Le médecin de l'ambassade, Christine Berlie, et le docteur Claude Gubler l'informent qu'un transfert immédiat vers l'Hôpital central militaire de Paris paraît nécessaire. À sa sortie de l'établissement, le regard du Président est sombre, ses traits tirés. « Françoise Sagan se remet lentement, déclare-t-il. Elle a franchi le bon seuil et elle ne peut aller que vers le rétablissement. Elle reçoit des soins remarquables et très diligents. Une jeune femme médecin ne l'a pas quittée un seul instant pendant la phase critique. On n'aurait pas mieux fait en France. Simplement, elle sera chez elle[54]. » Pour éviter tout incident diplomatique, le docteur Claude Gubler insiste de même sur la qualité des soins prodigués à la romancière : « Elle est extrêmement bien soignée », dit-il, avant d'annoncer qu'elle est tout à fait « transportable ». Et il précise que, si Françoise Sagan est toujours inconsciente, c'est simplement en raison des drogues qui lui sont administrées pour permettre la ventilation artificielle.

Le dimanche 20 octobre, lorsque la romancière entrouvre les yeux, elle ne trouve pas ses marques dans cet endroit glacial qui lui est étranger et où elle se sent bien seule. Elle est torturée par l'angoisse. Le jour même, son frère Jacques Quoirez est l'invité du journal de 13 heures sur Antenne 2. « Françoise Sagan est actuellement complètement endormie, déclare-t-il. Elle a repris conscience, mais on l'a immédiatement remise en sommeil de manière à pouvoir lui faire des traitements de ventilation pulmonaire nécessités par son état. » Il annonce : « Elle va rentrer en France par un avion particulier équipé de tous les appareils nécessaires pour la maintenir dans cet espace de possibilité de survie. Je pense qu'elle a pris un risque en se rendant à Bogota parce que, lorsqu'elle était petite, elle avait déjà eu des problèmes de cet ordre avec l'altitude qui, apparemment, est le grand coupable dans cette affaire. Mais c'est quelqu'un qui a une énergie farouche et qui a déjà triomphé de pas mal de difficultés. C'est ce qui nous donne beaucoup d'espoir. »

Quelques heures après l'intervention télévisée du frère de Françoise Sagan, le docteur Christine Berlie, attachée à l'ambassade de France à Bogota, annonce à l'AFP que la romancière devrait être rapatriée à Paris ce dimanche aux environs de 19 heures. En effet, un Mystère 50 transformé en chambre d'hôpital (appareils de ventilation artificielle, etc.) est spécialement affrété par l'Élysée. Durant tout le voyage, sous la surveillance d'une équipe de réanimation du service de santé des armées, Françoise Sagan reste sans connaissance. Après l'atterrissage, une ambulance a pris le relais pour la transporter à l'hôpital militaire du Val-de-Grâce où elle est aussitôt admise au service de réanimation. Dans l'après-midi le médecin-chef de l'hôpital se montre rassurant : « La malade est consciente, la pneumopathie est en voie de régression. La ventilation artificielle est cependant poursuivie. Les constantes biologiques sont sans anomalies [55]. » Jacques Quoirez se précipite au chevet de sa petite sœur. « Françoise, qui a été endormie pour le nettoyage de ses poumons bourrés de sécrétions gastriques, devrait être mise bientôt sous ventilation dite spontanée, déclare-t-il. C'est-à-dire qu'elle pourra respirer par le nez car, pour le moment, elle a été intubée. En tout cas, il y a une nette diminution des foyers d'infection si l'on compare les radios qui ont été faites à Bogota avec celles d'ici. » Et d'ajouter : « Quand on connaît ma sœur, qui n'a jamais été une grande admiratrice de l'armée, c'est amusant de constater qu'elle doive aujourd'hui la vie à des militaires [56]. » Jacques Quoirez est aussitôt rejoint par Peggy Roche, pâle d'inquiétude.

Le lendemain de son arrivée à Paris, Françoise Sagan est consciente, mais elle reste sous ventilation assistée. Quand elle rouvre les yeux, la première personne qu'elle aperçoit est le président de la République, lequel a tenu à passer au Val-de-Grâce dès son retour d'Amérique du Sud. Elle quittera le service des soins intensifs le 28 octobre, pour la clinique du professeur Charles Laverdantou. En fait, elle ne s'est rendu compte de rien ; elle s'est évanouie à Bogota pour se réveiller au Val-de-Grâce. « Je garde de ces quinze jours un souvenir confus, dit-elle. Les médecins ont prolongé exprès le coma pour que je ne tousse pas, j'étais bardée de tuyaux… J'avais l'impression de descendre des marches et de tomber, de tomber. Rien d'autre. Je suis morte cliniquement plusieurs fois et je peux vous dire qu'il n'y a rien ! Et c'est bien rassurant ! Ce qui m'inquiéterait, c'est l'idée d'une âme toute seule, tournoyant dans les airs, et qui hurlerait à la mort dans le noir absolu[57] ! » Encore quelques jours de patience et elle sera autorisée à rentrer chez elle. Mais, de patience, elle manque cruellement. Peggy Roche est contrainte de la veiller jour et nuit pour essayer de la calmer et surtout l'empêcher de s'enfuir. Les médecins sont formels : de cet accident qui a failli lui coûter la vie elle ne conservera aucune séquelle. « Je n'ai jamais pu délimiter exactement de quelle façon ces alertes ont changé ma vie, dira-t-elle. Ça rend peut-être plus inconséquent, plus frivole. Je n'ai pas le même point de vue sur la mort que ceux qui ne l'ont jamais vue de près. Le fait d'avoir entrevu la mort lui enlève beaucoup de son prestige. Du coup, je suis peut-être une des personnes au monde qui ont le moins peur de la mort. La mort, c'est le noir, le néant total, mais ce n'est pas terrifiant du tout[58]. »

Avant de partir en convalescence dans le Lot, sur les conseils du président de la République, Françoise Sagan a tenu à rassurer les Français en intervenant au journal télévisé d'Antenne 2. Elle a remercié toutes les équipes médicales de Paris et de Bogota, et s'est excusée d'avoir été une invitée si peu commode. Elle affirme qu'elle ne s'est pas rendu compte du « foin » qu'elle avait provoqué.

À Paris, les témoignages d'affection affluent à son adresse, au 91 rue du Cherche-Midi, où les télégrammes et les bouquets de fleurs s'amoncellent comme par le passé, lorsqu'elle se retourna dans un champ de blé en Aston Martin. Elle en est agréablement surprise. Lorsqu'elle réapparaîtra chez Lipp, les clients se lèveront pour l'accueillir ; ce qui la gênera énormément. Tout en les remerciant à voix basse, elle tentera de cacher son embarras sous sa frange blonde. Dans la rue, elle ne peut plus faire un pas sans que des inconnus l'interpellent. « On peut dire que vous nous avez fait peur ! » confessent les passants.

Une histoire stupéfiante

Du scandale, Françoise Sagan en a plus qu'assez. Apparaître à la une des journaux pour des histoires d'amour ou de désamour, d'accidents ou d'intérêts, n'a jamais été du goût de cette femme de lettres. Même les chroniqueurs littéraires ne peuvent s'empêcher d'évoquer sempiternellement ses jeunes années et ses folies d'antan, de l'interroger encore et toujours sur le scandale lié à *Bonjour tristesse*, les boîtes de nuit, l'alcool, la vitesse, l'argent, le jeu… Peu à peu, elle s'est résignée à porter sa légende. Elle se montre de bonne composition ; pour trois vagues questions sur son dernier roman en date, elle accepte, promotion oblige, de se tourner vers ses débuts sulfureux, elle qui ne boit plus et qui ne joue plus qu'en cachette. Mais plus le temps passe, plus elle est en quête d'une vraie reconnaissance. Alors, elle s'attaque à des travaux de plus en plus profonds et ambitieux. Une trilogie guerrière à la NRF ou une préface à la correspondance amoureuse de George Sand et Alfred de Musset. Sagan ironise, commentant l'épisode vénitien où George Sand s'éprend d'un médecin nommé Pagello. « Ah ! – me disais-je encore avant-hier – si à trente-deux ans j'avais, comme George

Sand, pris le chemin du cap Cod avec le beau Jean-Marie Le Clézio, laissant celui-ci en proie au béribéri sur un grabat pour en revenir, par exemple, au bras du docteur Barnard (tant qu'à rêver, rêvons plaisamment !…). Ah ! me disais-je, cela eût fait, je l'imagine, quelque raffut ! Quelque raffut, quelques scoops et quelques photos inoubliables, et mon nom, plus tard, dans les manuels scolaires […], mon nom, donc, eût été, lui aussi, roulé dans la boue[1]. » Ces œuvres, au même titre qu'une biographie de Sarah Bernhardt en préparation, sont autant de projets qui voudraient faire oublier, par exemple, son retour fracassant de Bogota aux frais de l'État. Mais la rumeur est puissante et sa vie apparaît malgré tout aux yeux de beaucoup comme un scandale permanent… À peine s'est-elle extirpée de son coma que Françoise Sagan défraie derechef la chronique.

Janvier 1986 : nouvel éclat. Depuis qu'elle ne boit plus, Françoise Sagan userait de stupéfiants. Pourtant, que de fois n'a-t-elle mis ses amis en garde contre cette dérive ! « J'ai essayé la drogue mais je suis contre, déclarait-elle encore quinze ans plus tôt. Je crois à l'engrenage hachisch-héroïne. Et l'héroïne, c'est la fin de la liberté. Je pense que ceux qui emploient des hallucinogènes cherchent à se protéger contre les écorchures. Si je portais des jugements moraux, la seule chose que je reprocherais aux hallucinogènes, aux drogues, ce serait de rendre les gens introvertis. Ils sont accaparés par leurs petits rêves personnels et ne font plus du tout attention à leurs voisins. Tandis que l'alcool porte vers

l'autre. Je le trouve plus rassurant[2]. » Dans son édition
du 31 janvier, l'hebdomadaire *Minute* publie un article
sur Sagan au titre injurieux. Fondé sur la main courante
des services de police, il relate la filature de trois dealers par la brigade des stupéfiants, des suspects qui
auraient pénétré rue du Cherche-Midi au domicile
d'une romancière. Dans les locaux de la Brigade des
stupéfiants de Paris, les trois trafiquants sont placés en
garde à vue ; quant à Sagan, après avoir avoué qu'elle
achetait de la drogue pour son usage personnel, elle est
presque aussitôt remise en liberté sur ordre de M. Tra-
moni, le substitut de permanence au Parquet de Paris.
L'affaire connaît naturellement un grand retentisse-
ment, au point que Mᵉ Jean-Claude Zylberstein, l'avocat de la romancière, juge nécessaire d'envoyer un
communiqué au quotidien *Le Monde* : « C'est en
sortant de chez elle, en compagnie de sa secrétaire,
Mme Bartoli, le lundi 20 janvier 1986, que Françoise
Sagan fut interpellée par des membres de la Brigade des
stupéfiants. (…) Ayant de son plein gré invité la police
à pénétrer dans son appartement, Françoise Sagan auto-
risa, toujours volontiers, ses membres à fouiller son sac
et sa valise[3]. » Fouille infructueuse, d'après l'avocat.
Dans le même temps, le lundi 3 février, l'avocat demande
en référé au vice-président du tribunal de grande instance de Paris, Mme Le Foyer de Costil, la saisie de
l'hebdomadaire *Minute*, en kiosques depuis le vendredi
31 janvier. Motif invoqué : sa cliente considère que
l'article publié constitue une atteinte intolérable à sa
personnalité et à sa vie privée. La société éditrice
réplique que l'article incriminé se réfère à une enquête
de police en cours et non contestée. En outre, elle fait
remarquer que la demande est bien tardive. Le magis-

trat rendra son ordonnance dès le lendemain. Le mardi 4 février, il déclare : « Si l'on peut déplorer le titre de l'article qui manifeste une intention de nuire, l'évidente atteinte à la vie privée de Françoise Sagan ne constitue pas, eu égard à la nature et aux circonstances de l'événement relaté, une agression ayant un caractère si intolérable qu'il puisse entraîner la mesure de saisie sollicitée[4]. » Le juge rejette la demande de saisie, ainsi que la provision de 100 000 francs réclamée par la plaignante. Le procès est perdu, ce qui a pour effet d'exciter les détracteurs.

Dans son édition du 7 février, *Minute* récidive avec un titre explicite à la une. Cette fois, la romancière assigne, par acte d'huissier de justice du 28 avril 1986, la Société d'éditions parisiennes associées, éditrice du journal *Minute*. Elle réclame 1 million de francs à titre de dommages-intérêts. Me Claude Paulmier, avocat de la SEPA, réplique que l'article en question intéresse au premier chef l'opinion et les pouvoirs publics. En outre, il fait observer que Françoise Sagan est responsable de ce second article puisqu'il s'agit d'une réponse à son communiqué publié dans *Le Monde*. L'audience publique a eu lieu le 11 juin, le jugement est rendu le 9 juillet 1986 au tribunal de grande instance de Paris. La cour estime qu'« en révélant dans les articles de presse incriminés que Françoise Sagan fait usage de la drogue et en portant ostensiblement à la connaissance du public son nom patronymique ainsi que son adresse personnelle, le journal *Minute* a porté atteinte à la vie privée de la demanderesse et que le titre choisi pour le premier article […], puis l'annonce d'un "Scandale Françoise Sagan" en première page du second article, la présentation et la teneur du compte rendu de l'interpellation de l'artiste constituent manifestement la volonté de nuire et de dénigrer celle-ci, sans que les nécessités de l'information du public puissent justifier une telle présentation; qu'ainsi le journal *Minute* a commis une faute dont il doit réparation (…).»

Pour Françoise Sagan et son avocat, ce n'est qu'une demi-victoire. Le tribunal condamne la société SEPA à verser à Françoise Sagan la modique somme de 25 000 francs à titre de dommages-intérêts.

Une année passe sans que le nom de Françoise Sagan apparaisse à la chronique judiciaire ni dans les rubriques littéraires. Dans son bureau de la rue du Cherche-Midi, elle s'est concentrée sur le second volet de sa période guerrière. *Un sang d'aquarelle*, un long roman, sort chez Gallimard en février 1987. C'est l'histoire d'un metteur en scène d'origine allemande exerçant à Hollywood, Constantin von Meck. Il apparaît comme un géant fragile. En 1937, la carrière de cet homme né avec le siècle est au sommet lorsque sa femme, Wanda Blessen, une star originaire de Suède, demande le divorce. «Tu as raison de ne pas vouloir de moi, dit-il. Je suis un crétin; je n'ai pas de sang dans les veines ou j'ai du sang délayé, dilué d'eau : j'ai un sang d'aquarelle.» Comme il se sent vide, il décide sur un coup de tête de quitter l'Amérique pour regagner l'Allemagne nazie. Sagan met du Wagner dans sa petite musique. Sous la protection de Goebbels, Constantin von Meck tourne quantité de films insipides. Malgré les apparences il n'est pas à son aise avec ce régime qui tente de s'emparer de son nom et de sa réputation. Plusieurs déceptions et souvenirs le conduisent à renier l'Allemagne d'Hitler. À Paris, où il tourne un navet dont il a le secret, deux juifs membres de son équipe sont arrêtés par la Gestapo. Pour les sauver, il hante les salons fréquentés par les Allemands et les collabos de la capitale où il rencontre une certaine Boubou Bragance. Quelques mois plus tard, durant le tournage de *La Chartreuse de Parme* dans un village du midi de la France, il découvre les ruines d'un hameau incendié par les soldats de la Wehrmacht. Il lui faut choisir son camp. À cet instant, il apprend que les deux êtres qu'il aime le plus au monde, son ex-femme, Wanda, et son fidèle secrétaire – un Gitan maquillé en Aryen –, Romano, se sont lancés dans la Résistance. Constantin ne se sent pas l'âme d'un héros. Il choisit la mort comme forme de rédemption.

« Je me suis mouillée, confesse Françoise Sagan à Mathieu Lindon dans les colonnes de *Libération*. D'habitude, l'auteur est un peu coincé, il a un point de vue solennel et condescendant sur son héros dont l'intelligence n'est pas toujours à la hauteur. Ici, je me suis occupée de Constantin et je ne l'ai pas lâché. C'est un héros intelligent du début à la fin, ce que je n'avais encore jamais fait. Il a des problèmes qui sont les miens. Il ne croit pas plus à ses défauts qu'à ses qualités. Il veut juste que tout s'arrange[5]. »

À l'occasion de la sortie d'*Un sang d'aquarelle*, Françoise Gallimard donne une petite réception dans son appartement parisien de la rue de Lille pour l'auteur et ses amis. Avant de se retrouver au Salon du livre, Bernard Frank, Jacques Chazot, l'Académicien Jacques Laurent, Françoise Verny, à qui est dédié le roman, Serge Lentz (lauréat du prix Interallié 1985) et

Annick Geille fêtent la sortie d'*Un sang d'aquarelle*
autour d'une coupe de champagne. Les critiques sont
bonnes. Patrick Grainville, dans le *Figaro littéraire*,
estime que le dernier Sagan «se fit avec beaucoup de
plaisir et à bride abattue.» «On s'attache carrément à
ce Constantin catastrophique qui, sous ses airs de Kid
shooté à la vodka, planque ses abîmes de solitude et
qui, au terme d'une dérive tape à l'œil, retrouvera son
honneur en mourant d'amour pour un gitan! *In extre-
mis*, ce gaillard irresponsable et jouisseur se découvre
une âme, une conscience grande comme ça et nous la
brandit bien haut, non sans un ultime brio à la Stendhal. Coûte que coûte, il faut aimer Sagan[6]», ajoute-t-il.
«Que devient Françoise Sagan? interroge pour sa part
Jean-Jacques Alby dans *L'Express*. Sagan n'a plus de
complexes à nourrir devant les pavés de Max Gallo.
Son dernier-né fait le poids[7].»

Au moment où s'ouvrent les portes du Salon du livre,
le 25 février 1987, le jugement du procès qui oppose
Françoise Sagan à Jean-Jacques Pauvert est rendu.
L'affaire remonte à l'année 1980 : la romancière avait
alors cédé à Jean-Jacques Pauvert ses droits d'édition,
de traduction, d'adaptation en tout genre, en toutes
langues sur ses cinq romans à venir. L'entente entre
l'éditeur et la romancière était alors au beau fixe, elle ne
jurait plus que par lui et, dans la foulée, elle avait confié
La Femme fardée et *Un orage immobile* à Pauvert.
Mais leur collaboration allait s'arrêter là, car Françoise
Verny, alors directrice littéraire chez Gallimard, a proposé à Sagan un contrat avantageux. Avant la sortie en

librairie d'*Avec mon meilleur souvenir*, à peine Sagan a-t-elle pris soin de téléphoner à Jean-Jacques Pauvert pour lui annoncer qu'en dépit de leurs accords elle s'est sentie libre d'accepter l'offre de Gallimard, que celui-ci prévient à son tour les dirigeants de la rue Sébastien-Bottin qu'ils ne peuvent se substituer à lui. L'éditeur est apparu respectueux et de bonne foi. Il l'est. D'ailleurs, il a attendu deux ans avant d'attaquer la romancière en justice, deux années durant lesquelles il a tenté en vain de négocier un arrangement avec l'auteur et la maison Gallimard. En vain. Pour toute réponse, Françoise Sagan avance que ce contrat est nul puisqu'il s'agit d'une cession globale d'œuvres futures, ce qu'est censé interdire la loi de 1957. Le tribunal rejette cet argument car la convention limite bien le nombre et le genre des ouvrages : il tranche en faveur de l'éditeur et nomme un expert pour évaluer le préjudice, que Jean-Jacques Pauvert estime à 8 900 000 francs. « Cela me peine beaucoup d'avoir dû intenter un procès à Françoise qui est une personne très attachante, qui peut renier sa parole pour rien mais qui garde un sens aigu de l'honneur, déplore l'éditeur. Elle a fait évidemment appel, mais si la décision du tribunal se trouve confirmée, je me vois mal bloquer ses droits d'auteur dans toutes les firmes où elle a été éditée et la condamner à la ruine [8]. » Et le tribunal condamne en effet Françoise Sagan à verser la somme colossale de 8 millions de francs à titre de dommages-intérêts.

Ironie du sort, au même moment elle quitte déjà Gallimard. Elle ne parvient plus à se fixer quelque

part. En septembre 1987, elle inaugure la collection
« Elle était une fois » aux éditions Robert Laffont, en
publiant une biographie intitulée *Sarah Bernhardt, le
rire incassable*. Pour fêter l'événement, Robert Laffont l'emmène en hélicoptère assister à l'impression de
son livre à la société Firmin-Didot, à Mesnil-sur-l'Es-
trée dans l'Eure. Françoise Sagan a écouté avec attention les explications du PDG, Paul-Arnaud Herissey.
« C'est très émouvant », a-t-elle déclaré en regardant
sortir d'une machine monumentale, la « Cameron »,
son ouvrage avec la photographie de la comédienne.
On dit que Patrick Baudry et Henri Amouroux ont précédé Françoise Sagan, de même que Simone Signoret
qui fut bouleversée au point de fondre en larmes en
s'emparant du premier exemplaire de son roman, *Adieu,
Volodia*. Sur place, la romancière explique pourquoi
elle a choisi Sarah Bernhardt : « Ce que j'aime en elle,
c'est cet humour qu'elle a gardé jusqu'au bout, dit-
elle. Elle a eu une vie gaie et heureuse et elle n'a pas
été punie parce qu'elle avait plein d'amants. » En fait,
l'idée lui a été donnée par Françoise Verny qui lui a
suggéré de montrer les points communs entre la comédienne et elle. Pour mener à bien ce projet, la romancière s'est beaucoup documentée, elle a même visité le
fort Sarah-Bernhardt à Belle-Île. Il s'agit d'une « bio-
graphie-miroir », sous forme de correspondance fictive
entre elle-même et son sujet. Un exercice périlleux
pour l'esprit. « À se parler et à se chamailler ainsi, j'ai
failli finir à Sainte-Anne, mais on saura que Sarah
Bernhardt riait tout le temps[9] », raconte-t-elle.

Quelques années plus tard, sur une idée de Jacques
Chazot, elle envisagera d'adapter sa biographie de
Sarah Bernhardt au théâtre. Jeanne Moreau aurait tenu

le haut de l'affiche mais, à défaut de producteur, cette pièce ne verra jamais le jour.

Après ces travaux empreints de sérieux, Françoise Sagan s'offre une récréation. Elle retrouve le théâtre après huit ans d'absence. « Je venais d'écrire une biographie de Sarah Bernhardt à la suite de mon dernier roman. J'avais la plume toute chaude [10]. » À la lecture de la pièce, Robert Hirsch a l'idée d'une rencontre originale entre la romancière et Dominique Lavanant, l'une des vedettes de la troupe du Splendid. À l'issue du dîner, l'auteur est persuadé que la jeune comédienne correspond parfaitement au personnage né de sa plume. De son côté, Dominique Lavanant *veut* le rôle. Elle ne recule devant aucun argument pour l'obtenir. « Le lendemain, on s'est téléphoné, confie Françoise Sagan, et elle m'a dit en substance : "Si vous le donnez à quelqu'un d'autre, je me suicide." Alors, on s'est revues et elle m'a présenté Michel Blanc que j'ai choisi pour faire la mise en scène. C'est un homme drôle, intelligent, raffiné. Bref, un homme parfait [11]. » Dominique Lavanant est sous le charme. « Extrasagante ! lance-t-elle. On se sent très petite fille devant ce phénomène plein de sagesse arrogante [12]. » La pièce, écrite seulement six mois avant la générale, devait s'appeler *Le Cheval de lait*, puis *La Louve de Vienne*, puis *La Valse en amazone*. Elle s'intitule finalement *L'Excès contraire*. Selon Françoise Sagan, « l'excès, c'est un goût ou un sens. On le promène à travers la vie, et ce qu'on trouve délicieux à l'existence, c'est qu'elle offre toujours de nouveaux excès à faire [13]. »

Tout l'été, tandis qu'elle corrigeait la biographie de Sarah Bernhardt, la romancière s'est rendue quotidiennement aux Bouffes-Parisiens dirigés par Jacqueline Cormier pour assister aux répétitions, comme jadis du temps où elle écrivait pour Marie Bell. Assise dans la salle à côté de Michel Blanc, qui vient de recevoir à Cannes le prix d'interprétation pour *Tenue de soirée* et qui signe là sa première mise en scène, elle ne cesse d'apporter des corrections au texte. Les séances se passent admirablement bien, sur fond de respect mutuel entre l'auteur renommé et le metteur en scène débutant. «Michel Blanc pourrait monter Shakespeare, Brecht, Molière, n'importe quoi. C'est un metteur en scène très rare; il sait exactement là où on a voulu aller, alors que les autres ne perçoivent qu'une chose sur cinq[14]», dit Françoise Sagan. Pour sa part, Michel Blanc est très impressionné. «J'aime son côté champagne qui cache un cynisme très XVIIIe siècle[15]», déclare-t-il. La pièce, dont l'action se déroule à Vienne en 1900, dans les décors en trompe l'œil d'Alexandre Trauner et les costumes d'Yvonne Sassinot de Nesle, est créée le 8 septembre. Hanaë (Dominique Lavanant) est une noble autrichienne, une sorte d'amazone dont le loisir favori est la chasse aux loups et aux ours. Elle a peu d'estime pour les hommes qu'elle considère comme des lâches, à l'exception de son frère, Cornelius, qui tue au pistolet tous les séducteurs de Vienne qu'il trouve dans le lit de sa femme; or il en trouve quotidiennement. Hanaë, elle, se marie avec Frédéric de Combourg, un garçon charmant qui a la faiblesse étrange de s'évanouir à la moindre occasion; il perd évidemment connaissance lorsqu'elle tue sous ses yeux une grande louve. Qu'importe, ce conjoint émotif va lui faire découvrir l'amour physique : une révélation. Désormais, Hanaë chasse méthodiquement les mâles qui rôdent autour de son château.

Dominique Lavanant est le clou de la soirée, le public de la générale (Catherine Deneuve, Miou-Miou, Régine, Jean Poiret, Lino Ventura, Francis Perrin et Philippe de Villiers, entre autres) s'étrangle de rire à la satisfaction de Françoise Sagan qui a déniché la comédienne parfaite. « Elle a un côté cinglé qu'il faut à mon héroïne », dit-elle.

Seuls les critiques restent pincés. Pour Michel Cournot, dans *Le Monde* : « *L'Excès contraire*, c'est quelque chose comme une antithèse de Vaudeville en trompe l'œil. Une indigestion de caleçonnades, traitée du bout des doigts de pied, abstraitement, par l'absurde. Même pas du théâtre. Même pas du guignol. Juste du vent. Un vent brusque, désinvolte, et peut-être marqué d'un peu d'amertume. Une manière de jeu de société, pour mondains sceptiques, qui frôlerait l'extrême sottise et l'extrême trivialité, sans y choir vraiment[16]. » Jean-Pierre Thibaudat dans *Libération* publie un article teinté d'ironie : « Françoise, éternelle jeune fille des arts et lettres, s'arrête au milieu du gué, choisit l'acné contre le pus, ce qui est sans doute plus présentable mais aussi plus rasoir[17]. » La pièce connaîtra un grand succès populaire : Françoise Sagan, tout comme la troupe du Splendid, a son public d'inconditionnels.

Lors de l'affaire opposant Françoise Sagan à Harry Jancovici, Marc Francelet avait révélé que ce dernier payait la romancière en « nature », autrement dit, l'avait fournie en cocaïne. L'information se vérifie en 1988. Sagan et son « éditeur-dealer » vont comparaître devant la justice pour ne sortir du tribunal qu'avec de lourdes peines.

L'enquête a été lancée trois ans plus tôt. Au mois d'août 1985, le service régional de police judiciaire de Lyon est informé de l'existence d'un important trafic de stupéfiants. L'information est ouverte au cabinet de Gilles Raquin, premier juge d'instruction, un homme que l'on dit honnête et scrupuleux. Des suspects sont aussitôt placés sous surveillance téléphonique puis arrêtés. L'un des trafiquants écroué notait tous ses échanges dans ses carnets, ainsi que les coordonnées de ses clients, son fichier en somme. Dans cette documentation, les noms de personnalités de la littérature, du journalisme et de la jet-set parisienne apparaissent. Les inculpés affichent une parfaite honorabilité ; les benjamins sont des quinquagénaires, les doyens des septuagénaires ! L'un d'eux est même chevalier de la Légion d'honneur. Ces membres de l'ex-*French Connection* ne sont pas forcément toxicomanes eux-mêmes, simplement des intermédiaires qui permettent à de petits dealers de fournir de la cocaïne à certains intellectuels « branchés » de la capitale en écumant les boîtes de nuit à la mode.

L'enquête se poursuit à Paris. Il s'agit maintenant d'identifier un autre trafiquant, bien connu des services de police internationaux pour avoir organisé une filière à partir de la Thaïlande et du Laos. Ce retraité de l'armée française fait partie des anciens de la *French Connection*, un colossal réseau de drogue démantelé à Marseille au début des années 70. Il a mis sur pied un trafic d'héroïne en provenance de Bangkok. Les écoutes téléphoniques et les perquisitions permettent, une nouvelle fois, d'inculper de nombreux fournisseurs de la jet-set.

L'information tombe sur les écrans de l'Agence France-Presse le 15 février 1988. Les policiers ont été mis sur la piste d'un important réseau de drogue à Paris à la suite du démantèlcment, en août 1987, d'un groupe de trafiquants opérant à Lyon. 500 kg de cocaïne ont été saisis et une vingtaine de dealers interpellés au terme de l'enquête menée par l'Office central de répression du trafic illicite de stupéfiants (l'OCRIS). Elle révèle que cette antenne parisienne approvisionnait principalement des gens du spectacle, de la presse et de la littérature. Entendus par la police à titre de témoins, certains d'entre eux ont fait l'objet d'un mandat d'amener pour rétrocession de drogue.

Dans le cas de Françoise Sagan, c'est un chèque d'un montant de 17 000 francs signé de sa main, et trouvé chez un des interpellés, qui est à l'origine de son arrestation. Lors des écoutes téléphoniques, les policiers l'ont identifiée à son débit saccadé. Elle a remis ce chèque à titre de caution alors qu'elle attendait une importante rentrée d'argent. Hormis ces 300 grammes d'héroïne et 300 grammes de cocaïne achetés en prévision d'un voyage de deux semaines aux Antilles, Françoise Sagan se faisait livrer en moyenne 2,5 grammes d'héroïne et autant de cocaïne chaque semaine. Après avoir été interrogée par les fonctionnaires de l'OCRIS le jeudi 17 mars, Françoise Sagan sort par une porte dérobée du palais de justice lyonnais pour éviter les flashs, et elle rentre aussitôt à Paris. Inculpée d'usage et de transport de stupéfiants, Françoise Sagan, qui tient à s'expliquer, se rend dans les locaux de RTL, sitôt dans la capitale. « Il m'est arrivé de prendre un peu de cocaïne comme pas mal de gens, confesse-t-elle. Mais de là à me traîner devant les tribunaux, je trouve ça hallucinant ! Je n'ai pas à me défendre. Je ne me suis jamais occupée de trafic de drogue. Mon inculpation est dérisoire. Il y a dix mille personnes, des gens plus connus que moi encore, qui ont pris de temps en temps un peu de cocaïne quand elles sont fatiguées. » Et de conclure : « Le magistrat m'a dit qu'il m'avait inculpée parce qu'il inculpait tous les gens qui étaient sur les fichiers de la police, qu'il inculpait tout le monde et qu'il n'était pas question qu'il fasse une demi-mesure avec moi [18]. »

Mᵉ Jean-Claude Zylberstein opte pour la contre-attaque. Dès le lendemain, il entend déposer une plainte au nom de sa cliente pour violation du secret de l'instruction : « Sans contester à un juge d'instruction le droit de l'inculper, Françoise Sagan s'étonne vivement de ce que le secret de l'instruction, dont la violation est une infraction prévue par la loi, a été, la concernant, transgressé avec une précision proche de la préméditation. Ma cliente s'étonne qu'à partir de ce premier délit, une certaine presse, avec un entrain tout aussi difficilement innocent, commette un second délit en divulguant, avant une audience publique, un acte de procédure [19]. » Il précise : « Si elle peut admettre que sa célébrité soit une cause de cette divulgation, Françoise Sagan a peine à croire, après deux expériences similaires, que le hasard soit seul responsable de ce que cet épisode se produit en période électorale [20]. » Interviewée sur Antenne 2, la romancière s'en tient à cette thèse, soulignant qu'elle a déjà été arrêtée par la Brigade des stupéfiants en 1986, l'année des législatives. «C'est pareil chaque fois qu'il y a des élections, dit-elle. On ne parle que de moi à la télévision, à la radio, alors qu'on a arrêté trente personnes, et je suis la seule dont on parle. Si le juge déclare qu'il faut appliquer la loi, alors il faut l'appliquer pour de bon, c'est-à-dire qu'il faut l'appliquer aussi au secret de l'instruction, qui interdit qu'on dise quoi que ce soit sur l'inculpée. Et qu'on me donne des motifs qui soient réels sur mon inculpation[21].»

L'affaire remonte jusqu'au garde des Sceaux, Albin Chalandon, lequel réplique sur RTL aux accusations de la romancière sur cette hypothétique manœuvre politique : «L'inculpation de Françoise Sagan n'a rien à voir avec la politique, affirme-t-il. C'est absurde, je n'étais même pas au courant. Je ne sais même pas où elle a été faite. Un juge d'instruction est un juge qui est indépendant, qui est inamovible et qui fait exactement ce qu'il veut. En l'occurrence, le juge d'instruction – je ne sais pas qui c'est – a fait ce qu'il voulait et tout cela n'a rien à voir avec la politique.» De son côté, Robert Pandraud, ministre délégué chargé de la Sécurité publique, estime : «Si l'autorité judiciaire a inculpé Françoise Sagan, c'est qu'elle a des raisons de le faire.» Et il ajoute qu'il n'a «jamais discuté la politique d'un juge d'instruction». Robert Pandraud se félicite par ailleurs «que soient cassés tous les réseaux, que ce soit dans le milieu du show-business parisien ou dans la France entière, car il y a actuellement quantité d'héroïnomanes qui sont en train de passer à la cocaïne car ils estiment qu'il y a moins de risques de sida[22] ». Quant à Jean-Marie Le Pen, leader d'extrême droite, dans une conférence de presse tenue à Perpignan, il qualifie l'affaire Françoise Sagan d'une « opération *Potemkine* en trompe l'œil » du ministre de l'Intérieur Charles Pasqua. « Personne n'est au-dessus de la loi et il n'y a *a priori* aucune raison pour que Françoise Sagan y fasse exception, gronde-t-il. Mais on peut se demander pourquoi Mme Sagan seule semble impliquée dans cette affaire alors que beaucoup de personnalités du Tout-Paris qui ressemble plus au tout-à-l'égout seraient compromises. » Puis il déclare qu'il est favorable à la peine de mort pour les revendeurs de drogue. Françoise Sagan réagit aussitôt aux déclarations violentes et saugrenues de Jean-Marie Le Pen par l'intermédiaire de Me Jean-Claude Zylberstein : « Soucieuse d'éviter une guillotine dont certains la menacent, Françoise Sagan tient à certifier qu'elle n'a jamais apporté, offert, vendu ou cédé, bref fourni le moindre milligramme de drogue à quiconque. Elle peut certifier que ni moralement, ni physiquement elle n'a donc contribué ou aidé à sa propagation et que la preuve du contraire lui ferait réclamer elle-même son incarcération[23]. »

À son tour, Charles Pasqua prend la parole sur l'antenne d'Europe n° 1. « Les démêlés de l'écrivain Françoise Sagan avec la justice pour usage de stupéfiants n'ont rien à voir avec ses opinions politiques, explique-t-il. C'est ce que les gens ont tendance à dire et c'est naturellement faux. La police mène une action déterminée contre les trafiquants de drogue et si on veut arriver aux trafiquants, il faut bien passer par les drogués. Le fait que Mme Sagan soit un écrivain célèbre ne la met pas au-dessus des lois. Les écrivains ne sont pas au-dessus des lois, il faut bien qu'ils le sachent, et l'exemple qu'ils donnent en se droguant est catastrophique pour la jeunesse. Ils ont des responsabilités, il faut qu'ils les assument[24]. »

Des dizaines de trafiquants sont mêlés à cette affaire, mais les gros titres, là encore, sont pour Sagan. Même les éditorialistes s'en régalent, comme Claude Sarraute qui ironise dans *Le Monde* : « Qui sait qu'ils ont choisi d'inculper ? La plus redoutable, la plus puissante des faiseuses d'opinion, la plus sournoise aussi parce que personne n'aurait pu penser un seul instant qu'elle puisse picoler ou sniffer. Sagan ! Oui, la touchante, la désarmante Françoise Sagan. Eh ben ! Elle n'a que ce qu'elle mérite[25]. »

À nouveau, Françoise Sagan s'explique longuement dans un entretien accordé au quotidien *Libération* et publié dans l'édition du 19 mars :

« Vous ne niez pas prendre de la cocaïne ? questionne la journaliste.

– Bien sûr que j'en prends. Pour mon plaisir. Cela dit, je pense qu'il est absolument imbécile de vouloir faire un exemple avec moi : les jeunes gens qui veulent écrire vont s'imaginer que j'écris grâce à la coke.

– Vous êtes une grande consommatrice ?

– Pas du tout. J'en prends, euh, comme tout le monde ! »

Et elle poursuit en développant de nouveau la thèse d'une manipulation politique en raison de ses relations privilégiées avec le président François Mitterrand :

« Il est arrivé une histoire presque identique en 1986, deux mois avant les élections. Cette fois-là, je n'avais pas été inculpée, seulement entendue à l'hôtel de police par un commissaire qui avait passé directement le procès-verbal de mon interrogatoire à *Minute*. Il y avait même eu une enquête de la Police des polices. Mais enfin, bon, c'était la première fois. Aujourd'hui, c'est la seconde, ça commence à bien faire. Parce qu'enfin, le juge m'a assuré que s'il m'inculpait, c'est qu'il y était obligé, qu'il allait inculper tout le monde. Soit, puisque c'est la loi. »

L'affaire n'en finit pas de rebondir alors que Françoise Sagan est toujours mise en examen et non jugée coupable. Pendant ce temps, à la rédaction de *Globe*, on prépare un acte de soutien plein de bons sentiments. La rédaction du mensuel, que dirige Georges-Marc Benamou, fait signer à quelques personnalités un manifeste en faveur de Françoise Sagan qui paraît dans le numéro d'avril sous le titre : « Inculpez-nous avec Françoise Sagan » :

« Puisque Françoise Sagan n'est accusée que d'un usage strictement personnel de stupéfiants, la violation du secret de l'instruction, la manipulation et les suites médiatiques qui lui sont données nous paraissent équivoques et scandaleuses. Dans ces conditions : nous sommes contre la drogue, nous sommes contre toutes les drogues. Nous sommes contre ceux qui en font commerce. Mais "coupables" d'avoir ou de pouvoir, un jour, fumer un joint, boire un verre de trop ou toucher à la cocaïne, nous nous étonnons de ne pas avoir été inculpés avec elle[26]. » Cette déclaration est signée par Barbara, Jean-Jacques Beineix, Pierre Bergé, Jane Birkin, Sandrine Bonnaire, Claire Bretecher, Jean-Claude Brialy, Michel Ciment, Costa-Gavras, Régis Debray, Régine Deforges, Jacques Doillon, Arielle Dombasle, Marguerite Duras, Dominique Fernandez, Bernard Frank, Inès de La Fressange, Jean-Paul Gaultier, Jean-Paul Goude, Juliette Gréco, Jean-François Josselin, Jacques Laurent (de l'Académie française), Elli Medeiros, Olivier Orban, Gérard Oury, Michel Piccoli, France Roche, Sonia Rykiel, Philippe Sollers, Philippe Stark, Danièle Thompson, Nicole Wisniak. Le parquet de Lyon fera remarquer que les signataires du texte ont dû être bien conseillés car aucune de leurs phrases ne peut donner lieu à inculpation.

Le procès s'ouvre deux ans plus tard. Il se tiendra du 5 au 16 mars 1990 devant la sixième chambre du tribunal correctionnel de Lyon, que préside M. Blin. À Lyon est réunie cette petite société constituée d'artistes et de truands que tout séparait au départ. La romancière est renvoyée devant le tribunal par le juge d'instruction pour les motifs suivants : « Françoise Quoirez, dite Sagan, d'avoir, à Paris, courant 1986, 1987, 1988, contrevenu aux dispositions d'administration publique concernant l'acquisition, la détention, le transport, l'usage de substances vénéneuses classées comme stupéfiants par voie réglementaire (Infraction portant sur 300 grammes d'héroïne et 300 grammes de cocaïne). »

Le 5 mars, jour où elle doit comparaître, elle se fait porter pâle. Elle adresse au tribunal un certificat médical attestant que son état de santé l'empêche de se déplacer – selon le Code de procédure pénale, un magistrat pourra donc aller l'entendre à son domicile. L'absence de la romancière provoque beaucoup de remous à Lyon, notamment de la part des avocats des trafiquants qui se plaignent d'un « traitement de faveur » de la part du procureur de la République qui a suggéré au tribunal d'approuver la demande de dispense. Ils précisent que «Françoise Sagan pourrait éclairer le tribunal sur le contexte des transactions et l'éventuel rapport de forces qui y a présidé[27].» Les avocats sont amers, ils font mine de s'inquiéter de l'état de santé de la romancière et rappellent combien ses relations sont haut placées. Les dizaines de photographes et de journalistes qui attendaient de la voir apparaître sont repartis penauds.

Le procès s'achève le vendredi 16 mars. Ce jour-là, de nouveau, le nom de Françoise Sagan est sur toutes les lèvres. L'auteur de *L'Excès contraire* est le plus médiatisé des prévenus et l'un des seuls absents. Me Jean-Louis Abad, l'avocat d'un des prévenus accusé de trafic de drogue, ironise sur la maladie de la romancière : «Trois jours avant l'ouverture du procès, elle était photographiée à la première de *Cyrano de Bergerac*[28] !» fait-il observer.

Le 27 mars 1990, de lourdes peines sont infligées aux responsables des quatre réseaux de stupéfiants. La plupart des petits revendeurs échappent en revanche à une peine inscrite à leur casier judiciaire – sauf Françoise Sagan, condamnée à six mois de prison avec sursis assortis d'une amende de 10 000 francs, pour détention et usage de stupéfiants.

Françoise Sagan, qui a été soutenue dans cette épreuve par quantité d'intellectuels et par la rédaction du mensuel *Globe*, accepte d'y tenir un bloc-notes de février à décembre 1988. Sa première rubrique est consacrée à Jean-Luc Godard et Marguerite Duras, puis

à Raymond Barre et à Jacques Chirac dont elle écrit :
« Passons à l'avenir et à ce conditionnel futur qui est
celui du mois : si Mitterrand ne se représentait pas, que
feriez-vous ? Je l'avoue, s'il n'y avait aucun candidat
de gauche, je me précipiterais vers Chirac. J'ai longtemps cru cet homme brutal, je le crois surtout maladroit. Je l'ai longtemps cru furieux, je le crois surtout
débordant d'énergie. (…) De plus, de même que je sais
François Mitterrand capable de fous rires d'écolier,
je sais Jacques Chirac amateur de farces[29]. » L'édito-
rialiste s'est longtemps demandé si son ami François
Mitterrand allait se représenter aux élections présidentielles de 1988. Au moment des répétitions de *L'Excès
contraire*, aux Bouffes-Parisiens, elle évoque un dîner
avec le chef de l'État qui aurait confié à ses convives
son hésitation tant à cause de sa santé que dans l'espoir
de se consacrer à l'écriture. Finalement, au moment où
le président entre en campagne, en février 1988, Françoise Sagan rejoint le Conseil national de gauche aux
côtés de Marguerite Duras et de Jean Lacouture, alors
qu'un an plus tôt elle déclarait que cette institution avait
été créée pour les « esprits vagabonds ». Par ailleurs,
comme ce fut le cas en 1981, elle soutient ouvertement
le président en apparaissant dans le public à l'occasion
d'émissions de télévision, auprès d'autres artistes tels
que Charles Trenet, Roger Hanin, Richard Berry, Thierry
Mugler, Juliette Binoche, etc.

À la même époque, l'affaire Salman Rushdie domine
l'actualité. Le 3 mars 1989, la romancière accepte de
signer un manifeste pour le droit à tous de s'exprimer,
rédigé par le Comité international pour la défense de
Salman Rushdie et ses éditeurs, suite à l'affaire des
Versets sataniques.

À l'issue du premier tour des élections, le 24 avril, François Mitterrand obtient 34,1 % des suffrages exprimés contre moins de 20 % pour Jacques Chirac, 16,5 % pour Raymond Barre, 14,4 % Pour Jean-Marie Le Pen, 6,8 % pour André Lajoinie, 3,8 pour Antoine Waechter, 2,1 % pour Pierre Juquin et 2 % Pour Arlette Laguiller. Une semaine plus tard, François Mitterrand est réélu avec 54 % des voix contre 46 % à Jacques Chirac, son Premier ministre de 1986 à 1988. Aussitôt, le président décide de dissoudre l'Assemblée et des élections législatives sont organisées. Le PS s'en sort honorablement et Michel Rocard, que François Mitterrand a nommé Premier ministre entre les deux scrutins, est reconduit dans ses fonctions. Son projet ? « Rétablir les grands équilibres. »

Un an plus tard, avec son président dont elle admire « l'esprit de suite et le flegme[30] », Françoise Sagan effectue un second voyage officiel qui se terminera mieux que celui de Bogota. À l'époque, François Mitterrand lui avait promis : « La prochaine fois, je vous emmène dans un pays plat. » Ce périple les conduit à Moscou, à Leningrad et en Géorgie. Le président doit consacrer une journée à Gdansk, le fief de Solidarité, puis se rendre à Auschwitz et à Birkenau. Il est prévu qu'ensuite il s'entretienne à Cracovie avec des étudiants de l'université Jagellon et qu'il soit l'hôte de la municipalité. De retour à Varsovie, il rencontrera une nouvelle fois le général Jaruzelski, puis donnera une conférence de presse. « Je suis une fan de Gorbatchev, dit Françoise Sagan. N'utilisant pas un langage de menace, j'ai pensé illico que cet homme intelligent était complètement sincère. La pertinence de ses idées, cette espèce de vision du monde et son formidable courage devraient lui valoir la sympathie de tous. Je trouve incroyable que des gens disent qu'il faille se méfier de lui, alors que ces mêmes personnes accusaient ses prédécesseurs d'être des vieillards féroces. » Et elle ajoute : « Partout j'ai reçu un accueil extraordinaire. Aux yeux des Soviétiques, j'étais un peu le symbole de la liberté. »

Le dernier roman de cette décennie bien agitée s'intitule *La Laisse*. Il sort en librairie le 8 juin 1989, aux éditions Julliard[31]. Dédié à Nicole Wisniak-Grumbach, directrice de la revue *L'Égoïste*, c'est le dix-huitième roman signé Sagan. Chez Julliard, où elle revient cette fois sans intermédiaire, on déroule un tapis rouge à l'écrivain qui a longtemps contribué au prestige de la maison et fait en partie sa fortune. On lui a offert un contrat très confortable et on mise sur son roman puisqu'un premier tirage de quatre-vingt-quinze mille exemplaires est commandé par Christian Bourgois, une vieille connaissance qui, selon elle, « aime vraiment la littérature et qui n'est pas, lui, un éditeur de famille : l'argent de sa maison ne lui appartient pas – ça facilite les rapports. Dans les grandes maisons familiales, on a trop tendance à mêler l'affectif et le financier[32] ».

Françoise Sagan a écrit *La Laisse* en six mois, pas davantage, après avoir abandonné un autre roman intitulé *Le Regard des passants*. *La Laisse* ne lui cause pas moins de difficultés. « J'ai découvert une chose que j'aurais dû découvrir plus tôt, confie-t-elle à Serge July, de *Libération*, c'est qu'on pouvait très bien écrire un dialogue sans mettre "dit-il" ou "dit-elle", ce qui m'obligeait à faire très peu de dialogues parce que je trouvais ça affreux. Du coup, je les ai enlevés et ça m'a libérée complètement[33]... »

Vincent est un jeune compositeur sans le sou marié à Laurence, une femme aussi riche que possessive. Voilà sept ans qu'ils ont convolé en justes noces. Sept ans que Laurence tient son époux en laisse, le materne, lui donne de l'argent de poche. «En sept ans, j'avais perdu le goût du hasard et gagné sans doute celui de la laisse, explique Vincent. J'avais perdu certaines qualités que j'étais sûr, pourtant, d'avoir eues, la gaieté, la confiance, la facilité à vivre – trois qualités instinctives qui avaient été remplacées peu à peu par d'autres, cultivées celles-là, et qui étaient la réserve, l'ironie et l'indifférence.» Il tente de percer dans la musique et il y arrivera avec *Averses*, une musique de film qui, contre toute attente, deviendra un tube. Il touche 3 millions de dollars que sa femme et son beau-père vont tenter de s'approprier car Laurence redoute par-dessus tout que son esclave, sa chose, devienne autonome. Elle le perdrait aussitôt. Lorsqu'il découvre la machination, le compositeur est effondré : «Le jour se levait, le jour était là, et moi je veillais. Sans panache, sans insolence et sans insouciance, je me retrouvais face à moi-même, un pauvre type qui avait cru échapper à la société et que finalement la société, de même que sa propre femme, méprisait, un pauvre type qui allait finir dans le ruisseau, réduit à un seul ami – d'ailleurs alcoolique –, un type qui avait eu deux coups de chance, n'en avait pas profité, se retrouvait maintenant promis au pire pour lui, c'est-à-dire à la pauvreté et à l'humiliation. J'étais épuisé, désarmé et, croyais-je, lucide.»

On y reconnaît le style Sagan dans toute sa fraîcheur. «Dans une série de scènes subtiles, ravissantes, parfois drôles, passent la passion du jeu, le goût des courses, l'évasion dans l'alcool, l'ironie à l'égard de la renommée, cette politesse narquoise avec laquelle Françoise Sagan observe les êtres humains. Et puis, quoi ! Elle sait écrire ! » note Françoise Giroud dans *L'Illustré* [34]. «Sagan a écrit une pavane pour violoncelle, et les cordes y vibrent comme une jeune forêt, écrit Marc Lambron dans *Le Point*. Pour dire les nuits d'automne et le boulevard Raspail sous la pluie, elle agite les mots, telles des guêpes dans un shaker, redoublant ses phrases comme un brillant élève de terminale [35]. » Christian Charrière dans *Le Figaro* : «Sagan vibre et s'émeut derrière une classique écriture qui se fend comme carapace sur ces bijouteries mystérieuses, réussissant un roman-flèche, un roman-pêche qui infuse son suc et sa force aux lecteurs las : un roman-cure pour se réarmer [36]. » À l'occasion de la sortie de *La Laisse*, *Elle* [37] publie un grand entretien avec l'auteur et demande à quelques personnalités très diverses ce qu'elles pensent de Sagan. Pour Inès de La Fressange, le mannequin : «Elle semble démontrer que Saint-Simon et Saint-Tropez ne sont pas incompatibles. » Pour Marie Nimier, écrivain : «Françoise Sagan est – toutes proportions gardées – un Roger Nimier rive gauche. Il y a chez elle, dans son goût de la vitesse, de l'ellipse et du jeu, un côté "hussarde". » Pour Christophe Malavoy, acteur : «Françoise Sagan c'est un violon dans un orage. » Pour Philippe Stark, architecte-designer : «Je pense qu'elle a ce qu'il y a de plus souhaitable en littérature : un style limpide et naturel, l'élégance, autrement dit. »

La Laisse caracole en tête des listes de best-sellers. Elle a été tirée deux fois à 95 000 exemplaires et s'est vendue à 130 000 exemplaires durant les deux premières semaines. Elle reste le livre favori des Français durant tout l'été, jusqu'en septembre, avec *Les Versets sataniques* de Salman Rushdie[38] (que publie également Christian Bourgois), devant *L'Empire immobile* d'Alain Peyrefitte, *Le Bal du dodo* de Geneviève Dormann, *Jackie : un mythe américain* de David Heymann et *Une prière pour Owen* de John Irving. « Je suis ravie, bien sûr, on ne s'attend jamais à ce genre de choses, dit Françoise Sagan. Cela met de la gaieté et puis, c'est un symbole pour mon retour chez Julliard. Mais le succès de *La Laisse* ne sera jamais aussi prodigieux que celui de *Bonjour tristesse*. À dix-neuf ans, je trouvais ça démesuré. Aujourd'hui, cela me semble normal[39]. »

12

Irrésistible Sagan

Les années 80 se sont achevées dans la douleur et les larmes pour Françoise Sagan. Jacques Quoirez, son frère aîné, son complice de toujours, a disparu le jeudi 21 septembre 1989 à l'âge de soixante-deux ans, rejoignant ainsi leur père dans le caveau familial de Seuzac. Les années 90 s'ouvrent de même par une tragédie. Robert Westhoff meurt des suites d'une longue maladie. Il a été le mari de la romancière mais aussi son ami et le père de son fils. Cet exilé américain est inhumé à Seuzac. Bientôt, il sera suivi par Marie Quoirez, la mère de Françoise Sagan, et par Peggy Roche, qui est restée proche d'elle toutes ces dernières années. Françoise Sagan devra aussi apprendre à vivre sans l'humour et la tendresse de Jacques Chazot qui s'éteint en juillet 1993. La série noire s'achève le 8 janvier 1996, jour de deuil national : François Mitterrand quitte ce monde à l'âge de soixante-dix-neuf ans. «C'était un homme d'État, fort et secret, rassurant et lointain, écrit Françoise Sagan. C'était un individu remarquable et, en plus, sensible au malheur et au bonheur d'autrui. Je le regrette énormément et je n'ai pas fini de le regretter[1].» Privée de ces êtres chers qui veillaient sur elle

comme sur une enfant, la romancière se sent plus vul-
nérable que jamais. Elle se surprend à faire un détour
par le boulevard Malesherbes pour s'arrêter quelques
instants devant l'immeuble où elle a vécu avec ses
parents, théâtre d'une enfance heureuse. Dans ces
épreuves, elle est soutenue par sa sœur, Suzanne Defforey, installée à Bruxelles, par son fils, Denis, et par
ses vieux amis, rares survivants du clan Sagan : Nicole
Wisniak, Florence Malraux, Bernard Frank et Massimo Gargia. Physiquement, Françoise Sagan est aussi
affaiblie – elle s'est, il est vrai, si peu ménagée durant
toutes ces années… Elle souffre à présent d'ostéopo-
rose ; au moindre choc, ses os se brisent et il lui faut
chaque fois subir une opération qui la contraint à ne
plus bouger pendant de longues semaines.

La décennie débute par un conflit tragi-comique.
Est-ce le manque d'argent ou une vraie colère qui
pousse Françoise Sagan à intenter un procès à la
chaîne Canal+ ? Dès janvier 1990, chaque semaine lors
des « Arènes de l'info[2] » diffusées à 20 heures en clair
sur la chaîne cryptée, la caricature de la romancière
tient une rubrique intitulée « Les mardis de Françoise
Sagan ». Le double de latex est répugnant de saleté et
profère des propos inaudibles qui nécessitent un sous-
titrage. La marionnette est née au moment où s'ouvrait
le procès de Lyon en 1988 ; elle apparaissait alors
« déjantée », comme sous l'emprise de la drogue. Au
nom de la présomption d'innocence, la romancière
attaque alors Canal+ en référé. La chaîne propose de
supprimer les séquences faisant allusion aux stupé-

fiants, mais cette concession est insuffisante aux yeux de Françoise Sagan qui réclame – en vain – le retrait de sa marionnette. Au mois de juillet 1990, lassée des allusions aux « Mardis de Françoise Sagan », la romancière, toujours soucieuse de son image, se procure les cassettes de l'émission et décide d'assigner une nouvelle fois Canal+ au nom d'une atteinte intolérable à son image, son nom et sa personnalité. Son avocat, Me Jean-Claude Zylberstein, explique : « L'émission met en clair une marionnette à l'effigie de Françoise Sagan qui, sous la rubrique "Les mardis de Françoise Sagan", se voit attribuer le rôle d'une intervenante aux propos débiles, aux gestes incontrôlés et à l'attitude bestiale lorsqu'elle n'est pas carrément répugnante. Par ailleurs, la marionnette présente un visage affublé d'une énorme coulée de morve sur la lèvre supérieure et ne s'exprime que par une succession de borborygmes nécessitant un sous-titrage permanent. » De leur côté, les responsables de Canal+ répliquent : c'est là le propre d'une émission satirique que de faire rire en caricaturant les personnalités. On dit que Françoise Sagan aurait même demandé à François Mitterrand d'intervenir auprès d'André Rousselet, alors patron de la chaîne cryptée. Ce qu'il aurait fait, sans résultat. Parce qu'il estime que la réputation de sa cliente est « gratuitement souillée », le 18 juillet Me Jean-Claude Zylberstein réclame 1 500 000 francs à Canal+ au titre de l'atteinte au droit à l'image (500 000 francs), au nom (500 000 francs) et à la personnalité (500 000 francs). L'affaire sera plaidée le 17 octobre devant le tribunal de grande instance de Paris.

Au mois d'août, alors qu'elle passe ses vacances à Équemauville, Françoise Sagan ne décolère pas, d'au-

tant qu'elle vient d'apprendre que sa marionnette réapparaîtra à la rentrée. « Il y a tout de même une limite à
la vulgarité, gronde-t-elle. Canal+, me semble-t-il, a
d'autres atouts que de s'abaisser à celle-ci. Moi, de
plus en plus, je crois aux bonnes manières, à la gentillesse, à l'amabilité[3]. »

Le jugement est rendu le 16 janvier 1991. Le tribunal estime que « la femme de lettres célèbre, ayant
incontestablement la qualité de personnage public, ne
saurait prétendre à une interdiction de principe générale et absolue de la publication de son effigie. En
revanche, elle serait en droit de s'opposer à l'appro-
priation de sa personnalité s'il était établi que son image
de marque a été ternie dans des conditions ne permet-
tant plus à la société Canal+ d'invoquer les principes
régissant la liberté d'expression. Mais qu'aucune association ne peut naître dans l'esprit du public entre la
personne de Françoise Sagan, écrivain d'une grande
notoriété, et cette sorte de pantin, censé reproduire ses
traits, son attitude et même son expression orale. Qu'il
s'ensuit qu'en dépit des exagérations, des défor-
mations et de la présentation inesthétique de la marionnette, la société Canal+ ne s'est pas fautivement
approprié la personnalité de Françoise Sagan ». En
conclusion, au nom de l'atteinte à l'image et à la personnalité, elle n'obtient que 90 000 francs de dommages-intérêts pour « avoir utilisé son nom comme
titre d'une émission qui se veut humoristique mais
qui donne d'elle une image dévalorisante ». Françoise
Sagan sort plutôt perdante de ce procès-là.

Très affectée par ce jugement mais surtout par cette
succession de disparitions, et immobilisée pour neuf
mois à la suite d'une fracture du col du fémur, Fran-

çoise Sagan se plonge dans l'écriture, avec, paradoxalement, le désir de faire rire. *Les Faux-Fuyants*, que publie Julliard le 25 avril 1991, dernier volet de la trilogie guerrière, après *De guerre lasse* et *Un sang d'aquarelle*, sont en effet le récit le plus drôle de son œuvre même s'ils s'achèvent sur une note tragique.

C'est l'histoire de quatre personnages en goguette : Diane Lessing, Loïc Lhermitte, Luce Ader et Bruno Delors. Pendant la guerre, à l'heure de la débâcle, ces Parisiens très parisiens – une milliardaire, un diplomate homosexuel, l'épouse d'un banquier coureur de jupons et un gigolo aux mauvaises manières – quittent précipitamment Paris à bord d'une splendide Chenard et Walker. Rapidement, ils voient leur chauffeur mourir sous la mitraille et doivent abandonner leur magnifique engin sur le bord de la route. On les retrouve logeant chez l'habitant, dans cette campagne française qui est à leurs yeux le comble de l'exotisme. L'habitant en question est un paysan plutôt bel homme, qui vit avec sa mère, une femme peu commode qui se verra très vite affublée du surnom de « Memling ». En outre, dans un coin de la maison se cache un grand-père édenté qui lance de vigoureux « béju » pour « bonjour », qui font systématiquement sursauter cette assemblée hétéroclite. Après bien des regards en biais et des heurts, cet échantillon représentatif du microcosme parisien finira par se plaire dans ce décor rustique ; la milliardaire devient la complice de « Memling », l'épouse du banquier se jette dans les bras du vigoureux paysan…

Françoise Sagan est si peu satisfaite de ce roman qu'elle hésite à le publier. « Il a fallu que mon amie Florence Malraux, puis Christian Bourgois et Élisabeth Gille, la directrice littéraire de Julliard, me persuadent de faire paraître ce manuscrit pour que je ne le détruise pas[4]. » La presse juge ce petit roman avec une certaine légèreté, comme le précise Françoise Giroud dans *Le Journal du dimanche* : « Il faut prendre ce livre pour ce qu'il est, un divertissement ironique, percutant, aux dépens de cette haute société parisienne, peuplade très particulière des bords de Seine qui perdure, avec une tendance au dépérissement cependant[5]. » Renaud Matignon écrit, dans les colonnes du *Figaro* : « Sagan ne s'est pas dérangée pour savoir où est la septième compagnie : çà et là elle laisse traîner ses coups de griffe, psychologue mélancolique, comme des grincements d'harmonica dans les temps morts de cette épopée tragico-risible. Son style va de même, sans souci des effets ni belles manières endimanchées ; il faut le lire dans la durée romanesque ; elle a le sens du temps comme d'autres le don des langues[6]. » « Un grand livre ? » questionne enfin Jérôme Garcin dans *L'Événement du jeudi*. « Non, estime le journaliste, juste une bluette, une gamme de piano dans l'herbe, un pétillement de cidre doux, un peu de soleil dans l'exode[7]. » *Les Faux-Fuyants* rencontrent un succès relatif. Au mois d'octobre, ils feront une brève apparition dans les meilleures ventes sans parvenir toutefois à dépasser *Onitsha* de Jean-Marie Le Clézio, *L'Amant de la Chine du Nord* de Marguerite Duras et l'*Histoire d'un juif errant* de Jean d'Ormesson.

Moins distrayante est l'aventure qui va suivre. De nouveau, Françoise Sagan se retrouve au cœur d'une sombre affaire de stupéfiants, actrice d'un polar auquel elle aurait volontiers échappé. Le 17 septembre 1992, les fonctionnaires de la 1re DPJ sont informés d'un important trafic de drogue dans un appartement du boulevard Diderot, dans le XIIe arrondissement. Les écoutes téléphoniques révèlent que les locataires sont en relation avec un certain S., demeurant chez V. à Saint-Mandé. Le relevé des appels de S., qui opère ses transactions dans un langage codé, permet d'identifier ses nombreux clients et de démontrer qu'ils appartiennent au monde des lettres, des médias et des nuits parisiennes, autant de personnages réputés pour dépenser sans compter. Le 24 novembre, S. et son amie sont arrêtés. Le trafic porte sur des drogues dures telles que la cocaïne, l'ecstasy et le LSD. Parmi les consommateurs, un animateur sur Canal+ explique qu'il a rencontré S. dans une soirée organisée par la chaîne à l'occasion de la création d'une émission. Un assistant de production à Canal+ a également croisé S. dans plusieurs fêtes données par la chaîne et dans des boîtes de nuit telles que Le Niel's et le Shéhérazade. Il est soupçonné d'avoir acheté de la cocaïne pour le compte de son supérieur. V., quant à elle, hébergeait S. et livrait les clients en dépanneuse. Elle est arrêtée au moment où elle se rend chez une cliente à qui elle s'apprête à remettre les 2 grammes de cocaïne cachés dans son soutien-gorge contre 3 500 francs et une paire de boucles d'oreilles. Au cours de sa garde à vue, V. finit par se confesser. Elle explique qu'elle hébergeait S. épisodiquement depuis trois ans mais que, depuis six mois, elle s'était rendu compte qu'il se livrait à un trafic. Modeste secrétaire, élevant seule sa fille, elle dévoile encore qu'elle a coutume de se soumettre aux volontés de S., décrit comme violent. Elle accepte de

livrer la marchandise à sa place et prend les commandes par téléphone. S. défend sa compagne : « Mon
amie n'est pas impliquée dans mon trafic, affirme-
t-il aux policiers. Si, de rares fois, elle a donné de la
cocaïne à des personnes, c'est sur mes instructions et
pour me rendre service uniquement. En aucun cas elle
n'a bénéficié de l'argent de la vente. » Interpellée à son
tour, X explique qu'elle a longtemps été sous l'emprise de l'alcool et de tranquillisants, jusqu'au jour
où elle a rencontré S. qui lui a conseillé d'essayer la
cocaïne. Enfin, un certain D. est dénoncé par V., lors
de sa garde à vue, comme étant un client régulier de S.
« S. fournissait un certain D. qui vit chez Françoise
Sagan, affirmait-elle. Je sais que D. achetait régulièrement et j'ai entendu dire que c'était pour Françoise, je
ne sais même pas si lui en prend. » D. reconnaîtra avoir
acheté une quinzaine de fois environ 3 ou 5 grammes
de cocaïne à S. Il lui a été présenté par X, une amie de
Françoise Sagan, environ un an et demi auparavant.
L'enquête révèle que D. était logé et entretenu par la
romancière, qu'il connaissait depuis quarante ans. Elle
lui aurait demandé de l'aider à venir accompagner une
amie commune qui, atteinte d'un cancer, était mou-
rante. Il s'agissait de Peggy Roche, laquelle avait vécu
avec D. avant de se lier à Françoise Sagan. Après son
décès, D. a continué à fréquenter l'auteur d'*Aimez-
vous Brahms*. Il explique que, par amitié, il allait lui
acheter ses doses de cocaïne avec les liquidités qu'elle
lui donnait pour leurs besoins communs. D., qui vit
modestement avec l'argent que lui rapporte la confection sur mesure de vêtements pour femmes, n'est pas
en mesure de s'offrir la quantité de poudre blanche
dont il a besoin. Il est prouvé qu'il transporte, détient

et achète de la drogue pour son propre compte et celui de Françoise Sagan. À son tour, celle-ci est interpellée à son domicile, le 26 novembre 1992, suite aux déclarations de D., V. et S. qui coïncident. Ce dernier a affirmé : « Je connais D. par l'intermédiaire de X. Cela fait environ deux ans que je le connais. Depuis cette date, je lui ai peut-être vendu de la cocaïne à vingt reprises. À chaque fois ou plutôt la plupart du temps, c'était par 5 grammes. Je crois qu'il partageait avec X parce qu'ils faisaient des soirées gin-rummy tous ensemble. Quand je dis tous ensemble, je veux également parler de Françoise Sagan. » La romancière se défend en affirmant qu'elle fait usage de cocaïne, mais « très, très peu, et toujours seule ». Cependant, sa culpabilité est établie. Elle est soupçonnée d'user de stupéfiants et d'en faciliter la consommation par autrui. La peine sera d'autant plus lourde qu'elle apparaît comme une récidiviste. Françoise Sagan adopte par ailleurs un comportement jugé déplorable : « Dans l'appréciation de la peine cette fois applicable à des faits d'une moindre gravité, note le procureur de la République, il y a lieu de tenir compte de l'attitude adoptée au cours de la procédure par la prévenue qui, bien loin de reconnaître sa faute et faire amende honorable, s'est élevée à plusieurs reprises par voie de presse contre ses juges et contre les poursuites engagées contre elle. C'est pourquoi, dans son cas, la médiatisation exceptionnelle donnée à la procédure ne saurait venir en atténuation de sa peine. »

Le 28 novembre 1992, Françoise Sagan est en effet inculpée d'infraction à la législation sur les stupéfiants par Mme Sabine Foulon, premier juge d'instruction au tribunal de Paris, au même titre que S. (considéré comme le fournisseur de tout le show-business) et quatre autres consommateurs-revendeurs. La romancière ne tient pas à faire de déclaration, elle laisse parler Me Jean-Claude Zylberstein : « Cette inculpation a sans doute été décidée par le magistrat instructeur, dit-il, davantage pour une raison d'opportunité concernant l'ensemble de son instruction qui le pousse à la manifestation de la vérité sur toute l'affaire, que par souci de faire particulièrement grief à Françoise Sagan des faits véniels qui lui sont reprochés[8]. » En octobre 1994, la romancière est renvoyée devant le tribunal correctionnel de Paris pour usage de stupéfiants par le juge d'instruction Robert Tachalian au même titre que vingt-sept autres personnes : un ancien directeur de casting à Canal+ qui prend de la cocaïne pour « décupler sa force de travail », un assistant de production à Canal+ qui consomme pour se « détendre les week-ends », un chargé des relations de l'émission *Nulle Part ailleurs* qui cherche un « moyen de maigrir », un ex-proxénète vendeur de voitures qui estime insupportable d'uriner pour si peu dans un bocal à la demande du juge d'instruction ; il y a encore un steward de la TAT pour qui la drogue est un moyen de se donner de l'assurance, des videurs de boîtes, dont l'un a déjà été condamné pour assassinat, un décorateur, un Brésilien et X, l'amie de Françoise Sagan, une veuve latino-américaine. Le jeudi 9 février 1995, ils se retrouvent devant la seizième chambre du tribunal correctionnel de Paris.

Le 15 février, dix-huit mois de prison avec sursis,

une mise à l'épreuve et 50 000 francs d'amende sont
requis contre la romancière. Ce jour-là, élégante dans
son blazer bleu marine, chemise rayée et une canne à
la main, elle se présente pour la première fois au Palais
de Justice, alors qu'elle s'y était refusée jusque-là.
«Vous êtes venue aujourd'hui et c'est heureux pour
vous, car vous êtes en état de récidive[9]», souligne la
présidente Béatrice de Beaupuis. «J'ai eu plus de
350 000 francs d'amende douanière que je paye tous
les mois, c'est un souvenir vif», ironise l'inculpée.
Françoise Sagan explique encore qu'elle ne prend plus
de cocaïne, mais en avait effectivement consommé à
l'époque, durant cette période où elle était «KO à la
suite d'un certain nombre de décès». La présidente ne
se laisse pas influencer, elle lui reproche ses prises de
position dans la presse. En effet, Sagan s'y exclamait
qu'elle était libre de se détruire. Elle précisait : «Si j'ai
revendiqué et revendique encore le droit de me détruire
comme je l'entends, ce n'est pas un exemple bien
entraînant[10].» «Vous revendiquez de ne pas respecter
la loi qui s'impose à vous comme à d'autres? questionne la présidente. – Il y a un article des droits de
l'homme qui dit que la liberté s'arrête à celle d'autrui,
réplique la romancière. J'ai le droit de mourir comme
je veux. Montesquieu l'a dit, non? "Les lois sont faites
pour s'adapter aux hommes et non le contraire[11]."» Et
elle précise que D. achetait sa cocaïne avec son argent
à lui : «En dehors de moi, j'ai toujours déconseillé la
cocaïne à tout le monde. – Par voie de presse[12]!»
semble regretter Mme de Beaupuis. En effet, dans
Le Monde du 9 janvier 1993, dans la rubrique «Points
de vue», Françoise Sagan publiait une longue plaidoirie. Sous le titre «Une fois de plus» : «J'avais toujours

refusé de voir le moindre rapport entre les élections de ce pays et mes propres démêlés avec la loi. Cela me semblait même de la paranoïa. Seulement, aujourd'hui, ce n'est pas la première fois que ma mise en cause intervient deux mois avant les élections, ni que les médias s'y étendent, c'est la quatrième. Et je trouve cela un peu exagéré – d'autant qu'il est fait de moins en moins d'efforts pour transformer une répétition fâcheuse en coïncidence vraisemblable. »

Durant le procès, tous les prévenus affirment qu'ils ont cessé de consommer ces substances illicites. S., qui devra passer les quatre prochaines années de sa vie en prison, balaie la salle d'un regard circonspect : « J'ai noté que j'étais le principal fautif dans cette affaire, pour avoir facilité à ces gens la prise de cocaïne. J'espère que depuis mon incarcération ils ont arrêté et que ça va beaucoup mieux pour eux[13]. » Le jugement est rendu le 24 février : Françoise Sagan est condamnée à un an d'emprisonnement avec sursis, dix-huit mois de mise à l'épreuve et 40 000 francs d'amende pour usage et cession de cocaïne. Elle devra se soumettre à un traitement. Pour l'écrivain, cette affaire-là est encore une manipulation politique visant à déstabiliser le pouvoir. En 1994, elle déclarera au *Nouvel Observateur* : « Aujourd'hui, c'est fini parce que la gauche n'est plus au pouvoir, ce qui montre qu'il s'agissait bien d'une histoire comique. On a pourtant prétendu m'obliger à me rendre deux fois par semaine à l'institut médico-légal pour y faire contrôler mes urines. Comme je m'y suis toujours refusée, on m'a expédié deux messieurs qui voulaient me prendre un cheveu, toujours pour établir mon état toxicologique. Je leur ai dit : "Rien, vous n'aurez pas un cheveu, mon coiffeur est jaloux." La drogue, je refuserai même toujours et par principe de dire que je n'en prends pas, puisque j'ai le droit d'en prendre. C'est dans la Constitution. J'ai toujours été libre, libre comme peut l'être une femme libre, libre de ne pas tomber amoureuse d'un imbécile, libre de vivre comme je l'entends [14]. »

Le monde change. Mais Françoise Sagan n'entend rien à ces bouleversements : les compartiments fumeurs et non-fumeurs, la ceinture de sécurité obligatoire, les axes rouges, les écrivains qui usent du copier-coller sur informatique... Dans son appartement du 170 rue de l'Université, 270 mètres carrés de couleurs pastel, une touche d'art africain et des tableaux au mur, le temps s'est arrêté. Denis, qui est entré dans sa trentième année, continue de vivre par intermittence avec sa mère. « Entre deux fiancées, il rapplique ici, raconte-t-elle à *Paris-Match*. Tantôt on s'adore, tantôt on ne peut plus se blairer. On a des discussions très abstraites sur la société, sur la psychologie, des généralités, quoi ! On parle de nos vies privées du bout des lèvres. » Celle qui rejetait les honneurs de l'Académie française parce que le vert lui allait mal retrouve une vieille connaissance, Guy Schoeller, qui publie dans sa fameuse collection « Bouquins » ses quatorze premiers romans, ainsi que sa première pièce de théâtre, *Château en Suède*. L'ex-Mme Schoeller voit ça comme un « ultime acte conjugal ». On réédite ses livres, on enseigne le style Sagan dans les manuels scolaires des quatre coins du monde (en France, dans le fameux « Lagarde et Michard », dernier volume sur le XXe siècle). « C'est assez drôle, dit-elle, que des étudiants russes apprennent le français dans mes textes et que les étudiants américains fassent des thèses sur mes livres. En France, on préfère me considérer comme l'affreux jojo à qui on envoie la maréchaussée parce que j'ai pris un peu de cocaïne. Il y a un côté extravagant d'être à la fois convoquée par un juge d'instruction et demandée par les académiciens qui aimeraient que vous les rejoigniez. D'ailleurs, en immortelle me ferait-on autant d'ennuis[15]? »

Au même moment, neuf ans après *Avec mon meilleur souvenir*, en juin 1993, l'infatigable Françoise Sagan publie ... *et toute ma sympathie* chez Julliard. Encore un ouvrage tourné vers le passé. La romancière a assemblé treize chroniques pour la plupart inédites. « C'est un peu fouillis, non ?, s'interroge-t-elle. Ce sont des gens que j'admire. Il y a beaucoup de gens que j'aime mais il n'y en a pas tellement que j'admire[16]. » L'ouvrage présente un tournage de Fellini à Cinecittà, une rencontre avec Catherine Deneuve, un éloge du rire, du cheval, de Cajarc et encore un portrait d'Ava Gardner, un autre de Gorbatchev qui lui vaudra d'ailleurs cette réflexion de François Mitterrand : « S'il habitait votre quartier, ce serait un de vos meilleurs amis. »

Jérôme Garcin note dans *L'Événement du jeudi* : « Jamais Françoise Sagan n'a davantage vécu en compagnie des disparus ou des éloignés, jamais elle n'a si doucement entretenu le commerce des souvenirs, jamais elle n'a mieux goûté la vie et prouvé que la mort était une imposture[17]. » Pour Claire Devarrieux dans *Libération* : « Françoise Sagan a du talent pour dire du bien des gens, ce qui, comme on sait, est plus difficile que d'en dire du mal. Ce dernier exercice est à n'en pas

douter dans ses cordes, mais soit elle préfère se
casser la tête, soit la vilenie d'autrui lui casse les pieds,
toujours est-il qu'elle se réserve pour l'admiration sincère, assortie ou non de tendresse [18]. » Pierre Lepape
écrit dans *Le Monde* : « Elle peut, quant à la vie, quant
au bonheur, se tromper du tout au tout. Et être trompée.
Confondre amis et parasites – ils peuvent être, après
tout, l'un et l'autre – griserie et passion, lenteur et
ennui. Mais l'usage des mots la rend à sa vérité, à une
lucidité lumineuse, et tendre et profonde. Nous voilà
aux antipodes du "charmant petit monstre" qui troublait
tant Mauriac [19]. » Au début de l'été, ... *et toute ma sympathie* reste plusieurs semaines au sommet des ventes
d'essais avec *Lettre ouverte d'un «chien» à François
Mitterrand au nom de la liberté d'aboyer* de Jean Mon-
taldo, *Les Hommes et les Femmes* de Françoise Giroud
et Bernard-Henri Lévy, *Dieu et les Hommes* de l'abbé
Pierre et Bernard Kouchner, et *Verbatim* de Jacques
Attali.

Entre deux visites de police, un détour par le tribunal correctionnel de Paris et quelques missives hasar-
deuses au chef de l'État, qui lui causeront encore des
ennuis, Françoise Sagan écrit un roman qu'elle songe
à intituler *Un pas à l'envers* ou *La Girouette en deuil* –
formule extraite d'un poème d'Alfred de Vigny. Elle
choisit finalement *Un chagrin de passage* pour ce
mince récit arrivé en librairie en septembre 1994, une
coédition Plon-Julliard. Sagan a imaginé la trame du
roman dès 1988 ; elle l'a mille fois abandonné avant de
le ressortir de ses tiroirs pour l'achever en quelques

mois seulement. Le thème ? La journée d'un condamné. Matthieu Cazavel, quarante ans, mène une existence des plus convenable entre son cabinet d'architecte, sa femme, sa maîtresse et ses amis. Une visite chez le médecin bouleverse sa vie : il apprend qu'il est atteint d'un cancer du poumon. Il lui reste à peine six mois à vivre. « Une impression de vide, de fragilité intérieure, l'idée que ses os étaient friables et allaient céder sous le poids, ce retournement dans son corps et dans son esprit, pour une fois synchronisés sous la panique et la nostalgie, lui étaient insupportables », écrit l'auteur. Il cède à la panique et cherche Sonia, sa femme, qu'il n'aime plus, puis Hélène, cette maîtresse dont la bêtise l'excite. Ne parvenant à joindre ni l'une ni l'autre, il erre dans Paris ; il déjeune dans un restaurant où il a ses habitudes et songe soudain que seule Mathilde, un grand amour perdu, pourrait l'aider. Faute de la retrouver, il se réfugie chez Hélène qui fond en larmes, maudissant cette maladie qui a déjà emporté sa mère et sa meilleure amie. Matthieu est soufflé par cette réaction égoïste. Quant à sa femme, elle jure de le soutenir jusqu'au bout mais elle ne tient pas sa promesse plus de vingt-quatre heures. Le lendemain soir, elle a déjà un dîner impossible à annuler. La seule capable de prononcer les mots justes, c'est Mathilde. « Pour lui montrer à quel point il a été séduisant, à quel point il le reste, à quel point elle le regrettera », explique l'auteur. À la fin de cette journée pour le moins éprouvante, le téléphone sonne. Les médecins se sont trompés dans leur diagnostic. Matthieu Cazavel a la vie sauve. Ce n'était d'un chagrin de passage.

Cette émotion-là, Françoise Sagan l'a éprouvée lorsqu'elle a subi son opération du pancréas ; les spécialistes craignaient un carcinome. « J'en étais persuadée et les médecins aussi, se souvient-elle. C'est comme un coup de pied de cheval en pleine figure. La violence de la mort assurée. J'avais si mal, je mordais les chaussures de l'infirmière[20]. » Elle a même demandé aux praticiens de ne pas la réveiller de l'anesthésie dans l'hypothèse où ils découvriraient un cancer. À propos d'*Un chagrin de passage*, les critiques n'ont jamais été aussi partagés. Pour Renaud Matignon dans *Le Figaro* : « C'est un fait nouveau : Mme Sagan a perdu toute grâce d'écriture. On pourrait même parler – provisoire ou définitive, c'est une autre affaire – d'une disgrâce absolue. C'est un petit exploit que de marier aussi constamment le laborieux et le bâclé. (…) Jadis, Mme Sagan écrivait. Elle ânonne[21]. » Françoise Giroud pense tout l'inverse : « C'est bien une histoire tragique que Sagan raconte là, écrit-elle dans les colonnes du *Journal du dimanche*, avec une économie de moyens qui frise la pauvreté du vocabulaire. Elle bâcle, c'est son péché mignon. Mais, hors des sentiers qu'elle a si souvent battus, se tenant en quelque sorte à leur lisière, elle va, subtile, perspicace et tendre. La petite musique se faufile cette fois dans une marche funèbre[22]. » Sagan pourrait bien obtenir le Goncourt. Elle ne l'aura pas. Josyane Savigneau, journaliste au *Monde*, se montre tendre, voire complaisante : « En refermant *Un chagrin de passage*, on a juste envie de dire à Françoise Sagan qu'on admire ses quarante années de désinvolture littéraire, et qu'on souhaiterait retrouver, vite, un roman qui lui ressemble, où de vrais snobs racontent leurs folies, leurs voyages, leurs amours passagères et tout un tas de choses délicieusement superflues[23]. » « À aucun moment Mme Sagan, qui ne sait sur quel pied danser, ne parvient à éclairer de l'intérieur son Matthieu. Elle a l'air d'exécuter une commande avec ennui. (...) Mme Sagan, phénomène de l'édition, brillant élément du décor parisien, est une piètre romancière au vocabulaire indigent[24] », écrit Angelo Rinaldi dans *L'Express*. Quoi qu'il en soit, dès le début du mois de septembre *Un chagrin de passage* est en tête des ventes en France.

Sitôt après la sortie de ce livre, celle qui prétend avoir honte de sa paresse entame la rédaction du suivant. Sorti deux ans plus tard, chez Plon, *Le Miroir égaré* est le dernier roman de Sagan publié à ce jour. Dans l'intervalle, la romancière a fêté ses soixante ans, un anniversaire qui fut curieusement annoncé par une dépêche de l'Agence France-Presse et repris par nombre de journaux. Pour la plupart, ses admiratrices ont son âge. Quand elles la croisent dans la rue, elles lui racontent comment elle se sont fait punir par leurs parents pour avoir lu, jadis, *Bonjour tristesse*. Mais du monde, Françoise Sagan en croise de moins en moins tant elle s'est retirée de la vie publique. En matière de politique, elle n'intervient plus. Aux élections présidentielles de 1995, elle n'a même pas pris la peine de descendre à Cajarc pour déposer son bulletin dans l'urne. Aucun des deux candidats ne la séduit : ni Jacques Chirac ni Lionel Jospin. « Je ne trouve pas Chirac antipathique mais il est ailleurs, affirme-t-elle. Je pense que c'est un bon garçon mais qu'il est mal entouré. Il y a trop d'énarques autour de lui, trop de gens qui n'ont aucune idée de la manière dont les gens vivent[25].» Elle est toute à son *Miroir égaré*, un Sagan des plus classiques. Sybil Delsey, traductrice et journaliste, et son amant, François Rosset, qui travaille dans une maison d'édition, ont traduit une pièce d'un auteur tchèque qu'ils ambitionnent à présent de monter. Pour ce faire, ils entrent en contact avec une certaine Mouna Vogel, codirectrice d'un théâtre tout près de l'Opéra, qui va bouleverser leur vie amoureuse et contrarier leur projet commun. «Sagan est-elle encore dans Sagan?» questionne Marc Lambron dans *Le Point* après la lecture du *Miroir égaré*. Le critique révèle: «Quand un Sagan arrive, la corporation s'incline. Écrirait-elle comme un cochon, personne ne vous le dirait et c'est justice[26].» Il n'a pas tort: à mesure que le temps passe, ce que Françoise Sagan appelle son «capital sympathie» a gagné les critiques. C'est maintenant avec une tendresse déjà teintée de nostalgie qu'ils appréhendent ces «nouveaux ouvrages». Pour Renaud Matignon du *Figaro*: «Le dernier roman de Sagan est un éblouissement. Éblouissement qui fait mal et qui enchante. On savait déjà que l'amour n'était pas gai, surtout dans cette œuvre. Jamais comme dans *Le Miroir égaré* Françoise Sagan n'a, avec une telle maîtrise, communiqué ce qu'il a tout ensemble de miraculeux et de tragique: elle nous offre ici, avec des livres où elle semblait avoir déserté la littérature, un voyage enchanteur, un voyage enchanteur dans les nuages et les orages[27].» À cette critique fait écho celle de Josyane Savigneau dans *Le Monde*, sous le titre «Sagan retrouvée»: «*Le Miroir égaré*, c'est du "pur Sagan", avec cette manière de créer, d'emblée, une atmosphère – ce qui fait bien d'elle une petite sœur de Carson McCullers, même si leurs mondes romanesques sont presque totalement antinomiques. L'histoire – un théâtre, une pièce, un trio et les pièges de l'amour – ne vaut que par la justesse de ton de Sagan[28]. » Quant à Philippe Lançon, en dernière page de *Libération* il décrit une Françoise Sagan inconnue, boitillante, fumant des cigarettes mentholées et ne carburant plus qu'à la Contrex. À propos de ses romans souvent considérés comme bâclés, elle s'écrie : « Foutaise ! Je suis paresseuse, mais j'ai fait ce que j'ai pu. Se gâcher la vie pour écrire un peu mieux, le jeu n'en valait pas la chandelle. »

À présent, Françoise Sagan n'a plus d'adresse à Paris. Quand elle revient dans la capitale, elle réserve une chambre à l'hôtel Lutétia. Le reste du temps, elle vit seule à Cajarc, dans une maison louée sur le Tour-de-Ville, une demeure mitoyenne de celle de son enfance – perdue dans l'indivision au moment de la mort de ses parents. C'est ici qu'elle a travaillé à *Derrière l'épaule*. Avec beaucoup de difficultés, car, curieusement, elle ne possède aucun exemplaire de ses livres, elle a dû se les procurer un à un pour les relire et les commenter. C'est là le concept original de ce texte : la relecture d'une œuvre par son auteur. Pour Françoise Sagan, l'intérêt de l'exercice a résidé dans la recherche d'objectivité : ne pas verser dans l'autosatisfaction ou le masochisme mais aller au plus près de la vérité. Elle a choisi de faire abstraction des pièces de théâtre, des recueils de nouvelles et des trois derniers romans, considérant que pour ceux-là elle n'a pas suffisamment de recul. Il lui reste de cette aventure le sentiment confus que ces romans empilés ne constituent en aucun cas une œuvre. « Dans une œuvre, il y a un développement, une idée générale, explique-t-elle. Or, chacun de mes livres a sa propre idée au départ. Je n'ai pas l'impression d'avoir développé une idée générale. Je n'ai pas envie de démontrer quoi que ce soit [29]. » C'est dans les salons du Lutétia, lors de la parution de *Derrière l'épaule* en octobre 1998, qu'elle rencontre l'écrivain Philippe Sollers pour un entretien croisé que publiera *Le Figaro Magazine* [30]. Ensemble, ils évoquent Casanova, sujet du dernier essai de Philippe Sollers. Celui-ci s'étonne en apprenant que, malgré ses démêlés avec la justice et le fisc, Françoise Sagan a réussi à écrire *La Femme fardée*.

« [...] L'écriture est une folie, une maladie sans culpabilité. Vous non plus, vous ne vous sentez jamais coupable...

– Non, je ne suis pas coupable, qu'ai-je fait de mal ? J'ai été privée de moi pendant dix ou vingt ans, à force de me demander : "Est-ce eux ou moi qui avons raison ? On n'est pas des animaux." À une époque, les écrivains travaillaient dans un grenier. Personne ne connaissait leur tête, et ils écrivaient beaucoup plus convenablement que maintenant où chaque personne qui écrit attend l'émission de Pivot. » Ils évoquent également les auteurs emblématiques de la jeune génération : tels Michel Houellebecq (*Les Particules élémentaires*) ou Virginie Despentes (*Baise-moi*). « À notre époque, on apportait de bonnes nouvelles. Houellebecq et Despentes en apportent de mauvaises », considère Françoise Sagan.

À propos de *Derrière l'épaule* ce mélange de relecture et de souvenirs, les critiques sont très élogieuses. Sagan n'inspire plus qu'infiniment de respect. Jorge

Semprun note dans *Le Journal du dimanche* : « À passer en revue, parfois au pas de charge, parfois avec davantage de détails – jamais avec complaisance pourtant ; avec une admirable modestie, une justesse de ton assez réjouissante –, la suite de ses romans, Françoise Sagan évoque toute une époque et donne en passant une leçon de littérature[31]. » « Rétro Sagan », titre Claire Devarrieux dans *Libération* : « L'idée n'est pas plus mauvaise qu'une autre, *Derrière l'épaule* est, comme le recueil *Avec mon meilleur souvenir*, très bien léché, rapide, sans forfanterie. L'auteur a été vacciné jeune par le succès[32]. » « Vous êtes incorrigible… », s'exclame Jérôme Garcin dans *Le Nouvel Observateur*. « Vous fuyez la légende, elle vous rattrape. Vous voudriez vous pencher sur votre œuvre avec le sérieux de vos "oncles" (Henriot, Kemp, Rousseaux, Kanters), mais c'est plus fort que vous : vous évoquez une nuit tropézienne avec Jacques Chazot, une victoire d'Hasty Flag à Auteuil ou une traversée de Mai 68 en Maserati. Vous êtes incorrigible. "Mon enfance fut si longue, écrivez-vous, que je ne suis pas sûre d'en être sortie." Surtout, demeurez-y[33]. » Pour Pierre Lepape dans *Le Monde* : « La leçon est claire, trop limpide pour qu'on résiste à l'envie de la suivre, même s'il y a quelque ridicule à jouer les bonnes fées auprès d'un bébé désormais sexagénaire. Tant pis pour le ridicule : il y a tant de mages malintentionnés, de carabosses jalouses et de prophètes clamant à chaque livre le tarissement de la source qu'il y a du bonheur à les contredire. Françoise Sagan demeure l'un de nos meilleurs écrivains de langue française[34]. » « Il serait temps de s'apercevoir que vit chez nous un grand écrivain pas vaine, note Frédéric Beigbeder dans *Voici*. Une dame décoiffée, à la voix inintelligible à l'oral car elle préfère parler avec son stylo, et dont la légende ne se résume pas à quelques amourettes tonkinoises et/ou gestapistes. Une folle éperdue et perdue, une bourgeoise rebelle, une star depuis quarante ans. *Ladies and gentlemen, please welcome*… Françoise Sagan[35] ! » On s'interroge : Françoise Sagan ne publierait-elle pas ici son testament littéraire ? « C'est plutôt un livre de constatation, réplique-t-elle. Je ne donne aucun conseil. Je n'ai rien à transmettre[36]. »

Au même moment, à la fin de l'année 1998, Plon publie un livre mystérieux intitulé *Un ami d'autrefois* et signé Jeanne Dautun. L'auteur de ce court récit, une soi-disant maîtresse du président Mitterrand, n'existe pas. Mais qui se cache derrière ce pseudonyme ? Dans le monde littéraire, la chasse à l'auteur est ouverte. Les noms de Michèle Cotta, de Madeleine Chapsal, d'Éric Neuhoff et de Françoise Sagan sont lancés. Le journal *Elle*[37] tient un scoop en obtenant un entretien par fax avec la mystérieuse Jeanne Dautun qui répond par des phrases sibyllines aux questions posées. Nombre d'indices laissent penser que Françoise Sagan pourrait avoir commis ce que l'on appellera un «coup d'édition».

« Pourquoi raconter, trente-deux ans après les faits, votre liaison avec François Mitterrand ? Avez-vous de gros problèmes d'argent ? questionne la journaliste.

— Oui, toujours», répond Jeanne Dautun.

C'est un fait, Françoise Sagan court depuis bien des années après les droits d'auteur. Autre indice : le livre est publié chez Plon, l'éditeur de Sagan. Certains souvenirs de la narratrice laissent songeur, notamment ce «Bonjour, madame» insistant, que le président lui lance dans les endroits publics et qui sonne à la manière de *Bonjour tristesse*. Comme Françoise Sagan, Jeanne Dautun a pris position pendant la guerre d'Algérie. La narratrice masquée aurait eu, elle aussi, un seul enfant. «J'ai vu naître des livres comme il m'est arrivé d'être la mère d'un enfant», écrit-elle. Jeanne Dautun raconte bien sûr sa rencontre avec François Mitterrand : «Un homme se tourna vers moi, écrit-elle. Son visage avait une histoire. Le mien ne lui était pas inconnu. À vrai dire, nous nous étions déjà rencontrés.» On ne peut s'empêcher de penser à la première conversation qui s'engagea entre Françoise Sagan et François Mitterrand dans un aéroport du Sud-Ouest. En outre, les références littéraires de Jeanne Dautun ressemblent fort à celles évoquées par Françoise Sagan au dernier chapitre d'*Avec mon meilleur souvenir* : «Je pensais souvent à quelques livres qui m'avaient donné le sentiment de la passion, lorsque j'étais plus jeune, bien qu'ils n'appartiennent pas au registre le plus haut de la littérature. Une nouvelle de Claude Farrère, un roman de Cronin…». Elle cite Marcel Proust pour le dernier tome de *La Recherche du temps perdu*, Jacques de Lacretelle, Malraux et Sartre dont elle dit : «Six ou sept ans plus tôt, j'avais entendu un Sartre éblouissant expliquer que la révolte naît d'un renversement dialectique : il fallait apprendre à se regarder soi-même avec les yeux du colonisé.» Jamais Jeanne Dautun n'a été démasquée. L'événement est retombé comme un soufflé quelques semaines après la parution du livre. Pour sa part, Françoise Sagan se sent bien incapable, avancera-t-elle, d'écrire deux livres en même temps. Elle a pourtant entamé l'écriture d'*Un orage immobile* avant d'avoir achevé *La Femme fardée*…

Si les journaux s'intéressent à Françoise Sagan à la fin des années 90, ce n'est, hélas, pas pour des raisons littéraires. Probablement lassée d'entendre les huissiers tambouriner à sa porte, la romancière s'est laissé tenter, si l'on peut dire, par le business, domaine dans lequel il est certain qu'elle n'a jamais excellé. Cette fois, elle a cruellement manqué de discernement. Comment Françoise Sagan, l'amie de Tennessee Williams et de Jean-Paul Sartre, celle qui forçait l'admiration de François Mauriac, se trouve-t-elle impliquée tant soit peu dans le scandale politico-financier de l'affaire Elf ? Elle n'y comprend rien elle-même ou feint de n'y rien entendre au moment où les ennuis commencent.

Le pacte était tentant, l'homme à la crinière blanche faisait miroiter monts et merveilles. Sur une simple intervention de la romancière auprès de son ami François Mitterrand, l'or noir coulerait à flots et elle serait la première servie. L'homme aux cheveux blancs, c'est André Guelfi. Né en 1919 à Mazagan (Maroc), cet octogénaire semble avoir mené plusieurs vies en une seule. Fils du commandant du port de Mazagan, qui sera rebaptisé El-Jadida après l'indépendance, le jeune André Guelfi a la réputation d'un briseur de cœurs ; on le dit fiancé à vingt-sept reprises, marié deux fois. Brillant homme d'affaires, il a connu des débuts prometteurs. À l'âge de dix-sept ans, après avoir manqué son certificat d'études, il est embauché comme cour-

sier dans une banque, un poste vite trop étroit à ses
yeux. En découvrant des piles de dossiers étiquetés
« créances irrécouvrables » lui vient l'idée de s'occuper de récupérer ces fonds-là en échange d'une commission de 15 %. Le directeur de la banque accepte ce
marché à condition qu'il n'empiète pas sur ses horaires
de courses. Bientôt, il gagnera plus d'argent que son
patron. Il s'associe alors à l'un de ses oncles, armateur
de pêche. Il a vingt ans en 1939. Appelé sous les drapeaux, il rejoint le 2e régiment de tirailleurs marocains.
En 1943, on le retrouve dans les services secrets gaullistes installés à Alger. Plus tard, il fait fortune en
Indochine, avant de retourner au Maroc où il se marie
avec une fille de famille. Il se prend de passion pour la
conduite des bolides, un point commun avec Françoise
Sagan. Il est rapidement reconnu comme jeune espoir
de l'écurie Gordini et, à ce titre, il participe à six
grands prix de formule 1. Il prétend qu'un jour Amé-
dée Gordini lui demande d'initier une jeune personne à
la conduite des voitures de course. Il voit arriver une
fille aux cheveux en bataille qui lui lance : « Françoise
Sagan, *Bonjour tristesse*. » Dans sa course folle, André
Guelfi n'a pas pris le temps de lire et il ignore tout de
ce phénomène littéraire qui se présente à lui. Ce jour-
là, leurs destins se croisent sur un circuit automobile
d'où le pilote s'éloigne en se disant que la romancière
conduit bien mal.

« Tout cela est faux, s'insurge Marc Francelet.
D'ailleurs il n'en a jamais parlé au début. Il a inventé
cette histoire quand les choses ont commencé à se
compliquer. C'est une habitude, chez lui, de s'attribuer
les amis des autres, et en particulier, ceux aux noms
célèbres et respectables, pour faire affaire. » Dans les

années 60, tout réussit à Guelfi jusqu'au jour où l'un
de ses bateaux, contenant des centaines de tonnes de
sardines congelées, fait naufrage au large de la Mauri-
tanie. Son entreprise coule aussi et, pour toute consolation, il gagne le surnom, un rien ridicule, de « Dédé
la Sardine ». Au fil des ans, André Guelfi se révèle un
homme d'affaires international. Ses contacts, notamment dans le monde du sport (il deviendra propriétaire
de la marque le Coq sportif), lui valent une vraie cré-
dibilité auprès de chefs d'État soviétiques. Avec ce
carnet d'adresses prestigieux, dans les années 80 il
s'introduit sans mal auprès de Loïk Le Floch-Prigent,
patron d'Elf. Justement, la société pétrolière française
a toutes les peines à traiter avec les pays de l'Est.
Guelfi se fait fort de rétablir le dialogue moyennant
une commission, naturellement. Le même homme est
par ailleurs conseiller d'Islam Karimov, président de
l'Ouzbékistan. Le lien est presque naturel : Guelfi se
met en tête d'obtenir pour Elf des permis de recherche
prioritaire sur le territoire ouzbek. « Il se trouve qu'un
jour, je suis devenu ami avec un grand géologue qui
détenait les cartes secrètes de tous les gisements de
pétrole et de gaz sur l'ensemble des républiques ex-
soviétiques, raconte Guelfi dans ses Mémoires. (…)
En Ouzbékistan, je savais donc où il fallait forer[38]. »
« Là encore, tout cela est faux, rétorque Marc Francelet. L'histoire est simple : Guelfi est le voisin du président Samaranche à Lausanne. Celui-ci est appelé en
consultation par le président Islam Karimov qui veut
proposer l'Ouzbékistan comme prochain pays olym-
pique. Karimov explique qu'il possède des réserves de
pétrole secrètes destinées à l'Armée rouge. Le fruit de
cet or noir pourrait permettre de construire des com-

plexes hôteliers, des stades… bref, toute l'infrastruc-
ture nécessaire à l'accueil des J.O. Guelfi est chargé de
trouver une compagnie pétrolière. Il approche Loïk Le
Floch-Prigent[39]. »

« Le Floch-Prigent me faisait confiance, tant en
Russie que dans les républiques du Sud, du Caucase,
où Elf devait faire une belle percée, reprend André
Guelfi. J'avais donc un impératif et un objectif. L'impératif : que Le Floch reste le plus longtemps possible
à la tête d'Elf. L'objectif : faire recevoir Karimov
en visite officielle en France[40]. » Pour mener à bien
son entreprise, en 1991 André Guelfi entre en contact
avec Marc Francelet, une vieille connaissance. À travers Francelet, c'est probablement Sagan que « Dédé
la Sardine » espère approcher et, par le biais de la
romancière, il vise à l'évidence le sommet de l'État :
François Mitterrand. « Marc, lui dit-il en substance. Il
faut faire sauter ce verrou. On va y arriver. Si on réussit notre coup, si Elf va là-bas, tu n'auras plus jamais
besoin de travailler et Françoise non plus. » La promesse est de taille, la tentation est grande. D'autant
qu'il n'y a, a priori, rien d'illégal dans ce marché.
Françoise Sagan et son ami Francelet s'embarquent
donc dans cette histoire.

Le 2 mars 1993, André Guelfi fait parvenir une lettre
à la romancière, stipulant qu'il s'engage à partager ses
commissions à 50 % avec elle, et qu'il lui laisse le soin
de se débrouiller ensuite avec Marc Francelet. Avant
même l'entremise de la romancière, André Guelfi fait
parvenir une lettre à François Mitterrand, lui demandant d'intervenir pour que la société Elf soit autorisée
à prospecter en Ouzbékistan. Il précise en outre qu'il
aide actuellement Le Floch-Prigent à conclure un contrat

avec le Venezuela. De son côté, Françoise Sagan appuie sa demande. Son influence auprès du chef de l'État est telle que celui-ci accepte de recevoir le président du Venezuela sans Guelfi. De la même manière, le 27 mai 1993, Françoise Sagan fait parvenir une lettre à l'Élysée : « Cher François Mitterrand, pardon de vous déranger, mais je sais que M. Ulugbek Eshtaev, Premier ministre de l'Ouzbékistan, attend depuis quinze jours à Paris pour vous remettre une lettre personnelle du président Karimov et un cadeau pour la France. Repartir sans vous voir correspondrait à une humiliation, peut-être même à une rupture de ce superbe contrat dont, au demeurant, Pasqua commence à se vanter à la radio. J'ignore si vous êtes au courant, et à tout hasard, je prends le risque de vous déranger[41]. » Et voilà que Françoise Sagan présente Francelet à François Mitterrand lors d'un déjeuner qui a lieu en juillet 1993.

Le 7 septembre, la romancière fait parvenir à son ami président un autre courrier dans lequel elle dépeint les tourments de Francelet : « Lui s'arrache les cheveux aussi car le nommé Karimov, ténébreux et jaloux, a juré aux gens du CCF, de l'Aérospatiale, etc., que tous les contrats prévus avec eux seraient annulés de facto si vous le survoliez pour aller voir le tsar du Kazakhstan sans qu'il ait même une date quelconque pour une éventuelle rencontre. "Moi qui ai tout offert à la France", dit-il plaintivement. Et il me paraît en effet qu'après deux ans de manœuvres, il serait dommage que ce soit Helmut Kohl ou les Américains, tout prêts à s'y précipiter, qui recueillent les fruits industriels de tous ces efforts. Je vous prie de croire à mon amitié et mes excuses pour cette dernière missive à la Mata

Hari. Françoise Sagan[42].» À la suite de ce message, François Mitterrand fera une halte à Tachkent, la capitale ouzbèke, à l'automne 1993.

Pour Guelfi, les choses se compliquent à partir du moment où Édouard Balladur devient Premier ministre et Charles Pasqua ministre de l'Intérieur. La place de Loïk Le Floch-Prigent pourrait bien être remise en cause, et Guelfi n'y tient pas. Mais ce qu'il redoutait est inévitable. Le 26 juillet 1993, quelques jours avant la nomination de Philippe Jaffré à la tête d'Elf, Mitterrand en prévient Françoise Sagan. «Dédé la Sardine» est dans tous ses états. Par l'intermédiaire de Charles Pasqua, avec lequel il a des relations privilégiées, André Guelfi obtient un rendez-vous avec Nicolas Bazire, directeur de cabinet d'Édouard Balladur, qui lui promet qu'Islam Karimov sera reçu un an plus tard. Entre-temps, les forages se révèlent décevants. Il y a en effet du pétrole, mais si peu d'eau! Difficile de l'extraire dans ces conditions sans dépenser des fortunes. La négociation s'arrête là, d'autant que Philippe Jaffré interrompt toutes les affaires en cours en Ouzbékistan, car il a été informé que le pays était en passe de devenir une dictature islamique. Françoise Sagan n'a pas touché un centime des sommes annoncées par André Guelfi, qui parle de 9 millions de francs. En revanche, elle a eu le tort d'accepter un «cadeau» : la rénovation de sa maison en Normandie. À croire le récit qu'en fait, pour sa part, André Guelfi dans ses Mémoires, Françoise Sagan aurait touché de l'argent sonnant et trébuchant : «J'ai fait un chèque de 3 500 000 francs et j'ai remis 1 500 000 francs en espèces, que j'ai remis devant témoins, à Marc Francelet, son "associé"[43]. »

Pour cette affaire, le 29 janvier 2002, le tribunal correctionnel de Paris requiert une peine de prison avec sursis et une amende de 50 000 euros pour dissimulation au fisc de la somme de 838 469 euros (soit près de 5,5 millions de francs). « Je ne vois pas sur quelle base vous ne pourriez pas la condamner à une peine d'emprisonnement. Mais, au regard de sa santé déficiente, vous assortirez cette peine au sursis[44] », a déclaré Paul Pierson, le substitut du procureur. Souffrante, Françoise Sagan n'a pas assisté à l'audience. Selon son avocat, Me Pierre Haïk, elle ne serait pas en état de comparaître. Deux expertises médicales attestent de son impossibilité à se rendre devant le tribunal. Le délit qui conduit une fois encore la romancière au tribunal est une conséquence de « l'affaire Elf » et de ses démêlés avec André Guelfi : il porte sur les travaux d'aménagement de sa maison d'Équemauville réalisés aux frais de Guelfi et sur un « prêt » d'un million et demi de francs qui n'aurait pas été déclaré au fisc. Après avoir avancé maintes versions des faits, Françoise Sagan a évoqué, comme elle dit, « de grosses difficultés financières[45]. » Quant à son avocat, il a plaidé en ces termes devant la cour : « Françoise Sagan ne sait pas à ce jour faire la différence entre cent francs et cent mille francs[46]. » Il affirme qu'elle n'a jamais cherché à dissimuler ces sommes au fisc. Il prétend qu'elle a fait preuve de confusion dans ses comptes. « La confusion est réelle, l'oubli est certain, l'absence de mémoire est avérée[47]. »

Le jour où la dépêche de l'Agence France-Presse, annonçant la peine requise par le tribunal contre Sagan, tombe sur les écrans, Marc Francelet proteste une nouvelle fois : « La vérité est autre, les journalistes écrivent parfois n'importe quoi ! L'ex-président de la CDI, filiale de la Générale des Eaux, me demande : "Que pourrions-nous faire pour Sagan après les services qu'elle vient de nous rendre en Ouzbékistan ?" En fait, Guelfi avait vendu à la CDI l'exclusivité de la structure hôtelière qui devait se construire sur les quatre grandes villes ouzbèkes, ce qui représentait un marché énorme. C'est moi, Marc Francelet, j'assume, qui dis que la maison normande de Françoise Sagan tombe en ruine et qui propose, pour la remercier, de la rénover. Or, c'est là qu'intervient une escroquerie aux dépens de Sagan. Dès les premiers travaux, le manoir du Breuil flambe par la faute d'un ouvrier. Les travaux de la maison de Sagan seront en fait payés par la compagnie d'assurance de l'entrepreneur local. Les travaux seront néanmoins facturés 5,2 millions de francs que Guelfi prétendra avoir payés. Or, lorsque Françoise Sagan mettra en vente sa maison pour payer le fisc, elle ne trouvera pas preneur à 1,5 million de francs. L'expertise demandée par l'avocat de Françoise Sagan établira que la maison ne vaut pas plus d'un million de francs… » Et d'ajouter : « Je regrette d'avoir entraîné Sagan dans cette sombre affaire. Mais je ne pouvais pas imaginer que Guelfi chercherait à nous avoir. Je me trompais ! J'ai été convoqué à la Brigade financière (Château des Rentiers). Je suis arrivé sur convocation à 9 h 30 et j'ai été entendu pendant deux heures par le capitaine Durand. J'en suis ressorti libre à 12 h 30 après m'être expliqué : le chèque d'un million de francs que j'avais reçu à titre d'honoraires pour ma société "Francelet Communication", une somme que j'avais d'ailleurs déclarée, était le règlement d'une facture pour une campagne de presse d'Elf[48]. »

À la fin de la décennie, en la personne de cette veuve immensément riche que nous avons évoquée plus haut, la romancière trouvera une protectrice. Lorsqu'elle libérera son logement de la rue de Lille, Sagan emménagera dans le vaste appartement de celle-ci.

Les deux femmes se sont rencontrées par l'intermédiaire de Massimo Gargia, le play-boy international, l'un des rares amis de jeunesse à rester en contact avec la romancière au début des années 2000. « Françoise voit très peu de monde, raconte-t-il, parce qu'elle a été malade, elle a subi beaucoup d'opérations à la hanche. Je crois que la première n'a pas réussi, alors on l'a réopérée une fois, deux fois, trois fois… Elle n'a plus tellement envie de sortir, elle ne voit plus que ses intimes : Bernard Frank, Florence Malraux et une amie, que je lui ai présentée et chez qui elle habite. Elle est passionnée de littérature. Elle rêvait de rencontrer Françoise. Elle s'est tout de suite occupée d'elle. On peut dire qu'elle est arrivée au bon moment[49]. »

À l'occasion de la parution en 1998 de son dernier ouvrage en date, *Derrière l'épaule*, Françoise Sagan dresse une sorte de bilan dans lequel elle révèle combien, plus que toute autre chose, les mots ont compté dans sa vie. « La littérature m'a obligée à rester saine d'esprit, à garder une certaine cohérence de pensée que

j'aurais peut-être démolie gaiement, et plus rapidement encore à force de boissons et de trucs comme ça,
écrit-elle. J'ai toujours aimé la littérature. Elle m'a toujours aidée. C'est la seule réponse à la terre. Je n'ai
jamais pensé que je lui rendais son service [50]. »

Pourquoi cette phrase de Françoise Sagan évoquant
la place qu'a occupée la littérature dans sa vie fait-elle
l'effet d'une révélation ? C'est que, dès le départ, la
légende a pris le pas sur l'œuvre. Pourtant, n'a-t-elle
pas forcé l'admiration de ses pairs : Sartre, Blondin,
Sollers entre autres… Faut-il le rappeler, elle est aujour-
d'hui étudiée en classe – en France et à l'étranger. Voilà
un écrivain éclectique, capable de faire rire au théâtre et
d'intéresser les productions cinématographiques hollywoodiennes qui considèrent ses romans comme le symbole d'un art de vivre à la française ; voilà un auteur
dont les couplets ont été repris en chœur lors du concert
donné par Johnny Hallyday sur la pelouse du Champ de
Mars au début des années 2000.

Mais en marge de l'œuvre remarquable et considérable, la femme a régulièrement défrayé la chronique
jusqu'au mois de janvier 2002 où les médias relataient
ses démêlés avec la justice. Pour toutes ces raisons,
l'image se brouille sans cesse. Françoise Sagan se
dérobe à son portrait. On lui accorde la place réservée
aux divas, aux rock stars ou aux princesses rebelles.

Parce que l'expression « vivre dangereusement »
semble avoir été inventée pour elle ou par elle, le
nom de Françoise Sagan s'est peut-être trop souvent
échappé du dictionnaire des gens de lettres pour entrer
dans le bottin mondain.

Est-elle pour autant préoccupée par la gloire
posthume ? Elle répond à cette question avec beaucoup

de distance et d'élégance en 1989, lorsque Jérôme Garcin lui demande de rédiger son épitaphe pour son *Dictionnaire*[51] : «Fit son apparition en 1954, avec un mince roman, *Bonjour tristesse*, qui fut un scandale mondial. Sa disparition, après une vie et une œuvre également agréables et bâclées, ne fut un scandale que pour elle-même.»

Janvier 2002.

Notes

Chapitre 1

1. Jean-Claude Lamy, *Sagan*, Mercure de France, 1988.
2. *Derrière l'épaule*, Plon, 1998.
3. Bertrand Poirot-Delpech, *Bonjour Sagan*, Herscher, 1985.
4. *Répliques*, Quai Voltaire, 1992.
5. *Réponses*, 1re édition Jean-Jacques Pauvert, 1974.
6. Né le 21 juin 1905.
7. Bertrand Poirot-Delpech, *Bonjour Sagan*, op. cit.
8. *Réponses*, op. cit.
9. *... et toute ma sympathie*, Julliard, 1993.
10. *Ibid.*
11. Entretien avec l'auteur.
12. *Réponses*, op. cit.
13. *Libération*, 6 juin 1984.
14. France-Culture, 1973.
15. *Répliques*, op. cit.
16. *Réponses*, op. cit.
17. Entretien avec l'auteur.
18. Entretien avec l'auteur.
19. *... et toute ma sympathie*, op. cit.
20. *Répliques*, op. cit.
21. Jean-Claude Lamy, *Sagan*, op. cit.

22. *Réponses, op. cit.*

23. *Libération*, 6 juin 1984.

24. *Réponses, op. cit.*

25. *Ibid.*

26. Gallimard, 1985.

27. Gallimard, 1987.

28. Julliard, 1991.

29. Entretien avec l'auteur.

30. Entretien avec l'auteur.

31. *... et toute ma sympathie, op. cit.*

32. Jean-Claude Lamy, *Sagan, op. cit.*

33. *Paris Match*, 25 mars 1983.

34. Entretien avec l'auteur.

35. *Derrière l'épaule, op. cit.*

36. *Réponses, op. cit.*

37. *Répliques, op. cit.*

38. *Ibid.*

39. Entretien avec l'auteur.

40. Entretien avec l'auteur.

41. *Répliques, op. cit.*

42. *Avec mon meilleur souvenir*, Gallimard, 1984.

43. *Ibid.*

44. *Ibid.*

45. *Ibid.*

46. *Réponses, op. cit.*

47. Jean-Claude Lamy, *Sagan, op. cit.*

48. Entretien avec l'auteur.

49. Entretien avec l'auteur.

50. *Réponses, op. cit.*

51. Entretien avec l'auteur.

52. Entretien avec l'auteur.

53. Lieu de résidence de Suzanne et Jacques Defforey, la sœur et le beau-frère de Françoise Sagan.

54. Jean-Claude Lamy, *Sagan, op, cit.*

Chapitre 2

1. *Derrière l'épaule*, op. cit.

2. Jean-Claude Lamy, *Sagan*, op. cit.

3. *Revue de Paris*, août 1954.

4. Jean-Claude Lamy, *Sagan*, op. cit.

5. Paul Eluard, *La Vie immédiate*, Gallimard, 1951.

6. Jean-Claude Lamy, *Sagan*, op. cit.

7. *Journaux, 1914-1965*, Gallimard, 1996.

8. Gaston Gallimard.

9. Né le 22 novembre 1900 à Genève.

10. *Les Nouvelles littéraires*, 19 octobre 1961.

11. « René Julliard ou le rendez-vous de la jeunesse », *Réalités*, mars 1958.

12. Robert Laffont, *Éditeur*, 1974.

13. *Le Magazine littéraire*, juin 1969.

14. *Le Nouvel Observateur*, 1er septembre 1994.

15. Entretien avec l'auteur.

16. 27 mars-3 avril 1954.

17. 22 avril 1954.

18. 22 mai 1954.

19. *Derrière l'épaule, op. cit.*

20. *Le Figaro littéraire*, 29 mai 1954.

21. *Le Monde*, 26 mai 1954.

22. *La Nouvelle Revue française*, no 18, 1er juin 1954.

23. *Le Figaro littéraire*, 5 juin 1954.

24. *Cahiers*, t. 9., Grasset, 1982.

25. *Derrière l'épaule, op. cit.*

26. France-Culture, 1955.

27. Octobre 1956.

28. Dutilleul, 1958.

29. 31 juillet 1954.

30. *France-Soir*, 11 août 1954.

31. Elle a obtenu son permis de conduire à dix-huit ans et cinq jours.

32. 27 septembre 1954.

33. 4 octobre 1954.

34. 11 octobre 1954.

35. *L'Information*, 16 décembre 1954.

36. *Avec mon meilleur souvenir*, op. cit.

37. *France-Soir*, 15 avril 1955.

38. *Avec mon meilleur souvenir*, op. cit.

39. *Combat*, 9 mai 1955.

40. *Avec mon meilleur souvenir*, op. cit.

41. *France-Soir*, 26 septembre 1971.

42. Tennessee Williams, *Lettres à Maria St. Just, 1948-1982*, Robert Laffont, 1991.

43. Jeanne Fayard, *Tennessee Williams*, Seghers, 1972.

44. Josyane Savigneau, *Carson McCullers*, Stock, 1995.

Chapitre 3

1. *Combat*, 20 juin 1955.

2. Célèbre pour son tissu de Vichy que les admiratrices de Brigitte Bardot s'arracheront bientôt.

3. *Avec mon meilleur souvenir*, op. cit.

4. Connu pour avoir animé les nuits de Saint-Germain-des-Prés.

5. *Libération*, 12-13 février 2000.

6. Flammarion, 1975.

7. *Réponses*, op. cit.

8. Entretien avec l'auteur.

9. Entretien avec l'auteur.

10. Entretien avec l'auteur.

11. *Derrière l'épaule*, op. cit.

12. Entretien avec l'auteur.

13. *Derrière l'épaule*, op. cit.

14. Au micro d'André Halimi, France-Culture, 1972.

15. Gallimard, 1963.

16. *Avec mon meilleur souvenir, op. cit.*

17. *Ibid.*

18. *Ibid.*

19. *Ibid.*

20. Né le 25 septembre 1928 à Locmiquélic, dans le Morbihan.

21. *Derrière l'épaule, op. cit.*

22. *... et toute ma sympathie, op. cit.*

23. *F Magazine*, janvier 1984.

24. Jean-Claude Lamy, *Sagan, op. cit.*

25. 1930-1984.

26. Perso-club-internet.fr

27. *Ibid.*

28. *Music-Hall* n° 20, 1956.

29. Entretien avec l'auteur.

30. Bertrand Dicale, *Gréco : les vies d'une chanteuse*, Lattès, 2001.

31. *Paris-Presse*, 15 juin 1956.

32. *Music-Hall*, n° 20, 1956.

33. *Le Magazine littéraire*, juin 1969.

34. Entretien avec l'auteur.

35. Dossier de presse de l'album (Universal).

36. *Avec mon meilleur souvenir, op. cit.*

37. *Ibid.*

38. Entretien avec l'auteur.

39. «Régine confesse Sagan», *Paris-Match*, 21 novembre 1980.

40. Massimo Gargia, *Jet-set : mémoires d'un play-boy international*, Michel Lafon, 1999.

41. Régine, *Appelez-moi par mon prénom*, n° 1, Robert Laffont, 1985.

42. Françoise Sagan fut le témoin de Régine et de Roger Choukroun, lors de leur mariage, le 6 décembre 1969.

43. Entretien avec l'auteur.

44. Madeleine Chapsal, *Les Écrivains en personne*, Julliard, 1957.

45. *Le Figaro*, 15 février 1956.

46. *Un certain sourire*, Julliard, 1956.

47. 16 mars 1956.

48. 9 mai 1956.

49. Georges Losfeld, *Le Livre des rencontres*, Didier-Érudition, 1969.

50. 5 avril 1956.

51. Jean-Claude Lamy, *René Julliard*, Julliard, 1992.

52. *Les Lettres françaises*, 28 février 1957.

53. 30 octobre 1958.

54. 24 octobre 1958.

55. *Cinématographe*, n° 107, février 1985.

56. *Télérama*, 16 décembre 1987.

57. *Les Lettres françaises*, 28 février 1957.

58. 27 novembre 1978.

59. *Répliques*, *op. cit.*

60. *Ibid.*

61. *Avec mon meilleur souvenir*, *op. cit.*

62. *Le Figaro*, 24 février 1968.

63. *Répliques*, *op. cit.*

64. *Avec mon meilleur souvenir*, *op. cit.*

65. *Le Nouvel Observateur*, 1er septembre 1994.

66. *Vogue*, 1965.

67. Jérôme Garcin, *Littérature vagabonde*, Flammarion, 1995.

68. *… et toute ma sympathie*, *op. cit.*

69. *Ibid.*

Chapitre 4

1. Jean Cocteau est un voisin.

2. Entretien avec l'auteur.

3. *Paris Match*, 13 octobre 1978.

4. Gohier-Marvier, *Bonjour Françoise, mystérieuse Sagan*, Grand Damier, 1957.

5. Le rapport de police révélera après enquête et expertise qu'à l'entrée de la courbe l'Aston Martin de type DB, immatriculée 5832 DT 75, a piqué d'un seul coup vers le côté gauche. Le véhicule a parcouru 17,5 mètres, puis s'est redressé au ras du talus. Il l'a frôlé sur une distance de 30 mètres. Ensuite, il est reparti vers le côté droit, cette fois en dérapant, privé de tout contrôle. Il a capoté après avoir roulé 23 mètres dans le fossé, puis effectué un saut de 3,7 mètres et deux tonneaux.

6. *L'Aurore*, 15 avril 1957.

7. Gohier-Marvier, *Bonjour Françoise, mystérieuse Sagan*, op. cit.

8. *France-Soir*, 16 avril 1957.

9. *Ibid.*

10. *Derrière l'épaule*, op. cit.

11. Fondé deux ans plus tôt, suite à la visite de Françoise Sagan sur la riviera italienne.

12. *Paris Match*, 27 avril 1957.

13. *Avec mon meilleur souvenir*, op. cit.

14. *Un siècle d'écrivains*, France 2, 4 septembre 1996.

15. *L'Express*, 13 septembre 1957.

16. *France-Soir*, 16 avril 1957.

17. *Paris-Presse*, 17 avril 1957.

18. *France-Soir*, 18 avril 1957.

19. Jean-Claude Lamy, *Sagan*, op. cit.

20. *L'Express*, 13 septembre 1957.

21. Julliard, 1964.

22. Entretien avec l'auteur.

23. *Un siècle d'écrivains*, France 2, 4 septembre 1996.

24. Entretien avec l'auteur.

25. *Paris-Presse*, 22 février 1958.

26. *Ibid.*, 28 mai 1959.

27. Entretien avec l'auteur.
28. *France-Soir*, 28 août 1957.
29. 12 mars 1958.
30. *Le Monde*, 13 avril 1958.
31. N° 26, avril 1958.
32. *1968-1970*, Flammarion, 1971.
33. *Le Monde*, 9 octobre 1957.
34. 6 septembre 1957.
35. *L'Express*, 13 septembre 1957.
36. *Elle*, 16 septembre 1957.
37. *Les Nouvelles littéraires*, 26 septembre 1957.
38. *Ibid.*, 17 octobre 1957.
39. *Paris-Presse*, 30 mars 1958.
40. *Ibid.*, 19 novembre 1957.
41. Entretien avec l'auteur.
42. *France-Soir*, 4 janvier 1958.
43. Entretien avec l'auteur.
44. *Nouveau Bloc-Notes, 1958-1960*, Flammarion, 1961.
45. *Paris-Presse*, 25 janvier 1958.
46. *France-Soir*, 1er février 1958.
47. *Le Monde*, 30 juillet 1999.
48. Entretien avec l'auteur.
49. *Paris-Presse*, 25 mars 1957.
50. Entretien avec l'auteur.
51. *Derrière l'épaule, op. cit.*
52. *Samedi-Soir*, 24 mars 1955.
53. *Ici Paris*, 5 septembre 1957.
54. *Noir et Blanc*, 10 janvier 1958.
55. *France-Soir*, 6 février 1958.
56. *Ici Paris*, 12 février 1958.
57. *France-Soir*, 13 mars 1958.
58. *Ibid.*, 15 mars 1958.
59. *Paris-Presse*, 30 mars 1958.
60. Entretien avec l'auteur.
61. *Le Quotidien de la Réunion*, 3 juin 1993.

62. Entretien avec l'auteur.
63. Entretien avec l'auteur.
64. *Carrefour*, 30 juillet 1958.
65. Entretien avec l'auteur.
66. *Derrière l'épaule, op. cit.*
67. *Paris Match*, 21 février 1991.

Chapitre 5

1. 2 septembre 1959.
2. 9 septembre 1959.
3. 1er octobre 1959.
4. Jean-Claude Lamy, *Sagan, op. cit.*
5. 2 juin 1961.
6. 27 mai 1961.
7. 31 mai 1961.
8. *Avant-Scène théâtre*, n° 382, 15 juin 1967.
9. *Avec mon meilleur souvenir, op. cit.*
10. *Ibid.*
11. *Réponses, op. cit.*
12. 3 mars 1960.
13. *France-Soir*, 6 mars 1960.
14. *Deux Fauteuils d'orchestre pour Jean-Jacques Gautier*, Flammarion, 1962.
15. *Au soir le soir*: théâtre, *1960-1970*, Mercure de France, 1969.
16. *Nouveau Bloc-Notes, 1958-1960, op. cit.*
17. *Le Magazine littéraire*, juin 1969.
18. Simone de Beauvoir et Gisèle Halimi, *Djamila Boupacha*, Gallimard, 1981.
19. *L'Express*, 12 août 1960.
20. *Ibid.*
21. *Ibid.*
22. Jean-Claude Lamy, *Sagan, op. cit.*

23. *France-Soir*, 23 septembre 1960.

24. *Le Magazine littéraire*, juin 1969.

25. Flammarion, 1987.

26. 10 octobre 1960.

27. Jean-Claude Lamy, *Sagan, op. cit.*

28. *L'Express*, 13 septembre 1957.

29. *Paris-Presse*, 17 mai 1961.

30. Entretien avec l'auteur.

31. Entretien avec l'auteur.

32. Entretien avec l'auteur, 2001.

33. *Le Figaro littéraire*, 24 juin 1961.

34. 24 juin 1961.

35. 22 juin 1961.

36. 8 juillet 1961.

37. 8 juillet 1961.

38. *Derrière l'épaule, op. cit.*

39. *Réponses, op. cit.*

40. *Le Figaro littéraire*, 2 décembre 1961.

41. *France-Soir*, 9 décembre 1961.

42. *Ibid.*

43. *Le Figaro littéraire*, 2 décembre 1961.

44. *Ibid.*

45. Adaptateur et metteur en scène de *Cher Menteur*.

46. *France-Soir*, 9 décembre 1961.

47. *Ibid.*

48. *Le Monde*, le 10 décembre 1961.

49. *France-Soir*, 11 décembre 1961.

50. *Nouveau Bloc-Notes, 1961-1964, op. cit.*

Chapitre 6

1. Né le 30 mars 1930.

2. Entretien avec l'auteur.

3. Entretien avec l'auteur.

4. Entretien avec l'auteur.

5. *France-Soir*, 14 janvier 1962.

6. *L'Aurore*, 10 avril 1962.

7. *France-Soir*, 7 mai 1962.

8. *Paris-Presse*, 29 juin 1962.

9. Jean-Claude Lamy, *Sagan*, *op. cit.*

10. Entretien avec l'auteur.

11. Entretien avec l'auteur.

12. 7 juillet 1962.

13. Jean-Claude Lamy, *René Julliard*, *op. cit.*

14. *Ibid.*

15. Jacques Chazot, *Pense-Bête*, Raoul-Solal, 1964.

16. Entretien avec l'auteur.

17. *L'Aurore*, 20 décembre 1962.

18. *Réponses*, *op. cit.*

19. *Arts*, 7 septembre 1966.

20. Entretien avec l'auteur.

21. Entretien avec l'auteur.

22. Entretien avec l'auteur.

23. Entretien avec l'auteur.

24. *CCB*, 12 août 1973.

25. France-Inter, 26 juillet 1973.

26. 12 mai 1960.

27. Claude Chabrol, *Et pourtant je tourne…*, Robert Laffont, 1976.

28. Communiqué de presse.

29. *Paris Match*, 16 juillet 1962.

30. Claude Chabrol, *Et pourtant je tourne…*, *op. cit.*

31. À l'époque, une place de cinéma vaut 7 francs.

32. Claude Chabrol, *Et pourtant je tourne…*, *op. cit.*

33. 28 janvier 1963.

34. *Avec mon meilleur souvenir*, *op. cit.*

35. *France-Soir*, 17 janvier 1963.

36. *Paris-Presse*, 17 janvier 1963.

37. *Le Monde*, 17 janvier 1963.

38. *Marie-Claire*, octobre 1993.

39. Entretien avec l'auteur.

40. *Marie-Claire*, octobre 1993.

41. Bertrand Dicale, *Gréco* : *les vies d'une chanteuse*, *op. cit.*

42. Entretien avec l'auteur.

43. Entretien avec l'auteur.

44. Entretien avec l'auteur.

45. *Réponses*, *op. cit.*

46. *Paris Match*, 22 juin 1989.

47. *Arts*, 15 janvier 1964.

48. *Avec mon meilleur souvenir*, *op. cit.*

49. *France-Soir*, 10 septembre 1963.

50. Bertrand Dicale, *Gréco* : *les vies d'une chanteuse*, *op. cit.*

51. Entretien avec l'auteur.

52. *Réponses*, *op. cit.*

53. *Le Journal du dimanche*, 12 janvier 1964.

54. *France-Soir*, 18 janvier 1964.

55. *Ibid.*

56. 20 janvier 1964.

57. 19 janvier 1964.

58. 20 janvier 1964.

59. 18 janvier 1964.

60. *France-Soir*, 18 janvier 1964.

61. *Paris-Presse*, 18 janvier 1964.

62. *Avec mon meilleur souvenir*, *op. cit.*

63. *France-Soir*, 22 janvier 1964.

64. *Paris-Presse*, 22 janvier 1964.

65. Juliette Gréco, *Jujube*, Stock, 1993.

66. *France-Soir*, 16 septembre 1965.

Chapitre 7

1. Gilbert Ganne, *Messieurs les best-sellers*, Plon, 1966.

2. *Paris-Presse,* 17 juillet 1965.

3. *Paris Match*, 10 juillet 1965.

4. *L'Express*, 17 juin 1968.

5. 25 septembre 1965.

6. 18 septembre 1965.

7. 12 septembre 1965.

8. 15-21 septembre 1965.

9. 23 septembre 1965.

10. *Paris-Presse*, 2 octobre 1965.

11. *L'Aurore*, 14 septembre 1965.

12. *Réponses, op. cit.*

13. *France-Soir*, 9 décembre 1961.

14. Traduit par Robert Westhoff, et non Anne Green qui signe d'habitude les traductions.

15. *Derrière l'épaule, op. cit.*

16. *La Revue du cinéma*, n° 419, septembre 1986.

17. *Alain Cavalier*, présenté par Michel Estève, Lettres modernes Minard, coll. « Études cinématographiques », 1996.

18. *L'Express*, 9 juin 1968.

19. *Sous les pavés la plage*, La Sirène, 1993.

20. *Ibid.*

21. *Réponses, op. cit.*

22. 14 novembre 1968.

23. 6 novembre 1968.

24. 21 octobre 1968.

25. 20 octobre 1968.

26. 4 novembre 1968.

27. 4 novembre 1968.

28. *Réponses, op. cit.*

29. *Alain Cavalier, op. cit.*

30. *… et toute ma sympathie, op. cit.*

31. 25 juillet 1990.

32. *Paris Match, 50 ans, 1949-1998*, Filipacchi.
33. *Ibid.*
34. *Réponses, op cit.*
35. *Le Monde*, 6 septembre 1966.
36. *France-Soir*, 25 août 1966.
37. *Ibid.*
38. *L'Avant-Scène*, n° 382, 15 juin 1967.
39. 6 septembre 1966.
40. *France-Soir*, 15 septembre 1966.
41. *L'Avant-scène*, octobre 1966.
42. Septembre 1966.
43. Octobre 1966.
44. Octobre 1966.
45. Octobre 1966.
46. *Réponses, op. cit.*
47. *Paris-Presse*, 10 août 1966.
48. *France-Soir*, 21 mai 1967.
49. *Ibid.*
50. *Paris-Presse*, 14 octobre 1967.
51. *Paris-Presse*, 13 mars 1968.
52. 31 mars 1968.
53. 28 mars 1968.
54. 31 mars 1968.
55. 6 avril 1968.
56. 11 avril 1968.
57. *Le Figaro*, 24 février 1968.
58. 25 mai 1969.
59. 31 mai 1969.
60. N° 29, juin 1969.
61. 19 mai 1969.
62. 12-18 mai 1969.
63. 22 juin 1969.
64. 31 mai 1969.
65. Dialogues de Jean-Claude Carrière, décors de François Lamothe, musique de Michel Legrand, production

SNC ; avec : Claudine Auger, Marc Porel, Bernard Fresson,
Barbara Bach, Judith Magre, etc.

66. *France-Soir*, 28 octobre 1971.
67. *Ibid.*
68. 5 mai 1969.
69. *Le Monde*, 6 septembre 1966.
70. *Réponses, op. cit.*
71. 7 août 1974.

Chapitre 8

1. *Les Nouvelles littéraires*, 17 septembre 1970.
2. *Ibid.*
3. *Paris-Presse*, 10 décembre 1969.
4. *France-Soir*, 17 septembre 1970.
5. *Paris-Presse*, 6 février 1969.
6. 17 septembre 1970.
7. 17 septembre 1970.
8. 17 septembre 1970.
9. 17 septembre 1970.
10. *Marie-Claire*, 7 août 1974.
11. 5 avril 1971.
12. *Marie-Claire*, 7 août 1974.
13. *Ibid.*
14. *Le Figaro*, 19 août 1975.
15. *Réponses, op. cit.*
16. *Le Monde*, 6 février 1976.
17. *Ibid.*
18. *Répliques, op. cit.*
19. *Ibid.*
20. *France-Soir*, 9 décembre 1961.
21. *Le Monde*, 30 mars 1984.
22. *Réponses, op. cit.*
23. *Répliques, op. cit.*

24. *Réponses, op. cit.*
25. 24 avril 1972.
26. 29 juin 1972.
27. 10 juin 1972.
28. 15 juin 1972.
29. *Le Journal du dimanche*, 25 juin 1972.
30. *Le Figaro*, 22-23 juillet 1972.
31. *Ibid.*
32. *Ibid.*
33. *Ibid.*
34. *France-Soir*, 5 octobre 1976.
35. *France-Soir*, 10 février 1981.
36. 200 pages, 22 francs.
37. *Réponses, op. cit.*
38. Massimo Gargia, op. *cit.*
39. *Ibid.*
40. Entretien avec l'auteur.
41. *Marie-Claire*, 7 août 1974.
42. 15 mai 1974.
43. *Nouvel Observateur*, 25 mai 1974.
44. *Derrière l'épaule, op. cit.*
45. *Marie-Claire*, 7 août 1974.
46. 22 juin 1974.
47. 15 juillet 1974.
48. 10 juin 1974.

Chapitre 9

1. *Le Figaro*, 19 août 1975.
2. *France-Soir*, 2 août 1975.
3. D'une durée de 10 minutes.
4. *Le Quotidien*, 13 septembre 1975.
5. *Télérama*, 16 décembre 1987.
6. *Ibid.*

7. 7 juin 1977.

8. Flammarion, 240 pages, 32 francs.

9. *L'Express*, 19 janvier 1976.

10. *Le Journal du dimanche*, 11 janvier 1976.

11. *France-Soir*, 25 mai 1979.

12. *Ibid*., 7 avril 1979.

13. *Avec mon meilleur souvenir, op. cit.*

14. *Ibid*.

15. *Ibid*.

16. 13 décembre 1979.

17. *Ibid*.

18. *Ibid*.

19. *Ibid*.

20. *Ibid*.

21. *Ibid*.

22. *Ibid*.

23. *Le Matin de Paris*, 14 décembre 1979.

24. *Ibid*.

25. *Ibid*.

26. *Le Monde*, 14 décembre 1979.

27. *Le Journal du dimanche*, 16 décembre 1979.

28. *Le Journal du dimanche*, 18 octobre 1978.

29. *Marie-Claire*, avril 1977.

30. *Ibid*.

31. *Ibid*.

32. *Ibid*.

33. 8 avril 1977.

34. *Le Figaro*, 8 avril 1977.

35. *L'Aurore*, 12 avril 1977.

36. *L'Express*, 4 avril 1977.

37. *France-Soir*, 10 juin 1978.

38. Qu'interprètent Anna Karina, Pierre Michael, Brigitte Auber, Jean-Claude Bouillon, Paul Savatier, Véronique Chobaz et Jean Bolo.

39. *France-Soir*, 10 juin 1978.

40. *Lire*, février 1979.
41. *France-Soir*, 22 octobre 1978.
42. *Ibid.*
43. *Lire*, février 1979.
44. 20 octobre 1978.
45. 30 octobre 1978.
46. 22 octobre 1978.
47. *Télérama*, 19 décembre 1987.
48. *Lire*, février 1979.
49. France-Inter, 26 juillet 1973.
50. *France-Soir*, 6 novembre 1979.
51. *L'Unité*, nº 404, 19 décembre 1980.
52. 180 pages, 45 francs.
53. *Elle*, 10 novembre 1980.
54. *Ibid.*
55. 14 novembre 1980.
56. 8 novembre 1980.
57. 10 novembre 1980.
58. *France-Soir*, 13 décembre 1980.
59. *Ibid.*, 9 avril 1981.
60. *Le Monde*, 20 février 1981.
61. *Ibid.*
62. *Ibid.*
63. *Le Monde*, 9 juillet 1981.
64. *Ibid.*
65. *France-Soir*, 25 février 1981.
66. *Le Matin de Paris*, 24 avril 1981.

Chapitre 10

1. *Derrière l'épaule, op. cit.*
2. *Ibid.*
3. Nº 422, 9 mai 1981.
4. 27 mai 1981.

5. *Répliques, op. cit.*
6. Entretien avec l'auteur.
7. Entretien avec l'auteur.
8. Éditions Filipacchi.
9. *Elle*, 28 août 1981.
10. *Derrière l'épaule, op. cit.*
11. *France-Soir*, 8 avril 1980.
12. Entretien avec l'auteur.
13. *France-Soir*, 10 février 1981.
14. *Ibid.*, 10 mai 1981.
15. *Elle*, 28 août 1981.
16. Août 1981.
17. 6 juillet 1981.
18. *Le Figaro*, 7 novembre 1990.
19. *Samedi Soir*, 3 novembre 1990.
20. *France-Soir*, 5 mars 1983.
21. *Paris Match*, 25 mars 1983.
22. *France-Soir*, 20 avril 1984.
23. 16 mars 1983.
24. 4-10 mars 1983.
25. 4 mars 1983.
26. Entretien avec l'auteur.
27. *Avec mon meilleur souvenir, op. cit.*
28. 4 juin 1984.
29. 30 mars 1984.
30. *Le Monde*, 10 mars 1983.
31. *France-Soir*, 9 mai 1985.
32. Né à Medellin en 1932.
33. Une huile sur toile datée de 1975, appartenant à la collection du professeur Peter Ludwig Aachen.
34. *Le Matin de Paris*, 23 mars 1985.
35. Entretien avec l'auteur.
36. *Le Matin de Paris*, 23 mars 1985.
37. *Le Monde*, 27 mars 1985.
38. *Op. cit.*

39. *Lire* juin 1985.
40. *Ibid.*
41. 17 mai 1985.
42. 30 mai 1985.
43. *Télérama*, 16 décembre 1987.
44. 22 décembre 1987.
45. *Télérama*, 16 décembre 1987.
46. *Le Monde*, 12 janvier 1985.
47. *Ibid.*
48. *Ibid.*
49. *Le Matin de Paris*, 13 janvier 1985.
50. *Verbatim*, t. I : *1981-1986*, Fayard, 1993.
51. Entretien avec l'auteur.
52. *AFP*, 20 octobre 1985.
53. Entretien avec l'auteur.
54. *AFP*, 20 octobre 1985.
55. *AFP*, 21 octobre 1985.
56. *Ibid.*
57. *France-Soir*, 22 octobre 1985.
58. *Répliques*, *op. cit.*

Chapitre 11

1. Septembre 1985.
2. *L'Express*, 31 août 1970.
3. *Le Monde*, 1er février 1986.
4. *AFP*, 4 février 1986.
5. 9 février 1987.
6. 16 février 1987.
7. 6 février 1987.
8. *France-Soir*, 26 février 1987.
9. *Le Matin de Paris*, 4 septembre 1987.
10. *Le Figaro Magazine*, septembre 1987.
11. *Paris Match*, 2 octobre 1987.

12. *Le Nouvel Observateur*, 7 août 1987.

13. *Le Figaro*, 28 août 1987.

14. *Le Matin de Paris*, 4 septembre 1987.

15. *Le Figaro*, 1er septembre 1987.

16. 23 septembre 1987.

17. 24 septembre 1987.

18. *RTL*, 17 mars 1988.

19. *Le Monde*, 20 mars 1988.

20. *Ibid*.

21. *Antenne 2*, 21 mars 1988.

22. *Le Monde*, 21 mars 1988.

23. *AFP*, 20 mars 1988.

24. 21 mars 1988.

25. 19 mars 1988.

26. *Globe*, avril 1988.

27. *France-Soir*, 17 mars 1990.

28. *Ibid*.

29. Février 1988.

30. *France-Soir*, 2 juin 1989.

31. 230 pages, 100 francs.

32. *L'Événement du jeudi*, 15-21 juin 1989.

33. 8 juin 1989.

34. 26 juillet 1989.

35. 5 juin 1989.

36. 12 juin 1989.

37. 14 juin 1989.

38. Le 20 février 1989, après la condamnation à mort de Salman Rushdie par l'imam Khomeyni, 180 écrivains français, dont Françoise Sagan, publient dans *Le Monde* un manifeste contre la menace du fanatisme.

39. *France-Soir*, 16 août 1989.

Chapitre 12

1. *Derrière l'épaule, op. cit.*
2. Dans le cadre de l'émission *Nulle Part ailleurs*.
3. *France-Soir*, 25 avril 1991.
4. *Télé 7 jours*, 5 mai 1991.
5. *Le Journal du dimanche*, mai 1991.
6. 29 avril 1991.
7. 16-22 mai 1991.
8. *AFP*, 6 janvier 1993.
9. *Le Monde*, 17 février 1995.
10. *Le Monde*, 9 janvier 1993.
11. *Le Monde*, 17 février 1997.
12. *Ibid.*
13. *AFP*, 15 février 1995.
14. 1er septembre 1994.
15. *Le Figaro littéraire*, 10 juin 1993.
16. *Le Parisien*, 17 juin 1993.
17. 27 mai-2 juin 1993.
18. 3 juin 1993.
19. 28 mai 1993.
20. *Le Figaro*, 26 août 1994.
21. 16 septembre 1994.
22. 11 septembre 1994.
23. 9 septembre 1994.
24. 25 août 1994.
25. *Le Figaro*, 30 octobre 1996.
26. 23 octobre 1996.
27. 15 novembre 1996.
28. *Le Monde*, 1996.
29. *Femme*, novembre 1998.
30. 10 octobre 1998.
31. 18 octobre 1998.
32. 8 octobre 1998.
33. 8-14 octobre 1998.

34. 23 octobre 1998.
35. 10-12 octobre 1998.
36. *Le Figaro littéraire*, 15 octobre 1998.
37. 28 septembre 1998.
38. *L'Original*, Robert Laffont, 1999.
39. Entretien avec l'auteur.
40. *L'Original, op. cit.*
41. *Le Canard enchaîné*, 28 octobre 1998.
42. *Ibid.*
43. *L'Original, op. cit.*
44. *AFP.*
45. *AFP.*
46. *AFP.*
47. *AFP.*
48. Entretien avec l'auteur.
49. Entretien avec l'auteur.
50. *Derrière l'épaule, op. cit.*
51. *Dictionnaire, op. cit.*

L'œuvre de Françoise Sagan

Bonjour tristesse, roman, Julliard, 1954.

Un certain sourire, roman, Julliard, 1956.

New York, beau livre avec un texte de F. Sagan, Tel, 1956.

Dans un mois, dans un an, roman, Julliard, 1957.

Aimez-vous Brahms.., roman, Julliard, 1959.

Château en Suède, théâtre, Julliard, 1960.

Les Merveilleux Nuages, roman, Julliard, 1961.

Les Violons parfois, théâtre, Julliard, 1962.

La Robe mauve de Valentine, théâtre, Julliard, 1963.

Landru, scénario, Julliard, 1963.

Toxiques, récit, Julliard, 1964.

Bonheur, impair et passe, théâtre, Julliard, 1964.

La Chamade, roman, Julliard, 1965.

Le Cheval évanoui, suivi de *L'Écharde*, théâtre, Julliard, 1966.

Le Garde du cœur, roman, Julliard, 1968.

Un peu de soleil dans l'eau froide, roman, Flammarion, 1969.

Un piano dans l'herbe, théâtre, Flammarion, 1970.

Des bleus à l'âme, roman, Flammarion, 1972.

Il est des parfums, en collaboration avec G. Hanoteau, Jean Dullis, 1973.

Un profil perdu, roman, Flammarion, 1974.

Réponses, entretiens, Jean-Jacques Pauvert, 1974.

Des yeux de soie, nouvelles, Flammarion, 1975.

Brigitte Bardot, avec le photographe G. Dussart, Flammarion, 1975.

Le Lit défait, roman, Flammarion, 1977.

Le Sang doré des Borgia, dialogues de F. Sagan, scénario de
F. Sagan et J. Quoirez, récit de E. de Montpezat, Flammarion, 1977.

Il fait beau jour et nuit, théâtre, Flammarion, 1978.

Le Chien couchant, roman, Flammarion, 1981.

La Femme fardée, roman, Ramsay-Pauvert, 1980.

Musiques de scène, nouvelles, Flammarion, 1981.

Un orage immobile, roman, Julliard-Pauvert, 1983.

Avec mon meilleur souvenir, Gallimard, 1984.

De guerre lasse, roman, Gallimard, 1985.

Sand et Musset, lettres d'amour, présentées par F. Sagan,
Hermann, 1985.

La Maison de Raquel Véga, fiction d'après la peinture de
F. Botero, La Différence, 1985.

Un sang d'aquarelle, roman, Gallimard, 1987.

Sarah Bernhardt, le rire incassable, biographie, Robert Laffont, 1987.

La Laisse, roman, Julliard, 1989.

Les Faux-Fuyants, roman, Julliard, 1991.

Répliques, entretiens, Quai Voltaire, 1992.

… et toute ma sympathie, portraits, Julliard, 1993.

Un chagrin de passage, roman, Plon-Julliard, 1994.

Le Miroir égaré, roman, Plon, 1996.

Derrière l'épaule, Plon, 1998.

Bibliographie

ADLER, Laure, *Marguerite Duras*, Gallimard, 1998.

AZOULAY, Claude, *Mitterrand, un homme président*, Filipacchi, 1987.

BEAUVOIR, Simone de, *La Force des choses*, Gallimard, 1963.

–, HALIMI, Gisèle, *Djamila Boupacha*, Gallimard, 1981.

BECK, Béatrix, *Une certaine jeunesse : pour ou contre Françoise Sagan*, Dutilleul, 1958.

BENAÏM, Laurence, *Yves Saint Laurent*, Grasset, 1993.

BERSANI, Jacques, AUTRAND, Michel, LECARME, Jacques, VERCIER, Bruno, *La Littérature en France de 1945 à 1968*, Bordas, 1982.

BLANCHET, André, *La Littérature et le Spirituel*, t. 1 : *La Mêlée littéraire*, Montaigne, 1959.

BLONDIN, Antoine, *Ma vie entre les lignes*, La Table ronde, 1982.

BOISSIER, Denis, *Dictionnaire des anecdotes littéraires*, Le Rocher, 1995.

BRAUCOURT, Guy, *Claude Chabrol*, Seghers, 1971.

BRENNER, Jacques, *Journal de la vie littéraire, 1962-1964*, Julliard, 1965.

–, *Journal de la vie littéraire, 1964-1966,* Julliard, 1966.

–, *Histoire de la littérature française de 1940 à aujourd'hui*, Fayard, 1978.

–, *Tableau de la vie littéraire d'avant-guerre à nos jours*, Ascot, 1982.

BRUEZIÈRZE, Maurice, *Histoire descriptive de la littérature contemporaine*, Berger-Levrault, 1977.

BUFFET, Annabel, FOURNOL, Luc, *Saint-Tropez*, Le Mécène, 1993.

CAZALIS, Anne-Marie, *Les Mémoires d'une Anne*, Stock, 1976.

CHANCEL, Jacques, *Le Guetteur de rives*, Grasset-Fasquelle, 1985.

CHAPSAL, Madeleine, *Les Écrivains en personne*, Julliard, 1960.

CHAZOT, Jacques, *Pense-Bête*, Raoul Solar, 1964.

–, *La Mémoire des autres*, Mengès, 1982.

DICALE, Bertrand, *Gréco : les vies d'une chanteuse*, Lattès, 2001.

Dictionnaire de la littérature française contemporaine, Larousse, 1966.

DIWO, Jean, *Chez Lipp*, Denoël, 1981.

DOELNITZ, Marc, *La Fête à Saint-Germain-des-Prés*, Robert Laffont, 1979.

DUMAYET, Pierre, *Vu et Entendu*, Stock, 1964.

FAYARD, Jeanne, *Tennessee Williams*, Seghers, 1972.

FRANK, Bernard, *Solde*, Flammarion, 1980.

–, *Un siècle débordé*, Flammarion, 1987.

–, *Mon siècle : chroniques, 1952-1960,* Quai Voltaire, 1993.

–, *En soixantaine : chroniques, 1961-1971*, Julliard, 1996.

GALEY, Matthieu, *Journal, 1953-1973*, Grasset, 1987.

–, *Journal, 1974-1986*, Grasset, 1989.

GANNE, Gilbert, *Messieurs les best-sellers*, Académie Perrin, 1966.

GARCIN, Jérôme, *Littérature vagabonde*, Flammarion, 1995.

GARGIA, Massimo, *Jet-Set : Mémoires d'un play-boy international*, Michel Lafon, 1999.

GAUTIER, Jean-Jacques, *Deux Fauteuils d'orchestre pour Jean-Jacques Gautier*, Flammarion, 1962.

GIROUD, Françoise, *Une poignée d'eau*, Laffont, 1973.

GOHIER-MARVIER, *Bonjour Françoise, mystérieuse Sagan*, Le Grand Damier, 1957.

GRAVES MILLER, Judith, *Françoise Sagan*, Twayne, 1988.

GUELFI, André, *L'Original*, Robert Laffont, 1999.

HOURDIN, Georges, *L'Enfer et le Ciel de Bernard Buffet*, Le Cerf, 1958.

–, *Le Cas Françoise Sagan*, Le Cerf, 1958.

KANTERS, Robert, *L'Air des lettres*, Grasset-Fasquelle, 1973.

LAFFONT, Robert, *Éditeur : un homme et son métier*, Robert Laffont, 1974.

LAMY, Jean-Claude, *Sagan*, Mercure de France, 1988.

–, *René Julliard*, Julliard, 1992.

LECASBLE, Valéry, ROUTIER, Airy, *Forages en eaux profondes : les secrets de l'affaire ELF*, Grasset, 1998.

LINIÈRE, Jean, *Françoise Sagan et le succès*, Le Scorpion, 1957.

LOSFELD, Georges, *Le Livre des rencontres*, Didier-Érudition, coll. «Essais et Critiques», 1969.

LOURCELLES, Jacques, *Otto Preminger*, Seghers, 1965.

MAURIAC, François, *Nouveau Bloc-Notes, 1958-1960*, Flammarion, 1961.

–, *Nouveau Bloc-Notes : 1961-1964*, Flammarion, 1968.

–, *Dernier Bloc-Notes : 1968-1970*, Flammarion, 1971.

MAUROIS, André, *Choses nues*, Gallimard, 1963.

MAZENOD, Lucienne, SCHOELLER, Ghislaine, *Dictionnaire des femmes célèbres de tous les temps et de tous les pays*, Robert Laffont, 1992.

MITTERRAND, Henri, *La Littérature française du XXᵉ siècle*, Nathan, 1996.

MOURGUE, Gérard, *Françoise Sagan*, Éditions universitaires, coll. «Témoins du XXᵉ siècle», 1959.

NADEAU, Maurice, *Grâces leur soient rendues : Mémoires littéraires*, Albin Michel, 1990.

PICQ, Françoise, *Libération des femmes* : *les années mouvement*, Le Seuil, 1993.

PIVOT, Bernard, *Le Métier du livre*, Gallimard, 1990.

POIROT-DELPECH, Bertrand, *Au soir le soir*, Mercure de France, 1969.

–, *Bonjour Sagan*, Herscher, 1985.

QUENEAU, Raymond, *Journaux, 1914-1965*, Gallimard, 1996.

RÉGINE, *Appelez-moi par mon prénom*, Nº 1-Robert Laffont, 1985.

RIOUX, Jean-Pierre, *La Guerre d'Algérie et les Français*, Fayard, 1990.

ROUSSEL, Éric, *Georges Pompidou*, Jean-Claude Lattès, 1984.

SAGAN, Françoise, DUPRÉ, Guy, NOURISSIER, François, *Au marbre* : *chroniques retrouvées, 1952-1962*, Quai Voltaire, 1988.

SHARIF, Omar, *L'Éternel masculin*, Stock, 1976.

VANDROMME, Pol, *Françoise Sagan*, Régine Deforges, coll. «Nos grands hommes», 1977.

VENNER, Fiammenta, *L'Opposition à l'avortement* : *du lobby au commando*, Berg International, 1995.

VERNY, Françoise, *Le Plus Beau Métier du monde*, Olivier Orban, 1990.

REMERCIEMENTS

À Noëlle Adam, Haddassah Aghion, Anne Baudouin, Pierre Bergé, Annabel Buffet, Véronique Campion-Vincent, Me Francis Chouraqui, Marylène Detchéry, Serge Dray, Arielle Faille, Me Marianne Fellous, Marc Francelet, Bernard Frank, Massimo Gargia, Me François Gibault, Bettina, Juliette Gréco, Philippe Lorin, Jean-Luc Mano, Jean-Claude Lamy, Louis Neyton, Jean-Jacques Pauvert, Serge Reggiani, Françoise Verny, et aux documentalistes du *Nouvel Observateur*, de *France-Soir* et des éditions Julliard.

Mille mercis à Denis de m'avoir accompagnée et éclairée durant toute cette enquête.

Merci à Philippe Kieffer pour ses conseils et ses lectures délicates et attentives.

Merci à Bernard Merle (œil de lynx) de m'avoir tant aidée dans mes recherches.

Merci à Jérôme Garcin pour l'intérêt qu'il a porté à ce livre.

Merci à Bertrand Dicale pour ses encouragements et l'échange de documentation.

Merci à Jacques Attali en général et surtout pour avoir eu la riche idée de parler de ce projet à Claude Durand.

Merci à Jo, Marcelle, Lionel, Robin, Florent, Yves et tonton Chelmi…

En revanche, je ne remercie pas I.L. et J.Y.B. de m'avoir fait perdre tant de temps avec leurs problèmes de cœur dignes d'un roman de Sagan.

Table

Du même auteur :

Barbara, une vie, L'Archipel, 1998.

Composition réalisée par INTERLIGNE

Imprimé en France sur Presse Offset par

BRODARD & TAUPIN

GROUPE CPI

La Flèche (Sarthe).
N° d'imprimeur : 25946 – Dépôt légal Éditeur : 51063-10/2004
Édition 01
LIBRAIRIE GÉNÉRALE FRANÇAISE – 31, rue de Fleurus – 75278 Paris cedex 06.

ISBN : 2 - 253 - 11142 - 2   30/0048/4